出版説明

湖北乃九省通衢，北學南學交會融通之地，文明昌盛，歷代文獻豐厚。守望傳統，編纂荆楚文獻，湖北淵源有自。清同治年間設立官書局，以整理鄉邦文獻爲旨趣。光緒年間張之洞督鄂後，以崇文書局推進典籍集成，湖北鄉賢身體力行之，編纂《湖北文徵》，集元明清三代湖北先哲遺作，收兩千七百餘作者文八千餘篇，洋洋六百萬言。盧氏兄弟輯録湖北先賢之作而成《湖北先正遺書》。至當代，武漢多所大學、圖書館在鄉邦典籍整理方面亦多所用力。爲傳承和弘揚優秀傳統文化，湖北省委、省政府决定編纂大型歷史文獻叢書《荆楚文庫》。

《荆楚文庫》以“搶救、保護、整理、出版”湖北文獻爲宗旨，分三編集藏。

甲、文獻編。收録歷代鄂籍人士著述，長期寓居湖北人士著述，省外人士探究湖北著述。包括傳世文獻、出土文獻和民間文獻。

乙、方志編。收録歷代省志、府縣志等。

丙、研究編。收録今人研究評述荆楚人物、史地、風物的學術著作和工具書及圖册。

文獻編、方志編録籍以1949年爲下限。

研究編簡體横排，文獻編繁體横排，方志編影印或點校出版。

《荆楚文庫》編纂出版委員會

2015年11月

黄埔大辭典

民國二十二年秋月

蔣中正題

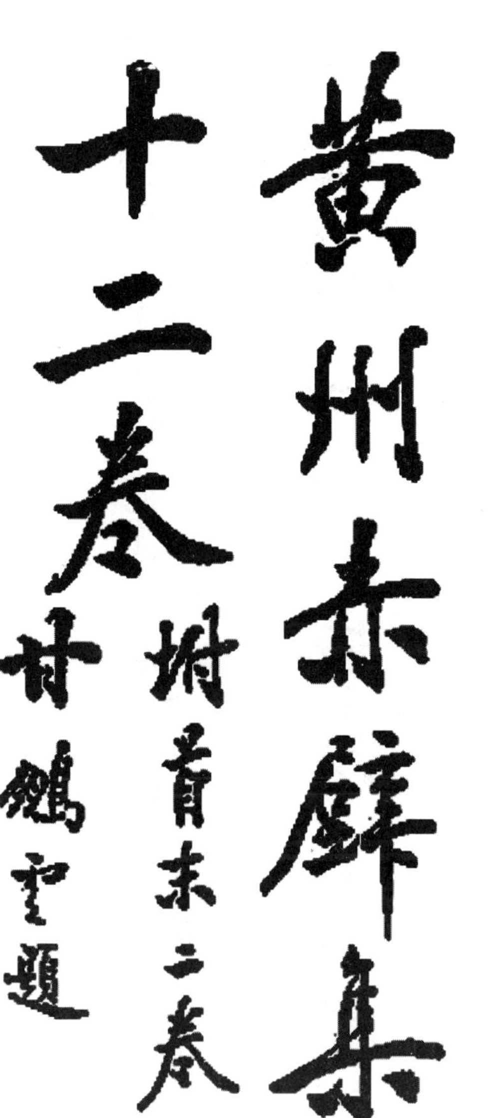
黄州赤壁集
十二卷
附首末二卷
甘鹏云题

壬申秋七月黄圃汪氏付
滬上中西印務館印行

前　　言

一

漢獻帝建安十三年（二〇八年），曹操在奪取荆州之後，率大軍從江陵順流而下，孫劉聯軍從樊口逆江而上，兩軍在赤壁相遇。周瑜以快船突襲，縱火焚燒曹軍船艦，延及岸上軍營，曹軍大敗，退回北方。赤壁之戰，是魏、蜀、吴三國鼎立的關鍵節點，天下三分的態勢隨之形成。

千百年來，關於赤壁之戰的確切地點，聚訟紛紜，莫衷一是。赤壁戰地歧見相争之現象，唐以前并未形成（杜牧黄州刺史任上作詩詠赤壁，只是文學意義上的借景抒懷，與赤壁方位之争有所區别）。宋前期基本承襲唐代，以嘉魚赤壁（今屬湖北省赤壁市）爲敗曹軍處。北宋中後期，因蘇軾兩賦一詞，引發了世人對黄州赤鼻爲敗曹之地的議論。一時間，“江漢間言赤壁者五：漢陽、漢川、黄州、嘉魚、江夏”（清雍正《湖廣通志》卷一一八）。又經歷代史學家的考證，基本排除了漢陽、漢川、江夏（今屬武漢市）三處，多傾向於以嘉魚赤壁爲是。而主黄州赤壁説者，亦無確鑿之證據以形成定論。

“古來勝跡原無限，不遇才人亦杳然。”自來人以地棲，地以人傳。孫劉合軍共破强曹的鼓角聲，讓赤壁天下聞名，“三國”“周郎”“赤壁”也便成爲歷代詩人懷古抒情的常用意象。但不可否認的是，自蘇軾謫居黄州，寫下千古絶唱的二賦一詞後，赤壁之名更盛於前，以至於有“烏林赤壁事已陳，黄州赤壁天下聞”之論。當“周郎事功”變爲“東坡文章”，赤壁戰地之争似乎已不再那麽重要，正所謂“赤壁何須問出處，東坡本是借山川”。文、武赤壁在歷史與文學的交錯中得到了很好的結合。物换星移，那些期望“兼濟與獨善”的歷代文人們，撫今追昔，憑藉詩文發抒胸臆，於是，景色奇麗的赤壁山水，更多地承載了人們建功立業的抱負和寄身山林的理想。

二

“《三餘編》言：詩家使事，不可太泥。白傅《長恨歌》‘峨嵋山下少人行’，明皇幸蜀，不過峨嵋。謝宣城詩‘澄江静如練’，宣城去江百餘里，縣治左右無江。”（清袁枚《隨園詩話》）黄州赤壁是否爲歷史上的三國古戰場，并不妨礙杜牧、蘇軾及後來者們憑吊并與之進行跨時空的對話。蘇軾之後的文人們對赤壁的吟詠，更多是對東坡超凡脱俗的才學見識、堅毅曠達的人生態度的無限追慕，以至於清康熙年間乃有“東坡赤壁”之説。

蘇軾一生命運偃蹇，“謫居於黄，杜門深居，馳騁翰墨，其文一變，如川之方至”（宋蘇轍《亡兄子瞻端明墓誌銘》）。二賦一詞的出世，以其高度的文學韻味、莊玄色彩和禪學精神，爲人們推作經典，被人們頂禮膜拜，而後世文人關於黄州赤壁的創作均萌蘖於此。最初，追慕東坡風流者，乃蘇門弟子或與其交往之人，如黄庭堅、張耒、韓駒、何頡之等。宋元以降，以東坡遊黄州赤壁爲題材的山水人物畫已成爲一種潮流，題詠詩亦屢見迭出。元好問、趙孟頫、丁鶴年、戴元表、方孝孺、李東陽、何景明、楊慎、王世貞、袁宏道等名重當時的文士，皆以東坡赤壁爲主題，留下了大量的詩文。

從對赤壁形勝的描繪，到追述三國往事，評價三國人物，感慨江山永恒、人生如夢，再到對蘇軾人格的敬仰、抒發自己的不遇之悲，歷代文人們在同自我、古今、宇宙的對話與體悟中，發現并構建出了另一個赤壁，并使之成爲了中國士大夫文化的精華，以及中華文化的重要組成部分。這也是黄州赤壁對中華文化的一個獨特貢獻。

三

“周郎事業坡公賦，遞與黄州做主人。”當江山之興、英雄崇拜、坡僊追慕，使得赤壁演化爲中國文人的一種文化情結時，對黄州赤壁的影響無疑是巨大的。我們甚至可以説，没有這些士人墨客，以及這些膾炙人口、富有盛名的文學作品，就没有今天的黄州赤壁。

“天下才子半流人”，北宋時期王禹偁、蘇軾、秦觀、張耒等十數人，先後貶謫黄州，奠定、開拓并最終形成宋代黄州獨特的謫宦文化。遠離政治中心的士人，不失士大夫憂民情懷，他們關心黄州民衆之疾苦，與民同樂，并造福於民。他們爲“刮毛龜背”之黄州注入了多彩風流的文化基因，又在荆楚文化的影響下，完成了自己心境、詩文上的嬗變。寄情於赤壁山水而成的優美詩文外，他們在此生活過的雪堂、鴻軒、睡足堂、無愠齋、快哉亭等，早已成爲供衆人遊覽瞻念之所，以及千年黄州古城厚重歷史文化之象徵。

“江邊一帶起雲煙，峻嶺層岑仰昔賢。”東坡對黄州的影響自不必言。自晉代以來，蒯恩、劉嗣之、王義慶、郭鳳儀、郭朝祚、于成龍、劉維楨等，或官於此，或居於此，他們在江畔赤壁山上建造起横江館、四望亭、棲霞樓、月波亭、涵暉樓（無盡藏樓）、二賦堂、萬仞堂、蘇文忠公祠、于清端公祠等。這些錯落雅致、風格獨異的亭臺樓閣，以及歷代文人的詩文題詠，共同形成了以蘇軾爲核心，以其他昔賢爲補充的黄州赤壁地方文化，成爲荆楚文化不可或缺的一部分。

四

宋代王質《雪山集》在描述蘇軾離開黄州後的感受時言：“先生至京師，入禁林，猶不忘此土，見書都下全無佳思，坐念公家水軒蒲蓮，豈可復見。”同樣，黄州人對東坡也是感情深厚，他們徜徉於東坡當年在黄州的居所和遊歷之處，爲之建祠、拜像，始終感念其對黄州的表彰。爲人們所共同懷念的，當然也包括所有在此生活過的昔賢們。而將這些先賢詠懷黄州赤壁的詩文結集出版，無疑是最好的懷念形式。

自宋代何頡撰《黄州雜詠》以來，先後皆有多種黄州赤壁詩文集或志書問世。民國時，黄岡縣汪燊自鍾祥縣卸任返鄉，負責監修黄州赤壁挹爽樓、喜雨亭等。完工後，又裒輯刊印《東坡赤壁集》。因時局猝變，以至於刊印甫畢之書全失，僅從書肆購得數十部。此後，汪氏蟄居武漢，復搜得詩文若干首，又蒙羅田王葆心等增編百餘篇，并補入“著述目録”等内容，合原集爲《黄州赤壁集》十二卷，另附首末二卷，由王葆心、方本仁作序，蔣介石題簽，於民國二十一年（一九三二年）付中西印務館印行。

此整理本以湖北省圖書館館藏的民國二十一年（一九三二年）印行的版本爲底本。原集輯入詩文來源甚夥，亦不乏散佚之篇，均未標明版本。此次整理力求保持原貌，按照《荆楚文庫》相關條例，僅施以標點，未作校勘與注釋，除少數幾處明顯訛字徑改外，所有文字均依從底本，基本不作主觀改動。此外，删去原集總目，而另編細目，以方便讀者查閲。由於學識有限，錯訛之處，在所不免，敬祈諸方家教正。

朱金波

二〇二一年七月於武漢

目　録

黄州赤壁集序

齊安在宋時爲淮西軍事下州，衹黄麻三縣歸其隸屬。州治僻僿荒陋而乏城郭，民物涼踽無況。惟自王内翰、韓魏公宦處，繼以蘇、秦、張氏諸寓公，被江山風月以文藻，並有高情勝致，倡逮此邦。知名之士而有二潘二何者出，後人齒邠老、斯舉於《江西詩派圖録》之中，以有聞於天下後世。惟斯舉在當時爰有《黄州雜詠》之作，鋪寫此間勝跡而祓濯其土風。薛艮齋官壽昌時，曾從黄州守沈氏求印《齊安雜詠》，有詩紀事，當時士夫重視斯舉所作者如此。惜其書不傳於今世，余爲按繹，大要當時景物，皆入吟詠，今猶有《答韓子蒼赤壁》一詩，熟在人口。

當日宦寓斯土者，兼有李訦之《圖經》，厲居正之《齊安志》，許端夫之《齊安集》並《齊安拾遺》，王中實復有《齊安故實》，韓之美、時衍之並時，爲《齊安百詠》兩種。其矜詡黄州，實侈於元明以來，但不必專侈赤壁之一勝地也。迄明代而盧氏濬《古黄遺蹟集》繼之，並有王氏同軌爲《蘇公寓黄集》，以與閻氏士選《東坡守膠西集》争勝。聞風有作，而茅氏瑞徵勒前人文詩爲《赤壁集》一編；又久之，而賈氏鋐更爲赤壁作《志》。諸人黼我黄郡，雖固隘於宋賢，而精擷著名景物，以登薦諸當世，亦開宋人所未開也。若王象之氏揭《赤壁詩》一目於所著《紀勝》書中，特管豹一班耳。

近自國變以來，郡域變爲甲乙之區，而宋賢留貽之景物，如海内盛稱之赤壁，郡人士反益加愛護，仍出郡力以鼎新之。一時紀其勝者，孝感徐徵士煥斗爲之《紀略》，黄岡謝秀才功肅仿《全蜀藝文志》之目爲《赤壁志藝文》，而謝君里人汪大令槩，先有董治赤壁土木工役之勞，復懲志藝文者之孤隘，夥匄郡士放佚之詩詞，並求助於余。余爲之發篋陳書，所得於諸家之外者，不下百餘篇。又爲之增入《收藏家圖卷》一目，並書目一卷，其溢出於賈志題畫者尤奢。尚恨藏書無多，而日力迫促，又不足以悉供余鈎考也。要此次之蒐聚，實博贍於古近諸人，差可自信者。書成，大令踵吾宗文藪教授及余商訂義例，余更倩蘄水聞惕生教授爲董理之，其力矯前輯隘與雜之失，而歸諸方雅，豈今日弇薄士風所及知。若其寶愛文獻僅存之舊蹟，尤非今日勇於蔑古，宕激自豪之流俗所可望。特爲推求宋明舊獻，發皇耳目之簡，編昭開先之功，冀異時繼大令接踵而作者，應聲於百載下也，於是乎書。辛未春三月，郡人王葆心。

黄州赤壁集序

自來地以人傳，苟有其地而無其人，不傳也必也。文人學士相與遊覽，撫今追昔，觸景生情，憑藉詩文，發抒胸臆，如東坡赤壁之勝，後人輯其文詩，彙爲總集，其一端也。是集首經明茅伯符先生編纂，清賈可齋先生續訂《赤壁志》，均毀於兵燹。洎民國壬戌，謝伯營先生多方搜集，成《赤壁藝文志》五卷，經汪筱舫大令捐貲梓行。未幾，赤壁重修，并添建亭樓，氣象一變，題詠益多。筱舫復從事輯纂，名曰《東坡赤壁集》，付諸鉛槧，期廣流傳。詎丙寅秋，武漢事變横生，印館被劫，散失無存。事定後，筱舫幾經搜求，購還甚鮮。茲擬再行付印，并乘便增編，得詩文若干首，分門别類，合前後爲十二卷。釐然井然，扢雅揚風，樂喜不倦，筱舫其亦有心人乎？書成，屬序於余。余奔走國事，近三十年學殖荒落，曷敢言文。第念時至今日，邪説紛乘，滄海横流，莫知所届。茲幸得保存國粹，提倡固有文化，以維持舊道德，如筱舫者實不多覯，筱舫亦將與東坡赤壁并傳而不朽歟。故不揣譾陋，聊貢數語，弁於簡端，序云乎哉！中華民國二十年孟春月，耀庭方本仁撰。

黄州赤壁集自敘

吾鄂赤壁有五，而黄州之赤壁特著，以有東坡前後二賦也。東坡謫宦吾黄，在恒人則不勝其牢愁抑鬱，而東坡則借山水以寫其幽懷逸興，升沉得喪，略不攖其心。故此地山川與東坡俱高千古，而嘉魚鏖兵之赤壁，䶵不逮焉。自宋元豐以後，代有建置，明季燬於流寇。至清康熙間，于清端公守黄郡，始重建之。咸豐時，粤逆倡亂，又爲所燬。及同治間，縣人劉幹臣尚書復捐貲重修。越數十寒暑，迄民國庚申，勢將傾圮。適李隱塵巡按自粤東解組歸，道出赤壁，慨名勝之就頹，爰集舊郡八屬士夫，集議修葺。時余亦由湘南卸篆歸，遂公推余董其事。數閲月告竣。徒以集貲無多，不能大加改造，但略復舊觀而已。

乙丑歲，蕭公珩珊巡閲兩湖，割巨貲建挹爽樓於蘇公祠左。適余又自鍾祥解任歸，仍屬余監修。四閲月始成。復以餘貲增建喜雨亭於翦刀峰舊址之上。於是，形勝倍新，而遊人憩息有所矣。其時，浙東范子畯塍以楊公葆初橅刻《景蘇園帖》進，蕭公又出貲購之，余爲嵌諸樓壁。遊覽者暢目其間，益生景仰之思焉。復慮日久培修費絀，乃將附近營産在磯窩湖者，地二百四十畝有奇，陳請當道，永爲赤壁歲修之資。計前後六年間，余兩供董理之役，一切規畫，商承蕭、李兩節使，豈敢貪爲己力哉？不意丙己間，兩節使相繼歸道山，益深人往風微之慨。懼文獻久且漸歸銷歇也，遂有裒輯《赤壁集》之作。

至赤壁之有專書，自明季茅伯符先生始輯《赤壁集》，清賈可齋先生續廣爲《赤壁志》，均已失傳。逮民國壬戌秋，謝子伯營編輯《藝文志》五卷，雖未知於茅、賈何如，其用力亦可謂勤矣，因代爲之梓行於世。但其後增建樓亭，形勝又大加革新，而騷人墨客之題詠，亦漸增多。余於丙寅官武昌之暇，復加蒐輯，得舊友陳子文仙爲之佐纂，仍用茅氏體，名爲《東坡赤壁集》。梨印甫畢，時局猝變，籍没乃及印書館，是集因之全失。後於書肆僅購得數十部，又不足應知好之求。如是蟄居漢上，復搜得赤壁詩文如干首，乃商訂於羅田王青垞先生及同邑王君聞麓，所得詩文倍之，合原集都爲十二卷，顔曰《黄州赤壁集》，割貲重付手民。非欲藉此欲與前人誇多鬬美，實不忍令茅、賈兩先生表章先賢遺跡之盛意，終淹没於無聞云爾。民國二十年，歲在辛未孟春月，黄岡汪燊筱舫序於漢皋行館。

黃州赤壁集題詞

文章千古

壁壘一新

民國二十一年秋月 蔣中正

蔣中正印

李文藻采卿，武昌。

時代迥殊，江山不改；文章各别，心理相同。

傅向榮鶴岑，監利。

不薄今人愛古人，借成句。汪倫處處見深情。文章一線關薪火，風月千秋壯色聲。手澤殷勤尋玉局，體裁還就變昭明。祇慙弄斧班門客，疥壁墨痕洗未清。謬收拙句，展卷赧然。

李華穠蘇青，武昌。

千古高風前後遊，琳琅滿目燦黄州。雕龍大筆人何在，孤鶴横江影尚留。博採殘編搜魯壁，愴懷軼事想清流。扁舟他日匏樽舉，與客吹簫共唱酬。

畢惠康斗山，蘄水。

一燒兼兩賦，巖壁亦千秋。後有如林作，因之同寶收。文章歸大壑，江漢會東流。潭水桃花外，裒然巨帙留。

朱繼昌峙三，鄂城。

屢宰名區閲世深，中原多難托閒吟。幽居試結珊瑚網，亦是求賢若渴心。

清奇濃澹總天真，舊什新篇盡列陳。千載蘇黄留勝蹟，故將遺韻屬詩人。

李廷禄劭谷，黄岡。

一炬炎炎，江山變色。東風不作，英雄迹熄。誰將磨洗，認爲折戟。有鶴飛南，無馬嘶北。逝者如斯，滔滔不息。鴻爪雪泥，徒供翰墨。東坡先生，幾遭遷謫。儋惠棲遲，祇遺笠屐。適來黄州，發現赤壁。前後二賦，妙手偶得。留贈後人，風清月白。崇樓傑閣，騷壇吟席。興廢無常，往來如織。不説周郎，但稱蘇軾。慷慨悲歌，發攄胸臆。如附尾蠅，如噀墨鯽。摩崖刻石，苔蘚侵蝕。收拾無人，珠毁玉摘。惟我大令，搜羅孔亟。裒集成編，燦然全璧。有目欣賞，有口膾炙。傳之無窮，視今視昔。

汪逸經五，黄岡。

蜀國眉山出異人，奇才天語爲生春。金蓮燭賜送歸院，蘇學士名滿寰瀛。小臣失聲泣先帝，願觸龍鱗隆盛世。漢主方思用賈誼，絳灌諸臣相妬忌。宵人讒諂從中來，鑠金銷骨真堪畏。蜚語震天天爲聾，連城白璧遭毁棄。貶竄誰知身愈貴，不比秋風思膾味。君王自賜遊西湖，浙江惠政蘇隄最。有美堂中會賓客，黑風飛雨天外至。膠西自寫超然懷，彭城代作《放鶴記》。夢裏早經來海外，足跡不只遍海内。晚貶儋耳猶自樂，中謫黄州粹盎背。初來寓居定惠院，時復尋春安國寺。鼓角或從對江聞，城名還有女王麗。岐亭忽遇方山子，歡談往事相把臂。雪後築堂舍臨皋，黄泥阪在今無異。子由來共遊西山，安節姪到喜不寐。骨肉聚首樂何甚，悲來不能滴老淚。回思讒人欲公死，公亦自分無生理。何期聖主恩自深，獄解但謫黄州止。黄州一住番五載，不知謫宦憂何在。直以黄人作鄉人，黄州之福天爲買。從此黄州名亦香，膾炙人口永不改。我黄自宋始有稱，竹樓名著王禹偁。魏公去黄數十載，戀戀以詩遺黄人。黄州風味多素樸，坡公不厭食無肉。從民所好多種竹，常云無竹令人俗。公居黄州趣味多，説鬼吟詩且不録。一生自比白香山，坦懷天然樂天福。遂有東坡老人號，志林之作亦此出。平生傑構皆無匹，赤壁二賦尤第一。遂使黄州赤壁名，掩卻嘉魚舊赤壁。不争杜牧題詩地，不管周瑜鏖兵事。前後兩遊信非虚，佳話其能奪去無？從遊二客果誰氏？吹簫和歌豈俗士。不必詳其姓與名，亦知定非無是子。風月江山雖自好，當時猶幸來坡老。點綴煙波更覺奇，東西一望空如掃。才人筆墨真千秋，霸業英雄何足道。我昔赴試入黄州，攜友同作赤壁遊。再拜公像久瞻仰，讀公之賦更低頭。儼如史公入孔廟，不忍去爲低徊留。魯班門前弄大斧，亦曾題詩自憶不。回頭魂夢尚留連，不到黄州三十年。世變河山雖未改，久聞風景頓非前。棟宇半消爲朽木，祠堂廟貌寧肅肅。竟是荒江僻縣城，蒼涼廢跡徒滿目。山川都似甚蕭條，草樹亦如意蹐跼。魏武横槊賦詩才，羽衣孤鶴翩翻來。不知都是夢中否，借問而今安在哉？過客扁舟此山下，神形不盡費疑猜。吾家筱舫篤嗜古，重尋勝蹟悲無覩。始與郡人募貲來，督修舊蹟江之滸。庾亮南來作開府，努修百廢不瀆武。保存古蹟劇多情，莫指蕭公作騎兵。鶴俸飛捐飭再修，淩風湧月出層樓。高挹爽氣名標榜，巍巍峙立百仞上。當時天時苦大旱，樓成甘霖忽下降。仿坡公意建高亭，名曰喜雨誌不忘。兩次監修皆誰手？吾宗之功庶不朽。牧馬廠今爲棄地，呈請撥作祭修費。不背躬耕廢壘營，東坡在黄困匱，請故營地數十畝躬耕焉。東坡地下首肯未。黄岡舊令陽山楊，其名久識曰壽昌。平生酷嗜蘇公字，景蘇園帖刻爲式。凡石一百二十六，寶視渾如荆山玉。楊公爲令守清白，四知風起馬頭烈。楊公一身更何喜，青眼愛客愛佳士。居官囊橐空如洗，解印歸時徒行李。廉吏可爲不可爲，楊公瀟灑自若爾。厨無米炊割所愛，刻石盡質錢商矣。蕭公出值爲購回，吾宗運之赤壁隈。箝之新建高樓下，搨者四集仍紛來。蕭公此德可何比？吾宗更樂成人美。有如懷舊贖文姬，當仁不讓非今始。何人不讀赤壁賦？名人過此車必駐。梅花雪裏露亭臺，簑笠圖中題詩句。一彈指頃九百年，兩宋元明清過去。或擬蘇公二賦詞，或作來游赤壁詩。或製楹聯懸高壁，或填詞曲譜江湄。壬戌之秋或數幾，七月既望或同期。清風徐來仍似舊，人影在地尚如斯。何人高唱大江東，一天晚燒半江紅。青天明月幾時有，古人今人所見同。過江名士開笑口，樊口鯿魚武昌酒。黄州豆腐本佳味，盤中新雪巴河藕。如此良夜不易得，吾人豈無所自適。各挾一枝五色筆，潤色江山倍生色。吾宗更有快哉風，袖中卻出赤壁集。爲道此集親手編，幾經寒暑成茲帙。初刻既遭烽燧喪，再刻勿爲風雨蝕。呵護端賴有鬼神，波濤忽似起咫尺。莫道文章遭天忌，帝遣五丁來收拾。藏之名山避水火，深於金匱與石室。傳之一十二萬年，紫府仙人同珍惜。一次固已窮搜羅，滄海猶恐遺珠多。再次參訂經名手，羅田王季薌先生爲參訂焉。原刻删去無偏頗。王子讀書一萬卷，皓首窮經學人仰。二十八宿藏心胸，矍鑠精神何爽朗。爲喜吾宗嗜好别，濡染太筆加丹墨。魚目燕石恐遺笑，點竄非敢爲異説。焚膏繼晷欲忘勞，細閲幾窮晝夜力。胸中雲夢吞八九，珊瑚網張盡收入。璠璵琬琰皆可貴，珠璣不使有遺失。既爲抉出玉與金，復爲淘去沙與礫。毫髮敢謂無遺憾，盡心猶謂得失半。自古校書如掃葉，掃去復有寧避謗。海内名賢多如鯽，江東羅隱無人識。豈無江湖大布衣，行吟過此知音稀。雖有著作高等身，鄉里小兒交謗譏。揚雄奇字覆醬瓿，赤壁集外豈無有。王子含笑曰然然，吾宗不敢曰否否。但以所得供同賞，只期吾心不相負。他人更有赤壁作，來者爲誰勿疏略。同調把袂在寸心，千載一笑猶如昨。掩卷合眼一沉吟，赤壁之遊真可樂。監修赤壁既兩番，編刻此集亦云再。百東坡合與之遊，古衣冠人齊下拜。筱舫出仕二十載，自謂宦場本孽海。抽身退出名利界，洗眼卻立雲水外。桃花潭上踏歌聲，亦比秦人迷漢代。兩刊家集傳其先，兩刊此集敬名賢。慘澹經營費精神，代價何只十萬錢。天下幾人有此志，動曰無錢力不逮。人心不同如其面，筱舫要自别有見。不爲夕陽憂子孫，要竭棉力了心願。赤壁山高看月小，披覽此集何了了。雞林國人遠購置，國粹還須自珍寶。苦心豈有人不知，十年不負窮精討。此集壽世等山河，編者名字永不磨。我亦有詩欲附驥，筱舫索我紀其事。心許將爲筱舫歌，却於昨夜夢東坡。東坡笑我才力薄，問我將奈此歌何。

赤壁正面圖

赤壁側面圖

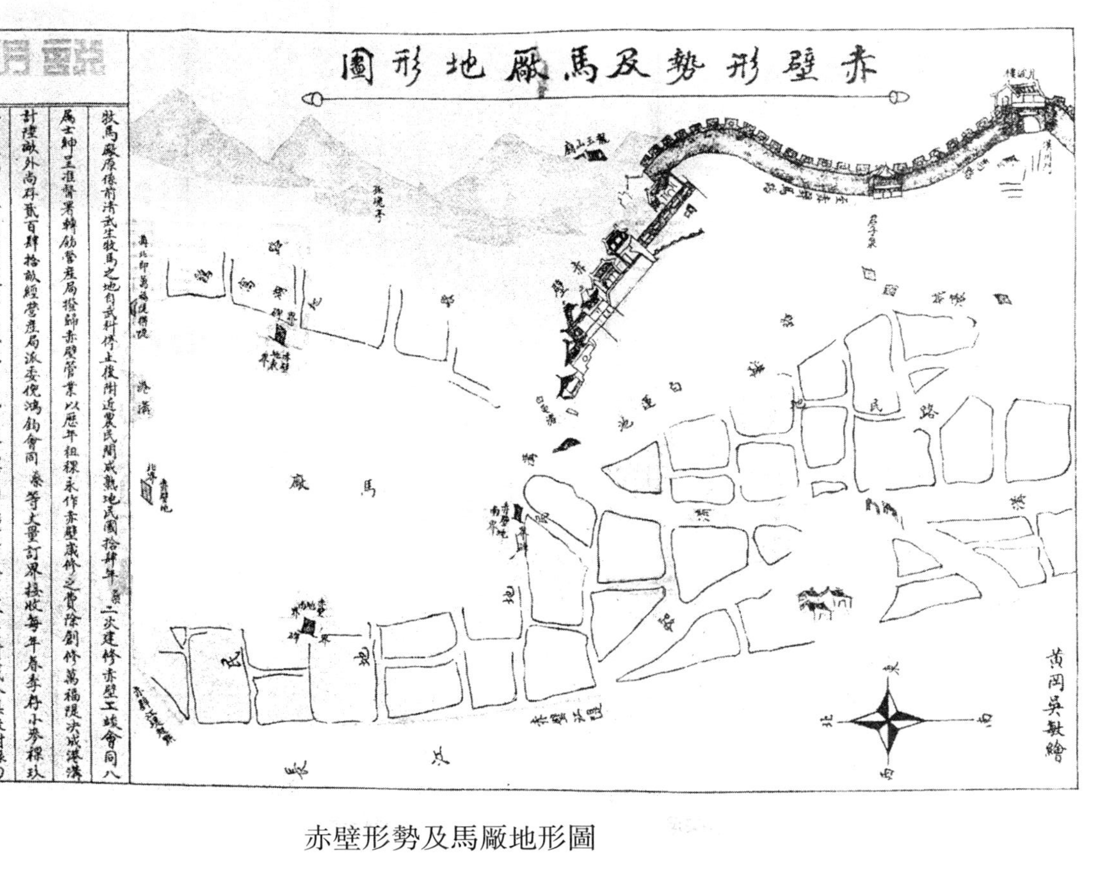
赤壁形勢及馬廠地形圖
牧馬廠原係前清武生牧馬之地自武科停止後附近農民開成熟地民國拾肆年泰二次建修赤壁工竣會同八
屬士紳呈准督署轉飭營産局撥歸赤壁管業以歷年租稞永作赤壁歲修之費除劃修萬福隄決成港溝
計陸畝外尚存貳百肆拾畝經營産局派委倪鴻鈞會同泰等丈量訂界接收每年春季存小麥稞玖
拾陸担隔年按時價預繳其秋稞視年歲豐歉臨時酌議所有撥交全案附載本集拨附錄內
辛未春黃岡汪泰識
馬廠
黃岡吳獻繪

赤壁形勢及馬廠地形圖

説　　明

牧馬廠原係前清武生牧馬之地，自武科停止後，附近農民開成熟地。民國拾肆年，燊二次建修赤壁工竣，會同八屬士紳，呈准督署轉飭營産局，撥歸赤壁管業。以歷年租稞，永作赤壁歲修之費。除創修萬福隄決成港溝計陸畝外，尚存貳百肆拾畝，經營産局派委倪鴻鈞會同燊等丈量訂界接收。每年春季存小麥稞玖拾陸担，隔年按時價預繳。其秋稞視年歲豐歉，臨時酌議。所有撥交全案，附載本集後附録内。辛未春黄岡汪燊識。

題赤壁營産圖

笞以餔東坡令用餔赤壁營産八百芈黃州獨生色不買麻橋田不腰李委笛納稼壽髯翁殷勤菽黍稷千載此祠堂馨香永不息一紙鎮湖山毋使豪右得

東坡初至黃故人馬正卿為請故營地數十畝使躬耕其中坡詩有刮毛龜背之喻謂此也令　汪筱舫大令又為請營産供赤壁香火於八百年後亦一奇也為題圖記之壬申冬日羅田王葆心題句

漢南余占魁書

題《赤壁營産圖》

昔以餔東坡，今用餔赤壁。營産八百年，黄州獨生色。不買麻橋田，不腰李委笛。納稼壽髯翁，殷勤秝黍稷。千載此祠堂，馨香永不息。一紙鎮湖山，毋使豪右得。

東坡初至黄，故人馬正卿爲請故營地數十畝，使躬耕其中。坡詩有“刮毛龜背”之喻，謂此也。今汪筱舫大令又爲請營産，供赤壁香火於八百年後，亦一奇也。爲題圖記之。壬申冬日，羅田王葆心題句，漢南余占魁書。

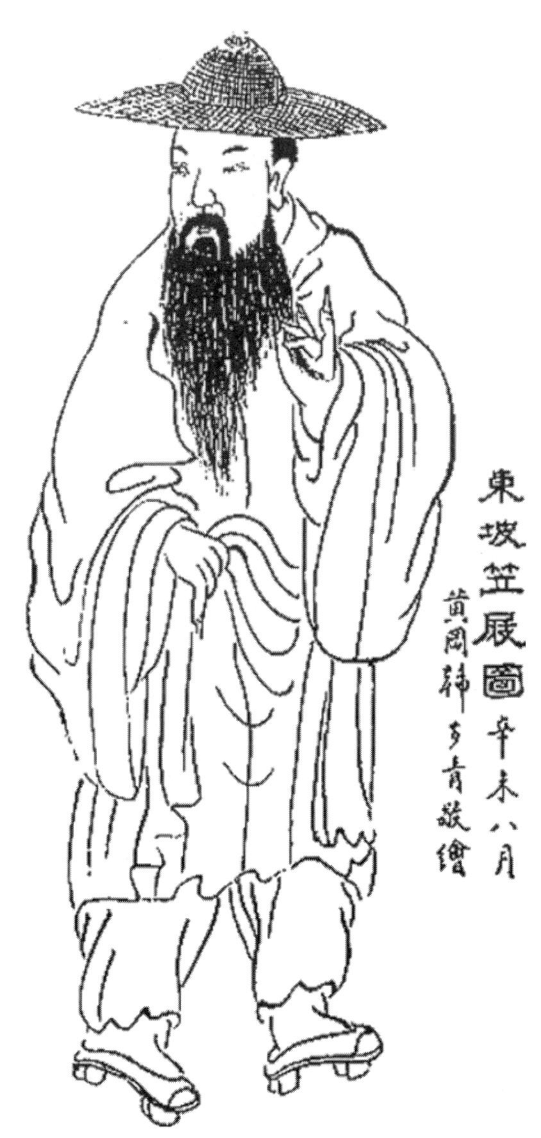

東坡笠屐圖辛未八月，黃岡韓步青敬繪。

蘇公游戲天人姿謫居野適無威儀黃州儋耳
足放蕩不擇人地神怡怡方其離黃走興國修
軀黧面短綠披海南再遷吠群犬一笠雙屐供
兒嬉頑形幻兒無不可哦詩作字人爭奇誰鐫
此圖雪堂上綴以東武劉公詞汪君樵寫入卷
軸屬我題識留鴻泥我助編校亦偶爾願侍圖
側箋公詩
筱舫詞兄屬題赤壁集中所寫笠屐圖余方助
編校竟書此應之 壬申長夏蘄水聞惕

蘇公游戲天人姿，謫居野適無威儀。黄州儋耳足放蕩，不擇人地神怡怡。方其離黄走興國，修軀黧面短緑披。海南再遷吠群犬，一笠雙屐供兒嬉。頑形幻兒無不可，哦詩作字人争奇。誰鐫此圖雪堂上，綴以東武劉公詞。汪君樵寫入卷軸，屬我題識留鴻泥。我助編校亦偶尔，願侍圖側箋公詩。

筱舫詞兄屬題《赤壁集》中所寫《笠屐圖》，余方助編校竟，書此應之。壬申長夏，蘄水聞愓。

九香詩老篤風雅，吟魂曾共坡僊寫。忽得流傳笠屐圖，精神筆墨都瀟灑。緊昔經過黎子雲，相尋滿徑度苔紋。半肩篛笠一雙屐，路人笑指何紛紛。笠以寫天屐印地，直以造物供游戲。畫師争與顯風流，不貌奇侅貌逸致。蕭疏粉本亂攙來，仙骨仙姿合有胎。八百餘年長不滅，月明鶴夢重徘徊。吾家大阮耽聲韻，髯翁省識圖中近。飛僊挾夢落君家，爲寄新詩相慰問。

余所見《東坡笠屐圖》凡數本，始見施注蘇詩中宋西陂橅元人本，繼見黄州郡廨績村太守橅劉文清本。光緒乙酉，年甫成童，房叔受其、秀才明福以所得此圖屬題，蓋食古研齋中故物也。自慚粗解拈句，勉應所請。及歲辛卯，周伯晉先生課黄州經古書院諸生，以此命題，即録舊句應之。今秋，汪筱舫大令刻《黄州赤壁集》，橅郡廨拓本入卷，來徵題，仍以此塞責云。壬申秋七月，青垞録少作。

燊按：比覽《江漢書院課藝》及《黄州課士録》與《鹿川詩集》，有《東坡笠屐圖》題詠五章，亦吾兩湖鄉先生文字靈光僅存者，爰附存此卷中。

江夏即今武昌。張德昉《東坡笠屐圖》題跋云：有大峨山人者，巾以掊傳，帬留坡號。曾游儋耳，雨具取擕。自笑蒼顔，風流跌宕。但覺雲臺絳闕，看作等閒。誰知大巾粗繒，視同世俗。踹跚在路，忘牢落於蛋獠；迤邐還家，任喧嘲於婦孺。張志和烟波獨釣，似此清高；謝安石户限初過，若斯欣喜。洵唤醒夫春夢，不寄慨於冬烘。當年詩贈竹坡，欲借輞川之畫；後日圖懸牧仲，長傳申浦之真。《江漢書院課藝》。

咸寧聶文炳《東坡笠屐圖》題跋云：趙文敏《東坡先生畫像》，鬚眉活現，工妙絶倫。今得之石刻中，而一笠一屐，瀟灑出塵，先生之傳神，尤超乎筆墨外矣。夫工部日午而戴笠，阮孚對客而蠟屐，皆風流倜儻，令人聞其事而生仰慕之思。覽是圖者，未嘗不若遇先生於“斷岸千尺”“山高月小”間也。同上。

蘄州即今蘄春。童樹棠題《東坡笠屐圖》詩云：不巾不履山中人，細雨灑溼輕煙勻。野外游戲尋芳鄰，一笠一屐雙稱身。竹籬茅舍迎嘉賓，婦女喜笑兒童親。美髯瀟灑裝束新，彷彿尚見真精神。南天萬里竄逐處，青山緑水朝日暮。披圖再拜不能去，吁嗟千載真如晤。《黄州課士録》。

蘄州何楚楠題《東坡笠屐圖》詩云：君不見桃園夜宴李青蓮，皓月流照宫袍鮮。又不見雪徑騎驢孟浩然，毳裘瀟灑梅花天。二公勝跡俱已矣，遺像阿堵猶争傳。東坡先生盛文采，後先輝映五百年。有才亦復明主棄，一一風藻垂山川。當時逸事競圖寫，農家笠屐真奇緣。的知巖谷勝廊廟，坐令簪紱羞縈牽。我今拜公公不語，疑公高蹈羲皇前。恨無添毫愷之手，圖我公側揮吟鞭。君不見商邱詩人宋牧仲，平生衣鉢蘇家禪。跋公之像爲公壽，公後乃有繇津編。同上。

寧鄉程子大頌萬。《東坡笠屐圖》詩並序云：癸丑，東坡生日。淞社飲集，展宋石門旭畫，自題“八十一翁萬曆辛丑孟春寫”。舊藏翁學士蘇齋，題云：“距東坡在儋耳，借農家笠屐，訪黎子雲之歲五百又四年。後一百八十三年歸於蘇齋，在乾隆四十九年甲辰冬。”迄今又一百三十年矣。像藏杭州楊誦莊家。

正三標學人，厥室與蘇共。下符金石契，上襲風雅衷。壁覯兩東坡，畫者朱與宋。明朱蘭嵎畫坡像，亦藏蘇齋。星移過八百，神采隃飛動。蘭嵎倣龍眠，卷軸知誰重。石門圖笠屐，妙蹟聖所縱。行巖睨海鱷，引袖拂天鳳。眸珠炯潛星，髯戟囊細緵。蟠杖侹以堅，塵袪摻無縫。秀撼眉山眉，神惺夢婆夢。衣深蠟齒弱，箬敗雨點涷。影帶傴以舒，銜泥足婁嵏。輿無門生舁，伴罕農家送。失路麻冥濛，忘歸羽偬倥。天荒儋耳低，雪匪山陰凍。新懷黎子雲，舊黨孔武仲。一落翁齋頭，覬補石門頌。殳社明畫師，縑題古懽供。援筆氣已吞，寫神心罔恫。俄驚坡來前，詫被旭所弄。鬻殘三百年，伸卷益駭衆。方今古學湮，疇復詩靈控。海祲翳雕甍，皋維失楨棟。嘉晨遘皇覽，賓讌發奇諷。真一競松醪，元脩徵菜葓。花豬胾登俎，鰒魚糟别甕。有天一廛居，觀海百珍貢。陰盡復酹坡，累唏言益痛。乾隆文物墟，元祐黨誣閧。嗜善雖無寧，寶蘇故何用？公其掀髯笑，茲會猶鑿空。三萬六千觴，吾寧與天訟。《鹿川詩集》四卷。

黄州赤壁集例言

一、本集爲史部地理雜地志之書，而標目曰“集”者，章實齋有言“《隋志》所收，已有郎蔚之《諸州圖經集》”，可見史部地理書而有集名，於流别爲闋，但其來已久。宋人陳田夫《南嶽總勝集》，其區類列目全是志體，而亦以“集”名之。茲編竊所取裁，非我作古。

一、蒐薈文詩詞曲，用總集例，皆文詩爲大名，各體爲小名。其文目參用《文選》《唐文粹》《古文苑》《古文詞類纂》，分類詩目參用《鈍吟雜録》《圍爐詩話》《八代詩選》《唐詩選》之旨，分古體、近體，又各以五言、七言、雜言、絶句别之。酌古今之宜，不過泥古。亦不作五古、七古、五律、七律、五排、五絶、七絶諸坊行流俗之稱，期於古雅有法而已。

一、嚴鐵橋氏輯全上古三代至六朝文，每篇及單詞斷句必注所出，今人輯詩亦仿之。此本近代纂輯家通例，用之脩史、纂方志、選文詩，罔不循之，一以見取材之博，一以見所採，悉有依據。故此區區十卷之總集，採書乃至數百種，即傳鈔舊稿，亦必注明，以昭覈實。

一、本集元名《東坡赤壁集》，繼思此四字，本前知府郭朝祚所署。其人乃漢軍旗籍，初未熟思，不知東坡乃黄州地名，赤壁亦黄州地名。在他處稱東坡，人知其爲子瞻，若在黄州用之，易與地名相混，或且疑爲東坡與赤壁兩地之詩文集合編者，殊嫌含混，故改題曰《黄州赤壁集》。免涉疑似，非好異也。

一、賈氏《赤壁志》有“題畫”一目。今考自宋、明以來，收藏家箸録名家所書之二賦，及爲赤壁作圖，其目甚夥。《佩文齋書畫譜》《石渠寶笈》以下諸書，著録尤富。此誠赤壁一勝，遠過黄鶴、岳陽諸勝之處。賈氏以畫家所見名迹必多，故《志》中特立此一目以表之。今仿其例，更拓充摭采，尤增山水之光勝。

一、自來海内勝迹，其最箸者，都人士類爲作志，或裒采題咏爲集，大都一再見而止。獨赤壁一地，宋元以來，有爲之作傳奇、雜劇者，有爲之志名迹者，有爲之遴輯文詩者，雖其書有存有佚，然皆有目録輒見群書中，此亦他勝地罕與比倫者。因特增此門，其可攷見元書崖略者，仿《四庫提要》及《書録解題》例，略綴大凡，以存其概。

一、張石舟纂《顧亭林年譜》，一事攷證往往備列同時諸公按語，何子貞勘本《宋元學案》亦如之。今本集經吾郡同好諸先生助我蒐輯，間有攷訂異同語，即鄙薄隅見，或有一得，均低格録入。不掠美，不辭繁，用志盍簪之雅。

一、校書如掃落葉，往往乍見似無譌奪，及省覽再三，又見創痏。幸閱者隨時指正。至作者年代先後，雖攷究經時，仍有不免失次之處。若所援據書籍，應取最初元書收入，又往往求之不獲，姑從近刊轉載者。自知不免展轉沿誤之失，統祈閎雅君子亮之。

一、自來方志多收案牘，各家譜牒亦然，以備將來查考，所謂“有用文字”是也。此次重修赤壁，爲籌歲修産業，將使永歸保有，故彙其舊産及此次案牘，歸諸“附録”。但吏牘文字，嚮不雅馴，故列之“附録”中，亦猶近人注名家詩集，皆有“附録”之比也。

黄州赤壁集卷第一

蘄水　聞惕惕生參訂
黄岡　汪燊筱舫纂輯　男　晉康侯校字
羅田　王夔武繩余參校

文　一

賦

赤壁賦

宋・蘇軾子瞻，眉山。

壬戌之秋，七月既望，蘇子與客泛舟遊於赤壁之下。清風徐來，水波不興。舉酒屬客，誦明月之詩，歌窈窕之章。少焉，月出於東山之上，徘徊於斗牛之間。白露横江，水光接天。縱一葦之所如，淩萬頃之茫然。浩浩乎如馮虚御風，而不知其所止；飄飄乎如遺世獨立，羽化而登仙。

於是飲酒樂甚，扣舷而歌之。歌曰："桂櫂兮蘭槳，擊空明兮泝流光。渺渺兮予懷，望美人兮天一方。"客有吹洞簫者，倚歌而和之。其聲嗚嗚然，如怨如慕，如泣如訴。餘音嫋嫋，不絶如縷。舞幽壑之潛蛟，泣孤舟之嫠婦。

蘇子愀然，正襟危坐，而問客曰："何爲其然也？"客曰："'月明星稀，烏鵲南飛'，此非曹孟德之詩乎？西望夏口，東望武昌。山川相繆，鬱乎蒼蒼，此非孟德之困於周郎者乎？方其破荆州，下江陵，順流而東也，舳艫千里，旌旗蔽空，釃酒臨江，横槊賦詩，固一世之雄也，而今安在哉？況吾與子漁樵於江渚之上，侣魚鰕而友麋鹿。駕一葉之扁舟，舉匏尊以相屬。寄蜉蝣於天地，渺滄海之一粟。哀吾生之須臾，羨長江之無窮。挾飛仙以遨遊，抱明月而長終。知不可乎驟得，託遺響於悲風。”

蘇子曰：“客亦知夫水與月乎？逝者如斯，而未嘗往也；盈虚者如彼，而卒莫消長也。蓋將自其變者而觀之，則天地曾不能以一瞬；自其不變者而觀之，則物與我皆無盡也，而又何羨乎？且夫天地之間，物各有主，苟非吾之所有，雖一毫而莫取。惟江上之清風，與山間之明月，耳得之而爲聲，目遇之而成色，取之無禁，用之不竭。是造物者之無盡藏也，而吾與子之所共適。”

客喜而笑，洗盞更酌。肴核既盡，杯盤狼籍。相與枕藉乎舟中，不知東方之既白。

《東坡集》

燊按：《東坡集》於前賦標題但曰《赤壁賦》，惟再遊之賦題作《後赤壁賦》，此宋人元例如此。羅願《鄂州集》中有鸚鵡洲二賦，其前賦題曰《鸚鵡洲賦》，後賦題曰《鸚鵡洲後賦》，與坡集正同。自坊本選古文，謬於前篇加一“前”字，曰《前赤壁賦》，絶非東坡元題。後人但識坊間俗本，競相沿襲，非也。《歷代賦彙》亦依《東坡集》元題，於前篇但題曰《赤壁賦》，是也。此事在坊本如班書本名《漢書》，後人因有《後漢書》，乃於《漢書》上加一“前”字，稱班書曰《前漢書》，不知大失班氏元名，應即糾正，讀者幸勿爲俗本所誤也。

後赤壁賦

蘇　軾

是歲十月之望，步自雪堂，將歸於臨皋。二客從予過黄泥之坂。霜露既降，木葉盡脱。人影在地，仰見明月。顧而樂之，行歌相答。已而歎曰：“有客無酒，有酒無肴，月白風清，如此良夜何？”客曰：“今者薄暮，舉網得魚，巨口細鱗，狀如松江之鱸。顧安所得酒乎？”歸而謀諸婦。婦曰："我有斗酒，藏之久矣，以待子不時之需。"

於是攜酒與魚，復游於赤壁之下。江流有聲，斷岸千尺，山高月小，水落石出。曾日月之幾何，而江山不可復識矣。

予乃攝衣而上，履巉巖，披蒙茸，踞虎豹，登虬龍，攀栖鶻之危巢，俯馮夷之幽宫。蓋二客不能從焉。劃然長嘯，草木震動。山鳴谷應，風起水湧。予亦悄然而悲，肅然而恐，凛乎其不可留也。反而登舟，放乎中流，聽其所止而休焉。

時夜將半，四顧寂寥。適有孤鶴，横江東來，翅如車輪，玄裳縞衣，戛然長鳴，掠予舟而西也。

須臾客去，予亦就睡。夢一道士，羽衣蹁躚，過臨皋之下，揖予而言曰："赤壁之游樂乎？"問其姓名，俛而不答。"嗚呼！噫嘻！我知之矣。疇昔之夜，飛鳴而過我者，非子也耶？"道士顧笑，予亦驚寤。開户視之，不見其處。

《東坡集》

《東坡志林》：黄州守居之數百步爲赤壁，或言即周瑜破曹公處，不知果是否？斷崖壁立，江水深碧，二鶻巢其上。上有二蛇，或見之。遇風浪静，輒乘小舟至其下。捨舟登岸，入徐公洞。非有洞穴也，但山崦深邃耳。《圖經》云是徐邈，不知何時人，非魏之徐邈也。岸多細石，往往有温瑩如玉者。深淺黄紅之色，或細紋如人指螺紋也。既數游，得二百七十枚，大者如棗栗，小者如芡實。又得一古銅盆盛之，注水粲然。有一枚如虎豹首，有口鼻眼處，以爲群石之長。

《苕溪漁隱叢話》：元豐五年十二月十九日，東坡生日也。置酒赤壁磯，踞高峰，仰鵲巢。酒酣，笛聲起於江上。客有古、郭二生，頗知音，謂坡曰："笛聲有新意，非俗工也。"使人問之，則進士李委聞東坡生日，作新曲曰《鶴南飛》以獻。呼之使前，則青巾、紫裘、腰笛而已。既奏新曲，又快作數弄，有穿雲裂石之聲，坐客皆引滿醉倒。委袖出嘉紙一副，曰："吾無求於公，得一絶句足矣。”坡笑而從之。詩云：“山頭孤鶴向南飛，載我南遊到九嶷。下界何人也吹笛，可憐時復犯龜茲。”

陸遊《入蜀記》：十九日早，遊東坡。自州門而東，岡壟高下。至東坡，則地勢平曠開豁。東起一壟頗高，有屋三間，一龜頭曰“居士亭”。亭下面南一堂，頗雄，四壁皆畫雪，堂中有蘇公像焉，烏帽紫裘，横按筇杖，是爲“雪堂”。堂東大柳，傳爲公手植。正南有橋，牓曰“小橋”，以“莫忘小橋流水”之句得名。其下初爲渠澗，遇雨則有涓流耳。舊止片石布其上，近輒增廣爲木橋，覆以一屋，頗敗人意。東一井曰“暗井”，取蘇公詩中“走報暗井出”之句。泉寒熨齒，但不甚甘。又有四望亭，正與雪堂相值，在高阜上，觀覽江山，爲一郡之最。亭名見蘇公及張文潛集中。坡西竹林，古氏故物，號“南坡”。今已殘伐無幾，地亦不在古氏矣。出城五里，至安國寺，亦蘇公所嘗寓。兵火之餘，無復遺迹，惟遶寺茂林啼鳥，似猶有當時氣象也。郡集於棲霞樓，本太守閭丘孝終公顯作。蘇公《樂府》云“小舟横絶春江，卧看紫壁紅樓起”，正謂此也。下臨大江，煙樹微茫，遠山數點，亦佳處也。樓頗華潔。先是，郡有慶瑞堂，謂一故相所生之地，後毁，以新此樓。酒味殊惡，蘇公“虀湯蜜汁”之戲不虚發。郡人何斯舉詩云：“終年飲惡酒，誰敢憎督郵。”然文潛乃極稱黄州酒，以爲自京師之外無過者，故其詩云：“我初謫官時，帝問司酒神。曰此好飲徒，聊給汝養真。去國一千里，齊安酒最醇。失火而得雨，仰載天公仁。”豈文潛謫黄州時，適有佳匠乎？循小徑，繚州宅之後，至竹樓。規模甚陋，不知當王元之時，亦止此耶？樓下稍東，即赤壁磯。亦茅岡耳，略無草木，故韓子蒼《待制》詩云“豈有危巢與棲鶻，亦無陳迹但飛鷗”。此磯《圖經》及傳者皆以爲周公瑾敗曹操之地，然江上多此名，不可考質。李太白《赤壁歌》云“烈火張天照海雲，周瑜於此敗曹軍”，不指言在黄州。蘇公尤疑之，《賦》云“此非曹孟德之困於周郎者乎”，《樂府》云“故壘西邊，人道是當日周郎赤壁”，蓋一字不輕下如此。至韓子蒼云“此地能令阿瞞走”，則直指爲公瑾之赤壁矣。又黄人實謂赤壁曰赤鼻，尤可疑也。晚復移舟菜園步，又遠竹園三四里，蓋黄州臨大江，了無港澳可泊。或云舊有澳，郡官厭過客，故塞之。

《墨莊漫録》：靖康初，韓子蒼知黄州，訪東坡遺迹。登赤壁，問《賦》所謂“栖鶻危巢”者，不復存矣，悼悵作詩而歸。有何頡斯舉者，及識東坡，因次韻獻子蒼云云。

《浩然齋雅談》：東坡《赤壁賦》多用《史記》語，如“杯盤狼藉”“歸而謀諸婦”，皆《滑稽傳》；“正襟危坐”，《日者傳》；“舉網得魚”，《龜筴傳》；“開户視之，不見其處”，則如《神女賦》。所謂“以文爲戲”者也。

《復齋漫録》：東坡謫居黄州五年，赤壁有巨鶻，栖於喬木之上，後賦所謂“攀栖鶻之危巢，俯馮夷之幽宫”是也。韓子蒼靖康初守黄州，三月而罷，因游赤壁，而鶻巢已亡，作詩示何次仲，次仲和答之。二詩皆言鶻巢，蓋推《賦》而言也。《湖北通志》注：案《次子蒼韻》詩，《墨莊漫録》以爲何頡斯舉作，而《復齋漫録》又云何次仲，《宋詩紀事》又云何迂叟，未知其爲一人耶兩人耶，今並存之。

《曲洧舊聞》：中大夫直徽猷閣安詠，字信可。宣和初守齊安，下車訪東坡雪堂，遺址猶存，堂木瓦已爲兵馬都監拆而爲教場亭子矣。信可即呼都監責之，且命復新之。堂成，多燕飲其上。兹事士大夫喜稱道之。信可亦喜作詩，在黄州有詩云“萬古戰争餘赤壁，一時形勝屬黄岡”，時争傳誦，惜不見其全篇也。

《七修類稿》：東坡遊赤壁者三，今人知其二者，由其有二賦也。余嘗讀其跋《龍井題名記》云：“予謫黄州，參寥使人示以題名。時中秋十日，秋濤方漲，水面千里，月出房心間，風露浩然。所居去江無十步，獨與兒子邁棹小舟至赤壁，望武昌山谷，喬木蒼然，雲濤際天，因録以寄。元豐三年八月記。”今古文《赤壁賦》注謂公詣赤壁者三，其謂此歟。據二賦在六年，此則第一遊也。

《千百年眼》：坡公赤壁之游，千古樂事，二賦亦千古絶調也。袁石公云："前賦爲禪法道理所障，如老學究着深衣，通體是板。後賦直平敘去，有無量光景，只是人家小集，偶爾飽飣，歡笑自發，比特地排當者，其樂十倍。至末一段，即子瞻亦不知其所以妙，語言道貌，默契而已。"數語洵定評也。

朱日濬《黄州文獻集·論往事》曰：天生人才，固無所不用。然用之於常，雖庸夫亦有一得；用之於變，在賢者不免失措。案《長水日鈔》云，通州距京城之南四十餘里，城中積糧數百萬石。英宗己巳之變，北方兵起，諜報欲據通州倉糧，朝議先焚倉廪。會周文襄公忱至京師，都御史陳僖敏公鎰問計於周。周曰："若如此，是敵未至而棄軍實，非計也。盍若檄示在京官旗校，預支一歲之糧，各令自支，則糧歸京師，又免輦運之費。"不數日，賊至通州，無所獲而去。濬謂文襄此計，自是正當道理，初不難知，但倉卒之間，無由遽見及此耳。故曰"居常貴經遠之略，御難重應變之才"。昔流賊張獻忠將破黄州，府北城外即蘇東坡赤壁也。中有高樓三層，迫近於城。衆議恐賊據以窺城，遂焚之。樓之下有大石碑十二，列於兩旁，皆擘窠大字，係東坡親書赤壁二賦，遒麗勁秀，昔人所謂"上下五百年，縱横一萬里，罕有儔匹者"，俱付之一炬之中。濬當時年方十餘，因建言若焚樓先移碑，碑不及遷，當折樓以全碑。當時司牧及鄉先生於卒然之頃，無暇熟計，且不留情國寶，置之罔聞，遂使千年勝蹟，蕩爲灰煙。嗚呼！惜哉！

王夔强曰：日濬，黄岡人，明諸生。入清，初官均州訓導，與同里王昊廬、漢陽李文孫、吴江計甫草、嘉定陸翼王爲至交。其所著書，余頃在都中，見其鈔本，題曰《黄州文獻》。按之，實其所著詩古文詞，附《雙問》《祠誨》二文。《黄州府志·金石》録赤壁二賦碑，附朱日濬"論往事"一則，即《祠誨》中語也，謂碑燬於獻賊之亂，其二賦乃東坡親書。惟《鈍齋文選》及康熙《黄州府志》《黄岡縣志》均稱爲趙文敏書，明人重刻有三四本。朱氏獨稱爲坡公親書，豈其時方十餘歲，辨之未審也耶？《黄州文獻》頗不類别集之目，府志《藝文》因此署曰《黄州文獻録》，收入史部，而修志者又曾親見此書，固云應入别集矣，乃復改曰録，列史部中，謂可考見黄之文獻，何也？若云日濬曾預修《三楚文獻録》，此爲其一部分，但十餘歲之新進，未必即爲高世泰所召，令其修書也。今觀此集於黄州文獻絶無所關，祇有《黄岡王家録》一篇紀載文，朱氏命此名或仿王深甯文集之稱也歟？集中又有《爲友人徵黄州文獻書》一篇，殆有此志而未逮乎？其友汪國濴作序，亦曰《黄州文獻序》，詹大衡作傳亦同此目，蓋非後人妄加，不可解也。至《祠誨》一篇，乃爲修志者改作《論往事》，則非朱氏之舊矣，特辯正之。（《赤壁紀略續纂》）

《棗林雜俎》：古赤壁，嘉魚縣北六七十里，赭石雄崎，即周瑜破曹處。樵豎時得遺鏃沙礫間。北岸烏林，曹所戍守也。懸岸鑱額，蘇子瞻署之曰“赤壁”，其左就湮，僅見“與弟”字。嘉靖辛亥，華亭莫如忠登其上，記曰：“長公鑱石稱‘與弟’云者，固嘗偕子由來表赤壁所在矣。而賦作於黄州，要以即事寓言，不害爲情之所託，俟好古者之所自定也。”

《堅瓠集·烏衣佳話》：杜公序庠。號西湖醉老，以詩名。永樂間過赤壁，詩云：“水軍東下本雄圖，千里長江隘舳艫。諸葛心中空有漢，曹瞞眼底已無吴。兵消炬影東風猛，夢斷簫聲夜月孤。過此不堪回首處，荒磯鷗鳥滿煙蕪。”一時人皆傳誦，謂之“杜赤壁”。又虚齋曹翰卿詩云：“白石江頭烈火紅，千年遺事説東風。不知畫史將何意，不畫周郎畫長公。”亦有意味。吴匏庵詩云：“西飛孤鶴記何詳，有客吹簫楊世昌。當日賦成誰與注，數行石刻舊曾藏。”世昌，綿竹道士，與東坡同遊赤壁，所謂“客有吹洞簫者”，即其人也。微匏庵表而出之，世昌幾無聞矣。

《堅瓠集》：洪武年間，有書生犯夜。知府問其何處人，生答云：“舟泊蘆花淺水涯，故人邀我飲金巵。因歌赤壁兩篇賦，不覺黄州夜半時。城上將軍原有令，江南遊子本無知。黄堂若問真消息，舊有聲名在鳳池。”識者謂爲解春雨也。

《廣陽雜記》：吾少讀東坡赤壁二賦，已知即此一題，將錯就錯，原自絶妙千古。而後人殷殷考訂校正，一何愚也！赤壁本赤鼻，見酈道元《水經注》。昔臨大江，今壁下長巨洲成陸地，距大江遠甚。滄海桑田之變，亦甚速也。赤嶋者，乃一大石突出於外，形如象鼻，其色微赤，故名，即毛寶放龜處也。嶋下有亭，中豎石碑一座，大書“白龜渚”三字。亭前鑿白石爲巨龜形，矯首水厓。白龜之上復有亭，中塑子瞻像，有子瞻《臨江仙》諸詞。亭中有額，徐子星題曰“萬古風流”。亭西向，亭之東上有堂三楹，榜曰“二賦”，南向兩壁鎸諸名士詩文甚多。又東北上有石級數重，上建傑閣，曰“留坡亭”。亭中巨碑鎸《前賦》，乃元趙松雪所書，嘉靖中黄岡令孟津刻之於石。又《念奴嬌·大江東去》詞，大梁郭鳳儀所書，皆俊偉可觀。閣已廢，不可登。閣之南下有亭，扁曰“酹月”。轉而東南，爲新構王公新祠，昨爲霹靂所震，今更新之。赤壁諸亭閣，皆坡公舊迹，頹敗零落，不可名狀，而王公之祠，巍峨輪奐乃爾，宜乎神之怒也。

《廣陽雜記》：《後赤壁賦》“蓋二客不能從焉”，錢慎庵曰：“此句之上，必脱一句，而‘焉’字當衍。”蓋“從”字與“茸”字、“宫”字韻叶，而上句脱去，亦不成文理也。

《履園叢話》：赤壁，在黄州府城西門外，乾隆五十四年四月十七日夜過此。是時月色甚明，因泊舟城下，賦詩云：“東山初上月，江水自中流。赤壁固無恙，雪堂猶在否？孤舟留枕席，人世總蜉蝣。兩賦傳千古，光芒射斗牛。”

《陔餘叢考》：東坡《赤壁賦》“客有吹洞簫者”，不著姓字。吴匏庵有詩云：“西飛一鶴記何詳，有客吹簫楊世昌。當日賦成誰與注？數行石刻舊曾藏。”據此，則客乃楊世昌也。案：東坡《次孔毅父韻》：“不如西州楊道士，萬里隨身只兩膝。”又云：

“楊生自言識音律，洞簫入手清且哀。”則世昌之善吹簫可知。瓠庵藏帖，信不妄也。案：世昌，綿竹道士，字子京，見王注蘇詩。

《黄岡縣志》：八景詩載郡舊志中，斷文蠹簡，多不可讀。今摭其可詠者，得鄒吏部亮詩四首之一，聊復志此。《赤壁春暉》云：“絶巘凝煙掃空碧，天塹横飛限南北。舳艫灰冷戰氣消，岸草汀花自春色。沈沙鐵戟悲前朝，割據英雄魂莫招。興來釃酒酬明月，醉倚酡顔吹洞簫。”

《古文辭通義》：華亭徐基創一種簡少字作文之法，取前後《赤壁賦》中字，集爲文、賦、詩、詞，成《十峰集》五卷。其《遊小赤壁賦》《春日游小赤壁賦》及《道德篇》，皆洋洋數千言，而錯綜伸縮，不出四百字之外，紀文達稱爲“亘古未有之奇作”。

《赤壁集》：黄岡陶希聖彙曾。《東坡後十四壬戌，讀〈赤壁賦〉有感》云：“壽命有窮，山河不改，古有感于①是者。峴山之歎，赤壁之遊，此類是已。後人不察，亦從而墮淚興歌，謂地果以人名，而人果傳于斯也。豈其然乎？峴山無論已，赤壁則近在吾鄉。斷岸驚濤，巢鶻穴虎，景物是也。左盼武昌，右眄夏口，形勢是也。岩石巃嵸，聊可登眺；草木蒙茸②，足資搜討。農子紓阡陌之勞，征夫息風塵之困。其或鄉黨閒人，遨遊既倦，話扱屐之歡，宣讀書之樂。乃命兒孫，披襟豁目，世守其田，代踵斯迹。尤足以酬造化之設施，資人生之養息也。然則赤壁固無賴東坡以眩其邱壑于大地，而鐫其想像于人心，壬戌重遊，果何有乎？雖然，微藐之身，不能周遍兩間；倏忽之壽，不足長留斯世。衍續之志未竟，依持之本已終，斯群類之大恨也。況人生也有涯，而欲應無涯之知。既矯然自得矣，斤斤焉惟恐相忘，鑿鑿焉惟求見異。不得假借共

① 底本作“惑于”，據文意改爲“感于”。
② 底本作“蒙葺”，據文意改爲“蒙茸”。

業，傳播修名，墮淚興歌，雖不及覩古人，若是我亦宜然，而後躊躇滿志焉。世俗之教則然，無足怪矣！是知自業共業之大惑不明，則墮淚興歌，相率無已。勞形于瞻前顧後，役心于諫往追來。妄執時空，專行取捨。慮漚不别，指月常迷。數數然以爲後之視今，猶今視昔，而不知後人之弔已甚于相慕也。可不謂大悲乎？東坡逝矣，此歲星十四轉間，赤壁之下，愴然興歎者幾人？慨然執筆者又幾人？是固能傳赤壁，無待東坡而後起。然類不能度越東坡，甚或時遷而迹已滅，衆生共業之中，惟斯人斯地之獨存，是又弔之而適足自娱也。”

擬《赤壁賦》並序

明·茅瑞徵五芝，歸安。

余向不作賦，既量移齊安，友人温太史長卿書來道訊，曰：“黄州赤壁，盛傳坡老兩作，此自記體。子令斯邑，直須作賦。”余竊心許，竟逡巡未遑也。會歲丁未，直指史公按部之暇，原本山川，以賦見屬，茲乃不辭固陋，僭爲抽毫，坡老可作，應嗤貂續。

歷皇輿以遐矚，循南紀而騁武。爰按轡以澄清，乃周星而閲楚。既縱目乎山椒，遂弭節於江滸。惟茲山之鬱盤，標奇蹤兮終古。夫其擁帶長薄，苞舉層巒。靈根競爽，秀色堪餐。象朝霞之軒舉，雜落英而流丹。眄赭岸於天末，縈蘭渚之疑紈。信山川其殊詭，有今古騷人墨士之所悦忽而眙愕者矣。若乃跨江潯，眺漢汭。選芳洲，馮遠澨。山如簪，樹若薺。遡樊浦之歸雲，阻三江於東逝。望鄂渚兮中流，辨西山兮新霽。夫何形勢之巀嶭以崔嵬，枕長江而作蔽。爾其繡甍棲鴛，崇墉列雉。聽鼓角於嚴更，拱金湯於西顧。千門晨啟，排閶闔而生雲；萬竈宵凝，捲簾櫳而舒霧。面波濤之澎湃，以下上兮大别注之，滙彭蠡而張怒，亦有征檣。横鶩而突進兮，想舳艫之争馳，杖尺箠而飛渡。至若軒楹顯敞以前闢，亭榭紛披以層布。艷樓百尺兮星臨，雕檻三重兮棊峙。

枕流嗽石，既天劃而神鏤。左江右湖，亦龍驤而虎視。此固夫震旦之仙都，方隅之偉觀也。當夫天氣肅，零露瀼。龍火頽，兔華上。晚風清，綺席張。理瑶琴，睠欝蒼。饒庾公之佳興，同蘇子而徜徉。則有漁燈佛火，兩兩相望。蘭槳桂檝，傾彼壺觴。引金樽而邀月，弄涼夜之逸光。亦有聲犯龜茲，韻寫滄浪。紫袠腰笛，一曲徬徨。鶴南飛兮歌裂石，鵲繞樹兮夜何長？爾乃感雄圖之延促，徵往牒之興亡。館横江兮創暨，洲得勝兮垂芳。彼蒯恩既嘗呑吴而郤敵，暨劉冠軍之破桓元，獨峥嶸於此方。是皆號最勝之遺蹟，又何空齒乎東風折戟之周郎。爰有問鶴之亭，放龜之渚。留遺惠於千秋，訪飛仙而儻止。悟身名之浮漚而露電兮，繄獨三不朽之流傳，歷劫灰而可譜。而亦誌夫磯頭之金甲兮，井綆寒，碧血剖，竟矯矯乎潤英聲於鼎釜。乃若抽彩毫之五色，愴往事而摛詞。粤有李白之韻，杜牧之詩。夫實超兩賦以前步兮，宫商沈振而互馳。至於肇嘉名，顯榛蕪。定雄飛，訂史圖。吾又孰測當年之故物兮，兹磊磊而懸崕，夸厥土之赤墳。蓋嘗錯楚方而可數，寧止連雲夢而爲三，抑亦沿郢沔而稱五。彼聲名之奪朱，徒赭堊乎凝質。的歷丹邱，目遇成色。尚有霍州之南，焉獨嘉魚之北。物换星移，沙青渚白。目送手揮，天空海闊。勝以時顯，地因人傑。是耶？非耶？山川罔識。吾將挾以問之寥廓，竟嗒然而失答。

《赤壁集》

赤鼻山賦

清・胡復亨

嶽鎮巍聳兮，維天柱之高撐。支條蜿蜒兮，繄地氣之周旋。騁足千里兮，蹶起於西陵。穿身白雉兮，首出乎邾城。羌盤礴於水曲，實苞育夫火精。乃厥土之赤埴，又其名如紫金。儼丹砂之爲骨，類胭脂之染形。雨頻洗而彌耀，日常暴以愈新。憾飈風之勁疾，無改麗質；激怒浪之餐齧，益試堅貞。固造化之肖物，偏近取諸人身。異焉哉！髣髴古之隆準；妙矣乎！肇錫予以嘉名。儷黄岡之舊號，受赤鼻之殊稱。方其胎息聚寶兮，纍纍數指上之螺蚊；角立翦峰兮，稜稜樹額間之峥嶸。蘼蕪芽茁兮延蔓，似蚨坐於緑茵。峨嵋冰融兮驟漲，如渴飲於黄泓。既植體之特絶，復景物之競呈。則有水落而平原出，牛馬牧兮錯錦；霜降而旅雁呼，飄檣過而乍驚。肔以薄兮，湖上之芰蔆縱横；解以脱兮，窩中之菊英繽紛。宛委定惠之院，海棠綽約而春榮；需衍横江之館，絲柳摇曳而秋青。經時則熟，地滿雪藕之白蓮；應候而肥，潛泳玉脂之鰉鱘。況夫諸川環合，群湖洄瀠。沙巴南互兮澄澄，荻洲北擁兮汀汀。右控三江之上游，左漏微泉於下清。澗轉溪回，滙玻瓈於衣帶；葦航葉駕，接西巘於門庭。寒溪隱見兮，仲謀避暑之離宫；杯湖浄滌兮，次山杯飲之窊尊。凡盡態而鬥妍，俱呈技以效命。猶且脛踏毛寶之龜渚，肘挾張耒之鴻軒。玩月波之佳趣，想見浩浩；睹竹樓之巧制，如聞丁丁。摹木石於壁間，寒耶何氏之堂；得江山於几席，快哉張子之亭。若夫前賢之輝映，則魏公之與禹偁；幽人之點綴，則季常以及大臨。於時草昧欲開，天作奇緣。氣機感召，帝遣偉人。才蹴趾於虎豹，遂濯纓於潸淪。攀危巢而長嘯，放扁舟而酣吟。因裁成夫兩賦，兼吁嗟以千言。假菀枯之既往，抒己心之不平。約略大夫之《懷沙》，大都太傅之《過秦》。既風流之駘宕，尤意致之超騫。悲夔契之莫用，託莊列之幻行。學嵇阮之曠達，笑魏吴之閧争。栩栩羽衣之蹁躚，渺渺孤鶴之飛鳴。固將神游於十洲，揮斤於八紘。夫何絶調之既出，遽來文人之相輕。或指沙羡之仄岸，或云臨嶂之烏林。謂摘詞之失據，豈傾耳之知音。抑有昧乎寓言，曷少念其感興。兹企懷於後代，久抱歎夫斯情。喜騷客以韻事兮，掩霸業之雄能；恍遺風之未遠兮，寧勝蹟之勿珍。儻遜步於往哲兮，必見嗤於山靈。值姑洗之應律兮，正句芒之司辰。看奇蹤之遶郭兮，盼麥穗之映津。尚桂酒之堪謀兮，便蘭棹以再尋。搴浠水之芳蓋兮，携樊口之細鱗。烹鳳棲之清泉兮，按陸羽之茶經。竊以踵巴人之下里，匪敢續坡仙之餘勍。固已油油乎樂寥廓之厚載，皞皞乎沐蕩蕩之深仁。

《黄岡縣志》

東坡赤壁賦

清·潘頤福芝堂，羅田。

噫吁嚱，壯哉！面臨江渚，北倚城墉。丹皴峭石，綎涴孤峰。落落蕭瑟之地，堂堂笠屐之容。於是騷人挐榼，游子支笻。尋夢而夜呼鶴伴，題詩而壁掃苔封。孰不盤供廚筍，豆薦田葑。泥憶飛鴻之印，宫憐磨蝎之逢。迄今蓋幾百十年，而赤壁之上，早屹然有此祠宇之數重。無何而銅馬之鏑鳴城陬矣！青燐之屑集山樓矣！狼煙一縱成荒邱矣！鴛瓦長頽逐東流矣！農歌牧笛，則舊日之清唱低謳也。丹楓白荻，則往時之桂楫蘭舟也。訪神祠而扼腕，讀詩帳而生愁。亦爲悵椒觴之莫奠，而嗟栗祏之誰修？今歲客有過齊安城外者，將以弔遺址，陟平岡，碑尋礫亂，菊採園荒。俄焉，躬至其地，則見飛虹連棟，度雉成堂。薦芋羹而糁玉，篩蜜酒而浮香。昔之龜趺剥蝕，貍窟踉蹡，苔繡將埋之礎，竹穿欲圮之牆。今則洗餘腥於烽火，挽小劫於滄桑。規矩之再啟，紛梁卵與娣黄。詢之土人，僉曰："斯地也，燬於甲寅之歲，而賓重描於己巳之秋。"然而攀藤弔古，蠟屐尋幽，闢荒墟而草薙，分餘橐而工鳩。雖以培釣游之舊跡，娱吟嘯之良儔。亦謂彼東坡者，蒼髯垂戟，鐵板吟秋。合管領夫江上之清風，與山間之明月，而永鎮於黄州。且夫公距茲七百餘歲矣，當公之時，非不婆憐春夢，相遇冬烘。然膏以煎而信耀，金以鑄而彌工。雖復泥消雪盡，人去堂空。猶且爇心香於一瓣，拓斗室於三弓。而以近日之狼奔豕觸，炬艴崖紅。更能使像摹金煥，壁堅碑豐。愈見公之事業文章，足以空群馬於北，而障百川於東也。故赤壁之在江北，譬如太倉之粒粟，滄海之勺波。或蹈争墩之習，或沿釋地之譌。然而霸圖電逝，歲月駒過。誰奠芳醪於天末，誰攜麥飯於山阿。孰若靈旗閃爍，廟貌嵯峨。鶴再來而依舊，人萬劫而不磨。則所謂赤壁者，不必屬之曹瞞、公瑾，而專屬於北宋之東坡。今試於菰沈蓮墜之時，雲淡霜寒之夕。俯仰遥天，徘徊往迹。舉夫戰艦揚旗，騷壇岸幘。錚錚躍馬之流，作作簪毫之客。莫不萬斛沙淘，雙丸梭擲。惟此巍業之靈祠，與夫峥嶸之片石。爲樵牧之所不能傷，兵燹之所不能扼。對斯景也，依然壬戌之秋。蒼蒼然，黯黯然。但見月鏡孤懸，霜珠遥積。四野煙横，半江楓赤。况夫百廢俱修，良材咸覓。黄鶴再峙於江城，青雲齊高於雲霓。非復破瓦頽垣，荒榛雜礫。蟲吟砌而秋涼，鳥啼花而晝寂。則此赤壁也，亦足綿俎豆於千秋，壯河山之半壁。時有祀東坡者，爲招魂之曲。詞曰：

公之靈兮曷附，鯨驂來迓兮長江之阼。葺文桂兮爲宫，雕玉瑱兮爲路。神旂兮半露，羌紛糾兮煙霧顧。庭開兮重新，公之來兮雲輦駐。朝飛烏兮暮走兔，堂宇森森兮終古如故。饗公兮公勿吐，爲公侑觴兮且頌公之二賦。

《羅田兩太史駢體文録》

擬子瞻《前赤壁賦》有序

清・郭拱辰仲侯，安陸。

序曰：子瞻遷客，黄州薄遊。臨水登山，非悲則恨。蒼茫法曲，歸去何年？鐵板銅琶，唱大江東去，牢騷抑鬱，概可知矣。然赤壁前賦，以變爲不變，而非有莫取，曠觀天地，隨遇共適。殆得老氏之緒言，抑亦蒙莊之名理也。往歲于役，扁舟溯洄。江山雖非，文采未墜。竊效其體，以廣其意。子瞻有知，其謂之何？

元豐四年，予春秋四十有七。時已久謫，寄居臨皋。同賈生之薄宦，多潘岳之二毛。苦竹繞舍，頽梧作秋。芳緒無偶，豪情暗抽。不怡終夜，何以寫憂。迺命旨酒，招賓友，託逍遥以長遊，穹茫芴于無有。南望洞庭，西眺夏口。峨峨鬱鬱，莽莽蒼蒼，颾颾瑟瑟，混混茫茫。秋聲撼樹，秋露疑霜。登舟四顧，在水一方。動兮曾瀾，静兮深淵。泛乎不繫，游乎自然。鷺影拳石，蛩音上船。簫鼓中流之渡，琵琶少婦之弦。月明今夕，風景當年。有客不懌，揖蘇子而前曰："昔者亂世，實生奸雄。鯨吞華夏，虎視江東。攘荆州之軍實，秣壯馬於渚宫。舍彼精騎，駕此艨艟。波濤之性不習，檣櫓之用未工。周郎鬥智，阿奴火攻。譆譆出出，當頭路窮。君子猿鶴，小人沙蟲。此赤壁之戰功也，而區區江表，遂成鼎足，力抗上邦。出入三五，上下數百。春冷銅臺，沙霾鐵戟。兩岸霞頳，四山燐碧。落日寒江，荒煙古驛。寂寞龍蛇，此焉與宅。歎逝者之如斯，等興亡于一擲。俛仰之間，以爲陳迹。風激水而生波，世閱人而成故。聽鶗鴂之先鳴，哀荃蓀之不悟。欲遠濟以無梁，又若華之遲暮。尋羽客于舟庭，或長生之可度。羌欲往而仍留，寥廓乎莫知其處也。悲從中來，邈焉誰訴？”蘇子曰：“唯唯！否否！憂生念亂，下士之隱思也；觀化齊物，達人之襟期也。一陰一陽，天地常則，消息始終。安知其極氣之聚也，合而爲人。倏忽離散，各藏其神。富貴福澤，不可預陳。貧賤憂戚，足以活身。奚爲奚據，奚避奚處，奚就奚去，奚好奚惡？故曰：‘忠諫不聽，蹲循勿争。’子胥争之，以殘其形。且子之所謂，非我之謂也。我之所貴，非人之所貴也。子獨不觀至樂乎？魚潛淵而躍，鳶戾天而飛；鳥在山而悦性，鷗逐浪而忘機；浮江湖以肆志，喜今是而昨非；臨清流以滌蕩，與萬物以同歸。委軀縱命，夫復何違？”言未既，客斂容再拜曰：“旨哉言乎！幾于道矣。敬爲子歌，以志永好。”歌曰：“與子期兮水之澨，波波澮澮兮心摇曳。紅芳落盡繁華空，佳人雪涕霑羅袂。”乃爲之和曰：“羅袂昔飄殘，暮雲生薄寒。人地無恒理，江月共嬋娟。”逸響方終，漁謳互答。夢影微茫，天風蕭颯。

《經心書院續集》

考

赤壁考

明・胡珏

蒲圻縣西赤壁，正劉備、孫權破曹操處，在烏林磯對江南岸，非蘇子瞻所遊赤壁也。子瞻謫齊安時，所遊乃黄州城外赤嶋磯。古之邾城下有白龜渚，爲毛寶軍人放龜處。當時誤以爲周郎赤壁耳。

宋元豐六年，東坡自書《赤壁賦》後云："江漢之間，指赤壁者三焉：一在漢水之側，竟陵之東，即今復州；一在齊安郡步下，即今黄州；一在江夏西南二百里許，今屬漢陽縣。江夏西南者，正曹操兵敗之地也。"

按《三國志》，操自江陵而下，備與瑜等由夏口往而逆戰，則赤壁明非竟陵之東與齊安之步下矣。

又按《墨莊漫録》云："黄之赤壁，土人云本赤嶋磯也，故東坡長短句'故壘西邊，人道是三國周郎赤壁'，則亦傳疑而云耳。今岳陽之下嘉魚之上，有烏林、赤壁，蓋公瑾自武昌列艦，風帆便順，溯流而上，遇戰於赤壁之間。杜牧詩曰'烏林芳草遠，赤壁健帆開'，是則真敗魏軍之處也。"今《一統志》亦曰："赤壁在武昌府城東南九十里。唐《元和志》：'在蒲圻縣西一百二十里，北岸烏林，與赤壁相對，即周瑜焚曹操船處。'《圖經》云：'在嘉魚縣西七十里，其地今屬嘉魚。'宋蘇軾指黄州赤嶋爲赤壁。蓋劉備居樊口，進兵逆操，遇於赤壁，則赤壁當在樊口之上。又，赤壁初戰，操軍不利，引次江北，則赤壁當在江南，亦不應在江北。今江漢間言赤壁者五：漢陽、漢川、黄州、嘉魚、江夏。惟江夏之説合於史。宋李壁詩：'赤壁危磯幾度過，沙州江上鬱嵯峨。今人誤信黄州是，猶賴《水經》能正訛。'"據上諸説，則知東坡當日作賦時之誤。

盛弘之《荆州記》云蒲圻沿江百里有赤壁，指西良舊治而言。《通考》注云："蒲圻，吴縣，有赤壁，在今西良湖側。"亦非也，湖側並無赤壁。今赤壁出蒲圻黄蓋湖，距縣五十餘里，現有武侯祭風臺遺趾，土人嘗於其處耕得箭鏃戈戟，其爲破曹之地無疑矣。邑人副使何思登有記，唐杜牧之、胡曾有詩。

《武昌府志》

黄州赤壁沿革考

王葆心季薌，羅田。

自辛亥國變，缺失之最鉅者，莫如當日地方區畫廢去郡域。自是吾黄州一郡，有明洪武以來，舉蘄、黄二州結合之歷史，隨之以去。余獨以謂縣域可由分而合，省域可由合而分，獨郡治則由秦漢變置郡縣以降，凡歷史地理志及方輿專書，無不以郡治爲地方綜合一定不易之區域，舉沿革、户口、物産、職官、人物種種，罔不以郡域統計其數。漢魏下讫明清，可一貫銜接觀之，而得此一方消長存廢之都凡。郡域一廢，則二千餘年地方人民之歷史都廢，是自亡其地方之主體也。可不悲哉！惟是黄州，土風樸厚，不忍棄地方二千年歷史如敝屣，故自吾郡廢，而郡人士仍懷抱舊日梓桑情感，爲自然之聯合。一見於營建省會之啟黄學校，再見於重葺郡城赤壁之遺蹟。此爲郡人不忍隨變革以自涣其群之美德，良可書也。黄岡汪桑兩司營建赤壁之役，爰以其暇，纂輯前人赤壁文字，都爲一編，乞余爲説赤壁之沿革。余夙好討治地方土風文獻，輒陳列書説，取自有赤壁以來，建置之可考者，搜求列代方域書與遊覽之文字，斷自宋始，以下讫於元明清代，而四朝殊異之故蹟，可羅列其真相也。今條别於左。

宋時之赤壁，有可考者，其時蓋與竹樓、月波樓、棲霞樓、涵暉樓，迤西南而相差次，而赤壁嘗位其東北。又南瀕晉唐以來之横江館，西接劉宋以來之金甲井，北連魏以來之徐邈洞，白龜渚又在其下。試舉其與西南相差次之四樓言之。

陸游《入蜀記》云："郡集於棲霞樓，本太守閭邱孝終公顯所作。蘇公《樂府》云'小舟横絶春江，卧看翠壁紅樓起'，正謂此樓也。下臨大江，煙樹微茫，遠山數點，亦佳處也。樓頗華潔，先是郡有慶瑞堂，謂一故相所生之地，後毀以新此樓。循小徑，繚州宅之後，至竹樓，規模甚陋。樓下稍東，即赤壁磯，亦茆岡爾，略無草木，故韓子蒼待制詩云'豈有危巢與棲鶻，亦無陳迹但飛鷗'。此磯，《圖經》及傳者，皆以爲周公瑾敗曹操之地，然江上多此名，不可考質。李太白《赤壁歌》云'烈火張天照雲海，周瑜如此敗曹公'，不指言在黄州。蘇公尤疑之。《賦》云'此非曹孟德之困於周郎者乎'，《樂府》云'故壘西邊，人道是當日周郎赤壁'，蓋一字不輕下如此。至韓子蒼云'此地能令阿瞞走'，則真指爲公瑾之赤壁矣。又黄人實謂赤壁曰赤鼻，尤可疑也。"

今考此云棲霞樓"下臨大江"，"循小徑，繚州宅之後，至竹樓"，"樓下稍東，即赤壁磯"，是樓臨江而居州宅後，通徑至竹樓，東即赤壁，然則二樓與磯相連，面江邊而在州廨後也。坡詞"翠壁紅樓起"之語尤顯。蓋赤壁至春而翠，其上又起紅樓，即棲霞也。明言樓與壁在一處也。

又范成大《吴船録》云："赤壁，小赤土山也，未見所謂'亂石穿空'及'蒙茸''巉崖'之境，東坡詞賦微夸焉。晚過竹樓，郡治後赤壁山上，方丈一間耳。轉至棲霞樓，面勢正對落日，暉景既墮，晴霞亘天末，併染川流，醺黄酣紫，照映上下，蓋日日如此，命名有旨也。樓之規制甚工。其人則曰故相秦申王生於臨皋舟中，黄人作慶瑞堂於其處，近年撤而作棲霞云。黄岡岸下，素號不可泊舟，蓋江爲赤壁一磯所攖，流轉甚駛，水紋有暈，散亂開合，全如三峽。"

據此，則竹樓在赤壁山上，棲霞又在竹樓之西。元之記竹樓在城西北隅，赤壁方位正在城西北。范氏此説又恰與王氏記合，則當日之赤壁磯殆大類今之黄鵠磯。其上建竹樓及棲霞，亦如黄鵠磯上建黄鶴樓及北榭。但黄鶴面北，棲霞面西。由棲霞一轉即竹樓。樓不過方丈，正在郡治後赤壁山上。范氏所見，在孝宗淳熙丁酉歲。陸氏所見，在乾道己丑之歲，兩人來遊相去八年。范《録》之説，較陸《記》尤爲明瞭，故竹樓、棲霞本與赤壁相連絡，遊必並遊。觀戴石屏《黄州偶成》詩，可見戴亦由棲霞到赤壁也。

更按，以涵暉樓之名"無盡藏"，其名沿至明末猶未改，則與赤壁聯絡者，又有涵暉樓矣。玩"涵暉"之旨，暉謂落暉，而此樓能涵之，則與石湖詁"棲霞"同旨，而其樓與棲霞相排列又可知。陸《記》既稱竹樓稍東即赤壁磯，而王禹偁《竹樓記》又云竹樓與月波樓通，其《月波樓詠懷》詩有"右顧徐邈洞，左瞰伍員廟"之語。康熙《黄州志》本明萬曆《府志》，稱徐邈洞在赤壁後坡，而月波樓可右顧之，是不獨竹樓在赤壁稍東，即月波樓亦在赤壁左方矣。伍員廟，即伍洲之伍君祠也，乃在江滸，故左瞰之。合此四樓，偪近赤壁，乃恰合韓魏王詩"臨江三四樓，次第壓城首"之句。其位置非相排比，即相參差而甲乙之。其詩云"樓壓城首"，則諸樓踞城頭，面西並峙。可知宋時赤壁諸樓之勝盡此矣。陸《記》云棲霞在州宅後，由小徑達竹樓，稍東即赤壁。范《録》云竹樓在郡治後赤壁山上，則諸樓與赤壁，均在當日黄州郡廨之後。是則此諸勝也，乃赤壁磯繞諸樓，樓又繞郡治，治又繞郡廨。宋時州城内外大勢，均可由此而推知也。按：韓詩"次第壓城首"，非真有城也，但有少垣壁耳。據張耒《明道雜志》云"黄名爲州而無城郭，西以江爲固，其三隅略有垣壁，間爲藩籬。城中居民纔十二三，餘皆積水荒田，民耕漁其中"，此説與東坡在黄時耕田自食正合。城西倚江正即赤壁，故州宅與諸樓及赤壁均廓然洞達。即鄭毅夫有《重建門記》，亦垣壁之門耳。及明洪武築城，將赤壁横截内外各半，迴非宋舊。然瀕赤壁處，亦開有門曰"磯窩"，謂其在赤壁磯之窩，門外有磯窩湖也。可知宋時諸勝與州治並無隔别矣。

至宋時地志可考者，祇王象之《輿地紀勝》載《淮南西路·黄州·景物》云："赤壁磯，在州治之北，東坡作《赤壁賦》，謂爲周瑜破曹操處。"又云："赤壁，東坡有賦。烏林，在赤壁相近。"又引東坡詩"烏林荒草遠，赤壁健帆歸"之句。按：烏林即今團風鎮，見李維楨《官氏墓志》。又康熙《黄州志》沿明萬曆《府志》云："祭風臺，在縣東南三里許。有七星塘，東岸有小阜，世傳諸葛亮祭風所築。"此迹後來府志不載，而明志有之，當與烏林皆爲宋時所傳述也。凡以証成赤壁爲孫曹戰地而已。

其録唐宋人詩，至專立《赤壁詩》一目，收杜牧、胡曾、孫元晏及胡安國、曾太守之子絶句，又摘杜牧、黄治、張耒、陸游及東坡詩諸聯，皆以證成孫曹赤壁在此。而宋代圖經地志指此爲孫曹戰地，當時必定爲確論，衹二張、陸、李微致疑，見後。且溯原於唐人之題詠。然則唐宋人輿論，群認此爲鏖兵之地，絶不知有康熙後郭朝祚所題"東坡赤壁"之説也。依此例，則唐宋人賦赤壁之作，均應隸歸黄州。且宋人視赤壁一山，其範圍較今日所指之赤壁面積尤拓大，故《紀勝》於"聚寶山"云："在州治之後，赤壁之上。山多小石，紅黄粲然，東坡所作《怪石供》即此石也。"又《仙釋傳》云："有徐公洞，在州治之後聚寶山，赤壁之上。"此二説，與陸氏《入蜀記》所謂"挽船正自赤壁磯下過，多奇石，五色雜錯，粲然可愛，東坡先生《怪石供》是也"，皆可見宋人以聚寶山即赤壁也。然則，今人分别爲聚寶山、徐公洞者，宋人實視爲赤壁之支山。其視諸樓，亦爲赤壁之粧點也。宋之赤壁，蓋由州治西南而北及於聚寶矣。

《紀勝》於竹樓，但摘王元之《記》數語，未詳在何地。然其書無倦齋，云"在郡廳竹樓之下"。是竹樓當亦如范《録》所稱"在郡治後赤壁山上"矣。主此以推，其云坐嘯堂、味道齋，均云"在州治無倦齋後"，云無慍齋"在無盡藏之下"，而於無盡藏云"在郡治，即涵暉樓。張安國大書其榜曰'無盡藏'，取《赤壁賦》'無盡藏之義'。丁寶臣爲之記。"一名"延暉閣，曾使君按，當即曾宏甫。有詩曰：'雪浪逾千頃，雲沙列萬艘。'"是所謂涵暉樓與一堂三齋均在竹樓之下，與棲霞均下臨大江，有"雪浪""雲沙"之巨觀也。張氏孝祥之取坡賦語者，亦以其在赤壁面積内也。

《紀勝》於"棲霞樓"云"在儀門之外西南，軒豁爽塏，坐挹江山之勝，爲一郡奇絶，東坡所謂賦《鼓笛慢》者也。又聞邱孝終公顯嘗守黄州，作棲霞，爲郡之絶勝。東坡次韻王鞏詩云：‘賓州在何處，爲子上棲霞。’”今玩“儀門外西南”之語，則此樓在州宅西南側面，故陸《記》云“由棲霞循小徑，繚竹宅之後，至竹樓”，是由棲霞至竹樓，須由治廨西南轉灣至宅後，即得竹樓也。象之所據《圖經》，與陸《記》、范《録》並相符合。

《紀勝》所據，乃原本李宗諤《黄州圖經》及厲居正、許端夫之《齊安志》與《集》並《拾遺》也。此尤可覘宋人所謂赤壁及諸樓之真相矣。

其他與赤壁連接之勝，在《紀勝》所書有横江舘，云“在赤壁南，李宗諤《圖經》以爲晋龍驤將軍蒯恩建”。又有金甲井，云“在州治之西，近赤壁，古塚旁有一井，世傳以謝晦塚。紹興間浚井，得金甲一副，乃晦死以甲投井中，至今名爲金甲井”。又云“謝晦墓，俗謂之謝鐵龍墓”。又聚寶山，云“在州治之後，赤壁之上”。又徐公洞，云：“徐仙，有徐公洞，在州治之後聚寶山。赤壁之上，無復洞穴，但山崦深邃。王黄州詩云：‘右顧徐邈洞，精靈知在否？’葢徐邈曾得道於此故也。”按，《奚志》本明志，云“徐公洞在城西北赤壁後坡，其下有崖，今創水月庵。蘇子瞻云：‘非有洞穴，但山崦深邃耳。《圖經》云是徐邈，不知何時人，非魏之徐邈也。’”觀此知元之及《紀勝》均以徐邈爲仙人，東坡但辨非魏之徐邈，然亦不能證其非仙人，故《紀勝》目爲徐仙。

凡此諸勝，均考宋時赤壁所應連類及者。此外，宋時勝迹，宋人文字未云近赤壁，而康熙《府志》據明萬曆《府志》稱爲在赤壁及與赤壁接近者：

一、峥嶸洲，《紀勝》云：“晉劉毅破桓玄處。《寰宇記》云：‘在黄岡，與武昌相近。’”《奚志》據明志云：“在赤壁山前，江半崛起，俗名得勝洲。酈道元《水經注》云冠軍將軍劉毅破桓南郡於此洲。”

一、白龜渚，《紀勝》云：“在黄岡，大江之側。按《晉史》，毛寶守邾城，城陷。初，毛寶軍人有於武昌市買一龜，養之漸大，放之江中。及郝城之敗，養龜者投於水，如墮石上。視之，乃先所養龜。送之東岸，獲免。”又引《輿地廣記》云：“東晉毛寶守郝城，爲石季龍所敗，有卒投江，遇白龜之救。”《奚志》據明志云：“在赤壁山下，寶以萬人守郝城，石虎遣子鑒等帥五萬人來寇。城陷，軍士及寶赴江，死者甚衆。養龜人遇所放龜，負之登東岸。”

一、君子泉，《紀勝》云：“‘雲夢澤南君子泉，水無名字托人賢。兩蘇翰墨人爲重，未刻他山世已傳。’言黄倅孟震公宇中有此泉，東坡名，子由記。”《奚志》據明志云：“君子泉，近赤壁。宋通判孟震有賢德，時稱孟君子。庭中有泉，因以名之。蘇子由爲銘，子瞻爲跋，黄魯直爲詩。”詩即《紀勝》所録，未標出主名者。此亦志赤壁者，所必兼及者。按，《紀勝》載酹月亭，“在知録廳，取東坡‘一杯還酹江月’之句”。此在宋時建於黄州知録參軍廳，則亦在府宅間近赤壁者。但黄州、黄岡郡縣志都佚不收，惟《黄岡志》於赤壁下載明代酹江亭而已。蓋郡人久不知此古迹。又，《奚志》據明志，有臨江亭，云“在赤壁旁，晁補之有詩”。此亦宋時近赤壁者，《紀勝》則未收入，並附列此。

宋《圖經》《地志》定此爲孫曹赤壁，不但以烏林、祭風臺爲證，並蘄州江中有散花營，亦其旁據。萬曆《黄州府志》稱：“獻帝建安十三年，吴遣將迎戰，破曹兵於赤壁，旋師，賞軍於蘄之江中，名其地曰散花營。”《蘄州志》：“明萬曆己未間，土人於江中散花洲得小鐘一，擊之無聲。兵憲王公回溪不能識。時大宗伯李公本寧適過蘄，王質之。李曰：‘此三國時周公瑾破曹兵，軍中會食之鐘也。共十有二，以重物擊無聲，以蘆莖輕擊之，其聲始發。’驗之，果然。”是散花洲正由赤壁回軍之地，故唐宋人信此以爲赤壁左証。緣此之故，唐杜牧守黄州，其詩中凡三及赤壁，一《寄李岳州》，一《齊安晚眺》，一《赤壁》絶句。皆以周郎赤壁在黄州爲信。相承至東坡二賦，其名益顯。惟宋時自二賦後，引世人之注意，漸有致疑詰者，有二張、陸、李之説。一、張耒《續明道雜志》云：“黄州，江南流在州西，其上流乃謂之上津，其下水謂之下津。去治無百步，有山入江，石崖頗峻峙，土人言此赤壁磯也。按，周瑜破曹公於赤壁，云陳於江北，而黄州江東西流，無江北。至漢陽，江西北流，復有赤壁山。疑漢陽是瑜戰處。南人謂山入水處爲磯，而黄人呼赤鼻訛爲赤壁。”一、張邦基《墨莊漫録》云：“靖康初，韓子蒼知黄州，頗訪東坡遺跡，常登赤壁。而《賦》所謂‘棲鶻之危巢者’，不復存矣，悼悵作詩而歸。又有何斯舉者，猶及識東坡，因次韻獻子蒼云云。然黄之赤壁，土人云本赤鼻磯也，故東坡長短句‘故壘西邊，人道是三國周郎赤壁’，則亦是傳疑而云然也。今岳陽之下、嘉魚之上有烏林、赤壁，蓋公瑾自武昌列艦，風帆便順，泝流而上，遇戰於赤壁之間也。杜牧有《寄岳州李使君》詩云‘烏林芳草遠，赤壁健帆開’，則此真敗魏軍之地也。”據二張之説略同，然皆不知“赤鼻”爲見《水經注》，獨李壁知之耳。合二張及李氏三人，參以放翁《入蜀記》之説，皆宋人始獻疑者，陸説與《漫録》均引坡詞，謂坡已傳疑，所見亦同。此四家之言，皆明清以後以黄州赤壁歸東坡，以嘉魚赤壁歸公瑾之開先也。然坡公《志林》中述當日之赤壁，亦有可與宋人地志、游記、詩文相證合者。《志林》云：“黄州守居之數百步爲赤壁，或言即周瑜破曹公處，不知果是否？斷岸壁立，江水深碧，二鶻巢其上。有二蛟，或見之。遇風浪静，輒乘小舟至其下。捨舟登岸，入徐公洞，非有洞穴也，但山崦深邃耳。岸多細石，往往有温瑩如玉者。”按，此云赤壁“在黄州守居之後數百步”，張文潛則作“去治無百步”，可見當日赤壁，偪在州廨後。又云“登岸，入徐公洞”，即此洞與赤壁在一處可知。又云“岸多細石”，則聚寶山與毗接可知。此皆足與陸、范、王象之説可互發者，故更疏證及之。但宋人既有此致疑之四家，又繹坡公之説，以爲亦是疑詞，於是明清人乃垂爲定案，而黄州與嘉魚遂分道揚鑣。

一、明清《黄岡縣志》沿襲之説。《楚志》云：“江漢間言赤壁者五：漢陽、漢川、黄州、嘉魚、江夏。”唐《元和志》云在蒲圻縣西，與烏林峰對。《圖經》又云在嘉魚西。蓋初蒲圻地，今屬嘉魚也。按史，昭烈居樊口，進兵逆操，遇於赤壁，當在樊口之上。又稱赤壁初戰不利，引次江北，則赤壁當在江南。宋謝疊山云：“予自江夏泝洞庭，舟過蒲圻，見石崖有‘赤壁’二字，因登岸閲赤壁。其北岸曰烏林，又曰烏巢，乃漢陽境也。大岡上有周公瑾廟，至今土人耕地得弩箭鏃，長尺餘，或得斷槍折戟。”以今嘉魚赤壁合之，信爲瑜破曹地無疑，其他四處非是。黄州赤壁，本名赤嶋。《齊安拾遺記》以三江下口爲夏口，以武昌縣華容鎮爲操走華容道，其説乖謬。嘗考文忠云“黄州守所居之處，去數百步爲赤壁，或言即周瑜破曹公處，不知果是否”，又云“黄州稍西山麓，斗入江中，石色如丹，所謂赤壁者。曹公敗歸華容，今赤壁西對岸即華容鎮，庶幾是也。然岳州復有華容鎮，竟不知孰是”，則文忠亦未嘗的指爲破曹地。《水經》云“江水左逕百人山南”，酈道元注：“右逕赤壁山北。”《經》又云“江水左逕赤嶋山南”，赤嶋之非赤壁明矣。張耒《雜志》云‘南人謂山入水之處爲磯，而黄人呼赤嶋訛爲赤壁’。按，此説乃明《黄岡志》之説，而清初人沿用之者。此據《圖書集成·職方典》引之。

一、明清《一統志》之説。《武昌府·山川》云：赤壁山在嘉魚縣東北濱。《水經注》云：“右逕赤壁山北，昔周瑜與黄蓋詐魏武大軍所也。”明胡珪《赤壁考》：“蘇子瞻適齊安時，所遊乃黄州城外赤鼻磯，當時誤以爲周郎赤壁耳。東坡自書《赤壁賦》後云：‘江漢之間，指赤壁者三。一在漢水之側、竟陵之東，即今復州；一在齊安縣步下，即今黄州；一在江夏西南二百里許，今屬漢陽縣。’按《三國志》，操自江陵西下，備與瑜等由夏口往而逆戰，則赤壁非竟陵之東與齊安之步下矣。又，赤壁初戰，操軍不利，引次江北，則當在江南，亦不應在江北，猶賴《水經》能正謁也。”按《水經注》，赤壁山在百人山南，應在嘉魚縣東北，與江夏接界處，上去烏林且二百里。自《元和志》以赤壁與烏林相對，新志遂以爲在今縣西南，蓋誤以古蒲磯山爲赤壁矣。又按，江夏縣東南七十里，亦有赤壁山，一名赤磯，一名赤圻，非周瑜破曹操處也。按，此《大清一統志》之説，蓋原本《明一統志》爲言。

一、顧祖禹《方輿紀要》之説。湖廣嘉魚赤壁山，云在縣西七十里。《元和志》：“山在蒲圻縣西一百二十里。”時未置嘉魚也。其北岸相對者爲烏林，即周瑜焚曹操船處。《武昌志》：“操自江陵追備至巴邱，遂至赤壁，遇周瑜兵，大敗，取華容道歸。”《圖經》云赤壁在嘉魚縣。蘇軾指黄州赤鼻山爲赤壁，悮矣。時劉備據樊口，進兵逆操，遇於赤壁，則赤壁當在樊口之上。又，赤壁初戰，操軍不利，引次江北，則赤壁當在江南也。操詩曰“西望夏口，東望武昌”，此地是矣。今江漢間言赤壁者有五：漢陽、漢川、黄州、嘉魚、江夏也。當以嘉魚之赤壁爲據。

一、寧波龔柴《湖北考略》之説。湖北之山，省城正南有赤壁山。唐《元和志》：在蒲圻縣西，北岸烏林與赤壁相對，即周瑜焚曹兵處。《圖經》云在嘉魚縣西南，其地今屬嘉魚。參考二説，並無異同。宋蘇軾游赤壁作前後二賦，乃指黄州之赤壁，因其屹立江濱，峭削如壁，兼有赤色，故名。《水經》謂之赤鼻山。宋李壁《赤壁》詩云‘今人誤信黄州是，猶賴《水經》能正訛’是也。按《一統志》，今江漢間言赤壁者五：漢陽、漢川、黄州、嘉魚、江夏。惟在嘉魚者，與陳壽《三國志》所載符合。

此諸家之説，互有詳略，要皆原於宋人四家之言而推闡之。吾既推原杜牧至東坡與宋地志，所以主周郎赤壁在黄州之原，更取清代人題黄州爲“東坡赤壁”，以“周郎赤壁”歸之嘉魚，求其所由開始，並略薈後人之定論。世之覽者，可尋覽上下而得其源流。其他雖有言者，要不能出所列前後四家範圍也已。

元代享國不及百年，其時勝蹟無可考。就其大勢，按宋金元交兵時，可略推知者。南宋時壓城之三四樓，迭經開禧邊衅以後，金元兵屢攻陷城，端平十四年二月，州城尤殘破，赤壁舊樓當有頹廢。嘉熙元年，知黄州李壽朋被命三月，猶不即之官。二年冬，重築黄州城。赤壁在瓦礫中，當無暇恢復諸樓。蓋其時蘄黄爲宋元交界之次邊。據麻城天台山摩崖，是時無歲不有元兵。且《輿地紀勝》云：“嘉定兵火，黄州石碑多焚毁。”此爲嘉定後，名勝皆圮之確證。因碑毁，知當日赤壁城頭之四樓亦與並焚毁。康熙《黄州志》稱“嘉定二年，金人犯黄州，奪舟於團風，弗克濟。遂圍黄州，城陷，太守何大節自沉於江”，即是役也。《三朝政要》稱開慶元年，賈似道移軍黄州，州乃韃騎往來之衝，然則是時久無赤壁之勝覽矣。惟德祐元年，知黄州陳奕一作陳燮。以城降元。據《平宋録》，知鼎革時州城無戰争，赤壁摧毁當無改於宋季之舊。及景炎二年爲元至元十四年，淮西六砦起義勤王，宋淮西安撫使蘄州人張德興、淮西招撫使羅田人傅高，按《元史》但云高爲蘄州屬縣人，余考之乃羅田人，見《羅田靖亂記》。以義兵響應文信國江右義師，奪回黄州城。未半載，復爲元人陷没。濒城樓觀當仍舊未恢復。其間差足供點綴者，則至順辛未壬申間，黄州路總管府脱頴不花重修竹樓，仍循宋之舊址，而龍仁夫爲之記。及至正十一年後，天完將倪文俊踞此，凡承平時建築，如竹樓等，以倪蠻子之殘忍，其摧毁可想。故洪武甲戌，重煩知府葉宗爲竹樓之重建也。追溯元初，楊惟中赤壁汎舟，但題詠松風山月，而有“丹崖戰後顏”之句，周北山有“野燐寒沙”之句。觀元代題《赤壁圖》之作，不下十六七家，但言汎舟，而無侈臺榭樓閣者，詩均見御定《歷代題畫詩類》。則元代之赤壁概可想見。明初，楊基在蘄黄江上，望江北諸山賦詩，稱“至正時，民物繁庶”，則郡城如赤壁名蹟，容有拓充。脱頴不花所未謀及者，然何能逃紅巾之阨乎？證以陶安《齊安即事》詩，謂初入市即蕭然，但有一二廛民前來温存，其餘衹空梁疏壁，枯井斷甑而已。於赤壁何有？此元代與宋末同一毁傷也已。竹樓在赤壁山上，宋至元龍氏《記》謂屢圮屢新，新而復圮。至明洪武時，舊址猶未改。經嘉靖間郭鳳儀移其名於黄岡縣治西，署“禮賢堂”額，再經康熙時宋犖移其名於洗墨池西，與重建雪堂對峙，而宋代舊址遂湮。今但知其在赤壁山上而已。古迹可修復而不可擅移，此足鑒也。

明代之赤壁，其可考者則在毁圮時，其先建置時人與年代則大都不可考。其中點綴諸名勝，幸尚存其略，於奚禄詒代蘇良嗣修之康熙《黄州府志》。據志例，知其悉原本明潘允哲萬曆《黄州府志》，而盧氏濬之《古黄遺蹟集》。此編見《四庫存目》，而省府縣志都不收。近年天台袁太史《鵬圖文鈔》中有刊此書之序，知浙東尚有刻本。茅氏瑞徵之《赤壁集》與賈氏鋐之《赤壁志》，惜乎今皆不得而見，故求觀明代舊蹟，衹有《奚志》以代《萬曆志》。明代方志多陋，此爲知府潘允哲主名，繹《奚志》即可知《潘志》大概。奚之續修，都無訂補，故《奚志》沿明志，但益以誤會訛漏，無增改之能，且多開後來九屬州縣志之沿誤，不及靖道謨乾隆《黄州府志》遠甚。《奚志》，余前在都門曾見之，知《古今圖書集成·職方典》所採《黄州府志》，即《奚志》也。今即據《職方典》所採引之。

《奚志》云：“赤壁在漢川門外，距城數武，宋蘇軾遊此作賦，遂指爲吴魏鏖兵處。”考《水經》及《方輿勝覽》，皆謂之赤鼻。或武昌樊口之上，當别有古戰場。東坡之賦，姑借此以發攄其牢騷不平之氣耶？上有大士閣，明崇禎乙亥，流寇偪郊，衆謂傍城，恐寇憑之以瞰城内，因縱火焚焉。趙文敏所書赤壁二賦石刻同毁。今所存惟東坡書《滿庭芳》一詞耳。又有無盡藏、竹樓、月波樓，《奚志》均云在治西北。無盡藏即涵暉樓，在其西。棲霞樓在其西南，四樓殆如“品”字形，均居赤壁西面。明代所建無盡藏，殆即沿宋舊也。羨江樓、水月亭、在磯上。問鶴亭、一名横鶴，在赤壁東坡祠之南。東白亭、清風橋、橋南有亭曰夢鶴。共適軒，明末悉爲寇燬。皇清康熙間，知府于成龍重爲修建，榜其堂曰二賦。按《奚志》所列，明代赤壁諸勝如此。惟光緒《黄岡志》所述明代諸迹較此爲詳，當參有《茅志》在内，故於此所列外，稱“舊有臨江亭、酹江亭、萬仞堂，堂側爲浮春亭，臨邑邢侗題，用杜甫詩‘赤壁浮春暮’意。明季流賊亂，議者恐其憑瞰城内，悉焚之”，此説與《府志》稱“悉爲寇毁”略異，殆自毁、寇毁兩者均有之。今人《東坡赤壁考》稱，《茅志·古迹》載赤壁上有文昌閣，宛陵曹明周《赤壁圖》列三賢祠、萬仞堂、大士閣、真武殿、晏公廟爲五間，此又《縣志》所未及而同爲明季建立者。

此外，明時磯上及附近之勝，《奚志》及《光緒縣志》所載者有清遠亭，《縣志》云“在赤壁下，明知府郭鳳儀建”。有息肩亭，奚《府志》云“在赤壁山下，縣人何傑砌石路一里，作亭其上”。有白蓮池，《黄岡縣志》云“在赤壁磯下”。有竹堂，戴《縣志》云在赤壁磯下，白蓮池左，明吏部晏清建。有碧棲樓，《縣志》云“在赤壁南，明知府盛璞建”。又洗煩樓，在赤壁東北城内，縣人洪周禄建。下有棲霞館，皆董其昌書榜”。有紅霞岫，《縣志》云“在赤壁磯上，縣人洪周禄題曰‘紅霞岫’，上有仙人韭”。又《奚志》云：“子瞻嘗於雪堂前，手植一梅，大紅千葉，一花三實。至嘉靖後始枯。知府郭鳳儀摹形於郡齋之石，今置赤壁。”此則明石刻，康熙後移在赤壁者。

以上所列，皆明時與赤壁相差次或環繞之蹟也。然明代有關於行政之建置，則明初設有赤壁磯巡檢司，載在《大明會典》。據《郡國利病書》，知其裁革於萬曆二年，下江防僉事戚汝止議，呈撫按行二司詳允議革，赤壁巡司存留弓兵一百名有奇，賫付本官管領。此設官之沿革，《縣志》書之未詳者也。又明代更有赤壁鎮。據《大明一統志》，赤壁鎮在府城南清源門外，可證也。又有關乎風化之建置。明季曾設尊賢祠於赤壁。曹氏《圖》作三賢祠，以祀副使曹璜、僉事馮應京、知府瞿汝稷。此殆明萬曆中建。若祀王内翰、韓忠獻、蘇文忠之三賢祠，則爲宋建之三賢堂，見《輿地紀勝》，云“在郡學内”。所云“在郡學内”者，在宋時黄州學内也。乃今《黄州志》《黄岡志》則云“三賢堂之三賢祠，在府儒學内”，是以清代府儒學當宋州學矣，由不知此祠乃宋代所建也。里俗修志，不知考古。地志專書，往往有此失。即如三臺河，見《輿地紀勝》，乃世多謬傳河與橋名三臺者，因明陶仲文位列三孤而名，亦此類也。又如羅田東安河有孝子灣，爲元李鵬飛尋母處，俗訛爲戲子灣。北峰河有明夏原吉祖贈太子少傅希政墓，乃元忠臣，俗訛呼夏太子，夏又訛下，皆音近沿譌也。

清代赤壁舊蹟之可考者，今主以戴昌言光緒《黄岡志》，稍竄其元文，並參之英啟《黄州志》，其說云：赤壁，本名赤鼻山，在城西北江濱，屹立如壁，其色赤，亦名赤壁。唐杜牧刺黄時已有詩。玉屏山在其後，雙峰峙護，實郡城北障。後人名山椉爲紅霞岫。《水經注》作“赤嶼”，《楚紀》作“赤鼻”。宋蘇軾游此作賦，遂指爲吴魏鏖戰之赤壁。《齊安拾遺》《輿地紀勝》亦以之當吴魏鏖兵之赤壁，葢誤。若《方輿勝覽》則謂之“赤鼻”。即東坡亦設主客作疑詞，未嘗定有實據也。考江漢間言“赤壁”者，“黄州”外尚有其四。一云在漢陽，《荆州記》《太平寰宇記》皆以爲漢陽縣西六十里臨障山南峰，謂之烏林，亦謂之赤壁。並《水經注》以爲吴黄葢敗魏武於烏林處，今在沔陽東南二百餘里者。是說也，舉赤壁與烏林合而爲一。一云在漢川縣西八十里有赤壁，唐《元和郡縣志》云“古今地書多云此是曹操敗處”。一云在嘉魚縣東北江濱，《水經注》“江水右逕赤壁山北，昔周瑜與黄葢敗魏武大軍所也”。嘉魚新志本《元和志》，言赤壁與烏林相對，又謂在縣西南，則以古蒲磯山爲赤壁。一云在江夏縣東南七十里亦有赤壁，一名赤磯，一名赤圻。《元和志》謂在蒲圻縣西一百二十里，《明一統志》

謂在武昌府城東南九十里，《圖經》云在今嘉魚縣西七十里，諸説不同。今按周瑜自柴桑至武昌縣樊口而後遇於赤壁，則赤壁當臨大江，在樊口之上。今樊口固古樊口也，今赤鼻山在樊口對岸，何待進軍而後遇之，赤壁之不在黄州可知。又，赤壁初戰，操軍不利，引次江北，而後有烏林之敗，二戰初不同日。烏林，《湖北通志》謂在沔陽東南二百餘里，即地屬漢陽縣西，與赤壁原兩地，亦不得以臨嶂山當之，赤壁之不在漢陽，又可知。至漢川，古汉川地。《三國志》操自江陵追先主至巴邱，遂至赤壁，敗歸南郡。赤壁在巴邱之上、大江之中，謂在漢川尤乖謬。惟江夏嘉魚之説近是。《水經》述江水源流，至今巴陵之下云“江水左逕止烏林南”，注云“又逕赤壁山北”。又，赤壁在百人山南。百人山，《通志》謂在今漢陽縣西南八十里，可知赤壁在其對岸。總之諸説，如《荆州記》《郡縣志》《寰宇記》《輿地紀勝》，各據見聞不一，其地大都因巖岸赤色，遂以名之，與黄州同耳。酈道元，魏人，去三國尚近，宜得其真。竊以爲在江夏者，又不若在嘉魚者尤確。或因黄州江南岸有樊口，又城西北五十里瀕江之團風鎮亦名古烏林，遂以黄州赤鼻當三國赤壁，亦非。且蘇軾賦云：“此非曹孟德之困於周郎者乎？”詞云“人道是三國[①]周郎赤壁”，又嘗云：“黄州守居之數百步爲赤壁，或言即周瑜破曹公處，不知果是否？”皆疑詞也。東坡賦詠騁懷之赤壁，豈吴魏鏖兵之赤壁乎？其他横山突落，城截其半，亭閣錯雜，勢逼懸巖。遥望風帆上下，江水連天，遠峰數點，在江之右，亦勝景也。舊有臨江亭、羨江樓、無盡藏、水月亭、清風橋，橋南有夢鶴亭，又有問鶴亭、東白亭、酹江亭、共適軒、萬仞堂，堂側爲浮春亭，臨邑邢侗題，用杜詩“赤壁浮春暮”意。明季流賊亂，議者恐其憑瞰城内，悉焚之。國朝康熙年間，知府于清端重建屋宇，榜曰“二賦堂”，知府郭朝祚牓曰“東坡赤壁”。乾隆五十四年知縣王正常、嘉慶二十二年知府吴之勷、知縣蔣祖暄、道光二十四年知縣劉江、二十七年知縣金雲門先後

① 底本此處脱“三國”二字，據蘇軾詞補。

修葺，咸豐間賊燬。同治七年，黄岡劉維楨率營弁醵金重建石級，繞山麓右旋，上有門仍牓曰“東坡赤壁”。門内左爲萬仞堂，高樓翼然。下爲蘇文忠公祠，右爲二賦堂。由堂後石級右旋爲翦刀峰，上有平臺曰玩月臺，再上爲于清端祠。由二賦堂前右轉爲酹江亭、坡仙亭、御書亭、碑亭。緣石級下爲睡仙亭，再下臨白龜渚，曰放龜亭，規模復舊。

以上爲參合光緒府、縣志之文，其中辨論多本前人《赤壁考》，而以陸放翁語斷定之。蓋因改題“東坡赤壁”之後，世人多以孫曹赤壁歸之嘉魚，故有如此條别之考證。與宋人所主，蓋各自爲説，皆康熙以後郡人之見也。今人《赤壁考》稱，光緒十年，黄岡教諭陳寶樹等於二賦堂東建留仙閣，英啟有記。惟此所述，清代諸建置外，其在國家承平時，增多於前代之建築者，尚有祀典數處。一爲江神廟。乾隆五十四年，黄岡知縣王正常建於赤壁左、賓館後，後廢。又有晏公廟，在赤壁磯。《縣志》云名戍仔，元人，封平浪侯，今廢。考其建時，當沿自明季，觀淩邦顯《里社晏公廟題壁》稱于清端之崇奉，及于巡撫之記可見。一爲蘇文忠祠，在赤壁磯，同治七年，黄岡劉維楨重建。一爲于清端公祠，在赤壁磯山巔，《縣志》云“舊有留坡閣，後改祀知府于清端。咸豐三年賊燬”。同治七年，劉維楨重建。一爲故任烈婦之墓，光緒《黄岡縣志》“東弦鄉烈婦任何氏，佚其夫名，遭强暴不屈，自戕。康熙五十四年，題准旌表建坊，並由有司以樊口倉基歲租，供春秋祭費，黄州府委員致祭，國變後祀廢”。在赤壁之北。烈婦族裔任起華，己未春曾往掃墓，此亦應予表章者。惟赤壁經咸豐兵燹圮廢。同治七年，縣人劉維楨重加興復。洎國變後，更經八屬人士夥議重修，即今日黄州江上之瑋觀也。據今人《赤壁考》，議始庚申歲，黄岡汪燊監造，改玩月臺爲問鶴亭，廢御書亭爲酹江亭，移酹江亭以拓充坡仙亭。並由磯窩門至赤壁沿城新闢馬路，一以利遊人；在君子泉添建亭閣，一以便遊人憩息。其他則悉仍舊。迄乙丑歲，黄岡蕭耀南巡閱兩湖，捐建挹爽樓於蘇文忠公祠左，李開侁有記。復添喜雨亭於翦刀峰，亭下爲臥雲峰，移翦刀峰於亭外，均汪燊監修，撰有《喜雨亭記》，與收得之景蘇園石刻並嵌於挹爽樓内。復由汪燊呈請，允將赤壁後馬廠熟地二百四十畝，撥歸赤壁管業，作歲修永久之費。此吾黄州廢郡後人士結合圖功之績，不可不書者。

吾更舉宋、元、明、清赤壁規制名迹可考者，紬覽記載，詮述舊人所未發，供將來愛郡迹諸君子蒐討。獨念赤壁爲郡治西南繞北一隅地耳，自唐後迄宋，人則群以爲孫曹鏖兵之故蹟，其占地視今所指之地爲廣闊，故當時文詩多本此立言，地志家亦本此輯録人物詩篇。及元、明後，人皆以東坡二賦炳著，下迄清初，大都以此地爲周瑜、蘇軾兩人共有之蹟，二説並存，故詩人往往分詠其事。自康熙後改題“東坡赤壁”，乃群以此爲東坡一人專有，而鏖兵之故迹，歸之嘉魚江干。葢八百年來都人士於此故蹟，遞相區別，有三種觀感。余告汪君，遂本之以蒐集四五朝詩文，各還古今人隨時執持之趨嚮，並爲發其凡於此焉。

青垞近稿

余既因宋人遊記，得略考當時赤壁之位置，可與方輿書互證，若近代人遊記可無考矣。惟志一時游人之鴻爪，有可略摭一二者。

一、康熙九年十一月，華亭許讚曾赴雲南按察司任經此，云：黄州起行不數里，遥望對江赤壁。因東坡賦云“西望夏口，東望武昌”者是也。武昌，今武昌縣，非會城，夏口即今漢口也。查楚乘所載，赤壁鏖兵在嘉魚以上，距黄州四百里，非黄州之赤壁。一曰黄州乃赤圻，非赤壁，未知孰是。《滇行紀程續鈔》。

一、康熙二十三年正月，遂安方象瑛以上年同黄岡王子重材任典蜀試，至是年正月一日，舟經嘉魚縣，望赤壁山，孫劉破曹處也。黄州特以東坡二賦名。本名赤鼻山。十七日，病起，王昊廬少詹澤宏治具漢陽相招，子重吏部尊人也，力疾往赴。二十二日，經團風鎮至黄州赤壁、白龜渚，皆舊游，以病未登。《使蜀日記》。

一、嘉慶甲子九月，蘇州沙張白從石琢堂殿撰赴四川重慶之任，溯長江而上。黄州赤壁在府城漢陽門外，屹獨江濱，截然如壁，石皆絳色，故名焉。《水經》謂之赤鼻山。東坡先生游此作二賦，指爲吴魏交兵處，則非也。壁下已成陸地。上有二賦亭。《浪游紀快》。

一、光緒紀元乙亥七月，錢唐包家榮同陳寶渠隨湖廣總督李瀚章赴滇查辦事件。十五日戌正二刻，過黃州府。西城外蘇子所游赤壁故址依然，修葺甚麗。是夕月色皎潔，清風徐來。獨步舵樓，憑欄遠眺，江中大放水鐙，千百萬盞，與星月爭輝，紅光揺曳，乘浪浮沉。《滇游日記》。

此四家雖各紀一時赤壁之聞見，留之他日，亦考辨之資也，故附記之。

同上

東坡赤壁考

謝功肅伯譽，黃岡。

黃州赤壁本名赤鼻山，載《水經》及《方輿勝覽》。蘇長公游此作賦，明知非鏖兵之赤壁，周瑜火攻曹兵處在嘉魚縣，前人考之綦詳，茲不贅。而發抒牢騷，假曹、周以寓意，遂名滿海内。地因人傳，赤壁之名益著。《黃岡縣志》以《茅志》爲祖本，直名赤壁。《省志》因之，不能於江漢獨樹一幟。《府志》仍書“赤鼻”舊名，未免輕千古奇文，難與一世之雄頡頏並重。惟清康熙時，知府郭朝祚題曰“東坡赤壁”，别開門户，足爲湖北五赤壁漢陽、漢川、嘉魚、江夏、黃州。之冠。其地山脈橫來，臨巖突落。當宋之時，磯邊有河，自西北鄢家水口，引大江之流入王家湖、磯窩湖，出觀瀾橋，南入塔溝，東南歸羅星湖，由下巴河仍入於江。勢如玉帶，俗呼玉帶河。所以東坡由臨皋亭，泛舟往來於赤壁。厥後，鄢家水口塞，磯窩湖之水倒出楓香橋，而觀瀾橋以下，未及通暢，河道盡失。夏季江水大漲，小舟或可泊磯下。秋冬水落，則赤壁屹然陸地，距江岸不止一里矣。

宋元城址在今城明洪武元年，指揮黃榮移築。東南二里，即距赤壁亦二里，非如今之赤壁，城截其半。城郭既改，水道又非，古蹟沈淪，傳聞互異。如赤壁下之横江館、息肩亭，莫辨其處。君子泉雖屢建亭，而一云在棲鳳街，即今倉巷。不與赤壁近。至於雪堂、快哉亭，皆移建於府署。旁建西爽亭、笠屐亭。既非原址，以訛傳訛。竹樓當在赤壁西偏，而歐陽修《于役志》謂在興國寺，未知孰是。月波樓即宋之城樓，今以漢川門城樓當之，固誤。東坡今城東南隅，蘇公於此躬耕，號東坡居士。遺址，古井甚多，不知何者爲暗井。黄泥阪，今名黄泥塘。似是而非。定惠院，無非蔓草。白蓮池，一在安國寺外，一在赤壁磯下，未免重複。臨皋亭址，坍入江濱。尚何問乎南堂臨皋亭畔。舊迹哉！此皆與赤壁相關，名存實失，未若赤壁之崔嵬山阿，歷古今而不易者也。玉几山、又名玉屏山。龍王山、聚寶山多産異石，東坡作《怪石供》。緊護其東北，長江環繞於西南。隔岸之西山、樊山，兩兩對峙。樊口隱約，上下風帆。誠山谷之鍾英，勝蹟之領袖矣。考陸放翁《游黄州東坡諸勝記》，謂“竹樓稍東即赤壁磯，亦茅岡耳，略無草木，故韓子蒼待制詩‘豈有危巢尚棲鶻，亦無陳迹但飛鷗’”。蓋當兵火之餘，無復遺迹，非謂宋之赤壁始終如此。祠宇樓閣，屢廢屢興。

《茅志·古蹟》載赤壁上有無盡藏樓、羡江樓、文昌閣、水月亭、清風橋、問鶴亭、東白亭、共適軒，而宛陵曹明周一圖，列三賢祠、萬仞堂、大士閣、真武殿、晏公廟爲五開，其有白龜渚、赤壁磯石坊，亦楚楚可觀。豈《茅志》爲一時，而曹圖又一時歟？近今《縣志》載明季恐流賊據以窺城，所焚赤壁之亭閣，多與《茅志》合，惟酹江亭不見於《茅志》，而臨江亭、夢鶴亭、浮春亭，《茅志》載建置類。夫浮春亭爲臨邑邢侗題，用杜詩“赤壁浮春暮”意，焉知不更有如邢侗者，一樓一閣，後先題名。

清承明灰燼之餘，重建不易。于清端創其首，郭朝祚步其塵，萬仞堂、二賦堂已成大觀。迨後王正常、吴之勷、蔣祖暄、劉江、金雲門先後修葺，添建于清端公祠，咸豐間悉燬於兵。同治七年，邑紳劉幹臣軍門率營弁醵金，重建石級，繞山麓右旋，上有門，仍牓曰“東坡赤壁”。門内左爲萬仞堂，高樓翼然。下爲蘇文忠公祠，右爲二賦堂。由堂後石級左旋，上爲剪刀峰、酹江亭，有平臺爲玩月臺，再上爲于清端公祠。由二賦堂右轉爲坡仙亭、御書亭。緣石級下，爲睡仙亭，再下臨白龜渚，曰放龜亭。光緒十年，陳禹初廣文就二賦堂東偏建留仙閣。此外絶無營造。自同治迄今五十餘年，歲修缺乏，滿目荒蕪。

民國庚申，邑紳李隱塵巡按使集黄州府屬八縣士紳，籌貲修葺，監修者同邑汪筱舫大令，於酷暑中揮汗經營，事半而功倍。移問鶴亭於玩月臺舊址，廢御書亭而擴充坡仙亭，移酹江亭於坡仙亭側，其餘一切規模咸仍舊焉。巡按使撰《庚申重修記》刊石，書《赤壁賦》於二賦堂，書“遺世獨立”匾額於萬仞堂前。大總統徐公撰楹聯，復以晉唐筆意寫前後二賦，皆泐諸石。邑紳程子端太史倣索司空體書石儷之。炳炳琅琅，猗歟盛哉！此東坡赤壁之山水形勢，祠宇沿革皆在焉。尋流溯源，闡揚勝景，或可爲游斯地者之一助云。

《赤壁藝文志》

黄州赤壁曾用兵，嘉魚赤壁亦有賦

王夔强仲笠，羅田。

人但知嘉魚赤壁曾用兵，不知東坡赤壁亦曾用兵也。其事在元人未滅宋之先。據郝文忠公《陵川集》，有《故易州等處軍民總管何侯神道碑》云：“歲甲午，宋人畔盟，大舉伐宋，從萬户張公破漢東諸城，從攻光州，拔之。會攻黄州，適有小舟來覘者，萬户張公曰：‘是舟泛泛，伺吾隙耳，必暮夜來攻，不備必爲所乘。’命侯伏甲赤壁下以待。夜二鼓，果水陸俱出。侯令其徒，按槍箕踞。俟其過中，衝而横擊之。宋師大敗，溺水者不勝計。師還，又拔張家砦。大帥口温不花察罕等厚賞之。”按，何侯，名伯祥，易州淶水人。此書戰事，即《宋史・孟珙傳》所稱嘉熙元年，孟珙爲鄂州諸軍統制之時。今郝書此事，屬之甲午，則在端平元年矣。相去二年，不知何年爲確。

至此事本末，今參據《宋史・孟珙傳》《元史・張柔傳》，云：

“元將口温不花入淮甸，知蘄州張可大委郡去。元將張柔取光州，遂進取黄州，破三山砦。至大湖中，得戰艦，沿江接戰。壁黄州西北隅，有乘舟出者，柔曰：‘此偵伺我隙者也，夜必襲吾不備。’乃分軍爲三以待之。二鼓時，宋師果至，柔遮擊之，俘數百人。攻其東門，矢如雨注，軍稍卻。柔率死士十餘奮戈大呼，所向仆踣，執俘而還。”此所云張柔，即郝所云之“萬户張公”也。郝所書則較史爲詳矣。《柔傳》壁黄州西北隅之説，即郝所云伏甲士赤壁下，赤壁固在城西北隅也。史所云張家砦，即《孟珙傳》端平三年兼知光、黄州，創張家、母家兩堡是也。當即在光、黄二州間。此證之史而悉合者。至史所稱三山砦，以地勢考之，疑即蘄水之三角山，地夙險要，毗蘄州。其破此砦，既由光州來，則必從今商、固襲羅、麻南來。則是役也，羅田亦必被胡兵。吾縣《周氏譜》稱其三四世祖某，曾爲蒙韃番兵所虜，當即在此時矣。並附考之。

世人但知黄州赤壁有賦，不知嘉魚赤壁亦有賦也。然黄州自東坡賦赤壁後，更無有人作賦者，殆以“崔顥題詩在上頭”耶！然黄州赤壁雖無後人敢賦，而嘉魚赤壁則正有人賦之，以補其缺。阮文達《揅經堂四集》有《赤壁賦》，蓋嘉慶二十二年春，由豫移節吾鄂時作也。前此督撫有閱兵巡邊之政，故文達自荆州還，過嘉魚赤壁而賦之。其末語有“擬蘇子於黄州，乃情地之不同”，則以相形之筆，自别於東坡賦之外耳。

《困學齋遺文》

附：阮元《赤壁賦》

丁丑之春，余從鄴下移節武昌，後以簡兵之行，溯襄郧彝陵，操舟師，下荆州，乘風東歸，過所謂赤壁者，慨然嘆曰：“余所經之地，古皆篡竊於曹公。維彼亂世，實生奸雄，攬兹陳迹，不知感慨之何從也。斯壁也，抗洞庭之北，據監利之東，象山凝碧，絶壁留紅。春江曉開，殘月落弓。戈船偃旗，軍堠静烽。天下治平，舟楫盡通。東吴西蜀，往來憧憧。溯建安之挾令，出南郡以興戎。攘江陵之軍實，秣北馬於渚宫。舍彼精騎，泛此艨艟。波濤之性不習，檣櫓之用未工。斯不待吴庭斫案，已先決其無功。況夫公瑾用智，孔明效忠。公覆贊助，載荻蒙衝。進夏口以西拒，當烏林而礪鋒。憑沙羨以自守，射連艦而進攻。破江天之寒色，縱一炬以横空。起鳴雷於萬鼓，扇巽女於殘冬。付舳艫於譆出，化猿鶴與沙蟲。幾於林烏焚巢，臺雀墜銅。折鼎一足，當塗路窮。笑江波而迴指，乃僅免於華容。余固曰非赤壁而亦敗，矧天假以東風。余今出荆門，回郢中，順江水以安流，乘長風之渢渢。揔孟甄而校武，修隄防而邵農。擬蘇子于黄州，乃情地之不同。毋徒傷於古人之故壘，惟穆然於江上之青峰。《肇經室四集》。

辨

東坡赤壁非孫曹戰處辨

清·馮集梧鷺庭，桐鄉。

《苕溪漁隱叢話》：東坡云："黄州西山麓斗入江中，石色如丹，傳云曹公敗處，所謂赤壁者。或曰非也。曹公敗歸由華容路，今赤壁少西對岸即華容鎮，庶幾是也。然岳州復有華容縣，竟不知孰是。"

《江夏辨疑》云：周瑜敗曹公於赤壁，三尺之童子能道其事。然江漢之間，指赤壁者三焉，一在漢水之側，竟陵之東；一在齊安郡之步下；一在江夏西南二百里許。予謂郡之西南者，正曹公所敗之地也。案，《三國志·周瑜傳》曰，劉備進住夏口，孫權遣瑜等與備並力迎曹公，遇於赤壁。夫操自江陵而下，瑜由夏口往而迎戰，則赤壁明非竟陵之東與齊安之步下者也。比見詩人所賦赤壁，多指在齊安，蓋齊安與武昌相對，竟以孫氏居武昌而爲曹公所攻，即戰於此者耶？

是信習俗之過也。

《杜樊川集注》

念中按：杜牧之《齊安郡晚秋》詩有句云“可憐赤壁爭雄渡”，是以黄州赤壁爲孫曹戰處者，不自東坡始矣。鷺庭注而辨之，至爲精確。然牧之《早春寄岳州李使君》詩中有句，又以烏林與赤壁對舉，是非不知孫曹戰處者。鷺庭又注云：“牧之於《寄岳州》詩舉烏林、赤壁，正用乃祖説。牧之祖杜佑《通典》據《括地志》：“今鄂州蒲圻縣有赤壁山，即曹公敗處。”而於《齊安晚秋》又以‘赤壁爭雄’爲言，則仍是俗説。”予以爲牧之《寄岳州》詩既正用乃祖説，則《齊安晚秋》不過一時寄興而已，非果誤用俗説。即東坡之意亦猶是也。觀其云“或曰非也”，又云“竟不知孰是”，蓋皆未定之詞也。後人竟執以黄州赤壁爲是孫曹戰處者固非，而力辨以爲不是者，亦殊不必矣。

夏口烏林赤壁辨

清・張鎮東侯，海豐。

《蜀紀》：昭烈將南渡江，使帝乘船會江陵。曹操追至當陽，昭烈斜趨漢津，適與帝船相值，共至夏口。按，是時所謂夏口者，即今之漢口。《元和郡縣志・漢陽縣》：漢水名沔水，西自漢川縣界流入。漢口在縣東，亦曰夏口。《左傳》謂之夏汭。章懷太子注《後漢書》：“漢水始出大江爲夏口，又謂之沔口，地在江北。”是則昭烈所至之夏口，實今漢口耳。今湖廣武昌府江夏縣西有夏口故城，人遂指此以當之。不知城在江夏者，乃魏黄初二年孫權所築。昭烈與帝共至時，則建安十三年。下距魏之黄初，尚早二十餘歲矣。自權築此城後，而夏口之名始移於江南。其沔水入江處，止謂之沔口或漢口，而夏口遂與沔口對立分據，分其聲稱。又《江表傳》云：昭烈從魯肅計，進住鄂縣之樊口。將詣周瑜，謂關、張曰：“我今自託於東而不往，非同盟之意。”乃乘單舸往見瑜。按，漢之鄂縣，今爲武昌縣，在武昌府東百八十里。《水經注》："江水又東逕鄂縣北，右得樊口。"蓋縣有樊山，北背大江，樊口因之以名。樊口，今在武昌縣西北五里。時帝亦隨至樊口。而《安慶志》云桐城縣東南百三十里有摩旗山，世傳帝屯兵于此。蓋樊口在武昌，與黄州隔江相對。帝在未至黄州，況安慶又在黄州之東，何緣到彼乎？

昭烈、周瑜共破曹操于赤壁，而《吴書》魯肅與帝會語曰："烏林之役，左將軍身在行間，戮力破操。"按《水經注》，江水東逕烏林，曹操敗于烏林是也。《水經注》又云江水自沙陽湖，又東逕百人山南。右逕赤壁，周瑜、黄蓋詐曹操大軍處也。《元和志》云：赤壁在蒲圻縣西百二十里，北臨大江，烏林在江北岸，與赤壁相對。則烏林當在今漢陽府漢川縣南。而江漢間言赤壁者凡五：漢陽、漢川、黄州、嘉魚、江夏，各争爲説。唯胡渭《禹貢錐指》斷以在嘉魚者爲是。其言曰：嘉魚在武昌西南二百五十里。隋爲蒲圻縣，南唐分置嘉魚縣。方李吉甫作《郡縣志》時，止爲蒲圻，尚未有嘉魚。自分置縣邑，今蒲圻臨江之地盡入嘉魚，而蒲無江水。嘉魚、漢川南北相對，烏林、赤壁正在其間。古《鄂州志》云：赤壁初戰，操軍不利，引次江北，而後有烏林之敗。所論最爲分明矣。蓋操之東下，衆號八十萬，亦水陸分行。所得劉表將士習舟艦者爲水軍，則遇于赤壁，爲黄蓋火燒者是也。其所統青、徐北方之衆，自江北岸，以陸戰者，則敗于烏林者是也。昭烈與瑜既定約共拒操，昭烈知瑜便於水不便於陸，故瑜曰三萬保破操，而昭烈意以爲少。瑜亦知昭烈之衆利於陸不利於水，故以舟師三萬衆，自逆操於江中。而使昭烈於岸上戰其步卒。此其輔車相成之勢。操衆雖多，然遠來勢分，江上敗則陸軍亦摇，岸上敗則水師亦震。至見燒於吴，操捨舟登岸，岸上士卒已敗於昭烈。操乃不敢復留，望華容而急走矣。考之是時，操江北之敗，功多在昭烈，而瑜無與，是以帝但舉烏林，不言赤壁也。若黄州之赤壁，本爲赤鼻，宋陸游云，赤鼻山在黄州府西北，以爲赤壁者，則蘇子之誤云。

《赤壁紀略》引《關帝志》

赤壁辨

清・尹民昭

嘉魚赤壁之名尚矣，有言在漢陽、漢川、黄州、江夏者。黄州赤壁本屬赤嶋，或者以蘇子瞻之賦爲信。子瞻賦云“此非曹孟德之困於周郎者乎”，乃疑似之詞，非定論也。方操之未下也，劉備屯樊口，周瑜於此會備，進兵迎操，樊口正對黄州，何以言“進”言“迎”耶？瑜言於權曰：“請得精兵數萬，進夏口爲將軍破之。”夏口居黄州上流二百里，若以赤壁在黄州，豈得言“進夏口”耶？操既敗走華容，北歸之路，黄州直通汝、潁，最爲徑捷，安得復經華容也。由是而觀，赤壁非黄州明矣。其云漢陽、漢川、江夏，皆無據。蓋赤壁初戰，操軍不利，引次江北，敗於烏林。今烏林磯在嘉魚北岸，赤壁屬嘉魚豈不信哉！

《武昌府志》

赤嶋山辨

清・陳曾望畏齋，蘄水。

黄州城外里許爲大江，循江而上又數里，巋然而起，如流星下垂，截然中斷，其色赭然而赤，煙霞澄鮮，照耀一江，是爲赤嶋山。自蘇軾謫黄州遊覽其上，作前後赤壁二賦，而遂以赤壁特傳，所稱“東坡赤壁”是也。

考周瑜破操之赤壁，在今嘉魚江畔。而江漢間所稱赤壁者五：一在沙羡八分山，一在漢川小别山，吴楚用兵地也，一在沔陽太白湖，一爲黄州，其一則嘉魚是。史云劉備據鄂縣之樊口，進兵逆操。樊口，今黄州隔江地方也。曰進曰逆，則離樊口而上矣。離樊口而上，則去黄州又不知凡幾矣。史又云赤壁初戰，操軍不利，引次江北。江北則非赤壁可知，即赤壁在江南愈可知。而沔陽、沙羡、漢川三赤壁可知俱不濱江，江之南以赤壁名者惟嘉魚，則赤壁之在嘉魚無疑。而黄州之赤壁，乃獨以東坡特傳。或曰赤嶂、赤壁音相近也。

《春秋》傳曰："盟于甯母。"而《穀梁》曰"寧母"。虞師、晉師滅下陽，而《公羊》曰"夏陽"。信以傳信，疑以傳疑。學者考古，亦何容泥爲定論也。今夫人感慨所託，何常之有？蘇軾當熙寧、元豐之間，以不可一世之才，格於惇、蔡之議，孤臣遠謫，悒鬱無聊。感風月之愁人，對江山其如故。望美人兮魏闕，意如怨而如慕。于是俯仰身世，憑弔孫曹。寄嘯傲于飛仙，設疑難于主客。後之人遊其地，誦其文，嚮往于公之人，而感喟于公之遇。何必赤壁，又何不赤壁哉！或曰杜牧守黄時，其《赤壁》詩亦有"折戟沈沙"之句，則以赤嶂爲赤壁，相沿已久，固不自東坡始也。

《經心書院集》

黄州赤壁集卷第二

蘄水　聞惕惕生参訂
黄岡　汪燊筱舫纂輯　男　晉康侯校字
羅田　王夔武繩佘参校

文　二

序

《赤壁集》序

明・茅瑞徵五芝，歸安。

古來山川壘磈，多藉文士筆端爲之吐氣。今寓内豔談赤壁，以公瑾一捷。而赤壁獨擅名黄州，以子瞻兩賦鼓吹也。無子瞻則黄州無赤壁矣。然余嘗怪從漢歷宋，千有餘年，綵筆相望，而玆山留詠不多得。豈繇小巫氣盡，抑陵谷貿遷，銷沈乃爾耶？落霞孤鶩，作者所難；刻羽引商，其和彌寡。不廣蒐羅而事弋獵，空山之遺響可盡乎！余每散情濠濮，結想風騷，此邦之秀，頗堪揚搉。王子號讀父書，吕生時推國步。爾乃同事編摩，博采成帙。勝國而上，誇得遺珠；本朝以還，争傳連璧。既富捃摭，亦煩詮品。嗟乎！雲物不常，人事代謝。習池之賞，空挹接䍦。峴首之游，應留魂魄。子瞻云："江山風月，本無常主。"余於玆山，既以一日叨主者，而殘文蠹簡，散佚罔紀，是亦有責焉！爰伐棗梨，以當金石，庶同名山之藏，永作琬琰之秘。繼今以往，子瞻不可復作，而猶識前人之勝蹟，竟在此不在彼者，以有斯編也。

《赤壁集》

《赤壁志》序

清・金德嘉豫齋，廣濟。

黄州之有赤鼻山，桑《經》、酈《注》備矣。《經》曰“江水又左逕赤鼻山南”，《注》曰：“山臨側江川。”《經》曰“又東逕西陽郡南，郡治即西陽縣”，《注》曰：“《晉書・地道記》以爲弦子國也。”山之紀載，章章如此。蘇公《賦》乃及周郎戰曹孟德事，即《經》“江水左逕烏林南”，《注》：“吴黄蓋破魏武於烏林處也。”

夫博物如蘇公，豈於《水經注》而忘諸，蓋前賦寓言耳，後賦“江流有聲，斷岸千尺。山高月小，水落石出”，後人諷之，猶如公灑翰雪堂，唱“大江東去”時也。公言語文章妙天下，所過名山大川，咸賴之以不朽。西自岷峨，東至陽羨，北中山，南儋耳，館閣中州，京華紀述都徧。而赤鼻以兩賦特聞，公之之黄，豈惟黄人賴之，抑亦赤壁之幸也。其賦以元豐五年壬戌之七月、十月，其量移汝州以元豐七年甲子之四月到，於今踰十一甲子矣。搢紳章縫之産於黄者，中朝士大夫之官於黄者，四方騷人學士之客於黄者，咸登臨題詠無虚日，蓋自二賦啟之也。

赤壁舊志散軼，河東賈大夫守黄續輯之。垂四載志成，山水、亭臺、祠宇、人物、題畫、金石、藝文，犁如也，燦如也。大夫以治行遷陝西巡按副使以去，其治黄也，爲是志，乃創前賢所未有。夫端明之在黄也，不得行政以惠我國人，徒以詞賦爲光寵。大夫則吾父老子弟既身沐其治，而又高文巨筆，爲江山大發其英華，則黄人之於大夫，自此以至於千萬斯年，其與端明俎豆同有千古，更當何如也！讀是志者，其不以余言爲然乎？

《居業齋集》

《夜集赤壁詩》序

清·周錫恩伯晉，羅田。

夫勝地不得名山，則風月大慚；雅游不得詩人，則琴尊不韻。而況際良夜者情逸，甫弱冠者氣豪。璧以合而光新，星以聯而耀遠。仙花角秀，百卉斂芳。雛鳳齊鳴，萬禽傾耳。豈必對同同之鳥，顧熒熒之花，而始孤月開襟，叢雲發唱已哉。

廣濟劉公子讓夔寅清。懷文抱質，潤古雕今。劍膽能麤，琴心獨細。懷李白秉燭之興，慕江淹擊缽之筵。則乃滌文石，召清流。白紵題詞，紅箋選客。以赤壁爲别墅，謂東坡爲後身。路迴碧玉之溪，人列紫羅之隊。蘭邀蕙到，鳳勸鸞來。倣六逸之會而加雙，繪九仙之圖而缺一。於是張筵坐露，把盞觀天。侈宋玉之大言，發陸雲之笑疾。或拇戰聲高，天皇驚落；或詞源夜瀉，峽水齊懸。餐十七物之杯盤，飲一經程之醇酎。眼花墜地，眉月當天。訂以瓜盟，終之茗戰。當斯時也，江中潮起，似答吟聲；海上月生，如窺狂客。夏口之疎鐘數杵，武昌之漁火一星。輕風來而龜渚清，涼露下而睡亭冷。然而能吞竹葉，便算詩人；不咏蓮花，焉稱博士。非詩不足以艷金谷，非序不足以韻蘭亭。請分沈約之詩牌，更借羲之之字筆。紅霞一口，吞吐於風前；烏紙千行，請懸之壁上。

《羅田兩太史駢體文録》《傳魯堂駢文》

《〈夢遊赤壁圖〉題詞》序

清·蘇紹柄稼秋，武功。

余夙慕黄州赤壁之勝，思得閒往遊而卒不果。己巳秋，乞程謌士師寫《夢遊赤壁圖》以誌嚮往，一時詞林文人惠題甚夥。癸酉夏五，會有漢川之役，隨侍鄂垣幾兩閲月。竊謂此行，定能至赤壁一遊，故郭遠堂先生題是圖，有“昔年夢到今真到，夢裡江山可似真”之句。不意溽暑逼人，未獲遽往。迨秋涼，因省試期迫，遂匆匆取道赴白門，而此游終付之夢想矣。迄今罏箑九更，而是《圖》已積成如干册。酒邊茶後，每一展玩，覺江聲山色，隱隱在耳目間，不啻坐我於二賦亭中。夢云乎哉？

《屑玉叢譚二集》

《〈夢游赤壁圖〉題詞》序

清・朱作霖雨蒼，南匯。

世界花花風月，本無常主。勞人草草，江山孰問游蹤。顧必踐雪鴻陳迹，亦病拘墟。若衹憑蕉鹿來因，詎嫌附會。爰拈故事爲新題，漫擬雙煙之一氣。古懷如訴，今我能豪，若稼秋蘇君之夢遊赤壁爲可圖焉。君以武功之清望，作眉山之替人。詩合唐音，書工晉帖。人無俗韻，交貢真情。平時忠愛爲懷，也鐫“宇玉瓊樓”之句。一夕華嚴彈指，儼續簫聲鶴影之游。時覺夕陽明滅，江氣氤氳。色相胥真，記取霞酣壁老；心光四照，依稀星落枝疏。然而浪激蟂磯，方悵英雄淘盡；詎意鐘鳴遠寺，俄驚水月歸空。因念李青蓮本是星君，白太傅原爲禪伯。不少丹還罏内，儘多身轉竿頭。信從茲莊蜨蘧蘧，居然先覺；試憶昨明蟾炯炯，合悟前塵。夫至可懷者勝緣，而最難忘者異感。既極遐想之回皇，有是奇情之鬱勃。固合託之寶墨，畫倩大痴；用以副厥靈芬，詩徵小杜。幸石泉之無恙，慨今昔之奚殊。但常範水模山，能銷閒福；行見屐雲笠雨，便是髯翁。霖塗慚識馬，簧懶調鶯。茶餘齒粲，嚮蒙諉以駢言。酒半眉軒，今始辱之小序。此日翻來舊案，毫端之霞采齊飛；他時打破迷團，紙上之仙心獨印。

《屑玉叢譚二集》

《赤壁紀略》序

劉鳳章文卿，黄陂。

昔人謂無人不死，惟能文章者不死。雖聖賢豪傑，離文章則其人皆死。吾嘗持此説，以考驗今古。豈特聖賢豪傑然哉？大而天地山川，小而亭臺樓榭，蓋莫不然。不必遠徵，即以吾鄂名勝而論。有禰衡一賦，而鸚鵡洲以傳；有王巾一碑，而頭陀寺以傳；有崔顥一律，而一樓一閣，挺峙翼際黄鵠間。更進而求之，赤壁有五，隸嘉魚者爲真蹟，考古者類能言之。而今所傳者，乃移於黄州，非以坡公二賦哉？當吴魏之交争此土也，曹操率百萬之衆，具泰山壓卵之力，而卒不可得。周郎得之，而卒不能有。千秋萬世據此土者，乃爲手無寸鐵之文人。此豈曹操夢想之所能及，又豈周郎智計所能料乎！坡公二賦，寄懷老莊，視吴魏紛争，殆如諸天之視下界，作戲微塵。

余近於老莊之書間亦涉獵，意在洗滌塵污，遊心冥漠，自適其適。舉人世可歆可羡、可驚可泣之事而澹焉若忘。至對於戒用兵、尚自然，陳義甚高，常疑其説可行於太古，不可施於近時。及遨遊赤壁，拊今追昔，不獨操爲一世之雄，而今安在？即周郎之勳業，亦隨雲煙而俱化。而坡公之精神，則隨風月而常來。人固争之，天固靳之。人若忘之，天固畀之。自然之則，天且弗違。人人戒兵争，人人尚自然，而天下太平矣。誰謂老莊之説不足治世哉！

徐君星槎輯《赤壁紀略》成，索序於余。余維徐君年來搜集鄉邦文獻，不遺餘力，文人學士賴以不死者衆矣。此書殺青，遷客騷人固對之有餘慕，而自負一世之雄者，溜覽及之，當亦嗒然自喪其功，豈僅在文字間哉！

《赤壁紀略》

《赤壁紀略》序

王葆心季薌，羅田。

光緒戊子己丑間，余年裁冠，應學使試黄州，僦宅於曾少尉寶謙家，因得修謁其尊人穉鴻明府。余知明府助續村太守纂郡志甚勤，暇輒與咨討鄉邦文獻故事，明府言之甚悉，不知其有《赤壁志》之輯也。嗣閲武昌范月槎觀察《退思文存》，則爲明府序《赤壁志》之文在焉。知曾氏意在蒐補康熙中賈太守鋐之書，度其必曾見賈《志》，因賡續爲之，余則並賈《志》亦未之見也。嗣得金蔚齋太史《居業齋集》讀之，則爲賈《志》弁序復在焉。顧賈氏之書，遥接萬曆中茅侯瑞徵《赤壁集》而作，以山水、亭臺、祠宇、人物、題畫、金石、藝文七目，括其全書，其富贍可想。歷年既遠，傳本浸微。吾於賈，見其序不獲見其書；於曾，則常接其人，又未克觀其稿。曾氏既逝，家益淩替，遺書殆無力付梓。其稿能否仍在世間，今不可知。

吾郡後起，當更無好事者奮起而搜輯之矣。乃徐君星槎以隣郡文學士，鋭然裒輯，卒成此編。既成書，以序來請余。惟兩年前晤星槎，便稱將有是輯，相咨以故事。既而思星槎昕夕皇皇於牛毛市政中，雖甚勤學好問，未必其書果即脱稿。惟既以聞見徵求，於是與余兒子夔强偶有弋獲，輒寫録以寄，不料其殺青竟如是之速也。爰應其請，述余所見兩家《赤壁志》序之舊事，以志余所欲見者，其願卒未有以償。倘異日一見星槎此作，必有以彌余未見之憾。則余之文，雖不及蔚齋、退思兩先達，而星槎之書，贍富淹雅，必有以括兩家之志而盡其長。後來居上，將於是書之出覘之，斯固吾郡人所同心殷望者。遂書此意，以促星槎版行問世。爲我光黄間山川，一振其文藻，誠快事也。

抑又聞之，近歲八屬之父老文士，興舉廢墜，不忍舊蹟日湮，倡貲修葺，使圮毁之赤壁焕然，共風月以常新，而此志又恰成於是時。余不到郡城舊治垂三十載矣，異時挾此編以重睹新加點綴之勝蹟，把酒臨風，集上下古今之文字，而快讀於一朝，不尤足發我思古之情於無盡也哉。

《赤壁紀略》

《東坡赤壁藝文志》敘

謝功肅伯營，黄岡。

班孟堅變劉歆《七略》，而志《藝文》，以開後世紛更之路。蕭氏《文選》，姚氏《文粹》，雖非班《志》體裁，無非班《志》流别。時會所趨，有不容已。功肅生當藝文龎雜之秋，鬱鬱窮愁，勉求著述，而螢窗彤管，事屬私門。按部就班，無敢放縱。成書數種，自愧實多。所幸陋巷窟門，地臨赤壁，江山文藻，供我嘯歌。因思自宋及今，吾黄文教稱盛。坡仙賦後，題詠必多。而何以存諸金石，載諸簡編者，寥寥如晨星？雖由兵燹銷沈，究亦搜藏失當也。茅伯符首輯《赤壁集》，專重藝文。賈可齋續輯《赤壁志》，於山水人物，詳載無遺，增補茅集。惜兩書已散佚，此外絶無藍本，爲之懊然。間嘗讀《西湖游覽志》，博採杭州故事，不盡關於西湖，遂有蕪雜之病。未若《西湖志纂》，經梁詩正、沈德潛諸人反復删訂，首以勝蹟，終以藝文，包括無餘，有條不紊，爲從來輿紀所僅見。蓋藝文者，諸志之淵藪也。宇宙萬物，無一不載於六藝之文。不讀《藝文志》，不可以通諸志。所以孟堅十志，藝文列後，大有百川匯海之思。王鳴盛擬改班《志》次序，未嘗移置藝文，不可謂無見地者。功肅撫今思昔，徘徊於赤壁磯頭，斷碣殘碑，摩挲終日。於是竊班孟堅之名，師茅伯符之意，而變賈可齋體例，以成《東坡赤壁藝文志》五卷。非敢比美前人，欲爲鄉土名勝，徵事實，聚英華，至於永遠不朽。踰越之罪，所未免焉。吁！鄭夾漈僻處寒陋，倣古搜奇，生平際遇不及班氏，獨能於班氏後空所倚傍，成千古偉作。其人不可及，其書乃足傳。功肅何人，胡竟不揣淺陋，爲此區區，以不值博雅者之一噱耶。

《赤壁藝文志》

《東坡赤壁集》序

王樹榮仁山，吴興。

炳武上將軍蕭公珩珊之督武昌也，適南北有事之秋，軍牒旁午，日不暇給。公獨坐而鎮之，期月之間，風鶴無警。爰於公暇，搜刊故籍，興復古今來廢墜之蹟。得《景蘇園帖》原石，就赤壁隙地建挹爽樓，嵌置壁間。時方苦旱，樓成之日，甘雨如注，因築喜雨亭於蘇公祠後首以紀實。事既蕆，復病《赤壁藝文》失之簡略，屬汪筱舫大令從事補輯，誠盛事也。

曩歲壬戌，東瀛箕川學士有赤壁泛舟徵文之舉，同人多有所作，全稿藏皮篋衍中久矣。出以示公，謂得此足補赤壁藝文之闕，命趣付梓。夫人生天地間，不過數十寒暑耳。今兹壬戌，上距坡公之遊凡十四甲子，八百四十有一年。此八百餘年中，騷人逸士泛舟赤壁下者，不知若而人。求其能與坡老後先輝映，蓋闃無人焉。予宦遊來鄂，適值壬戌之秋，得繼髯蘇後，爲奇絶冠平生之遊。又因重刻赤壁藝文，往日紀游之作，與江山勝蹟同永流傳，尤爲幸事。獨惜繕校甫竣，而蕭公遽歸道山。平日提倡風雅，不遺餘力，竟不克親見是書之成，斯又爲之撫卷而三歎者也。

《東坡赤壁集》

《東坡赤壁集》敘

陳鴻謨文仙，黄安。

黄州赤壁之有專書，自前明茅氏之《赤壁集》始。自序稱“富捃摭，亦煩詮品”，蓋選集體也。賈氏續輯《赤壁志》，金氏序之曰“山水、亭臺、祠宇、人物、題畫、金石、藝文，犁如也，燦如也”，書蓋志體，藝文特《志》中之篇目耳。是二書者，今皆無傳。

赤壁，自東坡以後，代有建置。明季張獻忠之亂，守城者以赤壁高樓，俯瞰城内，懼爲賊所乘，積薪焚之。古碑二十餘方，悉付一炬，故明以前之建設皆不可考。清代全盛時，于清端爲郡丞，集郡中士大夫，請於太守重爲修建，得復舊觀。粵寇之亂，仍成焦土。同治年間，續郇太守雅重風騷，適劉宫保幹臣予告歸，出資重修，於是赤壁之規模與赤壁之文章，一時稱盛。又五十餘年，兵燹之摧殘，風雨之剥蝕，故宫禾黍，游者蠹焉。民國九年，隱塵李公巡按粵東歸，復謀修葺。廢者興之，闕者補之，赤壁磯頭已燦然一新矣。是役，汪子筱舫實董其事。苦經營之勞頓，懼文獻之無徵，博採旁搜，得謝子功肅所著《東坡赤壁藝文志》梓之。越二年，珩帥蕭公駐節赤壁，建挹爽樓於萬仞堂之右偏，嵌《景蘇園》石刻於樓之四壁，建喜雨亭於翦刀峰畔，移翦刀峰於亭外，又爲雲梯百級，上達于公祠，壯哉大觀也。其事亦汪子筱舫主之。蕭公乃以《藝文志》成於未增建置以前，於赤壁形勝有所未備，原刻訛脱亦多，仍屬汪子重爲編輯。適王子仁山以所鈔赤壁詩文進，汪子乃出其舊本與鈔本一併見示，屬司校讎之役，仍用茅氏體名，爲《東坡赤壁集》。既付鉛槧，爰書其緣起於簡端。

《東坡赤壁集》

跋

《赤壁圖》跋

清・姚晉圻念長，羅田。

蘇文忠公以誠意直道事君，而爲李定、舒亶之徒所毁，謫黄州。賢人君子之心，正大光明，何往不自得。矧公文章譬諸景星慶雲，隨所著見，輝焕萬物。向使公不罹擯斥，區區齊安，山川風物，有此光氣流於宇宙間耶？

《東安文集》

《東坡遊赤壁圖》跋

范　筠竹君，黃陂。

瘖公，吾宗浙東高士也。歲庚申，遷鄂提刑，有政聲。後辭職去，寄情山水間。今秋游黃州，登赤嶋，感懷坡公舊蹟，不獨亭閣榛蕪，即石壁臨江，亦復成陸。滄桑之變，才八百餘年，其速真有不能一晌者。以余同游，且稔黃州形勝，因囑補圖。自維年力雖衰，然景蘇有契，遂樂於從事，亦結一重金石交云爾。坡游赤壁後第十四壬戌之秋。時年七十有三。

《赤壁集》

《景蘇園法帖》跋

蕭耀南珩珊，黃岡。

蘇書之在黃岡者，如《楚頌》詞碣、《乳母志銘》諸刻，均遭黨禁剗熀，即明代復本亦多無存。耀南總制鄉邦，留心文獻。閱五年，政有餘暇，乃圖修復赤壁古蹟。會聞《景蘇園帖》將亡海外，爰屬范子畯塍亟爲物色，以厚值購得之。檢帖凡六卷，實不止四，係抉擇《晚香》《西樓》各刻與《羅池碑》精髓而成。雖於《戲鴻》《寶賢》等帖中，暨近代發見石墨精華尚多遺采，然即此已得驪珠。因憶吾邑之遇文忠蘇公，距今八百餘年，遇大令楊公亦二十有餘稔，古今人契合之精神，獨于斯焉寄。余以天下之寶，當與天下共之。今秋挹爽樓適成，嵌置壁間，永誌景印。後之覽者，其亦慕坡公忠義大節，歷熙、豐、祐、聖之變如一日，奮然興起，不徒求其辭翰之美，競傳爲江山之勝已也，是則余保存斯石之志也夫。

《東坡赤壁集》

《景蘇園法帖》跋

范之杰畯塍，浙東。

蘇書至今盛行，近世士夫争相摹仿，幾成風氣。繇是譸言朋興，贋本雜出，學者苦之。良以不得真迹，難窺墨法之妙。第即石刻以求筆法，相去已遠。至求諸摹本或復本，抑遠之又遠。古人作書，代有師法。深入顯出，乃克成家。人第見坡書一斑，謂其類徐會稽也，王簡穆也，顔平原、李北海也，而不知其遠追漢唐，次造晉魏。此正古人前後同揆處，其沿襲變革之機，直參造化而不可思議。公謂“我書意造本無法”，乃正示人以法耳。是帖“景蘇”之名，取諸前代字迹，多影宋明精本中晚年書，諸體俱備。卷首宋刻小像，舊藏匋齋處，今亡，賴此以傳。公書大字，禁燬後幾絶天壤。余曾搜得摩崖諸題，徑尺擘窠，雄渾之宗，爲世罕見。擬彙印珂版，未果也。今帖末勒碑，尤爲創格，先得我心。學者人守一編，力求小静園之所謂“用筆圓滿”，芳堅館之所謂“運墨凝暈”者，斯取則不遠，可以拔俗矣。原石藏楊家，并未嵌置園壁。前三年，向某賈押貸巨金，歸其所有。今將出售，幾爲大力者負之佗徙。適蕭公珩珊修復黄州古蹟，以情告，屬即購藏赤壁。帖石有幸，欣其得所已。時民國十四年，歲次乙丑秋九月也。

《東坡赤壁集》

重嵌景蘇園碑跋

李開侁隱塵，黄岡。

陽山楊葆初先生，與眉山蘇東坡先生，皆以蜀人官黄州。眉山文章道德，炳耀千秋，陽山則逝世未久。予於丁酉拔場後，猶獲一見丰采，其勤政愛才，吐屬風雅，已近今所罕覯。而書法尤私淑眉山，確有心得。觀景蘇園之搜集亦可想見。辛亥以還，世變滄桑，文物廢墜。予自粤東歸里，陽山則已歸道山。問其所藏，大半散失。正深太息，炳武上將軍乃於政務餘閒，搜求及此，竟得全璧以歸赤壁。人間實物，殆有鬼神呵護。眉山、陽山兩先生之靈，亦實式憑之，跋此以誌幸焉。

《勝鬘集》

重嵌景蘇園碑跋

汪　燊筱舫，黄岡。

前清光緒庚寅，陽山楊公葆初來宰吾邑。吾邑本東坡舊遊之地，楊公景仰前賢，酷嗜蘇書，因於公廨傍葺“景蘇園”一所。搜蘇書各帖，擇其尤者，摹成六册，顔曰《景蘇園帖》。計石百二十有六，嵌諸園中，洋洋乎大觀也。楊公解官後，因虧累，質此石於張某。公謝世，後嗣無力取贖，訟累不休。蕭公珩珊督鄂，捐巨欵建挹爽樓於赤壁，委燊監修。閱四月樓成。適范公之杰以此帖進，蕭公撫掌稱善，以爲天下之寶當與天下共之，不惜重貲購置。仍委燊運石黄州，嵌諸赤壁挹爽樓壁。於是楊、張之訟解，又使蘇公遺跡得以保存，而蕭公提倡風雅之誠，亦堪下石丈人一拜，相與並壽於無窮已。燊躬逢韻事，勉述大旨，以誌不忘。

《桃潭合鈔》

《東坡赤壁藝文志》跋

汪　燊

楚鄂名勝，首稱黄鶴樓。若夫峭石千尋，屹立江滸，爛兮如赤城之霞，山月江風，供人吟弄。如吾邑赤壁，經東坡先生游賞而品題之，遂流傳至今，亦名勝地也。當清同治朝，胡月樵都轉官武昌，時值洪、楊亂後，興仆植僵，搜奇補缺，零縑斷壁，收拾靡遺，遂成《黄鵠山志》。偶一瀏覽，使人心醉。而吾黄之赤壁，獨無人焉以志之，山川減色矣。或謂前明茅公伯符有《赤壁集》一編，今無能考，良可惜也。民國庚申，同邑李隱塵先生道出赤壁，見夫亭臺樓閣，半就傾圮，慨然發思古之情，集資重建，推燊充監修之役。不久告成，先生撰《庚申重修記》，從昔賢游戲之作，寫出菩提正覺心，坡公之知己也。名言奥義，照耀簡端，足以傳矣。工既竣，回省寓。唔宗丈雨人，年近八十。縱談赤壁風月，爲余述前清赤壁楹聯，若畢秋帆開府、周芸皋觀察兩聯膾炙人口，允推絶妙。又云："其他詩古文詞，騁妍抽秘，名作如林。今老矣，不復記憶。"相與慨嘆久之。壬戌秋，得讀舊友謝君伯誉《東坡赤壁藝文志》，都爲五卷，搜羅繁富，可稱東坡功臣。花晨月夕，把玩久之，如田父入陳王宫，而歎夥頤沈沈也。如游建章宫闕，千門萬户，使人目炫而神駭也。又如坐多寳船，見夫火齊木難，五光十色，渺不識其爲何物也。伯誉學豐運蹇，昔時鏖戰文場，連不得志於有司，遂殫精壹志，習散體文，有書數種行世。此編一出，宜不在《黄鵠山志》下矣。赤壁一隅，既得隱塵先生重修一《記》，獨能曲曲傳出東坡信慧。伯誉一《志》，亦能爲前人所難爲。文人大著，固當與河山而並壽歟。燊躬逢韻事，弗揣譾陋，勉述大旨，以誌不忘。

仝上

《東坡赤壁集》跋

汪　燊

選集之作，始於梁昭明太子。以天潢之裔，據天禄、石渠之富，殫精極思，足不履樓下者，數十寒暑，方能成書。選家談何容易哉！東坡赤壁故事，自宋以後，代有著述。吾邑謝子功肅，博採旁搜，著爲《藝文志》。雖燦然大備，然《藝文志》究與文詩纂本不同。適蕭珩珊督辦以增建挹爽樓、喜雨亭諸勝，謂不可以無傳，屬廣爲採輯，但取宏富，不厭兼收。獨念燊幼而失學，長而奔走仕途，簿書鞅掌，奚足以躋著作之林，顧不能以不文辭。適舊友陳子文仙隱居市廛，蕭然無事，並襄點纂。仍用茅氏體，名爲《東坡赤壁集》。特紀其實於此。

仝上

記

白龜渚記

明・郭鳳儀桐岡，祥符。

龜之爲蟲也，靈矣。是故聖人登之，以用察來。夫枯骨猶靈，而況其銜恩於活己者哉。世傳毛寶放龜，後獲其報。將有之，無足怪者。考之《傳》，則少異焉。《傳》言寶入武昌市，見網人售龜，外骨正白，長逾咫奇，取令僕夫豢之。久乃放諸江。後寶戍邾城，石季龍攻邾且陷，寶與六千人赴江死。僕夫投水，若墮石上，獨免溺，視之，乃所豢龜也，蓋長且三四尺矣。吁！是獲報者，豢龜氏耳，非寶也，世傳誤矣。郭子曰："白龜能活豢己者，事甚么麽，然到如今稱之不置，非謂人能利物，將風人於善耶？嗟乎！亦煦煦者耳。昔者，先王親親而仁民，仁民而愛物，使蚑行蠕動，各得其所，故曰鳥獸魚鱉，咸若其衆寡，視此何如哉？至仁無恩報，不足言矣。"嘉靖己酉夏，予載酒與客爲赤壁之遊。時雨新霽，緑虹半滅，移席臨流，相顧甚樂。客指點巖側，曰："此白龜渚也。"余爲之慨然太息。云："舊有亭，圮。"既新之，更刻石爲龜，奠之水濱，用彰往事。杪秋，與客再至，睥睨一視，江風颯然。

《赤壁集》

槃按：舊《黄岡志》云："郭郡守鳳儀邀唐比部樞游赤壁，郭問：'天下兩府峙立，武昌、漢陽；一府一縣峙立，黄州、武昌。何謂？'唐云：'天下守法，有據依據，無據依援。按晉《陶侃傳》，議以武昌北岸有邾城，宜分兵鎮之。侃言："我所以設險禦寇，正以長江耳。邾城隔在江北，内無所倚，外接群蠻，必引寇盜。且吴時此城乃三萬兵守，今縱有兵守之，亦無益於江南。”後庾亮以毛寶戍之，果敗。皆服侃識。或云邾城，東晉時密邇群蠻，所以不可置戍，與今不同。宋李勉建言：“荆襄殘破，淮西正當南北之交。齊安與武昌對，欲保江南，先守江北。”正謂聲勢可應援耳。’”此乃明代赤壁一舊聞，故附列郭氏《記》後。

游赤壁記

明·張元忭子藎，山陰。

往嘉靖之戊午，先大夫視學楚中，予來覲。道黄，艤舟而望赤壁，恨弗及登也，姑詠二賦以自遣。距今且二十有五年，爲萬曆之壬午，幸以使事再至。既抵黄，驟阻風雨。同年友别駕陸子張具赤壁，邀予游，予曰：“固所願也。”矧風車雨隊，又挾使君指見留哉。是日爲臘月望，乃偕文學陶子允嘉、門人言子有時，造郡署，登雪堂及竹樓。凭欄四眺，江山隱映如畫，輒不忍去。已而，由漢川門半里許，峭壁臨江，土石盡赤，有堂曰赤壁。志稱周瑜敗曹瞞，乃在樊口之上，今之嘉魚是也，此地非是。然余諦詢之，郡之隔江爲武昌，有山曰樊山，湖曰樊湖，湖之下爲樊口。長公之賦，殆必有據。余又循江而行，往往見石磯類多赤色。意者當年，千里舳艫，頃刻煨燼，即嘉魚、黄岡之間，其爲赤壁者何限，豈必彼是而此非也。由堂而西，躡石磴而下爲赤壁磯，有石龜蹲踞江畔。舊傳毛寶於此放龜，好事者鑿石以識。磯上爲亭，舊題“水月”，予遂易之曰“放龜”。由堂而北，躡石蹬而上，爲樓三層。最上者，舊題“羨江”，予易以“何羨”。謂陸子曰：“夫有所羨於彼，必有所不足於此。今吾與子登斯樓，撫斯景，千里一瞬，萬古一夕，物與我皆無盡也。信矣，又何羨之有？”陸子視予而笑，亡所逆。亟呼酒，滿引數觥，客并暢然。適有饋生鯉者，長可二尺，方鼓鬛摇尾，庖人遽請烹之。予亟止之，曰：“昔人放龜，今獨不可放鯉乎？”乃畜以盆水，攜至石龜所，手放之。跳躍而逝，衆並歡動。徐還，飲於堂中。相促膝，睹赤壁之戲，竟夕而散。陸子曰：“予向也謫居益津，一夕夢長公角巾野服來過，歷歷道其生平顛踣困頓之狀，以相慰藉。已而相持哭，失聲以寤。未浹旬，報至，則量移黄州矣。事誠有不偶然者。子其爲我題‘夢坡’之館，且記今之游，可乎？”予曰：“昔長公以近臣謫居於黄，時宰方擠而投之苦海。而公視之，一以爲仙都，一以爲浄土。赤壁之下，江渚之上，嘲風月而弄波濤，何其達也！而賦之終篇，卒以臨皋之夢爲喻，意若曰浮生第一夢耳。今子以銓部郎左遷而至於此，而疇昔之兆，公實先之，可不謂有意於子哉？且夫升降得喪，何常之有。彼亦一夢，此亦一夢也，今日之游亦夢也。既夢之而又題之，而又記之，是夢而又憶其夢也。莊生有言，世有大覺而後知此大夢。予謂知此爲大夢也者，則可爲大覺也已矣。”陸子抵掌大笑曰：“有是哉！吾今後乃蘧然覺也。”雖然，今日之游樂矣，即夢是也，惡可無記，遂令知事何景賓勒石記之。

《不二齋文集》

重游赤壁記

明・姚履素上元。

余蓋三飲於赤壁間矣。初爲潘郡伯招游，開南軒，覿遠岫，閒心與沙鷗出没，遐眺與風檣往還。得其曠矣，然未得其致也。再爲蔣貳尹招游，登傑閣，據磯頭，俯澄空之玉鏡，望葱蔚之晚汀。得其幽矣，然未得其幻也。再爲同年友茅五芝明府招游，方舟而駕，凌轢湖波，風輕景麗，而江山之勝，始捃摭於杯酒之觀也。夫其束帛要綵，舲艇踈簾，令人有秦淮競渡之想焉。至於赤磯懸棧，迴塘濯艫，下丹崖，趨石磴，長年方理楫以須，則境界固已遠矣。已而挂席中流，汪洋滙澤，泛泛乎如飛廬於洞庭也。遶於東者，有連城百雉，松阜柳陰，山蹊人徑之寥廓焉。陸於西者，有平沙煙渚，麥隴村墟，擔負驅牧之野適焉。當於前者，有谿雲遠近，浮漚隱見，日光明滅之異態焉。入於席者，有水影動摇，晴嵐瀲灧，涼飆吹噫之紛郁焉。霞采收於暝色，冰輪耀乎清陰。旋橈而左右流輝，艤榜而當筵落照。於斯際也，心知其嘉勝，中山君不能會也。山之青者，化而爲黛也；水之緑者，化而爲玄也。有黝然而已，而黛者之籠以白，玄者之透以色，直若隨吾目，而不隨諸山水也。中山君惡能會也。遠望數舠動楫，列炬分光，若星移而冉冉以近也。鼓吹乍起，四顧徬徨，若群仙降而霓裳可褭也。明府以緩棹爲投轄，余亦以擊楫爲觥籌，而不知夜之强半也。拾級登岸，返乎磯頭。月落天空，擎杯猶未能歇也。舟颺颺以散，而波底懸燈，漸趨於小也；擊浪流聲，漸趨於窈也。有是哉娱心快目者乎！雖謂赤壁之游自今日始，可也。顧赤壁未始異，而此三游者，亦余之自爲異耳。初游自天目、齊雲而來，所望於名區者，若不能屬厭焉。再則經歲馳驅疲矣，寓目清幽，如南冠之釋其縶，得趣爲多，然尚陸沈於案牘中。今相距未及半月，而披鞠之繁無留餘矣，宜其豁然坦然，景與意會，而盡赤壁之況也。謂余入楚之游亦自今日始，可也。時夏五十有二日。

《黄岡縣志》

赤壁無文碑記

清・李贊元海陽。

今夫曠曠者，天地也。何以始，何以終乎？曰："有文在。"冥冥者，山川也。何以名？何以傳乎？曰："有文在。"日新者世，而日異者人也。何以知其盛衰，紀其姓字乎？曰："有文在。"文也者，與天地同無疆，與山川同不易，與世爲絶續，與人爲存亡者也。

赤壁者，黄之勝地也。屹然立於江濱，相傳曹孟德常困於兹，亦無從信其是耶否耶？但游其下者，莫不有文焉，以寫其景而鳴其情。予於戊戌登臨其上，幾欲爲文而無文也。山名"聚寶"，泉稱"君子"。江天之浩渺，樓觀之嵯峨。鬱鬱葱葱，於湘雨岳煙，秀崎蘭溪之際者，天地山川之文也。讀子瞻前後二賦，而古今之興廢，賢達之曠逸，其唏嘘於清風明月之間者，至人之文也。迨其後爲歌爲詞，爲詩爲記，難更僕數。然或嘆息英雄，或吟詠風露；或出之名公大人，或得之騷人墨士。其狂瀾之瀠洄，怪石之隱秀。追吴蹟而憶漢年者，歷歷乎城郭堪挹，而風物宜人。文至矣備矣，蔑以加矣。予復何文？雖然，日月如故，山河時移。數十年兵燹頻仍，灰燼之餘，瘡痍未起。彼雲亭竹榭，半淹没於荒蓁蔓草中。俾易世而下，漠然徒見夫山高而水清。而斷碑殘碣，亦幾幾乎渺茫而無所考。將天地不能有其功，山川不能出其奇，而至人亦不能復爲其繼。噫，誰之咎歟！予於是倡衆捐貲，力爲鼎新。雖不敢步光前賢，庶後之君子，流覽於斯者，得以指而數之曰："某也詞，某也詩，某也歌，而某也賦。"雲漢於昭，日星爲燦，天地山川共不朽矣。即魏吴争鋒，不必其果在是焉否也，皆可以依稀憑弔焉！是亦爲之文也，而又何以文爲？

《赤壁集》

重修赤壁記

清・于成龍北溟，永寧。

余辛丑春授粤西羅城令，親友咸有難色。余曰："子厚，晉人也，曾官柳州。余同鄉後學，可不往觀風流遺蹟乎？"携僕就道，秋抵柳陽，謁先生祠像。祠後柳侯墓，祠前柳侯碑，乃眉山東坡先生所撰記而筆之者也，喜出望外矣。父老相傳，世變城頽，祠傾碑毁。或砌碑塊於城，城屢崩，閲其石，有柳侯碑，移還故處，而城工竣。東坡先生之文之筆，其不能湮没如此。摹刻可避兵火，右江守憲黄公語余曰："吾每渡江，不敢忘携柳侯碑。"東坡之文之筆，其爲世所珍重如此。嗣守憲戴公重修祠宇，珍護碑刻。此乃東坡先生之寄於粤者，非等於黄郡赤壁諸勝境爲先生之所親歷也。

丁未，余陞授西蜀重慶合州牧。戊申秋抵任。己酉夏五月，因前任卓異，報陞黄郡丞。冬十月，謁撫司，赴成都，遥望眉山，嵯峨峻秀，知東坡先生之鍾靈不偶。庚辰春，抵黄丞任。柳侯碑雖隔在天末，而赤壁諸勝，幸在目前。意以冷署閒局，或可偕同人笑傲赤壁，坐臥先賢遺址，謁新建宋賢祠而快意焉。雪堂、竹樓雖非故址，然與洗墨池同建時爲之也。宋公《記》可誌不朽。自以步後塵，表遺蹟，而效力於太守羅公者，余之遺也。無如余命不猶，甫署黄安，旋署通城，復奉文代覲，奔走如犬馬。辛亥六月，抵岐亭，值旱魃爲災，人心叵測，憂危無寧晷。壬子春，賑饑德安，兑糧蘄州。夏四月，理黄糧捕。秋七月，兼漢糧捕。簿書鞅掌，每過晴川、黄鶴而欷歔，復何心及赤壁諸勝境也。

冬臘月，卸事歸岐，與社中諸生痛飲。道及杏花村裏多賢人，詢云有陳季常先生墓在焉。季常爲東坡先生好友也，著《方山子傳》，不可不謁。今春正乘輿偕往，草茵而坐，觥籌交錯，春光靄媚，依稀人影在地而歸。隨謀修復，旋置磚木。

以思慕太守公闊久來黄。黄社諸生，情誼篤好，會飲無虚日。適謁客郊外，尋臨皋、洗墨故址，登定惠之巔，覓寶山之石。二三同人偶憩龍王山廟，王生殽核齊備，飛觴唱和，漏三下而興彌高。越二日，爲赤壁之游，彭先生，李、顧二生備酒偕來，謁先生之像，誦前賢之碣。俯長江之浩渺，嘆桑田之蒼茫。遺蹟尚多灰燼，感慨不能中忘。時方天晴日朗，倏忽風雨晦冥。廣池酣飲，不覺日落西山。因念及"山高月小""人影在地"之句，其興倍於杏花村矣。修季常祠者，爲東坡先生也。兹登赤壁，而知東坡先生之所由名，何可無以修之也？况黄郡名都，物力勝於邊荒，又何可無以修之也？諸生僉謀，而請命於太守，公曰："可。"

《黄岡縣志》

遊黄州赤壁記

清・邵長蘅子湘，武進。

自鳩兹泝江，十月抵黄州。泊舟，日方晡。有山巋然，詢之，舟人曰："是赤壁也。"則大喜，躍而登舟，從行者三人。尋岸可二百步，抵山麓。山之高可百步，土盡赤，巔童然，若髡石負土出者，皆纍纍而頑。躡其尻，則睥睨據之。子瞻片石，剥落頹垣蘚壁閒，可摩挲讀。按《志》，魏武與周瑜戰地曰赤壁，在今嘉魚。在黄州者曰赤鼻，《水經》曰“右得樊口，左逕赤鼻山南”是也。蓋名之從其色也。自子瞻冒鼻爲壁，而黄州之名特著。然余曩時，讀子瞻《賦》所云“履巉巖，披蒙茸，踞虎豹，登虯龍”，意必幽邃峭險，迥然耳目之表。今身歷之，皆不逮所聞。豈文人之言，少實而多虚，雖子瞻不免耶？抑陵谷變遷，而江山不可復識耶？噫！天下穹壑嶄崖，争奇於兹山者，何啻什百？而或限之遐陬荒徼，奥莽之所翳，豺狼狐狸之所嗥，數百年不一效靈於世。而兹山以子瞻故，樵夫牧豎皆熟其名。山之遭，固有幸有不幸耶！則士卓犖負奇，往往不能自著名當世，而當世冒重名又往往過其實。悲夫！

《青門簏稿》

赤壁重修于清端公祠記

清・喻文鏊治存，黄梅。

我國家統一區夏，承平百有五十餘年。自三藩討平後，橐弓戢矢，海寓乂安，至於今日。嘉慶改元，白蓮邪教突擾長陽、長樂間，蔓延荆豫秦蜀，稽誅者已三年。因思吴逆倡亂，煽惑人心，萑苻乘間竊發，紛紛嘯聚，荼毒生靈。吾黄郡弁兵，均經調撥，下游城邑空虚，麻城盜起。而我于清端公，時一郡臣耳。提矛急馳至，率鄉勇，不浹旬平之。盜賊初起，黨羽未聯絡，民亦卒不受迫脅。長陽、長樂之賊，不過莠民滋事，一無憑藉，使得如我于清端公數人，分佈各處，折箠定矣。亡何，今觀察以重脩黄州于清端公祠告。

于清端公者，我朝清忠彊直經濟名臣也。自起家爲縣令，洊至鎮撫畿甸，擢江南江西總制，開府金陵。釐奸剔弊，扶弱鉏强，表正黜邪，綱紀肅然。與湯文正公、于襄勤公同爲天子信臣。豐功碩德，具載國史列傳。其官黄州丞也，以平麻城盗績，擢本府知府。其去也，黄州之民思之，祠焉。嗣所至，民皆愛之，皆有祠。

鼇，黄人，少聞里老言于知府發奸摘伏如神狀，尤樂道其清節刻苦，備極纖悉。已而得公政書，敬覽之，益知公真一代偉人也。葢余嘗過公之里，拜公之像於祠矣。乾隆五十四年，之榆林，取道陟太行，渡汾，過永寧州。州在萬山中，公之里也。詢逆旅主人，云有祠州城西南隅。臨河清澈見底，撓之不濁，委折三十六渡。祠門外蒼柏數株，黛色霜皮，森森勁挺。入，自門升階，廓然寬廣者堂也，書公初出爲令時，所寄家書二鼎。稍後，屋三楹，中供公像。拜畢，盡觀四壁圖繪，世所稱公紀績圖者。在楚之績，燦然具列。愈毛髮竦豎，凜然如公復生。葢自古圖繪之作，必古功臣德相，端人弼士，孝子賢孫諸蹟，庶存聳激，其感人類如此。嗚呼！昔蘇文正爲平生之恨，況吾黄人之與被公澤既深且久乎？

然鼇少聞公名，讀公政書，雖未獲親見公，而鼇之雄誇與吾黄之同隸部下者，爲得親至公之里，俛仰其山川景物，遡其流風餘韻，葢尤幸也，況又親見吾黄之復新公祠乎！

今觀察公，鄉人也，來黄匝月，會辰州苗不靖，統兵大學士一等嘉勇公檄逴。次年，孝感邪教起，自湖南馳至。又辦隨賊，駐隨州。既平，又防江於鄖陽。於是崎嶇戎馬間四年。楚境静謐，始歸黄，造公祠致禮焉。祠踞赤嶂之顛，再修於公孫中丞公準，久漸圮。觀察慮祠之圮，無以爲後來者勸，徇黄士民之請，出私錢復舊觀。工始於嘉慶三年十月，成於四年正月。而鼇以觀察意，自隨州札來，屬二子執業，居黄且三年。觀察既歸署，時爲鼇艷説公事。公祠之復新也，製《迎神》《送神》之曲以落之。僚友請刻石書歲月，不允。鼇，黄人，退而私爲之記，以見吾黄之祠公如公里，後有繼者如吾公。觀察公者，分巡漢黄德道張名道，字原道，菊坡，號也，山西浮山人。

《紅蕉山館文鈔》

書里社晏公祠壁附

清·淩邦顯太寒，烏程。

余客齊安，遊於赤壁之下。有神祠巍然踞其巔，土人祀之者甚衆。問之，曰："晏公祠也。"余謂晏公之神，不見經傳，意楚人尚鬼俗，固如是耶。後聞齊安土人談晏公靈應事不一，然亦不甚措意。既遊晏公祠，讀于撫軍子繩所作《祠記》，知晏公之爲神，其有功德於民者甚大，宜其廟貌巍然，血食斯土，昔日所聞靈應事猶其小焉者也。

《記》云：甲寅間，三藩不靖，天子命將往征。斯時也，伊祖清端公守齊安。聞官兵濱河而上，艨艟一泊，所在驛騷，公愁然憂之曰："齊安爲必經之地，爲之奈何？惟東南風大作，使其不得停泊，則民可安堵。顧安得如願？"遂禱於晏公。禱畢出祠，大兵在望，風從東南來。兵至，風益猛，長驅破浪，無由羈泊。瞬息之間，兵已出境云。嗟乎，此固于公之精誠足以格神，而民之所以得安，實藉神之默佑也。

《傳》曰："能捍大患則祀之。"則晏公雖不見經傳，而祀典之所當祭，安得謂爲尚鬼也哉？自是，余亦肅然敬之。每閱月不接家書，念二親晨昏不置，輒問卜於神。神必以平安慰。及今春問卜，所示我者甚凶，余徬徨無措。未幾，而家嚴凶問至。躄踊之餘，未嘗不念神之靈應也。奔喪歸，遇波濤洶湧，即默禱，則大江穩於平陸。及至家，念齊安晏公之靈爽響應有如此。頃過烏將軍祠下，祠右儼然有晏公焉。余喜吾里亦知神之靈而肖其衆，又慨其敬信不及余，故以余之獲庇於晏公者，備書於壁，爲里人告，而並晏公之捍患於齊安者，亦書之。嗟乎！使里黨之中，亦若余之誠且敬焉，則神之庇蔭，豈止吾一人已也。

《烏青鎮志》

王夔强按：此可備吾郡之一故事。所云子繩中丞，即清端之孫

準也。觀此，知赤壁在康熙中，有晏公祠並碑記。今已久軼，固當亟收之，以存舊掌故云。（《窃谿舊話》）

重修赤壁記爲參議徐公

清·顧景星赤方，蕲州。

赤壁有二，一在武昌之嘉魚，一在黄州城西北，蘇子瞻以黄爲周瑜故跡。據《水經》"江水逕烏林南"，《註》"黄蓋敗魏武處"。又"左逕百人山"，《註》"黄蓋詐魏武大軍所起也"。盛弘之《荆州記》："蒲圻縣沿江一百里，南岸赤壁。瑜破魏武於烏林，烏林在赤壁東一百六十里。"又《水經》"江水左逕赤鼻山"，即今黄州赤壁也。《一統志》："黄州本名赤嶀，而嘉魚爲瑜跡無疑。"

予覽形勢，考故志，知多舛謬。且有《圖經》不載者，如黄州舊云春秋邾國，雖杜佑、馬端臨一代通儒，失于諟正，宜志楚者之漏矣。《左氏傳》楚宣王實始徙邾，漢《地理志》有邾城，建安時黄祖徙甘寧爲邾長。吴赤烏四年，陸遜以三萬人戍邾。晉屬弋陽郡，庾亮鎮武昌，與西陽太守樊峻守邾城是也。今在黄州府西北，俗名女王城。或曰女王城者，黄歇封邑。子瞻以爲隋永安郡之譌。或曰邾在黄治東南百二十里臨江，城廢。然則邾之寓城，非本國也。《放龜亭志》云毛寶事，按，寶守邾城，爲石虎將張格度所陷。放龜者，寶部下卒，非寶也。其舛誤如此。至於志所不載，父老言大冶回山西北小嶼臨江，曰獅子磯，地有平石，刻"醉寅孟德書"五字。有散花洲，公瑾散花勞軍處。蓋孟德自荆州來，略地至此。若云赤壁在嘉魚，則曹兵敗即北走，何繇至是？南岸舊有華容鎮，泥濘葭葦，孟德使老弱先行，踐而過之者是邪。赤壁在黄州無疑。而女王之爲永安，亦子瞻説近是，然後知子瞻考古精當弗誤也。當夫孟德水軍八十萬，獵于長洲，所謂"釃酒臨江，横槊賦詩"，非醉寅也邪？公瑾以一旅之師，指麾破敵，實千古之快談，英雄之盛概。而子瞻僅雍容翰墨，得之"山高月小，水落石出"之間，乃今赤壁，著名在此不在彼。

嗟乎，賢者于其地顧不重哉！赤壁臨大江，横迤可一里。沙洲蘆荻，漸見壅覈。春水方高，檣帆遠避。秋濤既落，車馬陸行。無所謂“棲鶻之危巢”“黿鼉之幽宫”。陵谷變遷，固已如是。兵燹後，枝梧臺榭，復非舊觀。某奉命分守，登臨數至。念子瞻文章氣節，知無不爲，爲無不傳。在黄則參寥子、陳龍丘、潘邠老兄弟輩與之遊，結廬臨皋，自號“東坡”。今海内樵漁崽孺，輿夫竈妾，皆稱“東坡”，然則子瞻名益著，亦在居黄以後哉！某寫我遥情，新玆堂構，既志景仰，後考訂地志，遺後之君子。

《白茅堂集》

蘇文忠公祠塑像記

清・周凱芸皋，富陽。

黄州之西有山曰赤𡾊，江水所經也。宋蘇文忠公作前後《赤壁賦》，而山以顯。黄人因飾公像於中，至於今七百餘年，其山若爲公有也。湖北漢黄德道富陽周凱，履任黄州，視事兩月，集黄之士大夫搢紳耆舊，以道光六年臘月十九日，祀公於赤壁。有堂有亭，見公像在丙舍不稱，有言於側者曰：“昔奉公於堂之東，有祠，爲佞佛者徙此。”周凱曰：“烏乎可！赤壁於釋氏無關也。前在襄陽，唐張文貞公佩亦爲釋氏所據，遷浮屠像，復肖像於其中，可援爲例。”於是邑之人新棟宇，事丹堊，徙佛。將遷還公像，而慮服飾之未當也，欲更塑焉。議者曰：“向之幅巾方袍，燕服也。公官端明殿侍讀學士，贈資政學士，晉太師，宜按宋制，服一品服，毳冕，衣五章，革帶赤舄，佩玉及魚。”或又曰：“公在黄州，團練副使也，宜服團練使服。”父老曰：“某等自幼見公像如此，家繪圖尸祝之者亦如此。今忽更異，恐駭耳目。”有爲之説者曰：“今更像宜更服。無已，則按宋制大臣清望官常服，借緋紫，皀紗帽，金帶，不佩魚。”或曰：“奉栗主，不設像。”議未決，問於周凱。周凱曰："父老之言，是也。公之於黄，雖官，無尺寸之柄。幅巾芒屩，躬耕於東坡，日與田夫野老習，非如在徐在杭在汴潁，有功德於民。而黄之民，至今思之不衰。擔夫牧豎，婦人女子皆知公。敬之愛之，歷數十百年如生，較有功德於民者尤甚。士之誦其詩，讀其書者，更何如也。公之德業文章，昭日月，貫金石，馨香徧海内，初不繫乎像。赤壁，游讌地也。幅巾方袍，黄之人當日習見之，繪其像於家。黄之人今日記憶之，仍其舊可也。豈以毳冕章服爲公榮辱哉！禮曰：有其舉之莫敢廢。奉栗主，制也；仍舊像，宜也。禮從宜，使從俗。"黄之搢紳耆舊皆然。乃如父老言，塑公像，設栗主，顔其祠曰"蘇文忠公祠"，歲以臘月十九日修祀事焉。請書而鑱之於壁，遂系以詞，以侑公爵：

維月嘉平，日十有九。維蜀降生，與天地壽。磨蝎爲宫，莽蜂是憂。維忠乃謗，維德乃仇。嗟嗟元祐，小人道長。敬爾在位，誣公以黨。于徐思焉，于杭祝焉。巉巉赤壁，來豈偶然。倬彼雲漢，其光熊熊。孟況孔祕，道乃日隆。文雄百代，風高天下。匪仙匪佛，於朝於野。方袍幅巾，自曰散人。拜公於堂，壽公之神。式我多士，佑我蒸民。

《黄岡縣志》

重修赤壁蘇公祠記

清・劉維楨幹臣，黄岡。

黄州之北隅有赤壁焉，始於宋元豐四年，重修於我朝同治七年，落成於十月之望。與太守英公游於其上。東西南北，遠近四顧。帆檣萬舳，直達東吴。氣象千里，遥連西蜀。洞庭之秋水，澎湃連天。江漢之朝宗，奔流到海。石鐘、廬山爲左軫，黄鶴、岳陽爲右翼。武昌屏蔽於前，崎山護衛於後。橋號三台，横拖玉帶。郡連八屬，鞏固金湯。城頭之畫角悠揚，倏連倏斷。樊口之漁燈隱約，時暗時明。南塔直矗雲霄，西山如懸畫裹。水落石出，一江白練平鋪。地迴天高，四面紅塵不起。神怡心曠，愛麋鹿之多情。月白風清，喜江山之無恙。

於是捧觴進太守曰："今夕之游樂乎？昔蘇長公之謫居黄州也，官僅水曹郎，食僅升斗禄，猶載酒泛舟，與客游於赤壁之下。兩篇詞賦，至今膾炙人口。試問當時除馬正卿，潘、郭諸生而外，知長公者能有幾人哉！今公以二千石來守斯土，其禄位之隆，較長公爲何如也？矧公家學淵源，制作如林。一時龍蟠鳳逸之士，望門牆而瞻丰采者，蓋不乏人矣。後之視今，未必不由今之視昔也。且赤壁重新之日，正紅羊换劫之年。歸馬放牛，韔弓戢矢。吏嬉於上，民安於下。將見熙熙皞皞，八屬士民不啻同登春臺而游化宇，豈但吾與公今夕樂游於此而已哉！假使沙蟲未盡，風鶴頻驚，蒼生既難安枕，赤壁安能重修？吾與公又安能有今夕之游，今夕之樂乎？"

太守愀然良久，曰："赤壁賴君之力，得以復覩舊規。不但余心欣慕不置，想坡公有靈，亦當掀髯大笑，喜後起之有人。然目擊城中凋瘵，河東書院久没草萊。儻得二三同志如君，則守土者可以稍釋其憂。惜乎未得其人耳！"吾感其言，拱手謝曰："太守能樂民之樂，憂民之憂，真民之父母也。夫富貴者，草頭之露；名勝者，長江之水。水長流而不竭，露一晞而無餘。人生天地間，知歲月之幾何。但免飢寒，何必留羸餘以疲心力，而累子孫哉？吾雖囊橐空虚，亦當勉捐鶴俸，稍助鳩工。吾郡七縣一州，人煙億萬户，其中急公好義，未必無人。值此兵革全消，倉箱集慶。賢太守提倡於前，各紳民附和於後，經營慘淡，次第圖維，則書院同赤壁焕然一新，轉瞬事耳。"太守喜而笑，擬歸雪堂。余亦擬登舟。除自捐不計外，特將募捐銜名數目，付之工人，並刊於石，以志不朽云。

《赤壁藝文志》

留仙閣記

清・英啟續村，瀋陽。

留仙閣在黃州赤壁二賦堂東偏，是舊有屋，廣可一筵，深倍有半。光緒十年秋，禹初陳廣文、山平濮參軍、星門楊茂才招同人，醵金錢，鳩工飭材，堊牆壁，髹桷楹。雙扉正開，疏牖洞達。置龕其中，塑東坡像於左。其右一像，道裝，手一物，遥望若長笛，蓋洞簫也。二童各侍側。是年十二月十九日，諸君子載酒携客，稱壽於先生，且以落成。

越翼日，濮君來請余爲之記。余曰：仙家之事，余所弗知。然嘗聞道其事者，曰飛昇，曰尸解，否則曰忽失所在，曰不知所終，安在其可留也？又或謂仙非有求於人，非其人仙弗與遇。故自來託名求仙者，往而不返，大抵皆然。豈求仙而遇仙，且挾以俱往耶？東坡先生贍識宏材，懷忠抱慤，豈復信神仙之事！爲誠有前後二賦，藉莊生妙旨，寫三閭幽衷，後之人遂以“坡仙”稱先生無異辭。今日者，諸君子之愛坡仙，並愛坡仙之客，客乎其仙矣乎？以世所傳，從先生泛舟吹洞簫，其人爲楊世昌，綿竹道士也。夫既爲道士，乃不於深山窮谷，采藥鍊砂以希世，所謂乘雲馭氣，驂鸞駕鶴，超然出於塵世之外，而顧下三峽，乘江流，不憚險遠數千里，獨求所稱“坡仙”者而樂從之游，此豈無所得而然耶？抑先生懼其往而不返，或類秦漢世求仙者之所爲，固有以招而致之耶？然則諸君子因屋作閣，額以“留仙”。供養有田，灑掃有役。自今以始，豈惟是魚鮮酒美，百千萬年，長爲先生壽，其亦猶是先生屬客之意也！夫抑余又聞之，元豐五年，先生生日，置酒赤壁磯下，有笛聲起江上，古、郭二生謂“非俗工，有新意”。先生招之前，則進士李委也，因作一詩酬焉。夫俞琴鍾聽，自古爲難。一笛一簫，不遇先生，八百年來，孰復如聞其聲，如覿其人者。爰掇拾書之，以見夫人之長留天地間者，固自有在。

廣文名寶樹，江夏人。參軍名文彬，蕪湖人。茂才名鴻鈞，黄岡人。塑像者，蘄水蘇成學，字敏齋，好學多藝能。既老矣，無所求於時，人咸謂其隱於塑云。是閣也，工總費金錢若干，起訖某月日，既勒石，兹不贅。

《赤壁藝文志》

夢遊赤壁記

清・熊其英純叔，青浦。

赤壁，一名赤鼻磯。陳壽《志》云“公與備戰不利”，是赤壁之名，不自操軍敗始也。後之人訪古憑弔，慨然想見周公瑾、魯子敬遺烈，爲指其地以實之。或以爲即嘉魚之石頭關，或以爲即漢陽沌口之臨嶂山，或曰江夏金口有赤壁山焉。由今考之，操詩有云“東望夏口，西望武昌”，合之東坡所賦，其地要在黄州之境，則赤壁在今黄州爲無可疑云。粤匪之亂，武漢爲四戰之場，大小千百戰，殺人無算，至今沿江石壁，斑斑多血跡存焉。余嘗取曾文正、胡文忠、羅忠節三公《集》讀之，當其親臨前敵，出入生死，雷轟電掣，江水沸騰。初不知天地間，何以有我，而適丁此群盜如毛，不可爬梳之會。今稼秋是《圖》，吾不知其所夢之境爲何若。儻以坡公曠達之見例之，則凡夢中所有江山風月，無一不足以娱情而悦性。夫黄州、武漢之交，當日非所稱“群盜如毛，不可爬梳者”乎？今而神遊其地，一旦乃獲自樂其樂，是果誰之賜歟？三公往矣，獨有所謂赤壁者，千古相映。吾聞稼秋有高才，能文章，試請爲吾賦之可乎？

《屑玉叢譚二集》《恥不逮齋集》

遊赤壁記

周以存試生，江夏。

余家世鄂州，當江漢交流之處。湖渚參錯，峰巒旋環。遠拱近把，盡態極妍。每一登黄鵠山巔，徘徊四望，則天際之帆檣，雲中之林麓，對岸之城堞，臨流之樓臺，郭外之村寺，漢上之市闤，無不歷歷在目，儼然身入畫圖之中，久而不知其爲奇境也。

丙申二月，余有廣濟之行。舟過黄州，客指城北一山，高不及十仞，長不逾三里，上有園亭者，告余曰："此東坡先生之赤壁也。"余曰："噫，有是哉！何其小也。"時已薄暮，因宿其下。明日風逆，舟不得發，姑往一游。

其堂宇臺榭，亦殊可人。視吾州黄鶴樓、晴川閣、月湖、琴臺諸名跡，則相去遠甚。南眺江之西山，高若赤壁者十倍。其昂而突起于江岸者，若蒼龍之翹首于雲際；其俯而坳折于嶺下者，若潛虬之隱身于幽澗。其蘢葱蓊蔚，一望不見其後者，寒溪之林木也；其週遮迴合，枕流障谷而綺綰者，武昌之縣城也。度其形勝，似當逾此，時以風阻不能一遊。其得以慰旅舟之寂寞者止此，而目固未嘗爲之一悦，心固未嘗爲之一愜。獨怪東坡居此五年，凡所爲歌詠詩賦者，無不讚頌其美，何哉？蓋東坡遊心于萬物之外者也，故不論其地形勢若何，而凡接于吾目者，即能怡于吾心。直若此邦之一泉一石，一草一木，皆足以供吾之悦懌。若余今者之過此，心無一塵之雜，又生長于名勝之區，日與奇遇，而猶不以爲奇，固視此若"登東山而小魯"焉，亦人情之常。又況所求者只在山水之間，故必須地之足以移人者意始快，則其所見者小，不若東坡之大也。

余聞地之以人傳者，山不必其崇巍，水不必其秀潤，偶爲賢傑之寄跡，即足以播佳名於千載。若諸葛之龍岡，羊祜之峴山，龐公之鹿門，與此之赤壁是也。至若人以地傳者，絶鮮。雖余生長名山勝水間，而文學行能無一足述，欲求名之附地以傳也，得乎？如此，内疚之不暇，尚何敢渉玆赤壁哉！于是，情隨境生，嗒然歸舟。默坐終宵，挑燈而記之，求其所謂地因人傳者焉。

《汲莊文集》

庚申重修赤壁記

李開侁隱塵，黄岡。

嘗聞考古之士，一瓦一礫，片石片金，必辨别異同，鉤稽真贋。六經晚出，今古文殊。聚訟紛紜，莫衷一是。門户之見，釀成世變。先聖先賢之名言粹旨，反湮没而不彰。遂令末法卮言，乘機鼓舌。淆亂真理，簧惑人心。嗚呼！此枉用分别心者之執著名相，顛倒本末，而不能深窺前人立言之意也。

鄂之赤壁有五，黄州其一，乃東坡先生謫宦於兹，假周郎破曹故事，點綴江上，而成二賦，用以攄其所藴耳。古詩三百，寓言十九。屈宋流豔，香草美人。超超元箸，索解綦難。唐白香山賦《長恨歌》，云“峨眉山下少人行”。明皇幸蜀，未聞走峨眉。東坡作黄州《赤壁賦》，運移山走海之筆，寫龍争虎鬭之神。興之所到，何有何無。其壯公瑾而曲阿瞞，非有軒輊。乃以英雄黄土，今昔所悲。千里舳艫，炎炎一炬。劫灰起伏，輪轉無常。鷸蚌臲盧，終古夢夢。屍横遍野，血染長城。哀哀衆生，何苦乃爾。毋亦認色塵爲實有，謀勢力之長存。欲以鞭笞宇内，震耀寰區。如曹瞞之轉移漢祚，壓迫蜀吴耳。豈知周文未作，新莽同譏。曾幾何時，都歸幻化。魏也，晉也，南也，北也，隋唐也，五代也，北宋也。遷流遞嬗，靡所底止。而江山風月，終古如斯。先生觀變與不變，因悟盈虚消長之機。知上覆下載，形形色色者之不足以長留。況決雌雄於蝸角，寄生死於蚊睫。豈非猶電露泡幻，示現於刹那間哉！

夫先生爲趙宋一代奇才，竹杖芒鞋，行半天下。流連景物，吟詠嘯歌。寄遐思，悠幽討，紙墨遂多，具載本集。獨赤壁二賦，膾炙人口，千載而下，騷人詞客，歌風肆雅，追摹無窮。何以故？或曰良辰美景，賞心樂事，天假之緣，此可傳也。二崎雲樹，作之屏障。仰矚聚寶山，俯瞰峥嶸洲。地媪效靈，佳氣鬱鬱，又可傳也。江流滔滔東去，滌蕩滿肚皮不合時宜。羽衣葛巾，時相往來。網魚賭酒，惟適之安，又可傳也。且讀前遊賦尾一歌，至“望美人兮天一方”之句，忠君愛國，流露行間。與其後流滯山東，中秋賦《水調歌頭》，一時汴都傳唱，達之天聽。神宗讀至“瓊樓玉宇，高處不勝寒。不知天上宫闕，今夕是何年”之句，爲之改容。蓋雖遊戲之文，時寓羹牆之意。此尤可傳者也。

余曰：否否！先生遭宋室黨錮之禍，被讒遘譏，投閒置散。晚年精研佛乘，背塵合覺。赤壁二賦，動乎天真。飄飄然遺世遠想，不食人間煙火，特借吴魏勝負成敗之迹，慨乎言之。深感古今世變，瞬息滄桑。窮兵黷武，力征經營者之前仆後繼，同歸於盡。徒使後人矜其迷妄，覈其罪報。歷千萬億劫，而莫之解脱。眼見波澄浪静，月白風清。若有色，若無色。若有聲，若無聲。壁非壁而赤非赤，物非物而我非我，前非前而後非後，遊者誰何？賦者誰何？有得諸擬議言思之外者，傳不傳又非所計也。雖然，謂赤壁爲有，不可也；謂赤壁爲無，亦不可。認赤壁爲真，不可也；認赤壁爲假，亦不可。廢則興之，傾則扶之，剥蝕則潤色之。鳩工庀材，修復舊觀，是當地者之責，八邑人士所不容委也。況開佚西走峨眉，南遊儋惠，皆先生生長遷謫之邦。猶憶昨歲渡玻璃江，訪紗縠宅。合江樓上凭欄遠眺，六株榕蔭，二山梅花，如在目前；文采風流，靡有絶歇，使人欷歔徘徊而不能已。豈赤壁近在吾邑，而弗謀所以存遺蹟，繼前徽，蔑古之罪，其又奚辭。

今者方袍幅巾，載瞻廟貌，傍祠諸名勝，皆葺頹振廢，次第焕新。遥而望之，烟濤微茫，雲霞冥滅，如蓬萊島突出郭外。仰而瞻之，金碧光中，翬飛鱗比，樓臺千萬，百寶合成。水鳥樹林，各出妙音。倒影入波，千潭月映。莊嚴燦爛，一浄土觀。壁耶，賦耶，東坡耶，是幻是真，難以言詮。沾沾焉致辨於孫劉戰壘在此在彼。壬戌秋七，今夕何夕，噫嘻著已。

《勝鬘集》

赤壁挹爽樓記

李開侁

炳武上將軍之涖鄂也，其時風鶴告警，四境動摇，迺外修和好，内輯士民。越一年而粗定，越二年而政成人和，民以安謐。於是慨然思根本大計，從事於農田水利，舉凡王家營、萬成堤、張公堤及沿江堤岸修復殆盡。既又於黄岡築捍江堤，而建閘於鵝公頸、羅家溝，於鄂城築捍江堤而築閘於樊口，以備蓄洩。二役同時並舉，不促而成。

是歲正月中浣，節旆巡視，駐於黄州赤壁之上，召故鄉父老歡讌。時開侁從事黄岡堤閘并修復赤壁，甫竣工，亦與於坐。酒闌，邀與周歷，至萬仞堂之右偏，有隙地半畝。炳武曰："是不可以無紀。"乃出資建樓於其上，搜集景蘇園所刊東坡居士石搨，嵌於壁間，而令汪君筱舫董其事。樓既成，顔之曰"挹爽"。左矚城堞，右依長江，擅江山之佳勝。後通于公祠，前矚雪堂、竹樓，繼蘇王諸先生之流風。遥望西山，爽氣朝來，撲人眉宇。壯哉鉅觀也。

是歲，苦久旱。樓成之日，適大雨。因又建亭於于公祠之前，而名其亭曰"喜雨"，亦紀實也。又慮年久失修，將磯窩湖之馬廠湖地二十四石六斗，一併撥歸赤壁，永遠管業，以爲歲修之費。

開侁起家儒素，曾領疆圻，年未及耄而衰病侵尋。不能爲國家致治安，民人謀利樂，對於炳武，能無滋愧！而登斯樓也，望江水之悠悠，澄波不興，幸得與故人子弟同爲太平之氓，則又未嘗不顧而樂之。故於斯樓之成，爲之記其事於此。

同上

赤壁泛舟記

劉潤民黄岡。

蓋聞龍華小劫，佛經流記事之珠。鳳閣高懸，詩話表舍人之樣。銅駝星散，司馬陵高；宰樹霜清，將軍墓古。讀子建西京之作，考越石扶風之篇，莫不地以詩傳，事因人顯矣。

民國壬戌之歲七月十六日，爲東坡先生赤壁泛舟歲星運行十四次之日。晏樂新知，追維古跡。樓頭對酒，每憶公榮。江上臨風，有懷元度。記東坡之作客，又到庚申。仰西蜀之名賢，幾過甲子。漢上多聞之士，博雅之才，各振霜毫，争投煙墨。文成三筴，直同鯉上龍門。譜列千行，恰似蠅隨驥尾。僕十年不學，五技俱窮。話到中郎，未憐爨竹。途逢濟北，莫閔勞薪。曾以宅傍黄州，遊經赤壁。幾羨春風之快，有嘗秋味之長。習鑿齒重到襄陽，感賓僚之盡换。曹吉利再來鄴下，悲景物之淒然。況乎餘韻猶存，遺風未絶。樊川石壁，遍題鄭谷之詩。洛下書齋，尚記子雲之字。祠瞻彦輔，個個神清。社建欒公，人人意滿。能不渡紅橋而思故址，餐白飯而抑芳徽歟！乃張孤弦，用雜大樂。理半荒之舊業，作紀事之文章。記斯時也，節届初秋，人歌巧月。蟲吟殘暑，樹扇新涼。下星斗於井絡之墟，散長虹於洪波之曲。青衣吏却，西陵原托足之鄉。白足僧來，東道得忘形之主。坐少文之室，同是臥遊。浮博望之槎，原非奉使。叩舷低唱，飛入江山。翦燭銷寒，談來風月。蒼茫百感，文字千秋。人生幾何，此樂曷極！今日者，翠微亭圮，白柰臺荒。丁令威之城郭人民，半非半是。劉子冀之桑麻雞犬，疑幻疑真。鵠路難追，黄石與赤松俱杳；鷗波可望，白雲與紅葉齊飛。傳來烽火之光，氛連青犢；現盡攙槍之氣，劫歷紅羊。出此公卿，窟如狡兔；守兹將吏，戲等牧豬。典郡登樓，誰是仲宣體弱；龍山作會，盡同元子聲雌。感世變之昨是今非，實文士之每況愈下。諸君子筆開露潤，賞鑒冰清。集衆美以成篇，聽洛山之應響。吴剛神斧，琢玉詞工；祖逖鞭先，投箋字滿。良月既望，文會既興。明知蔣徑多荒，每久窘羊求之步；畢竟張槎既泛，好同探牛女之津。是爲記。

《東坡赤壁集》

嵌《景蘇園帖》拓本記

董錫賡次犧，信陽。

乙丑之夏，錫賡捧檄權黄岡縣篆。臨行之前一日，晉謁炳武將軍蕭公。公出案頭《景蘇園帖》拓本，屬携任所，就赤壁新建挹爽樓四壁嵌置，且謂："此帖原石，甫經重值購得，將以保留名勝之區，揚風雅，公同好也。"幸汪子筱舫運石來黄，鳩工庇材，匝月告竣，迄今逾一稔矣。海内豪俊之士，游憩其間。欣賞夫古蹟之流傳，想像夫坡公之餘韻，益徘徊不忍去。一若江山猶是，而帖石點綴景物，輒覺改觀也者。

於戲！坡書之在天下，得之者靡不珍之。顧珍之而阨於遇，或割愛以貰諸商賈，其不至韜晦湮滅也幾希。即或爲鬼神呵護，晦而能顯，滅而能起。而無有識者知其可珍，委曲以圖之；有力者信其可珍，慷慨以購之，則亦顯而終晦，起而終滅耳。華山碑碣之不存，定武蘭亭之失墜。賈使君之淪於竈底，廣武之逸於宜君。讀金石之編，珍品漸就晦滅者比比也。而是帖摩自楊公，流落市賈之手且二十載，賴范子發其覆，而蕭公成其美，俾蘇、楊二公流風餘韻，與明月長終。斯其整理廢墜，功不在明唐、曜清、阮元下也，吾因之重有感焉。

方蕭公建挹爽樓既成，繫舟江頭，召賡遊赤壁。循視所嵌石壁，指述陽山《禱雨》碑詩，徙倚山房，留戀光景，顧謂賡曰："嵌石韻事，汝好爲之，當於秋末相與重遊也。"比石嵌訖，而公歸道山，竟虚重來之願。豈提倡風雅者，彼蒼反靳其領受風雅之興趣耶？胡乃迫之憂勤，牽以世故，不令巉巖蒙茸再留芳躅耶？然而壁石峥峥，公不朽矣。

汪子筱舫將重刊《東坡赤壁集》，屬綴一言，爰紀嵌置帖石之顛末，以誌感焉。

《東坡赤壁集》

喜雨亭記

汪燊筱舫，黄岡。

民國第一乙丑，同邑蕭公珩珊督鄂，捐巨貲倡建挹爽樓於赤壁，委燊監修。是歲久旱，樓成適大雨終日，人民喜甚。乃以餘貲於翦刀峰舊址復建亭。翦刀峰峙於亭外樓下，更名爲臥雲峰，樓上名之曰喜雨亭，紀實也。

竊念蕭公治鄂數年，已粗安矣。政務餘閒作挹爽樓，以與吾民同樂。迺樓成而雨，雨已而亭，天人交感之幾，即上下同樂之會也。使天假蕭公以年，將措海内於治安，得遂其先憂後樂之願，豈非吾民之所尤喜哉！乃不幸齎志以歿，又吾民之所喜極而悲者矣。是爲記。

《桃潭合鈔》

古磬記

汪　燊

乙丑夏，赤壁寺僧得古磬於鄉人之手。先是，鄉民掘土得是磬，形似魚，石質，背面刊有詩句。見金石類。曾鬻於漢口豪商，厥價甚巨，寺僧盡力索還。卒無以償其價，存諸赤壁者，今六載矣。據賞鑒家言，此物爲宋南養素法器。養素與東坡相友善，雖事猶待考，而道家者流至今傳述不衰。是足爲前賢勝蹟生色，亦以恣遊人之耳目，洵希世之珍也。去冬，武漢警備司令夏公靈炳駐軍黄州，軍紀嚴明，郡人咸感其德。適燊蒞黄，經理赤壁租稞事。新歲元旦，與夏公同遊赤壁，寺僧出是磬玩賞，并道其顛末。夏公乃捐巨貲以償其價，並屬寺僧加意保存。從此赤壁得魚，不煩舉網矣。因喜而爲之記。

同上

書

答陳仁先書

楊守敬惺吾，宜都。

赤壁之地，諸説紛紜，有謂烏林即赤壁者。《御覽》一百六十九。引《荆州記》“臨漳山南峰，謂之烏林，亦謂之赤壁”，此以赤壁在江北。又有謂赤壁在漢川縣西八十里者，李吉甫已辨駁之。《御覽》七百七十一。引《英雄記》，謂曹操北至江上，欲從赤壁渡江。無船，作竹簰使部曲乘之，從漢水下出大江蒲口。此亦以赤壁在江北。然《周瑜傳》言“遇曹公於赤壁。初一交戰，公軍敗退，引次江北”，則赤壁在江南，審矣。且張昭明言“操得劉表水軍，蒙衝鬥艦以千數”，何謂無船？然今嘉魚下有簰洲，當亦因此得名。《文選注》三十。引盛宏之《荆州記》“蒲圻縣治沿江百里，南岸有赤壁”，此《元和志》“赤壁山，在蒲圻縣一百二十里”所本，在江南岸，與操敗引次江北似合。然此山自名蒲磯山，故《一統志》駁之。

惟《水經注》在百人山南謂“即黄蓋詐魏武處”，而其上又云“黄蓋敗魏武於烏林”，相去幾二百里，足下遂疑其矛盾。余以爲此不必疑也。蓋曹操以水陸軍沿江而下，聲言八十萬。周瑜謂所將中國人不過十五六萬，所謂表衆不過七八萬，是則曹軍亦實有二十三四萬。以二十三四萬之衆，夫豈一二山林所能容。近日日俄之戰，兩軍不過八十萬，亦連營二百里。劉先主伐吴，連營七百里，以首尾不能相顧致敗。然以二百里較之，固不相侔也。且《水經注》言赤壁之下有大軍山、小軍山，《紀要》謂是以吴魏相持陳兵名。又其下有黄軍浦，《水經注》亦謂是黄蓋屯軍所。夫吴以三萬人拒曹操，其屯兵處已幾及百里。合劉先主、劉琦之兵二萬餘人，亦不過五萬餘人。蓋赤壁爲操前鋒所及，烏林爲操後軍所止。吴軍以蒙衝鬥艦數十艘，從南岸引次俱前，同時發火，觀此，則知自赤壁至烏林，同時以火攻之。蓋由南而北，非必由下而上也。觀《周瑜傳》自明。是《水經注》所據，於當時軍勢至合。其他方志附會之辭，正不必一一辨論也。

《晦明軒稿》

啟

上直指《擬赤壁賦》啟

明·茅瑞徵五芝，歸安。

竊念某本晉儒，濫竽巖邑。蚤歲頗鋭情乎翰藻，邇年竟奪志於鉛槧。几席湖上，漫盟先憂之誼。留連魚鳥，未諧與衆之懽。非悔雕蟲，實慙叨牧。至如登高作賦，尤爲文苑所難。北地詞宗，曾同洞庭留什。于鱗哲匠，止因錦帶名篇。乃猶遜作者於前人，況敢效賡和於下里。受簡莫知所措，操觚勉竭鈍思。庶將補綴宫商，竊比彈絲品竹。豈提衡風月，能巧模碧水丹山哉！大雅自不廢疇咨，旁收蠡測，而曲學祇興譏蕪陋，罔佐鴻裁。唐突台嚴，省躬惶汗。

《赤壁集》

贊

東坡先生像贊

宋·黄庭堅魯直，分寧。

子瞻堂堂，出於峨嵋，司馬班楊。金馬石渠，閲士如牆。上前論事，釋之馮唐。言語以爲階，而投諸雲夢之黄。東坡之酒，赤壁之笛，嬉笑怒罵，皆成文章。解羈而歸，紫微玉堂。子瞻之德未變於初耳，而名之曰“元祐之黨”，放之珠厓儋耳。方其金馬石渠，不自知其東坡赤壁也。及其東坡赤壁，不自知其紫微玉堂也。及其紫微玉堂，不自知其珠厓儋耳也。九洲四海，知有東坡。東坡歸矣，民笑且歌。一日不朝，其間容戈。至其一邱一壑，則無如此道人何。

《山谷集》

東坡真贊

金·趙秉文周臣，滏陽。

坡仙西來自峨眉，手抉雲漢披虹霓。天廷射策如熊羆，奔走魍魎號狐狸。大儒發冢揮金鎚，要觀赤壁窺九嶷。南宫玉堂鬢成絲，鴻文大册帝載熙。入海簸弄明月璣，歸來貌悴文益奇。荒墳不朽骨與皮，何況聞望江河馳。壁間倏覩軒鬚眉，無乃示吾衡氣機。裹糧問道往從之，人言畫圖君絶癡。

《金文雅》

王夔强曰：宋人有言作何人文，文即肖其人者。陳無已謂：“司馬遷作《長卿傳》，如長卿之文。歐陽公謂退之爲《樊宗師志》，似樊文。”余觀趙周臣《東坡真贊》，有“要觀赤壁窺九嶷”句，乃即摹東坡作《韓文公碑》句法者。按之全贊，大體皆相似。夫赤壁一游，本偶然眺覽，後世遂以爲東坡一生點綴之資，當亦東坡當日所不及料者。（《赤壁紀略續纂》）

赤壁圖贊

明·方孝孺希直，寧海。

群兒戲兵，污此赤壁。江山無情，猶有慚色。帝命偉人，眉山之蘇。酹酒大江，以滌其污。揮斥元化，與造物伍。哀彼妄庸，攘敚腐鼠。明月在水，獨鶴在山。勿謂公亡，公在世間。

《遜志齋集》

東坡先生像贊

王念中聞巃，黄岡。

腴兮其頤，賁兮其巔。鼻根之細而準之圓，色之黄白兮，而鬚之朗然。儀狀秀偉兮，蓋飄飄乎其若仙。仙乎仙乎，胡爲而降謫於此間乎？豈果蒼蒼之有意，不忍赤壁之污於兵燹，而欲假公之詩酒，一洗滌於兹山乎！

聞巃近稿

黄州赤壁集卷第三

蘄水　聞惕惕生参訂
黄岡　汪燊筱舫纂輯　男　晉康侯校字
羅田　王夔武繩余参校

詩　一

古　體五言

涵暉樓

宋・韓琦稚圭，安陽。

余兄天聖中，尚抑齊安守。兄材無不宜，吏治孰可偶。公庭嘗寂然，所樂在文酒。臨江三四樓，次第壓城首。山光拂軒檻，波影撼窗牖。原鵲款集間，萬景皆吾有。

《輿地紀勝》

燊按：此詩見光緒《黄岡志》，則云："臨江三四樓，次第壓城首。山光徧軒檻，波影撼窗牖。予兄天聖中，向攝齊安守。兄才無不宜，吏治孰可偶。公庭常寂然，所樂在文酒。"此蓋本嘉慶《湖北通志》，而《通志》又本《安陽集》。余考之《方輿勝覽・官吏傳》，所收則如前所録。而"臨江三四樓"四句，傳中又佚下二句，所録詩中則有之。其傳中，又多末二語。今參傳與詩，合録之，知其集乃輯本，與《通志》《縣志》皆有缺文。玩全詩可見，必如此始完魏王元詩之舊也。

題喬仲常《後赤壁圖》

宋・失名

先生賦赤壁，錦繡裹山河。氣壓三國豪，似與江吞天。酒酣欲仙去，孤鶴下翩還。歸來夢清時，此秘初不傳。先生定神交，形容到中邊。風流兩崛奇，名字記他年。

《石渠寶笈》

東坡赤壁圖

金・趙秉文周臣，滏陽。

連山盤武昌，古木參雲稠。誅茆東坡下，門前江水流。永懷百世士，老氣蓋九州。平生忠義心，雲濤一扁舟。笛聲何處來，喚月下船頭。掬此月中水，簸弄人間秋。蕩摇波中天，光射夫林丘。古今一俯仰，共盡隨蜉蝣。孫曹何足弔，我自造物遊。尚憐風月好，解與耳目謀。歸來玉堂夢，清影寒悠悠。一顧能幾何，鶻巢淹不留。遺像不忍挂，尚恐兒輩羞。儼然袖雙手，妙賦疑可求。何時謫仙人，騎鶴下瀛洲。相期遊八表，一洗區中愁。

《歷代題畫詩類》

赤壁亭宴謝蔣子胡子

明・王廷相子衡，儀封。

適志在林邱，所嗟嬰宦籍。雖偶登嶽謡，終爾煙霞隔。日來有所期，蘭尊荷時哲。虚館俯江郊，況覽賢豪迹。鳴雷輕隔浦，涼風近將夕。遊禽屬啁啁，落水方槭槭。瑶草未堪贈，佳人徒良覿。遠心入洞庭，曠覽狹夢澤。事往情彌牽，年衰感易迫。已悲王子車，終返原生宅。賞心非外慕，懷賢亦屢積。且逐俄頃歡，爲君謝行役。

《家藏集》

赤壁圖

明・楊慎升庵，新都。

曹瞞下江陵，江陵正危劇。周郎美少年，氣吞江漢窄。水戰得上流，火攻非下策。臥龍東略雄，烏鵲南飛迫。妖氛掩黃星，倒戈回紫陌。鼎足已成形，鬼蜮俄褫魄。王業聊偏安，霸圖何赫奕。懷哉玉堂仙，逖矣黃州客。文光貫斗牛，天遊忘遷謫。名姓識兒童，畫圖燦金碧。赤壁幾千秋，山青江月白。

《黃岡縣志》

赤壁泛舟

明・許宗魯伯誠，長安。

輟翰去幽館，揚舲泝洄淵。澄瀾鏡羽蓋，倒影浮賓筵。前眺霞壁麗，側泛雲島妍。窗飆扇微鄰，纖魄流通川。岸姿媚嘉月，水溶漾遥天。雜卉芬紫岫，鮮葩耀碧泉。躍鱗擲素波，慧羽吟繁弦。嘉朋豔簪盍，時景臻華年。淑氣怡賞情，和春薄沖元。擷芳縱泮渙，命酒恣留連。俯仰攬故蹟，悵望懷昔賢。雅抱良不窮，既醉陳兹篇。

《歸田集》

乞罷南歸，過黃岡，次舊游韻，四章録一

明・林大輅以乘，蕭山。

昔者蘇長公，淹留黃泥坂。羈旅本無營，簞瓢同歲晚。武昌魚雖薄，猶勝惠州飯。赤壁對暮齡，扁舟亦繾綣。才高愛者稀，匏落還混沌。兩賦達元門，萬事奚寒暖。二客者誰何，時亦樂嘉遁。張翰煙雲姿，陳琳天趣遠。方舟夾雙流，淡日輝霜巘，往事眷深衷，兹游亦嫣婉。北風吹歸輿，麥斜林臥穩。豈無他年懷，江湖終偃蹇。

《愧瘖集》

黄州謁蘇文忠公祠辭

明・廖道南鳴吾，蒲圻。

歲閼逢兮涒灘，遭吾道兮江干。遵黄墟兮浩淼，艤凫舟兮盤桓。趨靈祠兮擊鼓，薦蕴藻兮焚蘭。悲伊人兮不作，志坎懔兮多艱。抗危言兮逢紛，履險機兮罹讒。屈鳳鳥兮鴟鴞，詆麒麟兮貙豻。擯嶙琪兮瓦礫，踐芝英兮草菅。據蒺藜兮困石，將孰往兮奚安。嘯赤嶂兮摘藻，弄浦月兮潺湲。駕一葦兮凌濤，俯江閣兮觀瀾。謇予來兮歲暮，木葉下兮驚湍。仰遺容兮若在，鬱憤恨兮空山。

《東坡赤壁集》

□人詞賦誤置此

黄州赤壁

明・潘恩子仁，上海。

坡仙不可作，哀泉響谽谺。衆星羅青旻，光彩粲紛錯。感之幽意多，酹酒時寥廓。海月東漸生，照我黄花酌。對月忽懷人，顧影傷寂寞。大叫招天風，馭此横江鶴。

《笠江集》

燊按：潘恭定總憲之子允哲，明萬曆中官黄州知府，修《黄州府志》。此詩當是潘太守修府志時收入。惟恭定曾知蕲州，其題赤壁詩，當即在知蕲州時作。《松江府志・拾遺志》引《上海志》云："潘恭定恩知蕲州，年四十，尚無子。夢雙星從天墜下，其光熊然，隱隱有文，一曰哲，一曰端。未幾，生雙子，即以其文名之。允哲其一人也。"然則潘太守乃生於其父蕲州任内。宜其在黄州任，以收拾文獻爲己任也。

遊赤壁

明·何遷吉陽，安陸。

初冬歷陽阪，浮景被繁林。良辰惬元矚，靈境宛招尋。連巖既窈窕，累榭亦蕭森。乘屩登瀛閒，虚無溢沖襟。緬想秋夜遊，川原幽且深。孤情詎同懷，翹迹乃在今。因之發清嘯，激楚有餘音。飛仙渺難求，撫化異浮沈。何如盡超忽，聊得山水心。

《吉陽集》

鄒彦吉使君招飲赤壁

明·吴國倫明卿，興國。

使君展高宴，飛蓋臨江圻。陟彼千仞石，樓觀何崔巍。下有蛟龍窟，洪濤震漁磯。古人一遺迹，我來寧有期。中庭見樊口，浦樹相因依。舊游日以新，新知良不疑。密坐恣勸酬，情言旨如飴。君但發高唱，勿謂知音稀。

《甔甀洞稿》

鄒彦吉使君招飲赤壁

明·方尚贇仲美。

高臺俯郡郭，飛嶝連崇岡。古人迹未朽，今復登斯堂。南臨樊山樹，西望漢水陽。使君政多暇，携客聊相羊。薰風蕩遲景，黄鳥鳴且翔。綺饌簇江鱗，玉醴澄羽觴。彬彬軒冕士，燦燦翰墨場。縫掖亦何貴，賓席承芬芳。登高歡有作，爲樂戒無荒。豈如晉山簡，酩酊習池傍。

《東坡赤壁集》

和吴明卿、方仲美赤壁讌集

明·鄒迪光無錫。

畢景百尺崖，仰眺千仞臺。漢水泝洄薄，樊山葱蒨開。檣帆度浦樹，惝恍失去來。鶴煙信容與，簫聲亦悠哉。陽烏逝夕波，蟾影印石苔。有酒須自醉，爲樂不用猜。酡顔徽令德，雅藻屬上才。山水有清聽，寧爲知音哀。

《樊儀樓集》

赤　壁

明·顧起元遯園，江寧。

神龍戲淺水，寧與鰍鱓争。群口蜚刺天，造物妒其名。朝辭金馬門，莫臥臨皋城。廊廟故多碁，丘壑如含情。危石插江水，孤高摩青冥。赬壤飛赤文，頹陽麗丹熒。棲鶻驚人語，礫礫雲間鳴。秋月墮江白，嗚咽流簫聲。長嘯激千載，鼎立空峥嶸。雙賦掞日月，萬古無虧成。黄茅與白葦，帀地徒縱横。

《嬾真草堂集》

昆山馬工部席中有古詩見貽，賦答

明·陶允宜

會稽佳山水，行吟足朝夕。驅車一以遠，投鞭每不懌。俟罪刺黄州，賞心在赤壁。爲呼府中僚，出訪江頭石。矯有壁立姿，而無斧痕劈。寧向濁流邊，獨作丹砂色。人言三國時，帝遣兩雄敵。南軍勢不競，東風借其力。炎皇御燭龍，雷車駐霹靂。漫空朱鳥翔，夾岸火雲赫。大江蒸水氣，紅爐煉金液。樓船盡煨燼，壁石皆燔炙。譬彼昆岡焚，詎免池魚厄。素質獨不灰，亮節久彌赤。或者百萬兵，乃其膏血激。卷舒劫火消，掃蕩煙氣熄。周郎美少年，小喬初授室。軍氣業已揚，江烽望不極。攜手憑重闌，調笑含芳澤。芙蓉玉皎皎，櫻桃珠的的。紅紛擁綺羅，緋衣屯劍戟。壁壘轉光輝，旌旗交舄奕。烏林夜渺渺，雀臺春脈脈。念此蘄黃間，留彼英雄迹。客稱工部郎，胸掛堪輿籍。爲道赤壁磯，乃在嘉魚北。寒灣軒冕稀，古磧風濤蝕。前賦或誣夸，二客空評騭。我愛山水趣，但遣才情癖。束手受拘攣，搖脣費彈射。四海幾軒臺，九州多禹蹟。異人偶邂逅，往牒争組織。爲謝祝融君，巧奪老瞞魄。總是一江連，終非兩地隔。楚王失其弓，亦復楚人得。好將壘塊澆，剖破藩籬塞。蘇公自仙才，陶子今同謫。片語誠可投，千秋足相識。賓主既笑喧，歌人亦填溢。戎妝韎鞨鮮，宫樣胭脂飾。茜燭媚珊瑚，香膠浮琥珀。天際絳霞飛，臺前紅雨積。紺宇映葳蕤，酡顔並逾適。起立石壇高，下望江流窄。冠蓋各東西，江山又今昔。

《東坡赤壁集》

赤壁陪宴胡茂承賦

明・王同軌行甫，黄岡。

壁壘血未乾，霸氣中原散。蘇公夫何爲，復此弄文翰。俱爲地借名，俯壁開樓觀。上欲礙飛雲，下踞江之半。回思故聲華，何異暮與旦。蘇公昔已悲，翻爲後人歎。我生室其旁，君來自天半。踏蘚秋尊攜，木葉紛已亂。癡絶君不知，一笑冠纓斷。高窺鸛鶴巢，險坐黿鼉岸。題詩擊缽成，字字珠光爛。尊壘歡處饒，年華暗中换。卻恐留徽音，千秋益悲惋。三益古所稱，兩情殊泮涣。江上山聯翩，從君徧探玩。

《蒼蒼閣稿》

春日赤壁晚眺，效謝康樂體二首

明·吕元音節之，黄岡。

步出城西隅，翛然靈界敞。輕陰澹夕暉，涼風正飄蕩。雨初緑埜秀，臺高白雲朗。疊雉倒中流，千颿落漭泱。林烟曳翠綃，湖霞披絳幌。既懽僻野性，復浹滄洲賞。振衣登前岡，徘徊命吾黨。愛此離埃氛，且得脱羈鞅。美酒滌煩囂，劇談發神爽。會須倚層樓，一嘯衆山響。

纖月掛東林，羲和節西弭。遊目意未足，緩步信所履。逕轉石磴折，溪漲漁梁毁。翠荇出水鮮，朱櫻然林紫。涓涓芳露潤，淡淡行雲止。野照晃空明，泉溜響清沘。伊余邱壑姿，眷兹景物美。登眺豁幽襟，俛仰忘悲喜。憑高身以軒，臨流耳堪洗。泠泠御遠風，悠悠得其理。塵世事俱非，獨此逍遥是。預愁還城市，車馬紛如駛。

《無懷詩後軒集》

秋日赤壁晚眺

明·陶國楨

落月散餘暉，晴川斷煙爽。丹楓映赭岸，歷歷衆山朗。征帆渺天末，迴波激清響。長鱗躍滿渚，修羽翔深莽。牧笛楊柳陰，漁曲滄浪上。極目萬里秋，乘風起遐想。浩歌振林飈，松檜亦偃仰。睠兹夕霽澄，殊愜泉壑賞。飛霞幕層阿，高懷將安倣。

《東坡赤壁集》

赤壁送孫魯山行

明·王一翥補庵，黄岡。

江漢滙湛處，宜有僊人船。默記與潛膺，毫芒海市間。往著固塵遺，前烈亦依然。生民曩屬意，窮友今彙牽。九辨保幹誨，七諫廣靈荃。南詢㟴㡇岡，西陵磐確泉。涓子每出没，江妃睇眇圓。洞壑畈華葉，冬霜展妙觀。是時一卮酒，爲我洲渚言。復驚採樵貌，不在廬山原。雞黍隱士饈，始徵薄俗難。蕭影訴沈滯，素聊野月鮮。

《智林村稿》

赤壁前遊同治癸酉

清・穆宗毅皇帝

江山景自佳，況此清秋夕。健游挾飛仙，舉酒屬佳客。洞簫倚南歌，蘭槳泛空碧。一葦縱所如，水光涵皓魄。東流去不返，霸業感疇昔。横槊誰賦詩，英雄久陳迹。風月常如新，匏尊欣共適。溯洄念伊人，露氣葭洲白。

《赤壁紀略續纂》引《御製詩集》

赤壁後游

清・穆宗毅皇帝

高人喜清游，興與山水適。赤壁重泛舟，雪堂挈二客。新秋曾幾時，風月自清白。舉網欣得魚，攜酒娱今夕。巉岩青不改，斷岸見千尺。沿波復解纜，履險更蠟屐。勝景探無窮，憑眺殊今昔。長嘯獨歸來，鶴夢江天碧。

同上

燊謹案：此詩爲王君仲笠在國立圖書館得之《御製集》中。兩詩偪真王右丞，沖齡得此，誠天縱也。若在辛亥以前，應用龍文箋冠二詩於首册。今仍仿《四庫》館箸録群書例及選家收御製文詩例，弁列有清一代臣工之前，爲發凡於此。

臘月十二日置酒赤壁磯頭

清・張士淑耳聖，蘄州。

朝登赤壁巔，夕臨赤壁涯。赤壁自朝夕，孫曹空爾爲。余也生較晚，不及建安時。殘臘逢初度，携酒將何之。步自雪堂出，高望發遠思。斷岸吹古照，日暮寒江遲。

《雲溪雜箸》鈔本

赤壁憶東坡先生

清・張叔珽方客，漢陽。

昔年讀兩賦，仙風衣帶襲。此日拜先生，餘徽尚洋溢。巉巖歷虎豹，江山不可識。道士歸何處，耿耿填胸臆。四顧轉蒼涼，長懷到壬戌。

《剩嘯詩集》

十月既望，携二子忠敬遊赤壁，以“仰見明月”爲韻四首

清・陳浩昌平。

坡公舊遊處，千載餘清賞。怪石劈丹砂，懸崖絶土壤。大江走其下，静夜發奇響。對岸武昌山，寒煙互林莽。我携二子來，沿月蕩雙槳。卮酒酹公祠，高山心所仰。

赤壁在黄州，説者異聞見。豈知博達人，初不泥史傳。指揮周郎軍，來與孟德戰。公從壁上觀，奮擊駭雷電。一聲孤鶴鳴，驚落白羽扇。四顧寂無人，江光皎如練。

江風如此清，江月如此明。惟公不可見，使我心屏營。我欲乘此月，冷然御風行。左携羡門子，右拉安期生。飛渡紫沂海，尋公白玉京。握手一歡笑，用慰千載情。

千載復幾時，往來人代閱。今人與古人，共此一輪月。造物無盡藏，江山此清絶。更因文字奇，不逐雲煙滅。長嘯激松風，豪吟灑蘭雪。留與後來人，捫苔摹斷碣。

《紫瀾集》

赤嶋二賦堂謁蘇文忠公像

清・朱昌緒

自公謫黄州，名高未熄謗。山水恣流連，文章益奔放。雪堂聊偃息，臨皋時親望。赤壁倚江濱，□□不一杖。載酒前後遊，與客互答唱。揮毫兩賦成，格調自特創。雖非公大文，氣亦見跌宕。至今數百年，誦讀家相尚。我來值孟冬，方象含悽愴。江山盡改觀，陵谷幾消長。二賦獨巋然，軒楹怪石傍。坐公於其中，風流固無恙。當時忌公者，泯没無與抗。極目江濤生，西風答悲壯。

《東坡赤壁集》

夜泛赤壁

清・張光璧斗符，黄岡。

磯上西蜀人，磯下西蜀水。蜀水三峽來，蜀人不再矣。小艇放漁歌，擊楫中流駛。此夕非壬戌，渺渺煙波裹。

《誠正堂詩文集》

赤壁晚集

清・喻文鏊治存，黄梅。

黄州赤嶋磯，峭倚大江側。風動江濤飛，日落山更赤。炎威雖初至，執熱晚方息。淅淅遠涼生，隔村沛雨澤。故人追夙歡，豁達儷二客。遐眺登層樓，徙倚就清席。相對撚吟髭，險語鬭詰屈。叫。物情到深迴，因喧反得寂。舉手接寥廓，俯視落潮白。何人跨鶴來，横江擫素笛。

《赤壁紀略》引《紅蕉山館詩鈔》

十月二十五日，暮過黄州，汪竹千同年攜其子送至赤壁而别

清・陳沆秋舫，蘄水。

我行良悤悤，念子暫來過。子意何惻惻，送我城之阿。白日下西山，蒼煙横大河。燈火見赤壁，卓然立危波。此地一攜手，斯須已爲多。卻憐阿戎小，依依奈若何。

《簡學齋詩存》

赤　　壁

清・張雲璈仲雅，錢塘。

赤壁不在黄州，自是東坡之悮。按《圖經》，嘉魚有魚嶽大崖之山，瀕江爲赤壁，北可望烏林、陸口。宋謝枋得曰："予自江夏泝洞庭，舟過蒲圻，望石崖字，其江岸曰烏林，亦曰烏巢。上有周瑜廟，此爲孫曹戰地無疑。"於史有合，蓋古蒲圻地，今屬嘉魚。黄州之山，自名赤𡼾，地志所云"赤𡼾"，距闤而近，北望武磯是也。亦名赤鼻，見《水經》。是誠不必爲東坡諱。然七百二十年以來，人口膾炙兩賦。有辨之，無從辨者，足見考據之學，終不得與文章争權。

往來過黄州，口熟東坡賦。赤壁與赤𡼾，心誠此公悮。曹瞞走華容，宜向上游泝。安能於此地，始與周郎遇。一十二甲子，無人指其故。衹覺前後遊，緬想有餘慕。武昌夏口間，每爲前賢護。山川與道里，差謬不復顧。始知考證功，不及偉詞鑄。試反問坡老，坡定一笑付。惆悵歲壬戌，恰值支干數。風清月白中，我亦來兩度。

《簡松草堂詩集》

赤壁覽古

清·劉淳孝長，天門。

赤壁竟壁立，峥嶸圖畫開。風利未得泊，望古難爲懷。咫尺阻勝遊，臨發空徘徊。兩龍戰江表，年少真偉才。錦衣列廣讌，劍舞傾金罍。儀秦爲之詘，賁育爲之摧。雖非帝王佐，壯志亦可哀。南眺武昌郭，草没吴王臺。阿童下建業，霸府留劫灰。赤烏事已遠，龍虎氣盡埋。蘇笠戴風月，葛扇揮塵埃。大賢足萬古，小儒安用哉。

《雲中集》

大水赤壁泛舟，萬仞堂謁坡公像感賦

清·陳瑞林九香，羅田。

江水到赤壁，我生初泛舟。忽見萬仞堂，我公千年游。不盡雪泥感，可堪鴻雁愁。緬公當我歲，治水彭城樓。公年四十二，在徐州，大水。徐湖汝潁密，宦至民咸謳。杭黄謫居久，山水尤清幽。西湖公所濬，我亦三年留。杭人德公深，祠公李鄴侯。白太傅。儔。鬢眉照湖水，公像不可求。西湖無公像。歸來拜幅巾，端坐臨江流。邨舍半盪没，我識公心憂。風月幾何時，迥非壬戌秋。讀公河復詩，三策陳無由。安得更起公，爲我黄人籌。公神所默注，天下蒙其休。黄人獨私公，合戀吾黄州。

《食古研齋四集》

蘇東坡赤壁前遊

清·胡大經仲畬，漢陽。

鬱鬱山色暮，迢迢江水長。颯颯清風至，皎皎明月光。盈盈秋霜白，泥泥沾我裳。扁舟赤壁下，一葦任徜徉。陶然酌魯酒，飛來沃霞觴。滄海渺一粟，何必白雲鄉。浩歌起中流，天風吹浪浪。清音逐空轉，簫曲聲悠揚。美人不可見，遥望天一方。思古發幽情，對此兩茫茫。英雄割據日，羆虎光騰驤。舳艫千里接，林立森刀鎗。一炬東風吼，火雲翻大江。横槊賦詩夜，刻徵引宫商。挺鹿走南郡，意氣何頹唐。遂定三分局，鼎立成各邦。許昌王氣歇，何處弔武皇。江東霸圖盡，何處問周郎。乃知蝸角争，槐安夢一場。星月依舊明，烏鵲仍南翔。人生行樂耳，此景焉可忘。江山與風月，造物無盡藏。重洗夜光杯，再吟窈窕章。酒酣倚櫂歌，桂楫擊雙雙。解衣更磅礴，醉眼望八荒。回首東方白，皎日掛扶桑。

《赤壁紀略》引《道存堂存稿》

蘇東坡赤壁前遊

清・徐瀛海年，黄陂。

天地有奇氣，散作萬里秋。詩人有奇氣，能銷萬古愁。壬戌七月望，蘇子泛輕舟。性曠忘物我，陶然興清幽。風亦盪我意，月亦豁我眸。乘風玩秋月，把酒解百憂。上覽赤壁峙，下淩大江流。俯仰本無憾，行樂莫與儔。扣舷歌新曲，舉觥酬浮漚。美人遥相望，咫尺夢瓊樓。回顧孫曹迹，默想瑜亮謀。指點景中意，身世兩悠悠。人生託造物，顯晦迥不侔。孰能發其覆，以澹時俗求。洞簫餘音歇，潛蛟舞寒湫。天涼夜月白，打槳任去留。

《赤壁紀略》引《藤徽室詩鈔》

前　題

清・胡之壯江夏。

一世雄安在，昔人曾此地。逝者已如斯，江山留勝致。煙光界蔚藍，波浪翻空翠。幽潭窅以深，危崖懸欲墜。我輩復登臨，曠然豁胸次。徘徊入斗牛，縱目東西眙。地迥滌塵心，境高起遐思。蜉蝣天地間，渺爾一身寄。消長本代終，盈虚亦互異。造物無盡藏，浮生安可累。江上有清風，山間明月暨。清風遠近俱，明月去來自。月色與目謀，風聲與耳值。聲色兩相遭，終古長餉遺。蘇子遷謫人，遺世如脱屣。沿波泝流光，領取煙霞秘。扁舟一葉輕，大江千漲膩。有客供狂吟，有酒供狂醉。醉後發高歌，詩腸頻鼓吹。一咏又一觴，此中有真意。杯盤胥盡歡，忽忽已成寐。浮空一夢中，杳莫知其至。

《江漢書院課藝》

前　　題

清・程鴻漸黄岡。

胸中有奇氣，文章有奇格。消予磊塊平，借爾風流昔。新秋水漾青，古壁江流赤。欲隨魚鹿遊，直入黿鼉宅。酒酣歌未終，鵲逐簫聲迫。天地此虚舟，日月亦過客。

同上

前　　題

清・張聯璧蘄州。

江山如過瞬，風月又成秋。絶壁横空立，逝波萬里流。有客西方來，飄揚化羽遊。臨風千壑窈，泛月一櫂幽。蒼茫懷抱間，往世雄在不。樂盡悲更喜，酌酒縱孤舟。物我皆有適，耳目安能周。寄興渺天下，歌詩淩南州。

同上

赤壁坡仙祠

清・鄧琛獻之，黄岡。

昔者丹玄子，寫真傳太白。後人愛東坡，瀟灑圖笠屐。千古兩謫仙，曠代誰接跡。黄州古赤壁，斷岸懸千尺。祠堂拜坡仙，矯若雲霄翮。此閣復何有，萬頃江流碧。吹簫者誰子，乃得參座席。蘇子本天人，溟海鵾鵬擊。逍遥壬戌秋，偶此六月息。誰知作賦心，哀怨感惻惻。美人在雲端，可望不可即。

《荻訓堂詩鈔》

赤壁留仙閣閣供坡仙像，建於同治七年

清・周錫恩伯晉，羅田。

坡公謫仙人，坐對秋江清。留此卅餘載，龕下莓苔生。庭前立高梧，經霜尚峥嶸。西山若眠琴，愔愔碧無聲。携眷昔遊此，重來空復情。孤鶴倘再到，公留余請行。

《傳魯堂詩二集》

赤壁懷古

清・陳克劬子勤，丹徒。

又逢七月望，聊泛赤壁舟。我爲今世人，古情何自求。微生寄天地，百歲如蜉蝣。坡老不可問，安知曹與劉。戰鼓促東風，洞簫咽江流。雄豪與幽怨，逝響無一留。山川鬱相望，蘆荻紛颼飀。萬古一水月，盈虚幾環周。只餘達士言，兩賦仍千秋。舉頭望白露，余亦情悠悠。

《晴漪閣詩》

赤　　壁

清・殷雯子擎，黄岡。

峭壁鬱嶙峋，大江環泱漭。捨舟岸逶迤，凭高氣森爽。夏隩飛晴澗，樊山豁氛坱。疊雉營目低，叢柯列眉朗。仰攀巢鶻危，俛聆洞簫響。境富仍舊觀，興愜多新賞。沉吟感在今，浩劫緬自往。遷轉良靡

常，臨風一悽惘。

曰予鄙薄俗，超心希古賢。行歌窈窕章，遐矚蓬萊仙。霏霏岸姿媚，濯濯雲態妍。灧灧江映月，溶溶坰浮煙。懷哉羽服近，逝哉孤鶴翩。攄賞情自永，追歡景不延。遺響記悲風，餘音流暗泉。愁焉寫我憂，孤曲誰能傳。

《東坪詩集》

赤壁拜蘇文忠公祠

清・童樹棠憩南，蘄州。

漢火燒一山，慘澹風雲紫。瀟洒髯蘇公，到此江山喜。笑談草木香，酣睡風日美。懷抱浩浩氣，貫之忠孝理。我來薦蘋藻，千載心未已。對面觀武昌，群峰青到水。哲人不可作，好景尚如此。生時山影靜，酒罷濤聲起。懷古心蒼然，徘徊天地裏。

《求志齋詩存》

赤壁謁東坡像

清・駱初訓彝生，蘄州。

眉山有靈氣，磅礴鍾老髯。少讀范滂傳，氣節自許擔。扁舟出巫峽，名震父子三。惟公尤崢嶸，經濟素所諳。文字乃餘事，亦與歐王參。直道積莫容，風塵走趁趲。詩案摘烏台，有筆不敢拈。却從憂患中，樂道處以恬。生平所師法，意與陶白兼。所以風波惡，付之袵席甘。自從住東坡，躬耕具鋤鐮。顑頷拾瓦礫，新詩猶口占。二賦寫赤壁，幽深恣所探。雖然齊得喪，隱憂知未談。不聞洞庭聲，怨慕實難堪。衹今拜遺像，懍然風骨嚴。

《三明室稿》

赤　　壁

姚晉圻彦長，羅田。

江隨大地走，中遊立孤峰。我來八九月，浩歌送天風。寒雲莽平蕪，旅鴈鳴荒穹。詞客不可覩，況乃思英雄。歸舟日夕迅，槳打雙波紅。

《赤壁紀略續纂》引《西阿内集》

題東坡居士佛印禪師畫像

張翊六貢甫，湘潭。

己巳秋，余重游黄州赤壁，鏡台和尚欵洽周至，更出此索題。率爾未能命筆，携歸武昌，乞題於蕭君仲祁。蕭詩既成，爰賦一首，以紀其事，亦坡公所云“雪泥鴻爪”也。

我昔游黄岡，振衣登赤壁。瞻拜玉局翁，萬仞堂屹屹。但見楊君簫，不聞李委笛。緬懷佛印師，聲聞何寂寂。無乃缺典歟，誰稱寫生筆。鏡臺好和尚，傳鐙通呼翕。袖中出此圖，神光殊奕奕。儒佛本同途，坡印二而一。留此身外身，何者空非色。覽圖發長嘆，山川已陳蹟。扁舟何時來，仰睇雲間翼。滄桑會有期，鴻爪猶能識。

《樗盦詩鈔》

題東坡赤壁舟遊，並簡聽花散人十八韻

廉泉惠卿，無錫。

世界如旅亭，人生忽若寄。終古此江山，祇堪供一醉。東坡老辯才，玄裳偶爲戲。明月與清風，夢回却不記。今日鸛鵝軍，北顧火方熾。江漢何滔滔，横流要清議。孫曹一世雄，飄飄揭新幟。烏鵲猶南飛，勝遊竟誰嗣。有客來三山，發奇諳往事。泛舟下東皋，冥想羽衣使。神仙不可招，何當整歸轡。樂極還自悲，誰知千載意。我似病維

摩，且爲衆生累。物我悟全非，久負丘壑志。俯觀江漢流，餘跡留胸次。賓主一時無，精神在天地。斷句莫浪傳，恐驚無礙睡。

《東坡赤壁集》

赤壁感懷

周焕奎蒲生，鍾祥。

朝下黄鵠磯，暮上漢陽渡。片帆水上馳，兩岸靄煙霧。行行赤壁遊，去去黄州路。爽氣西山來，狂瀾東海注。石壁兩面開，中流矗砥柱。年少周公瑾，翩翩美風度。吴漢互鏖兵，舳艫夾江駐。江心月影流，水面風聲怒。征旆漾疏星，危檣綴曉露。夜半烏南飛，依依三匝樹。可憐曹阿瞞，醉歌横江賦。意氣一時豪，忽犯兵家妬。車馬散紛紛，諸軍疲遠戍。何日銅雀臺，分香娱遲暮。侍妾來奏琴，絃改音多誤。作達笑奸雄，或倩周郎顧。

《東坡赤壁集》

赤壁撫琴

黄炎烈星平，黄岡。

赤壁何巍巍，吾身竟渺渺。挹爽有層樓，重遊憶故老。喜雨惜亭孤，登山疑月小。時聽洞簫聲，儼如雞報曉。問客興若何？有酒藏之早。行樂泛扁舟，坡仙出人表。今日仰高風，終朝歎潦倒。撫琴容嘯傲，太息知音少。

《東坡赤壁集》

黄州赤壁

劉綺蘭少三，黄岡。

黄州有赤壁，乃在城西址。公瑾破曹瞞，人言不於此。畢竟古蹟存，當是何時起。上有放鶴亭，下有白龜沚。放鶴者何人，鐫龜者誰子。子瞻既兩遊，知非宋代始。當時創始人，惜不傳名氏。獨茲二賦堂，聳然雲端峙。千載仰高風，至今猶未靡。憶公蒞黄日，數年於茲矣。雪堂老梅殘，定惠海棠死。承天夜遊時，竹柏相交綺。勝地遺芳蹤，赤壁同輝美。每當風月清，怦怦動翹跂。曩者黄巾熾，一炬遭凶燬。義士能反戈，割貲重修理。焕然一新復，見者皆色喜。髯公如有靈，黯慘空祠裹。

少三近稿

壬戌赤壁泛舟，答日本笹川學士

湯薌銘鑄新，蘄水。

髯蘇去堂堂，鴻泥留赤壁。壬戌忽逢秋，驚心數舊歷。歲星十四週，奔馳如箭激。彼美嗟何方，望古思遥集。山川自今昔，風月非頃刻。浪淘千英雄，屹立一石墨。我家近黄州，試事便攀陟。廿載走車塵，清景不復識。世變環海通，新説萬流入。後生好奇異，舊學群弗屑。章句羼俚俗，自謂得真訣。經傳付灰蟬，二賦何足説。流傳到東都，持作漢文式。校舍課藝中，師生共講習。瓣香祝名賢，國界無分别。遂來主盟壇，使我兩顔熱。何時際清宴，勝游破寥寂。倘化百東坡，大江日生色。

《東坡赤壁集》

壬戌十月，赤壁之遊不果。望日，有項廳長招飲抱冰堂，用前紀遊韻疊賦，並呈髯公兼示威伯學長及曩同遊諸君

陳懋咸虚谷，閩縣。

勝踐造物慳，後村句。此例無今古。舊遊夙戒約，期至匿庭户。赴機曩幸迅，秋光滿襟宇。坡公涉足處，一一恣搴取。歸來富詩草，誇示

徧儕伍。長樂豈能忘，魂夢先踵武。故期坡祠下，斗酒還醉舞。如何忽改度，踽踳若繫虜。

居官比龔丞，僑旅等皋廡。行吟循楚澤，鄉夢縈州滸。予家水村號螺洲。簡書尚督責，倏教紛旁午。自秋以徂冬，揮汗逾夏暑。使者怒如蛙，曹司怯似鼠。嗟予鬢漸星，玉潔猶静女。世間榮辱論，懷抱未與數。所惜梗清遊，勝會山川阻。昨宵脂使轄，拼共黄花祖。冠帶速投擿，清興猶餘縷。姬傳江南來，作氣助一鼓。便當事糾合，相將整篙艣。乘風不勝寒，高眺空玉宇。

山游既不果，乘興猶建白。高冠在城市，眺遠儼岸幘。抱冰堂在高觀山。祭酒韙此論，解驂罷堠驛。仍乘此日良，登高布重席。近取抱冰翁，風概滌肝膈。翁書似東坡，弟子摹祠額。瞻拜桂堂前，恍誦二賦册。赤壁坡祠有二賦堂。緬想各永懷，杯盤亦狼籍。回憶西山歸，逸興塞大宅。

《東坡赤壁集》

登赤壁挹爽樓

萬學海漱青，黄岡。

蜀江源萬里，曲折來黄州。載彼謫仙人，東坡五年留。山靈發奇笑，江城倏清幽。後賢想慕殷，臺閣續勝游。巍巍坡仙祠，新傍挹爽樓。樓高齊萬仞，遥眺開吟眸。躍躍武昌山，鬱鬱峥嶸洲。俯仰成百變，明晦萬狀收。入座愜胸懷，四壁生龍虯。賓朋動歌嘯，有如坐巴邱。詩成酒復豪，展翼不能遒。飄然微風發，恍疑壬戌秋。三更不能去，月浸一孤舟。吁嗟今世變，呵護喜能周。纖微各無恙，況乃有神休。念兹棟梁材，後先資耆儔。手不持戈矛，頗爲吾道羞。

《怡情館稿》

赤壁懷古

汪鳴九鶴皋，黄岡。

同登萬仞堂，翛然一俯仰。眼底白雲飛，忽作高世想。人事有代謝，乾坤終莽莽。赤壁原假借，何必分三兩。孟德雄安在，公瑾亦既往。蠻觸苦紛争，戰雲空鼓盪。東坡宰相才，胡爲分蜀黨。想亦是非淆，直不勝群枉。燭理入微茫，民生關痛癢。奏議至今存，言語何忠讜。文章動天地，光燄强萬丈。前後兩篇賦，曠達空凡響。虬龍虎豹驚，明月清風賞。想其扣舷時，桂棹摇蘭槳。欣然與客俱，洞簫引鶴氅。佛理悟仙心，秋高堪挹爽。祠宇焕然新，衣冠瞻遺像。燈火萬年紅，俎豆千秋享。江山留點綴，修葺後賢仗。樓閣自嵯峨，院落更幽敞。遊罷且放歌，滌煩心坦蕩。

見《桃潭合鈔》

遊黄州赤壁

汪逸經五，黄岡。

黄州一赤壁，嘉魚一赤壁。東坡二賦中，首言魏武蹟。問彼一世雄，而今竟安在。河山笑貌新，萬古竟未改。孤鶴横東來，羽衣掠西去。戛然長鳴過，恨我不相遇。當時開户視，已不見其處。一去不可留，譬公數載住。學公泛扁舟，從公躡危岸。趨登二賦堂，再拜謁公像。公是玉堂仙，偶與漁樵伴。我亦可憐人，來欲相依傍。合眼讀公文，光芒起萬丈。本霾烟霧中，七竅忽明亮。陋彼迂儒愚，齗齗尚置辯。鏖戰借東風，謂是嘉魚縣。甚至言公失，不知先生意。特借一枝筆，指點醒後世。奸雄若有知，笑視不相忌。阿瞞未可瞞，曹公本多智。黄州經公游，赤壁便千秋。嘉魚赤壁在，有人過問不。美哉文字靈，江山共引領。周郎一炬火，轉似殺風景。何況杜牧詩，也載黄州志。月明星稀賦，安知非此地。只喜江東地，當年費霸才。二喬鎖不去，冷落銅雀臺。兀傲對西山，掀髯笑口開。長望九曲亭，東坡認重來。沽得武昌酒，合醉一萬杯。人生各有盡，風月却無死。過去皆焦土，饒舌安用爾。試以此詩詞，上貢水月仙。然然與否否，仙亦笑便便。

《夢唐集》

家筱舫兄兩次監修赤壁，一再編刊《赤壁集》，謹依兄《赤壁懷古》舊作原韻奉和

汪燮孝謙，黄岡。

赤壁傳千古，樓臺期不朽。修葺賴後賢，孰是爲之後。阿兄致仕歸，膾炙萬民口。慨焉發壯懷，醵貲勞奔走。兩度力經營，遊客獻魚酒。酒酣歌未終，胡聽東風吼。亭閣一煥然，庶歷百年久。時勢變滄桑，遺集更富有。嗟余腐化言，未識果然否。

見《桃潭合鈔》

東坡赤壁得家伯筱舫兩度重修，始復舊觀。今復重刊《赤壁集》，足徵崇尚風雅，不遺餘力。謹依公舊作《赤壁懷古》原韻奉和

汪成鈞陳君，黄岡。

赤壁有樓臺，易代漸摧朽。坡公作兩賦，忽已千年後。西猶是武昌，東猶是夏口。吾伯拜公堂，爲公勤奔走。一再鳩工來，落成奠觴酒。坐視虎豹蹲，臥叫虬龍吼。於焉復舊觀，乃可歷年久。更輯赤壁集，此功非前有。百世有來者，瞻仰同情否。

見《桃潭合鈔》

赤壁懷古

汪燊筱舫，黄岡。

人兮胡不來，遺踪却未朽。風月無古今，二賦分前後。記從壬戌秋，客喜開笑口。西望武昌山，東視波濤走。吹破浪中簫，飲遍匏樽酒。橫槊氣何雄，千載魚龍吼。成色復成聲，圖畫歷年久。共賦明月章，吾生復何有。渺渺鶴南飛，仙乎還是否？

《越蔭堂詩草》《桃潭合鈔》

詩　二

古　體七言

題徐參議《赤壁圖》

宋・王炎歙縣。

烏林赤壁事已陳，黄州赤壁天下聞。東坡居士妙言語，賦到此翁無古人。江流浩浩日東注，老石輪囷飽煙雨。雪堂尚在人不來，黄鵠而今定何許。此賦可歌仍可絃，此畫可與俱流傳。沙埋折戟洞庭岸，訪古壯懷空黯然。

《歷代題畫詩類》

題喬仲常《後赤壁圖》

宋・失名

方瞳仙人辭蓬萊，逸韻跋俗九萬程。行行興與煙霞并，喜對赤壁高峥嶸。物外二客人中英，得魚携酒相邀行。江頭皎月照沙明，夷由一艇破浪輕。笑談不覺連飛觥，幽宮馮夷應暗驚。掠舟野鶴横天鳴，翻然大翼如雲軿。四顧寂寂無人聲，銀漢耿耿風露清。歸來一枕猶未醒，彷彿羽衣云已征。霜綃誰爲寫幽情，披圖似與相逢迎。雪堂作賦詞抨硡，追思往事心如酲。周郎空餘千載名，大江依舊還東傾。

《石渠寶笈》

赤壁風月笛圖

金・李純甫

鉦鼓掀天旗脚紅，老狐膽落武昌東。書生那得麾白羽，誰識潭潭蓋世雄。裕陵果用軾爲將，黄河倒捲湔西戎。却教載酒月明中，船尾鳴鳴一笛風。九原唤起周公瑾，笑煞儋州秃鬢翁。

《歷代題畫詩類》

赤壁圖

金・元好問裕之，秀容。

馬蹄一蹴荆門空，鼓聲怒與江流東。曹瞞老去不解事，誤認孫郎作阿琮。孫郎矯矯人中龍，顧盼叱咤生雲風。疾雷破山出大火，旗幟北卷天爲紅。至今圖畫見赤壁，彷彿燒虜留餘蹤。令人長憶眉山公，載酒夜俯馮夷宫。事殊興極憂思集，天澹雲閒今古同。得意江山在眼中，凡今誰是出群雄。可憐當日周公瑾，顦顇黄州一秃翁。

《遺山集》

月下泛赤壁

元・周權衡之，處州。

赤壁之山何峻嶒，下有江水何清泠。天空月出夜寥泬，玻璃萬頃涵秋冰。爲問黄州雪堂老，巧宦何如遷客好。酒酣携客夜拏舟，憂思都將談笑了。劃然長嘯來天風，神游八極思慮空。但見橫江露華白，舉袂欲挹浮邱公。洞簫聲斷潛蛟舞，月下清尊貯千古。老瞞當日困周郎，千里樓船鬬貔虎。煙消水冷枕戈矛，空餘野燐寒沙頭。江上寂寞總陳蹟，追憶往事懷風流。勝游到我知幾度，感昔視今猶旦暮。乾坤何事老英雄，滚滚長江自東去。

《此山集》

後賦赤壁圖

元・劉因夢吉，容城。

公無渡河歸去來，周郎袖裏藏風雷。老狐千年快一擊，金眸玉爪不凡材。先生平生兩賦爾，江山華髮心悠哉。至今畫裏風月笛，尚有老驥西風哀。眼中驚波不西歸，玄鶴夜半從天迴。曹瞞鬬氣今何處，船頭好在白雲堆。

《静修集》《歷代題畫詩類》

惕生按：因原名駰，字夢驥，後更今名，字夢吉。至元中，以學行薦於朝。有《静修集》，詳《宋元學案》。

東坡赤壁

元・鄭元祐明德，遂昌。

奎星墮地不化石，化作盤天老胸臆。清禁森嚴著不得，半夜吹簫過赤壁。百萬蛟龍不敢聽，萬古東流月華白。

《僑吴集》《歷代題畫詩類》

題《赤壁圖》

元・王瓚思獻，永嘉。

我昔南遊過赤壁，曾上磯頭訪遺蹟。吴魏勝負了無聞，一曲漁歌楚天碧。黄岡遷客峨眉翁，道同北海人中龍。羈懷得酒逸興發，扁舟夜泛空明中。江山如許誰賓主，醉挾飛仙夢中語。直將天地等浮漚，三國周郎曾比數。神遊八極空畫圖，開卷髣髴瞻眉鬚。清風千古凛如在，悠悠目斷江雲孤。

《歷代題畫詩類》

題戴文進《赤壁圖》

明・陳煒文耀，閩縣。

元豐有案詩成獄，五載南來事遷逐。黄岡形勢無處無，赤壁磯頭山水緑。古樹深皤不老根，懸崖瀉下飛來瀑。白露横江風氣凉，月出東山皎如燭。扁舟欸乃擊空明，主賓逸興何當足。歌聲上薄斗牛寒，玉簫吹起鮫人哭。此時此景情最融，那識深沉與榮辱。舊存詞賦未淒凉，千古虹光耀人目。臨安畫史藝無雙，貌得生絹横半幅。揮毫幾度不成吟，祇恐神遊笑俚俗。綿邈高風何處尋，漠漠江雲寄遥囑。

《恥庵集》《歷代題畫詩類》

題《赤壁圖》並引

明・李東陽賓之，茶陵。

沔鄂而東，稱“赤壁”者不一，繪圖獨以黄州。不直山水之佳，蓋子瞻二賦爲之增重也。

荆州水軍八十萬，鼓櫂揚旗下江漢。江東將帥誰敢當，年少周郎獨輕難。漢家英雄本龍種，怒指中原扼雙腕。孔明決策討虜迎，誓復深仇起相扞。東風吹沙暗赤壁，百里旌旗眼中亂。烈炬争馳疾若星，南軍已在中流半。黄蓋大呼老瞞走，烏鵲翻飛過江岸。攀緣失手勢兩孤，一紙軍書萬人散。賊兵未平壯士死，猜疑已作蕭牆患。脣亡齒寒不自知，可惜衣冠盡塗炭。乾坤無情歲月改，千古茲山石不爛。東坡老翁好奇古，一官遠向黄州竄。簫聲入秋木葉空，此地經過獨腸斷。高歌扣舷和者誰，回首斯人亦凋换。奸雄僭竊何足數，青史離離後人看。爲君擊節歌此圖，卻立蒼苔倚長歎。

《懷麓堂集》

赤壁圖

明·李東陽賓之，茶陵。

磯頭赤壁當天倚，下有山根插江底。江風不動江水深，曾駕扁舟問蘇子。憶昔揮毫載酒時，俯視塵寰雙脱屣。掀髯一嘯萬壑空，夜叫鼋鼍泣神鬼。江山再到已不識，異代興亡知有幾。吴强魏走了莫聞，萬古乾坤如此水。天遣斯人作勝觀，賦成卻解驚人耳。絶代文章不數公，諸家圖畫空相似。誰將意象入寥廓，坐覺天涯來尺咫。不信人間有臥游，高堂素壁波濤起。東莊先生好古客，謂我作詩如作史。三十年前舊品題，山高水落依稀是。老去方懷爲國憂，少時誤作談兵喜。卜居未遂頭已白，不向東邦定南紀。爲公復作赤壁歌，莫笑風流非賦比。

同上

赤壁歌

明·何景明仲默，信陽。

老瞞横槊江之皋，眼中吴越一秋毫。吴人彀弩來江左，江頭嗚笳晝舉火。旌旗飄揚北風前，舳艫化作江中煙。英雄一去音塵滅，斷水殘山弔詞客。白雪堂寒煙草暮，黄泥坡下臨皋路。酒酣唤客吹玉簫，江風山月不須招。昔時霸業那足數，鶴夢悠悠渺千古。回首東坡百世人，畫圖蒼茫空有神。

《何大復集》

題《赤壁圖》

明・吴寬原博，長洲。

江流東繞千尺堤，山鶻上結危巢棲。游人夜半放舟過，舉酒試説曹征西。征西當年下江滸，八十萬軍盡貔虎。眼中見慣劉琮徒，吴蜀區區何足數。舳艫相銜千里連，氣吞劉備兼孫權。豈知策士已旁笑，笑彼遠來非萬全。長江之險人能共，不獨阿瞞兵可弄。東吴會獵尺書馳，權也難將首親送。帳底拔刀軍令行，如此姦雄安足驚。周瑜早已借前箸，黄蓋何曾論五兵。五兵争如一炬火，北軍敗走南軍坐。紛紛燥荻與枯柴，乘取便風纔十舸。波濤起立半天紅，强虜灰飛一夕空。平生親手註《孫子》，未信水軍能火攻。誰云此行纔足恥，更聞裹瘡歸湞水。玄武池頭計已疎，銅爵高臺聊自起。當今四海如一家，三國争雄真可嗟。尚想綸巾巡壘堞，猶將折戟洗泥沙。武昌夏口東西路，畫史分明入毫素。空餘赤壁付游人，贏得坡仙兩篇賦。

《歷代題畫詩類》

赤　　壁

明・方尚賓

丹崖壁立何嶔崟，萬仞下插滄江深。帶郭連岡迴作障，倚空壘石高爲岑。乾坤開門幾千載，陵谷遷移此山在。三分割據如夢中，往事隨波向東海。子長年少頗好游，我亦鼓舵瀟湘流。五月莫過灩澦石，累日更宿峥嶸洲。舟人指點話赤壁，壁下清風宛如昔。雲根半掩赤壁青，水面一片滄江白。從來人世幾登臨，俯仰徒悲千載心。蘇子賢豪已陳迹，兩賦留傳空至今。

《東坡赤壁集》

赤壁書懷

明・邱仁

雲夢南來三赤壁，獨此峥嶸如卓戟。合沓遥連錦繡林，塹碞下俯頭陀石。校獵樓船昔此經，鏖兵戰壘人猶識。武略應誇顧曲人，游蹤更憶揮毫客。侘傺聊爲汗漫游，夷猶不受挪揄迫。夢裏蹁躚道士來，舟中枕藉東方白。擲金詞賦尚輝煌，逝水年華易抛擲。老我來停問石槎，探奇一着登山屐。醉邀風月壯幽襟，遥指蒙茸悲往迹。英雄割據不足道，墮地希賢曾一笑。酒杯到手是生涯，且看滿眼秋山峭。

《東坡赤壁集》

赤壁磯漫興

明・袁文伯絅齋，黄岡。

赤壁水落石粼粼，我來石上投竿綸。渭濱之璜那可釣，白魚吹浪如相狗。衡門豪悰寄泌水，忘飢豈食河之鯉。罷釣浩歌懷美人，美人隔岸拾芳芷。會須散步孤鶴洲，問我何如壬戌秋。我思東風日猶作，清風江上同悠悠。顧我老非西蜀客，沈淪弗夢長安陌。醉餘枕石蝴蝶飛，覺來仰見東方白。

《孺恭先生詩集》

夜泊赤壁，秉燭游之

明・湯祖佑杼莊，吴縣。

秋雲黯淡愁荒野，孤舟夜泊赤壁下。江月不出行人稀，四面栖烏啼啞啞。欲眠不眠重秉燭，曳杖披衣駭童僕。臨流把酒酹坡公，獨飲一杯歌一曲。曲終仰看天蒼凉，清風颯颯吹衣裳。武昌夏口在何處，白波萬頃空茫茫。此時星河亦錯落，葦岸秋蛩鳴絡索。登舟四顧夜無聊，酒醒不見横江鶴。

《明詩綜》

按：此詩他本有屬諸方其義者，注云見《時術堂集》。今據朱氏《明詩綜》則爲湯桴莊之作。在竹垞必有所本，遂從之。

赤壁放歌

明・官撫辰凝之，黄岡。

黄州江上崚嶒壁，紅霞練影空明擊。楊柳横斜出大堤，小航穿處驚浮鷁。遠公寒溪西山景，倒映臨皋足深省。仙人駕鶴月中來，坐深不覺東風炳。誰將夢裏畫丹青，非色非空形無形。幾片湖光畫不著，高懸虚白草玄亭。泝流光照神明宰，政事心閒聽欸乃。畫中有聲君莫聞，藐姑射山人未改。浠水西流汾水分，堯由何異嶺頭雲。隱顯無心天界外，此物那堪持獻君。

《東坡赤壁集》

夏日赤壁登眺

明・吴良吉

五月落梅吹未殘，薰風南來新葛寒。濯纓石邊水半落，策杖樹底重雲蟠。鷗鳧出没下前渚，蛟鼉鳴吼飛驚湍。風前有酒載蘇子，月下無枝羞老瞞。英雄至今生感慨，功業未就詎能安？披襟對客已忘世，放筆寫詩殊盡歡。高懷已許寄墨迹，開口立譚披鐵冠。層樓不盡登臨意，可笑元龍眼孔寬。

《東坡赤壁集》

赤壁吟贈操覲文

清・奚禄貽克生，黄岡。

赤壁猶然故鄉陌，我欲從之行不得。江山兜笭幾度煙，一片青春五湖白。憶昔魏武西陵營，舳艣東接孫劉城。覆車殺將分九鼎，可憐赤伏終憑陵。漳河帶甲三十萬，百尺銅臺驕際天。叶，都鈞切。美人巾舞紫玉笛，身後孤墳猶上食。北風捲斷翠雲旗，七十二處狐狸泣。往事今隨漢水流，蘇公詞賦踞高樓。子來不見蒿中碣，彩毫應動古人愁。春秋往須年年似，有時隨賦紅霞岫。叶，徐由切。

《知津堂集》

送王叔餘之赤壁

清・汪國瀠漪園，黄岡。

去年共君赤壁下，籬邊摘菊常盈把。今年君爲赤壁遊，春江浩渺一漁舟。年年來往江花裏，江流花謝何時已。重登赤壁掃苔痕，兩賦君看存未存。

《樂志齋存詩》《桃潭合鈔》

赤壁懷古

清・余國楷大冶。

臨臯古岸好尋幽，蘇子從前兩度游。浪皺縠紋風有迹，天懸寶鏡月當頭。龍吟吹徹三更笛，仙侣招携一葉舟。豈必嘉魚徵往蹟，但憑赤壁話奇謀。孫劉百戰圖分鼎，瑜亮同時展運籌。漫道火攻原下策，儘教霸業付東流。賦詩横槊人何在，把酒臨江韻待酬。老鶴岩間還警露，孤鴻沙際尚鳴秋。雄才蓋世煙塵盡，遷客遺文石碣留。落落亭臺殘照隱，蕭蕭蘆荻雨聲愁。銷兵已值光天會，破敵何須故壘求。禾黍近郊收牧馬，旌旂遠戍下舳艫。帆迴碧浦誰家客，檣颭青帘幾處洲。夏口舊傳弦子國，武昌長憶庾公樓。漁歌欸乃渾無繫，嵐影微茫並若浮。適意風波偏愛鷺，忘機天地任盟鷗。江南江北勞相望，人去人來若未休。千尺怒濤翻舊恨，九章哀郢著離憂。也知白雪能張楚，更把青尊學醉侯。沅芷澧蘭隨地有，搜奇何必定黄州。

《赤壁紀略》引《大冶縣志》

赤壁懷古

清・張眉大肇亭，湘鄉。

黄星照地血洗刀，誰其應者當塗高。鄗塢然臍官渡破，北部校尉稱人豪。太乙靈旗指五湖，萬里長江接舳艫。横槊釃酒望夏口，意氣似欲無東吴。紫髯碧眼孫車騎，雀頭行却魏王使。豫州使君投旺來，狠石謀成樹麾幟。東風習習吹赤羽，一道江光明練組。元戎顧曲曲未畢，十萬艨艟付一炬。黄金斑斕出閶門，鼉叢國屬靖王孫。長江南北成天塹，從此炎鼎竟三分。蟻争蝸戰向千載，山水雄豪空復在。鷗鷺飛飛唼碧燐，蘆荻蕭蕭圍故壘。黄州西望弔髯蘇，我亦斗酒煮鱸魚。祭風臺畔尋遺址，樹頭惟有三帀烏。

《資江耆舊集》

燊按：此詩本爲嘉魚赤壁而作，惟末幅兼及東坡赤壁，故録入。大都湘鄂兩省人，不但鄂之上游諸郡人所詠多嘉魚赤壁，即湘人出洞庭者多經嘉魚赤壁，故三湘人士所題亦大率嘉魚赤壁也。考《資江耆舊集》又載有益陽趙鹿潭侍御先雅《赤壁懷古》云：“操軍來，破荆州。孱張昭，誤仲謀。説柴桑，伏武侯。將周郎，浮輕舟。載蘆葦，麾貔貅。目空數十萬人馬，樓船鼓吹赤壁下。憑陵殺氣東南風，火光照耀江水紅。金鼓震動烏林岸，雷掣電奔烏獸散。恨不乘勝驅中原，坐使老瞞恣鯨吞。”按此詩似爲嘉魚赤壁而作，然亦可移之黄州赤壁。人但知嘉魚有祭風臺，有烏林，不知黄州亦有祭風臺，在黄岡縣東南三里許，見明萬曆《黄州府志》。黄州亦有烏林，宋王象之《輿地紀勝》"黄州·景物·赤壁"下載"烏林，云在赤壁相近"。可知東坡作賦時，因見有此種種地名，故指爲孫曹戰地。其先開自唐人，自東坡後，其説益鞏固。故宋人胡安國、黄治、張耒、陸游、韓駒皆信之。自郭朝祚題曰"東坡赤壁"後，郡人始以孫曹赤壁歸之嘉魚，而以此專屬東坡。此兩説變遷之由來，是唐宋人主黄州赤壁屬孫曹，明清人始以之屬東坡也。

赤　　壁

清·潘耒次耕，吴江。

黄州古郡臨江干，連山抱郭如龍蟠。西陲一峰特雄秀，石骨削露朱砂丹。朝霞流輝錦錯采，浮空映水成奇觀。坡仙官冷無一事，携朋載酒來盤桓。烟濤微茫霜月白，興酣落筆如湧瀾。亦知孫曹争戰處，遠在鄂渚非齊安。聊借英雄發感慨，移山走海在筆端。一詞兩賦照千古，山名烜赫垂不刊。我浮扁舟訪遺跡，迴見傑閣排層巒。龍鼻横登石齒齒，鶻巢高踞雲漫漫。樊山對面聳晴翠，蜀江萬里馳驚湍。風帆行空鷗鷺小，人家帶郭煙林寒。秋容遠意畫不盡，斜陽更與憑欄看。試剔蒼苔尋古刻，蘇碑趙碣皆已殘。紛紛詩札疥屋壁，片石共語良亦難。江山清空宛如昨，浮生百歲指一彈。幾人到此能不朽，沙蟲猨鶴同慨歎。題詩一笑上煙艇，東山月出飛玉盤。

《遂初堂集》

赤壁校射圖題于清端公《紀績圖》二首之一

清·沈德潛確士，長洲。

大江東來鼓餘怒，舊是周郎用兵處。我公校武坐廣場，士卒鐃歌詠朱鷺。兩手滿月開雕弧，黄間三發中百步。分曹決勝氣概雄，掀髯一飲金罍空。吏民觀者争踴躍，公乎毋乃天神同。時平尚宜講威武，況復滇海交傳烽。不似詞人酹江月，一尊看卷千堆雪。

《赤壁紀略》引《歸愚詩鈔》

黃州赤壁

清・張際亮亨甫，建甯。

謫仙死去東坡來，楚江山水供嘲詼。至今千年遂寂寞，扁舟憑弔胡爲哉！長風浩浩駕巨浪，疊巘漠漠浮輕埃。青天盡處映孤鳥，想見老鶴宵徘徊。孫曹往事曷足哀，人生快意惟銜杯。惜無洞簫寫清怨，但有赤壁高崔嵬。嘉魚武昌苦區別，世間餘子公所咍。當時水月無佳著，何處不送梟雄才。嗟余飄泊知誰媒，非仕非隱心悲摧。欲招醉魂與痛飲，春流不變葡萄醅。空知樊口最幽絶，無田那得懷抱開。中原從此更獨往，凋零詞賦傷平臺。大峨山好竟不回，垂老尚遣過瓊雷。一生萬里公無憾，魚鳥觀人且莫猜。

《亨甫詩選》《松寥山人集》

登赤壁作

清・王柏心子壽，監利。

五月浮舟訪赤壁，直上危欄俯千尺。循麓下轉蒼山西，突見摩空萬仞石。峨嵋仙客來帝傍，扁舟弄月歌流光。江湖回首憶魏闕，美人遥在天一方。酒酣忽挾飛仙舞，乾坤一瞬蜉蝣羽。眼中直欲無孫曹，何況當時王與吕。平生忠孝多奇節，九死崎嶇氣不折。宫禁徒呼宰相才，流傳但許文章傑。我來長嘯悲遺風，不見扁舟玉局翁。老仙一去七百載，乘雲徑向蓬萊宫。安得招之下瑶闕，更遣錦袍邀太白。同泛滄江萬里流，青天攬取峨嵋月。

《百柱堂外集》

芸皋邀遊赤壁醼，雨，其幕客王香雪先至

清・徐謙白訪，廣豐。

坡公夜游江捲雪，惜我未醉赤壁月。我今晝遊雲撲絮，惜公未賞赤壁雨。桃花紅壓行人頭，老鶴迎騶花外樓。二客昔從坡公遊，今復二客陪周侯。一客伊誰王子淵，曾賦洞簫宫人傳。與我同客黄州幕，出府斜笠先摇鞭。謂此同遊非偶然，赤壁泠落七百年。今日不醉孤雨意，吾曹叨荷山靈憐。江山況復清且妍，不許弔古但飲酒。笑視人間如雲煙，周侯揚觶索我詩。我已醉臥坡公祠，春風恍拂公吟髭。問公驂鶴來何時，對雨不言欣解頤。

《悟雪樓詩存》

暮遊赤壁歌

清・劉淳孝長，天門。

吾生本有看山癖，朝遊西山暮赤壁。振衣直上躡天風，曾掃吴王試劍石。江湖積氣白漫漫，萬壑響答松聲寒。日午歸途汗發背，恨少清景留盤桓。雪堂頹久不足觀，臨江絶壁尚可攀。天空木落氛翳净，惟有片月横雲端。月從寒溪渡江來，溪光抱月淩九垓。影動中流匹練迴，城郭盡化金銀臺。東飛孤鶴杳難見，玉局仙人安在哉！江山風月勸吾酒，一滴不入孫曹口。公瑾年少非庸兒，聊復停杯一酬之。古人已死吾何望，對此居然忘得喪。七百年來今再游，姓名誰爲泐壁上。

《雲中集》

重九赤壁讌集

清・陶樑鳧薌，長洲。

良辰美景不常有，自墮風塵苦奔走。今年持節向山城，高會群仙作

重九。歲躔癸卯秋遇閏，越有小旱氣雜揉。觸暑翻嫌乞巧頻，披襟却望登高久。劉侯葛儻河朔雄，從政才優邑居首。令行弗擾靖閭閻，餘事增華及林藪。由來名勝數赤壁，咫尺城西陟岡阜。自委榛莽廢不治，屋破牆欹半摧朽。爰加修葺氣象新，恰趁秋晴集僚友。此邦遊宦多名人，文采風流鳳寡偶。二賦猶傳玉局仙，數椽曾寄鴻軒叟。懷古彌令逸興增，舉觴倍覺豪情陡。人生數十度寒暑，佳節難逢開笑口。須知行樂貴及時，對此江山一杯酒。衣冠早已略形骸，賓從何須問誰某。歌管遥喧隔岸聞，菊花徧插移燈就。争傳天上宴紅雲，照耀下方同白晝。沈沈深酌慢催歸，街柝聲嚴攙夜漏。高讌空思作賦才，勝場誰擅題糕手。偶遺軒冕見疏狂，願執鞭弭忘老醜。六鈞不必要傳觀，會是詩成覆醬瓿。

《皃薌集》

赤壁篇有序

清・張維屏南山，番禺。

七月，在黄梅與樸園太守有黄州拜坡公之約。九月，過黄州，太守往監賑。比太守歸雪堂，而余已抵松滋。嘉會未果，不可無詩。十二月十九日，坡公生日，因爲此篇奉寄。

二十年來拜笠屐，空向畫中尋赤壁。豈知流落走風塵，今秋忽作臨皋客。峰巒層疊送遥青，樓閣參差倚空碧。地勝宜招翰墨緣，堂高欲壓黿鼉宅。今赤壁有二賦堂。孤鶴南飛夢已醒，大江東去今猶昔。三分事業火雲紅，二賦光芒秋月白。鐵板銅琶有妙詞，風檣陣馬無陳迹。逝者如斯不可留，惟有清吟意堪適。黄州太守古性情，百無嗜好有詩癖。行旌所至但飲水，洗出新篇露肝膈。黄梅事過尚關心，青李書來數相憶。雪堂此日熱瓣香，菜薦元修酒斟蜜。未妨百戰和尖叉，儻有紫裘邀短笛。詩成直上快哉亭，一笑應呼張夢得。張夢得，宋時縣令，即建臨皋亭者。

《赤壁紀略》引《花甲閒談》

赤壁懷古

清・杜浩澐蘭泉，潛江。

旌旗插漢千艨艟，八十萬衆聲洶洶。會獵書來主臣駭，其氣早已無江東。天心一線延赤帝，東風特贊周郎計。祝融亦受黄蓋驅，狂飆迅發逃無地。此時併力各窮追，伏兵早斷奸雄歸。中原刻期可並復，士民重睹漢官儀。惜哉間道無人守，老瞞竟得華容走。天下從此基三分，許洛非復炎漢有。迄今事往談英雄，吴人豈得專奇功。向非劉葛交感發，戰降未決難争鋒。我來歲不逢壬戌，峭壁猶懸萬年赤。沉沙折戟銷無存，江流還似建安疾。明明此事非黄州，坡公借地誇壯遊。入夢不見羽衣客，忘機惟有雙白鷗。

《赤壁紀略》引《郢雪堂詩》

赤壁懷古

清・馮德材達夫，興國。

炎漢末造乾綱坼，南北英雄互相阨。阿瞞横槊枝有烏，周郎縱火壁爲赤。千秋赤壁隸何區？齊安嘉魚兩嘖嘖。余嘗攷之嘉魚是，齊安大約髯蘇迹。髯蘇赤壁賦二篇，中述周郎鏖兵役。遂令齊安赤嶼岡，來當嘉魚烏林石。後人紛紛聚訟如，考據之家勞指摘。吁嗟俗見何太拘，論古深愁眼界窄。坡仙當日來齊安，團練奉使緣遷謫。英雄未老落天涯，有感曹公遭困阨。西望夏口東武昌，山川鬱蒼無阡陌。齊安古在楚江頭，嘉魚不過大江隔。高瞻遠矚千里遥，此界彼疆堪指劃。安知非指嘉魚言，縱目何能爲跼蹐。又況牧之齊安詩，赤壁曾經入吟席。李唐騷客已云然，安見坡公無考覈。我思嘉魚一炬餘，漠然山高而水碧。何若黄州赤嶼亭，江干車爲紛絡繹。高人韵事寄幽懷，祇爲髯蘇曾遊適。江山本自重文人，翰墨誠堪賞幽僻。何事斤斤據地圖，猶效老儒苦探索。

《赤壁紀略》引《屏樹山莊詩集》

蘇子與客泛舟處

清・高耀基文中，蘄水。

磯前仍餘一磯水，舟聲寂寂波聲止。待月亭間夢五更，有碑直與磯相倚。落霞照澈堞影懸，虬籐亂擁湖山紫。愚智同争此一尋，不識坡公異憂喜。如予則屬如何者，乃向此處揖公起。公之起否未可知，予思與客游此時。

《赤壁紀略》

赤壁亭觀潮歌

清・洪良品右臣，黄岡。

我聞峨眉之高不可上，積雪經冬一萬丈。春風百日吹成波，洶磕砰訇天地響。黄州赤壁江之涯，雪水歲歲來三巴。萬里懸流駛竹箭，半空驚瀑飛銀花。洞庭夜雨水四溢，七澤三湘混爲一。衝津已過黄鵠磯，鼓漲乍翻鮫鱷室。始如戰馬奔騰來，金戈鐵甲聲喧豗。又如飄風雜急雨，霹靂懸空鬪龍虎。曉起來登江上亭，亭中一覽收滄溟。銀黄倒瀉匹練白，翠霧净洗秋空青。前浪旋轉後浪逼，淋淋不帶桃花色。谷分荄軫地軸翻，鐵弩水犀射不得。後浪更比前浪高，銀山蹴倒群山摇。回斡反驚江海覆，怒驅疑雜神鬼號。入坑滿坑窟滿窟，插江危石須臾没。來時官道去時無，一篙倚岸撐山骨。煙汀絮港迷東西，巨艘趁水如鳧鷖。千年峭壁撼欲動，此中豈有蛟龍棲。浮生蕩泊正未已，逝者滔滔有如此。英雄都付浪淘沙，風月猶看天照水。何當水落石嶙峋，日坐磯頭弔鲂鯉。

《龍崗山人詩鈔》

黄州赤壁亭謁坡仙

清・徐經芸圃，建陽。

亂山疊嶺齊安城，城西亭閣何峥嶸。放舟一溜趨城下，登亭瞻拜蘇先生。神臞貌古真仙骨，撚鬚坐抱江頭月。月白風清不計年，芳名韻事無衰歇。余謂夫人興致殊，知藏酒待不時需。不然雖從有二客，得魚味美情亦孤。客無萊婦古所恨，閨中如此復何悶。東望夏口西武昌，雄圖霸業非吾願。一舟江上侶魚蝦，有酒萬事蔑以加。顧安所得空咨嗟，嘻嗟先生誠堪誇。

《雅歌堂慎陟集詩鈔》

赤壁謁蘇端明遺像，晚登絶頂作歌

清・胡醇雪舫，廣濟。

赤壁山高高插空，鎮壓萬古磨英雄。孫曹霸業豈足道，幅巾獨拜蘇文忠。嗟昔我公值譴謫，翩然踏雪如飛鴻。亂石磯頭置尊酒，撫今追昔傷微躬。美人不見坐長嘯，洞簫哀怨聲喁喁。當時朝廷誰執政，於公不死心難容。豈知萬世有公道，人厄從來天不窮。舒章王蔡忽已矣，文章落落生英風。我來憑弔歲一度，谿毛明信非貌恭。側身四望見絶頂，幾回欲上愁巄嵸。今宵飽健自蠟屐，空中騰擲如長虹。高巔一亭犯星斗，下視城郭青濛濛。振衣長嘯中山峰，四圍怪石怒相向，森然拏攫紛蛟龍。是時月黑風號冬，江波怒走喧霜鐘。顛毛上指氣阻喪，失勢恐落馮夷宫。遐思壬戌十月望，今夕之遊毋乃同。江山風月尚無恙，古人不作吾安從。噫吁嚱！古人不作吾安從！把酒望天發長嘆，孤鶴一聲江月東。

《廣濟耆舊詩集》《聽香閣詩集》

雪後赤壁讌集

清・胡醇

黄雲連日飛江城，一雪能令江氣清。主人對雪何峥嶸，載酒赤壁呼同傾。堦頭高燭燒長檠，瑶林玉樹海眼生。如游天上白玉京，我生原以酒解酲。況復雪夜逢群英，一斗能令寒氣輕。五斗胸中生甲兵，解衣狂叫聲彭觥。白戰直與諸公争，不顧坐上蘇端明。酒行暫止風冷冷，牆頭猶聽折竹聲，衆賓起舞雞方鳴。

同上

黄州懷大蘇先生舊遊

清・彭闓體謙，湘鄉。

先生本是人中龍，下筆走電鞭長風。天遣江山供吟嘯，黄州流落如飄蓬。此州形勝原清絶，赤鼻附城森巀嶭。流雲有態竹娟娟，江上清風山間月。水曹郎合遇詩人，造物無盡詩如神。千摇樊口扁舟雪，五醉海棠空谷春。從兹居士號非故，東坡之名擬白傅。興來桂棩望美人，四顧人世皆塵霧。洞簫嫋嫋客何爲，羽衣道士真令威。雄豪意氣付流澌，邀月對飲形神飛，呼謫仙人是耶非。戎裝細馬龍邱子，帽著方屋來居此。郭古二生亟相從，潘家郊老供甘醴。一時賓客天下才，風流幾度看花回。緑楊橋畔玉山頹，命落磨蝎侍瓊瑰，遷謫於公何有哉！平生妙會仙靈語，得江山助神鼓舞。青蠅罔極亦徒然，成公大名垂萬古。春波澹蕩斜照微，想像當時醉墨揮。百東坡翁杳何處，七百年來此樂希。

《沅湘耆舊集》

粲按：湘人之賦赤壁者，尚有張晉本《達觀堂詩話》載長沙朱文菴焕采一絶云："臨江釃酒氣何雄，豈識周郎建大功。霸業銷沈人已去，居民猶自説東風。"此乃指嘉魚赤壁而言，故不録入。

夏四月，赤壁公餞雷少泉春沼。同年之恩施廣文任

清·鄧琛獻之，黄岡。

施州地僻在河許？竹郎木册通黔楚。江頭置酒款行人，一官遠道嗟修阻。西山向人如有情，煙鬟浄沐含朝雨。祠前仰止眉山翁，眼底嘯傲劉郎浦。往時挾策走燕并，與君聚散閲寒暑。青山故人兩無恙，相逢肯作兒女語。去年漢上喜逢君，燒燈炙盞傾肺腑。今年黄州復同舍，懷鉛握槧論今古。時同修郡志。緑槐萍合會有時，君看天邊兩蛩駏。莫嫌此州風土惡，文翁所至即齊魯。政成頭白早歸來，臨皋亭畔幾延佇。

《荻訓堂詩鈔》

留仙閣贈平山叔卿

鄧琛

我讀藍田廳壁記，余不負丞丞負余。豈爲一官破崖岸，時對雙松還讀書。張侯静者今何如，摇豪擲簡興有餘。同時更有髯參軍，拄笏日看西山雲。霜風破菊迫佳節，手開傑閣酹江月。訪古曾過後逸亭，平山參軍再權黄梅縣篆。哦詩日飲峨眉雪。燒燈炙盞相暖熱，細雨寒花香觸撥。座中一老興酣呼，霜鬢簪花幘欲脱。仙壶學博以花插鬢，興尤豪宕。二子風流齊屈宋，沽酒無錢準官俸。更逢生日壽坡仙，江上梅花潑春甕。

同上

題東坡老梅石刻，即步其《定惠院海棠》詩韻

清·程之楨維周，江夏。

輪囷離奇一株木，大厦能支不厭獨。虬枝鐵幹屹風霜，明錦朱霞絶塵俗。宋元豐迄明嘉靖，幾回滄海變陵谷。枯本盎盎生氣存，儼然明月照華屋。花落花開閲幾人，花下達官但食肉。誰從疎樹冷雲間，更寫煙綃春意足。桐岡先生古循吏，前賢軼事耽私淑。倪迂勁氣走蒼毫，玉勃

妙藁搜便腹。怪石横割赤壁磯，青苔倒映黄岡竹。天荒地老兵火寒，留與南疆豁心目。花耶人耶不可知，峨嵋雪水來西蜀。即今點綴尺幅中，淩雲健筆摩秋鵠。斷碑合補楚風記，二賦誰和陽春曲。歐公紅梨寇公笋，長使千秋動振觸。

《維周詩鈔》

赤壁重建二賦堂，喜張叔平比部至

程之楨

大江東下狼烽熄，終古楚淮控一壁。髯蘇去後幾滄桑，寒流斷岸仍千尺。蒼天不許斯堂圮，雕甍畫棟淩空起。當時二客不可招，繼遊者誰張叔子。叔子倜儻人中豪，平反十載官秋曹。文章照耀北斗麗，書翰精拔衡雲高。讀禮南歸溯洞湖，母命金臺挈妻孥。扁舟來趁臨皋鶴，秋味欣嘗樊口魚。天風浩浩山木鳴，孤月濯浪玻璃聲。銀山白馬千萬疊，瀉入筆底何縱横。醉來壁上呼潑墨，滿眼江山助顔色。大書特書雙魚罌，叔平自額其齋曰“雙魚罌”。詩名傳遍天南北。吾鄉鶴樓亦蒿萊，逢君彩筆樓重開。馬當帆指滕王閣，風伯例送才人來。黄花時節君初到，請君銅琶撥古調。王粲作客同招尋，謂兩丞司馬。魏野相逢儘嘯傲。謂巨川學博。君不見，羽衣鐵笛黄樓前，李太白死有坡仙。斯堂易地談此樂，冷落青山八百年。

同上

赤壁拜蘇文忠公遺像

清・劉溱芙裳，黄岡。

奎光萬丈高焊焊，九閽一叩龍顔愁。雪泥鴻爪駐不得，一夜飛墮天南州。長江繞郭四千里，翩然鼓棹來輕舟。得魚沽酒萬事足，御風且作淩雲遊。是時秋氣滿寥廓，一丸白月昇中流。洞簫入耳聲欲裂，倒驚幽壑翻飛虯。大江平鋪净如鏡，接天隱隱雲濤浮。江山如此胡不樂，詎有謫宦生煩憂。但愁宫闕九天上，高寒不耐人間秋。美人遥望隔雲表，餘生窮餓誰爲賙。五年寄寓亦偶耳，而公勝迹今猶留。巉崖壁立血痕赤，想見公力勤爬搜。巋然廟貌峙江表，長髯瘦骨瞠雙眸。拜公遺像尚傾倒，何況古郭親綢繆。江城四月好風景，蕎花如雪鋪平疇。飈風爛雨抽宿麥，東坡十畝青油油。薦公一箸二紅飯，雜以蔬菜陳元脩。蝦蟆熏鼠且緣俗，一盂饘粥公應羞。公之神靈不在廟，廟祀豈獨眉山陬。臨皋風月率無恙，公乎跨鶴歸來不。

《小隱山房詩鈔》

重修赤壁懷古並序

清・英啟續村，瀋陽。

黄州赤壁以坡公名，蘇文忠公祠、睡仙亭、二賦堂諸勝蹟及于清端公祠在焉。同治丁卯歲，余始來茲土，訪所爲祠宇亭堂，燬於兵已十餘年矣。越明年夏，幹臣劉軍門以事來黄，對梓里之江山，緬蘇公之風月。謂公之不朽者，雖不在一亭一堂，而祠事先賢，風示來許，端在於茲。遂解囊鳩工興事。適予擬修河東書院，甫就緒，軍門復集同郡諸君子醵金助焉。蘇公祠、二賦堂開工於七月二十四日，不閲月而工竣。于公祠暨諸亭宇亦相繼落成，軍門爲之記。將勒石，屬題額，所期許於予者甚深。予不文，率成七言二十二韻，並敘顛末，聊以紀實云爾。

乾坤開闢孰有無，冥冥真宰執元樞。五嶽峰淩碧縹緲，九州煙點青模糊。大江一線横楚鄂，西溯岷峽東會吴。造物置人各有地，赤壁巍峨江之隅。周郎壁壘空想像，坡公氣節高持扶。嗟余訪古來已遲，寒江水落蒼巖枯。十年況復兵戈後，仙亭寂寂埋荒蕪。舊碑斫斷岐陽鼓，欲讀不可惟心摹。將軍百戰擐鐵甲，順昌旗幟勳猷殊。妖氛魔焰迅掃盪，道經梓里嘻長吁。往事無須説元祐，後人有識推髯蘇。亭開一笠省丹漆，堂鐫二賦光珊瑚。知公曠代意相感，身披鶴氅欣掀鬚。祠宇相望特地起，文章事業風流俱。郡守於功亦何有，將軍記事極揚揄。公庭未覩訟獄減，閭閻蔀覆瘖瘓呼。皇恩喜更清海岱，醲膏溥霈蠲宿逋。從政迄兹已期月，二千石媿七尺軀。自昔是邦盛文教，士崇樸素民不渝。草野何時復元氣，詩書漸染非刑驅。景仰先賢示後學，深幸意同吾道迂。長歌一曲酹杯酒，江山風月增踟躕。

《葆愚軒集》

王夔强曰："此詩在續村太守《葆愚軒集》中，題作《戊辰秋，重修赤壁蘇公祠紀事》，其序甚簡當。此所録自《黄岡縣志》者，則標題既異，而序乃成小記一篇。殆太守刊集時，嫌序文太冗，故删節入之也耶。"（《赤壁紀略續纂》）

戊辰九月，張叔平比部泊舟赤壁，示以七言古一章並墨菊墨刻數種。將别，裁短什以贈

英　啟

張君手挈書畫船，一飄飽挂湘浦煙。行過吴會走齊燕，壯遊來登赤壁巔。丹青揮灑興超然，持贈伴以瓊瑶篇。金石篆籀精且堅，三絶不數老鄭虔。愧余從政遺丹鉛，短謌聊寄意拳拳。蘇公遺跡後人賞，江山風月終無邊。

《赤壁紀略續纂》引《葆愚軒集》

鄧獻之比部以《赤壁公餞雷少泉廣文唱和詩集》見示，廣文首唱，和者十家，因成長句答之

英　啟

我學襲美旛竪降，詩腸洗滌淘長江。鄧侯軍聲震河朔，歸來豐神更卓犖。大篇示我泱泱風，偏師前導全師攻。三國陳迹何處覓，並世英雄聚赤壁。一戰立定鼎足三，重新故壘臨江潭。衡陽使君氣最逸，應敵但用如椽筆。八陣繼進窮變化，十道交馳整以暇。皤然使我建鼓旗，久不思獵今見之。橐鞬鞭弭忘左右，且從載書問戎首。腰横焕劍囊宵琴，西

南入山施州深。群公多事苦惜别，夜郎必有謫仙轍。寄聲我敢煩鄧侯，木鐸今異古人遒。慎採琅玕貢琳璆，得地不惡足風流。江天雙鷺炯我眸，此語快向圖畫收。蘇子壬戌賦千秋，壬午勿忘今春遊。

同上

赤壁懷古

清・錢崇蘭湘畹，黄岡。

揚舲直跨江流東，仰見赤壁摩蒼穹。捫蘿拊葛躋絶頂，俯仰雲水俱空濛。憶昔老瞞逐漢鹿，賦詩釃酒何其雄。東風一炬照雲海，八十萬軍成沙蟲。江枯土焦石不爛，芒角併入才人胸。峨眉仙客昔竄此，美人遥想鳴孤忠。當時王吕安在眼，視吴與魏蜉蝣同。我陟磯頭訪遺迹，壁間二賦光熊熊。山靈爲公護文字，豈若霸業隨飄風。瓊儋籐雷偶游戲，奎宿應返蓬萊宫。安得招之下江滸，願爲古郭陪遊踪。江流無語月東上，一聲鶴唳浮雲空。

《湘畹詩存》

赤壁謁東坡先生遺像

清・錢崇柏季楨，黄岡。

黄州赤壁撐峥嶸，東坡作賦壁以名。是誰大筆繪遺像，千秋笠屐生光晶。我來正逢秋雨後，老樹蕭颯高堂清。摳衣登堂薦蘋藻，弔古之意紛縱横。熙寧元豐那足道，山水要降奎星精。峨眉仙人昔謫此，天遣秋月當頭明。夢中孤鶴古無跡，雲外聞簫悲有聲。瓊樓玉宇渺何處，美人遥望心怦怦。嗚呼先生偶遊戲，萬里奇絶南荒行。瓊儋雷藤如寄耳，蜀波況對長江晴。文章傳此自不滅，忠節亘古猶如生。仰天且賦大招曲，或翳白鳳來江城。得魚攜酒酹三醻，長空隱約風雷鳴。

《思鶴山房詩文集》

蘇端明赤壁前遊

清・顧復初子遠，元和。

江面亭亭立一壁，猶作孫曹戰時色。風吹月洗不消磨，篷底簫聲暗嗚咽。烏鵲南飛夜寂寥，大江東接海門潮。銅琶鐵板休懷古，一例英雄付浪淘。

《樂静廉餘齋集》

《夢游赤壁圖》題詞

清・黄鐸小園。

李白狂吟天姥峰，奇情恣發如游龍。師雄高臥羅浮中，縞衣仙人花下逢。可憐勝事難追蹤，一夢亦復無人同。赤壁聞在夏口東，周郎一炬摧曹公。八十萬人灰艨艟，水盡爲赤山爲紅。今古過客何遽忽，紀游僅見蘇文忠。文章事業百代宗，兩賦亦足稱英雄。有客勃勃游興濃，欹枕瞌想神已通。吟身縹緲輕若鴻，一舸中流隨所從。烟波萬頃連蒼穹，撲面幾朵青芙蓉。怒濤怪石相磨礱，夕陽欲下殘霞烘。鶻鳴磔磔猿喁喁，大聲突發魚飛空。古人於此收奇功，不我見兮悲心胸。酒杯擲入蛟龍宫，滿耳叱咤生英風。方思履險披蒙茸，驚覺江干午夜鐘。此游未竟夢已終，夢境原幻何必窮。明年奮舉同鵬翀，直到蓬萊第一重。

《屑玉叢談二集》

前　題

清・高如陵鏡芙。

江山風月總依然，寂寞遊蹤八百年。勝地不知人代改，尚留真面待詞仙。詞仙譜衍蘇家派，曠古胸襟才絶代。約客先拏赤壁舟，逃禪未解金山帶。虎踞龍蟠幾度秋，蘆花楓葉覆寒流。石城夜静魚龍偃，銅雀春殘鳥鼠愁。英雄割據終何補，轉眼孫曹無尺土。坂没黄泥戰血寒，潮奔斷岸燒痕古。玉局風流付渺茫，幸遺翰墨擅詞場。摩崖字蝕琳瑯賦，待月歌成窈窕章。天涯數换紅羊劫，鐵鎖横江烽火急。此日重停楚客橈，當年曾泛吴娃楫。載酒攜魚繼大蘇，自翻陳迹寫新圖。留題我爲含毫問，還見仙禽入夢無。

同上

前　題

清・黄宗起韓欽。

眉山昔貶團練使，築室乃在黄州東。東坡冷臥忽不樂，挐舟欲瞰馮夷宫。洞簫蒼茫接煙水，浩歌隱隱悲雄風。七百年來幾游屐，兩賦照耀如長虹。豈知後人妄訾議，罅漏忽受偏師攻。當日周郎逞英發，熢燧十萬燒艨艟。南飛烏鵲杳然去，至今血染江山紅。故壘蕭蕭響蘆荻，按圖疑在荆江中。黄州赤壁非戰處，縮地誰與施神通。前年浪游走荆楚，此事耿耿懸心胸。問名赤壁亦有五，加入九嶷窺衡峰。髯也託興偶然耳，刻舟膠柱真愚公。況今清游續夢裏，更從何處追前蹤。雪泥陳跡不可問，幻影變滅隨飛鴻。安得舊游欹枕想，我夢忽與君相逢。清風明月總依舊，詩成弔古無雷同。

仝上

前　題

清・吴修之梅史。

山高月小水初落，赤壁當年洵足樂。夜深游倦舟中眠，一夢仙乎託於鶴。離奇幻境不可求，君今乃以夢爲游。憑虚御風倏千里，吟魂飛度江天秋。尻輪神馭謝羈控，不妨更作夢中夢。畫然長嘯歸去來，羽衣蹁躚遠相送。

同上

前　　題

清・金爾珍吉石。

山月初出雲模糊，扁舟一葉夢影孤。乘風直抵赤壁下，驚濤亂石寒菰蒲。是時江上秋過半，木葉微脱浪花粗。瓊樓玉宇何縹緲，恍聞天樂來九衢。俯雀巢兮瞻牛斗，騎長鯨兮懷帝都。望美人兮隔湘水，招飛瓊兮醉醍醐。仙風浪浪拂衣袂，酒酣耳熱歌烏烏。洞簫一聲巖壑瞑，蛟龍出聽虎豹驅。古來行樂同逝水，前身無乃是髯蘇。余懷渺渺寄寥廓，臥遊欲覓壺公壺。江山如畫洵無恙，鶴聲在天不可呼。大江東去多戰壘，臨皋亭子成荒蕪。千秋人物浪淘盡，一世之雄何爲乎！

同上

前　　題

清・張若機谷鷗。

纖雲四捲天宇碧，江風吹空山月白。篷窗偃臥一枕涼，此身恍作黃州客。黃州山水景最幽，峭壁俯瞰長江流。扁舟一葉縱所往，曾記坡公兩度游。今君裔出眉山後，豪氣直欲淩山斗。劃然長嘯山岳摇，興酣落筆龍蛇走。平生志趣愛名山，夢入丹崖碧嶂間。青猿白鶴作伴侶，松徑蘿扉時往還。江空岸闊怪石立，嵐翠沾衣衣欲濕。頃刻雲山度萬重，絶勝莊周夢蝴蝶。夢中境界身親涉，可有道士來相揖。若問斯遊樂何如，展示此圖笑不答。

同上

前　　題

清・葛其龍隱畊。

英雄橫槊今安在，風月江山常不改。坡公去後來者誰，赤壁寥寥已千載。君家本是眉山孫，文章書法俱絶倫。高瞻遠矚發遐想，直欲急起追前人。足所未到神已往，飄然臨風打蘭槳。想是孫曹戰鬥場，一片山川氣蒼莽。坡公昔日兩度遊，前後風景迥不侔。君今去公又數代，茫茫遺跡何去求？何況夢景本非實，夢中歷歷醒時失。瀛洲蓬島皆空談，君獨何爲能記憶？不知有客吹簫無，依歌而和聲嗚嗚。抑有道人來相揖，爲問赤壁遊樂乎。雖然人生各有欲，清者自清濁者濁。各因所感來夢中，或在山林或塵俗。君也有志承家風，欲踞虎豹登虬龍。夢魂髣髴載酒去，扁舟一葉横江東。孤鶴一聲忽驚寤，開户視之不見處。惟留清景在眼前，亟命畫工摹尺素。披圖真足移我情，山高月小霜天清。坡公已去風流在，萬古滔滔江水聲。

同上

前　　題

清・盧崟雲谷。

東坡謫居黄州偏，潛榮晦耀娱林泉。放舟赤壁攬古跡，游戲風月驂飛仙。江山天地自今古，此樂不再幾千年。君才倜儻志奇特，勝游往往追前賢。雪堂臨臯阻且遠，欲往從之嘆無緣。蘧然一夢入佳境，武昌夏口來君前。且攜斗酒召二客，羽衣道士從蹁躚。洞簫吹徹更洗醆，醉鄉狼藉舟中眠。雪泥鴻爪相印證，前身恍惚趨山巔。覺來歷歷猶在目，紀以圖畫神能傳。不須更理鄂渚棹，臥游咫尺淩江天。

同上

前　　題

清・沈光璘健庵。

摩空青峭一片石，屹立蒼江瞰水碧。曹兵醉夢陡驚回，一炬東風石變赤。浪淘人去色不磨，萬古常留成敗迹。名山勝地快壯遊，髯蘇常共吹簫客。我亦曾經神往之，苦隔山程與水驛。君乃一枕小遊仙，飛渡黃州不咫尺。江山歷歷如畫圖，煙水茫茫秋月白。悄然四顧寂無人，相逢道士肩應拍。漏殘燈炧夢初回，分明猶拾沈沙戟。他時儻許續前遊，與君同夢秋堂夕。

同上

赤壁懷蘇公

清・鄭襄贊侯，江夏。

泰西奈艇若飛鷁，朝發皖公暮赤壁。奔騰濁浪互吞吐，迤邐青山争拱揖。我亦來遊壬戌秋，思公不見發清謳。黃州鼓角空嗚咽，滿眼鄉關涕欲流。

《久芬室詩集》

赤壁懷古

清・邱瑞龍雪濤，黃陂。

大江東去東復東，石壁貼岸形巃嵸。旭日正曬赤霞擁，江邊石骨血流紅。云是周郎縱奇策，火船北岸促東風。錦纜牙檣走朱雀，鐵戟沉沙落殘紅。舳艫旌旗蔽千里，付與艨艟一炷中。元惡居然漏羅網，華容夜走江流空。橫槊賦詩今何在，空負詩中一世雄。吁嗟乎！孟德畢竟無前緣，積惡如山深如淵。假使當年殞赤壁，諸葛會葬埋風煙。如此江山如此月，靈旗隱隱籠山巔。何至後人銜餘恨，七十二塚無存焉。君不見，坡老泛舟臨江浦，烏鵲南飛吟風雨。有客吹簫節高歌，聲舞潛蛟泣嫠婦。再游一枕入黃粱，羽衣道士蹁躚舞。興衰往事付東流，戛然長嘯數聲艫。

《鄂游草・古香閣集》

月夜泛舟過江，登武昌西山絶頂，望黄州赤壁有感

清·汪階三星垣，黄岡。

江濤直下東海邊，江月徘徊西山前。我迎月色過江去，芒鞋踏破武昌煙。山勢嵯峨浩無際，回頭北望開心顏。江城歷歷若圖畫，一峰橫亘何鮮妍。層臺傑閣矗雲表，有如蜃樓海市淩空懸。幾株老樹橫斷岸，又如虬龍虎豹相盤旋。吁嗟乎！曹瞞帶甲今安在？公瑾勳名亦渺然。惟有山風與江月，坡公愛此獨留連。公昔乘月泛赤壁，扁舟一葉夜扣舷。此舟此月同今古，疏狂徑欲追前賢。左挈携魚客，右招嗜酒仙，舉觴大醉翠微巔。橫江更有東來鶴，數聲嘹亮影蹁躚。會當乘醉吹玉笛，笑騎鶴背昇青天。

《湖上閒吟》《桃潭合鈔》

擬李東陽《題赤壁圖》

清·失名

江山佳麗照眼明，更喜筆下縱横生。英雄割據雖已矣，才子盤桓留盛名。君不見，阿瞞奸雄浮莽卓，臨流賦詩矜橫槊。旌旗千里飛龍舟，燈火三更圍虎幄。投鞭斷水收江東，卷旆清塵歸河朔。周郎才可真英雄，抖擻精神誓臨戎。臥龍入座製雷電，寶劍出手揮長虹。安排油葦萬千炬，天然一夜舶艊風。彎弓猛士馳羽箭，熛怒燒空憑祝融。稜威烈燄並時起，老瞞膽落寒江裏。波翻下射蛟宫紅，山裂遥分石壁紫。黄頭鐵戟屯如雲，一擲都教付煙水。孫劉相賀戰勝旋，鼎足三分定於此。後十五代有東坡，身到黄州幾度過。陶情自喜尊酒美，洗耳能聽簫聲和。衣袖飄舞山風峭，照盡興亡秋月多。從容揮洒前後賦，事業勳華憑付佗。山川摇動喧金鼓，漫詑如龍又如虎。眉山談笑賦兩篇，口誦手摩足千古。衹今海内奠金甌，故壘荒涼紅蓼秋。李氏將軍丹青妙，供我四時閒游臥。

傳鈔舊稿

家泰庭招集同人，泛舟赤壁磯下

清・劉寶森楚青，江陵。

蘇髯與我皆蜉蝣，末由今夕同扁舟。江山風月尚我待，豈必遠挾飛仙遊。吾宗泰老類狷者，乃能好事招朋儔。幽遐弗欷況咫尺，峨嵋雪水環城流。浮光萬頃盪孤月，蒼涼一舸橫清秋。賓從促坐恣歡賞，諧談雜遝驚眠鷗。我持杯酒壽髯老，回風作籟如相酬。浮世快意須臾耳，月斜斗轉忘更籌。萬家熟睡聲影絶，遠江漁火星幽幽。宵深沙岸艤孤榜，惜無羽服登高樓。仙人行矣不稍留，我詩又苦聲咿嚘。後游徑須理煙策，劃然長嘯西山頭。

《水明樓詩鈔》《浮家集》

赤壁懷古

清・陳杞采珊。

喧豗鑼鼓震江東，阿瞞馳騁一世雄。雲閃旌旄戈耀日，水軍叱咤俱貔熊。高歌橫槊氣何壯，俯視全吴眼欲空。不仗鞍馬仗舟楫，坐使周郎策火攻。吟詩對酒興未已，巨艦南來如箭駛。千里舳艫一炬中，棲枝烏鵲驚飛起。精騎四出指揮餘，年少奇功誰與比。登臨勝蹟幾裴裒，浩浩東流去不回。烏林荻葦風蕭瑟，斷岸孤撐倚江隈。紛争往事成今古，明月年年照石苔。君不見，鄴中瓦硯硯亦盡，銅鵲空名魏武臺。

《采珊詩集》

過赤壁下

清・范當世肯堂，通州。

江水湯湯五千里，蘇家發源我家收。東坡下游我上溯，慌忽遇之江中流。不遇此公一長嘯，無人知我臨高秋。公之精靈抱明月，照見我心無限愁。

《赤壁紀略續纂》引《范伯常遺詩》

九日，獻之丈招飲赤壁萬仞堂，酒後作歌

清・殷雯子擎，黄岡。

江流怒東山巃嵸，峭壁下俛馮夷宫。好山不厭百回陟，秋色況滿茱萸叢。平生倦遊癖泉石，一拳兀兀撐心胸。劫來虚堂叩雪壁，寒粟迸起無春容。更支短笻躡萬仞，前導坡老從涪翁。夕景西沈片月出，江天一氣同清空。風流淘盡東逝水，秋心叫斷南飛鴻。來者不見往不返，愴然老筆生悲風。公乎萬事且勿道，一樽酒緑雙螯紅。良辰初度兩匆迫，是日適予生日。不飲奈此心煩忡。酒闌飛光忽淩亂，水月交蕩波溶溶。群山如雲亦起舞，瘦影横抹千虬松。詩人到處境超忽，吐納萬象開群蒙。僕夫促歸蹋城鼓，隔江早打寒溪鐘。明朝落紙共驚詫，片片飛墮青芙蓉。

《東坪詩集》

書蘇長公《大江東去》詞墨揭後

清・沈景謨遜先，嘉善。

東坡學士人中龍，文章冠絶宋熙豐。倚聲餘技亦奇特，秦柳弱小真附庸。故人遺我碑一紙，揭自赤壁最高峰。草書徑寬七尺許，筆勢跳脱如驚鴻。當時飛毫題石壁，掀髯高唱大江東。鯁骨偏遭投鼠忌，宣仁歿兮貶楚中。詩文照耀天南州，奇氣槎枒吐長虹。前後賦游胎騷選，雪堂笠屐瞻遺容。我昔艤櫂黄泥坂，寒煙寂寞山翠封。惟公大節争日月，群小章蔡蜉蝣同。此詞自題醉後作，字向紙上生銛鋒。張旭草聖徒自大，癡狂何以儕我公。

《潛廬篋存草》

登二賦堂，望西山放歌

清・陳閏章静安，黄梅。

東坡詞藻艷黄州，二賦堂開二客遊。鶴夢簫聲今在否，長江依舊向東流。升堂引領縱所望，九曲蒼屏開疊嶂。江山真可助詩豪，醉墨淋漓寫悲壯。幾度狂歌思悄然，山光倒影水連天。遠矚尚窮千里目，峭壁巉巖鎖翠煙。繄昔伐吴聯巨舸，赤壁江邊一炬火。生子當如孫仲謀，景升之子豚犬耳。靈境恍忽蒼天開，老瞞去後髯蘇來。謫居五載吾黄幸，題遍江山賴此才。先生天上返奎宿，鐵板銅琶羌可續。檢勘賸墨與遺箋，如湧泉源聲萬斛。永留詞賦鎮斯堂，千秋驚誦瓊瑶章。回望西山日欲暮，盪胸決眥雲蒼蒼。

《静觀齋詩鈔》

貢甫先生宰黄岡，後去思過久，有僧寫東坡與佛印立幀，屬題數語

蕭仲祁理衡，湘鄉。

東坡不惜玉帶圖，佛印脱卻老衲衣。兩人遊於方之外，妙機神契探其微。黄州和尚寫斯圖，遠詒張侯道不孤。四大空虚立天馬，九垓汗漫飛雙舄。坡公前身戒禪師，自黄還汝三人知。爲坡爲印二而一，披圖欽歎難爲詞。張侯美政在黄州，詩畫芬芳萬紙留。坡耶侯耶世安知，呼之欲出吾夷猶。會當赤壁月明秋，長歌洞簫驚潛虬。燒豬縱飲邀佛印，東坡偈“佛印燒豬召子瞻”。何人寫我狂哉遊。

瓊樵近稿

蘇東坡前遊赤壁七古十五韻

汪永安竹溪，嘉魚。

壬戌孟秋逢既望，赤壁泛舟任蕩漾。清風徐來露横江，明月皎皎東

山上。一葦以杭縱所如，萬頃茫然破巨浪。遺世獨立飄飄仙，憑虚御風隨其向。扣舷歌聲遏行雲，既歌且飲酒無量。彼美人兮天一方，渺渺予懷幾惆悵。怨慕泣訴無限情，孤舟嫠婦聲悲壯。蘇子愀然正襟坐，居今慨古尤豪宕。横槊賦詩一時雄，失計偏令周瑜亮。舳艫千里雖云强，東南風起色沮喪。自古英雄誰結局？始知兵威不足仗。何如尋樂於江山，風月無邊皆天貺。耳得成聲目成色，取用不窮當寶藏。長公昔日快夜遊，與客神怡並心曠。我今臥遊赤壁下，豪情端不古人讓。

《退思齋集》

赤壁修葺既成，適值壬戌之秋，有感而賦

李開侁隱塵，黄岡。

赤壁一拳頑石耳，不遇東坡名何物。東坡前生戒禪師，不生蘇家當成佛。我謂東坡非東坡，赤壁豈必定赤壁。駒光流轉本無常，又何壬戌與秋七。請看空間並時間，世界甲子争攀援。有量有數皆虚妄，況生其中相往還。

《勝鬘集》

赤壁題壁寄汪筱舫大令

黄雲冕澹公，南昌。

半世吟身江上舟，郗城舊句猶堪求。悽絶孤帆臨赤壁，迷離宿草望黄州。是詩流轉竟遺失，望古思秋三太息。那能魂夢戀清遊，憂時淚已青衫濕。中原山勢接蕲黄，修蟒長蛇列萬行。正欲渡江忽停頓，天教雄毅著文章。天然邱壑文章出，遥望隔江山兀兀。仲謀何物佔疆土，謫宦如蘇應痛哭。許多文字淹陵谷，趙宋千年餘古屋。賈家曾有半間堂，欲與蘇鄰蘇意拂。往事扁舟壬戌秋，豪情勝蹟隨江流。竟夕山僧索書債，東方既白猶淹留。江山文藻我無力，趨步眉山應未必。少年過此見胡大，侍講胡藻，新建人。辜負同舟殊重惜。賢侯敬客世所稀，下士南歸禮遇

之。乞諧坡公謀一醉，酩然直到太平時。

《東坡赤壁集》

擬李太白《赤壁送别歌》

劉敏織女士，黄岡。

東南一夜風何雄，戰船百萬燎毛空。雖是周郎逞譎計，飛廉努目嗔曹公。於今江滸凝寒碧，長使騷人弔陳迹。問君何處覓勳名，慷慨高歌增氣魄。

《重生詩草》附集

壬戌七月，爲東坡遊赤壁後十四周甲，同人來游，紀以長歌

盛魯了庵，太平。

狂瀾怒東山巃嵸，峭壁俯瞰馮夷宫。東坡偶爾留爪印，卓犖兩賦驚蒼穹。我書萬本誦萬遍，一拳突兀撐心胸。去馬來舟擲日月，未能一拄蒼岩笻。竭來壬戌十四度，景物不殊宋元豐。荒莽蓬葆争雄長，虚堂久絶遊人蹤。樊口鯿肥村釀熟，佳客況有兩三從。一葦剪江疾飛鳥，水月交蕩波溶溶。振襟直躡岡十仞，泠泠兩腋摶天風。亂山如雲亦起舞，澄波倒浸揺芙蓉。烏鵲覓枝影零亂，寒螿弔月聲交訌。勞人終日苦憔悴，到此一洗心煩忡。雲天浩淼動遐想，武昌夏口迎雙瞳。三國割據等蠻觸，東風一炬群山童。飄忽一千六百載，誰問猿鶴與沙蟲。自移邊郡居謫吏，一泉一石屬髯翁。懷才遭逐自倜儻，識字千古屯邅同。跡公高蹰酹公酒，要以精誠感神通。吾輩弔古生已晚，後之視今情何窮。英雄淘盡東坡水，稻粱累死南飛鴻。佳辰勝蹟難再到，一時遽集猶萍逢。山靈若不嫌褦襶，願假一畝甘長終。剔苔搜碑從所好，癖牆疥壁難爲功。慢招老鶴問興廢，隔江已動寒溪鐘。

《東坡赤壁集》

赤壁泛舟答徐祝平

無名氏

年復年兮日復日，秋雲黯淡風蕭瑟。天下洶洶難安居，遊蹤誰復紀壬戌。江頭有客懷東坡，擊檝中流發浩歌。人生壯遊非偶爾，休遣時光逐逝波。百年英雄争一息，千秋神仙變頃刻。任他世事假與真，江水有聲山有色。髯翁髯翁如再起，赤壁不許建壁壘。留與文人汗漫遊，從容吟嘯煙波裏。

《東坡赤壁集》

泛舟赤壁

陳懋咸虚谷，閩縣。

元豐新政赫如火，紛紛異同招黨禍。黨魁文字入烏臺，三歲臨皋亭下坐。當年意度何蕭閒，赤壁朋游泛大舸。壬戌孟秋月既望，甲子千年如轉磨。即今弔古攬遺篇，欲賦賡歌愁楚些。時危長歌當一哭，曲高古調真絶和。歲星環運歷幾周，彈指流光驚石火。山川似昔風景殊，幽絶堪棲遠塵堁。北河避暑西山涼，髣髴高人携襆臥。吁嗟乎！赤壁當年事争討，曹瞞安在周郎夭。自從坡公兩賦傳，論游但與年月考。而今時地兩依然，觀感何當異懷抱。熙豐朝士各樹黨，健者屏退甘枯槁。政論相持難强同，淡泊寧静士之寶。他年元祐卒再起，定惠閒居豈預禱。如何争競徧域中，蜩螗羹沸增煩惱。吁嗟乎！黄州當日屏閒處，讀易覃思益深造。胸襟故自絶恒蹊，皎如旭日當秋杲。群公胸中今何有，强作清遊亦草草。千歲良辰空坐致，山靈有知應絶倒。世風民德率似此，吾憂寧復窮蒼昊。

《東坡赤壁集》

赤壁長歌

江小迂小迂，懷寧。

清高乍拂江天秋，望舒倒影晶盤流。網得魚鮮斗酒宿，簫聲載客弄扁舟。蘭槳桂楫憑虛坐，波光浩淼空明浮。彩雲傾瀉幾千里，峭石壁立古黄州。山川眼底鬱蒼莽，風景不殊前賢游。在昔元豐歲壬戌，十四甲子迄今週。坡公酒僊亦詩佛，謫居放鶴西山頭。偶因良夜一泛棹，勝蹟乃爲詩人留。武昌夏口俱在望，當年戰炬鏖曹周。艦師塞流織颿檝，檣烏驚月迷旛斿。阿瞞高歌氣蓋世，逝者不復英雄休。其時去公八百祼，沙沉鐵戟銷鋒矛。今且千六百餘歲，燐火寒盡殘髑髏。古來戰場多寂寞，遺址矧復湮荒邱。惟公賦筆亘千古，想見曠達無人儔。乃知不朽自有業，功名成敗等浮漚。今人只解羨橫槊，何如浪迹狎沙鷗。江風山月足取給，榛垣蘚壁供研搜。我當佳辰緬高躅，酒懷頓闊詩情遒。酬公一盃邀明月，及時不樂焉消憂。大江東去無今古，後之來者方悠悠。霜寒木落期再至，高躋絶頂攀蒼虬。玄裳縞衣客何處，可能許我夢中投。

《東坡赤壁集》

黄州赤壁歌

管士荃倜蓀，蘄春。

赤壁磯頭花競發，閒掃青苔認前碣。周郎兵火付灰塵，蘇子文章懸日月。可憐今古一山川，若論雌雄俱渺然。且與漁翁沽美酒，臨風高詠小遊仙。

《桐村詩集》

補 遺

題《長江戰蹟圖》八首有序，録赤壁一首

清·童樹棠憩南，蘄州。

長江扃鐍，挈數千里。累祀争戰，遺蹟可紀。圖繪指顧，螺紋臚掌。握算防制，今豈遠古。讀而題之。若白若岑，類箸汗馬。匈熟乎險要，略妙乎龍虎。緊彼尺幅，奮懷後起。何必無才軼白、岑其人者，出而開廓，震動區宇耶？懷古作此，無碎語焉。

亂石紅斑斑，上有漢火迹。荒山二千歲，寸草不敢碧。阿瞞肆貔虎，紀疆分手擘。百萬江北來，關弓向東射。熱風攬南維，横空燒箭戟。將士灰堁飛，葬此鮫鱷宅。吁嗟武昌道，生走老猾魄。至今赤壁巔，殺氣横一尺。

《求志齋詩存》

按：《長江戰跡圖》爲彝陵、瞿塘、赤壁、猇亭、覆舟山、黄天蕩、采石磯、陽邏堡，凡八。黄州赤壁、陽邏得其二。憩南孝廉此作，張南皮、陳義寧賞譽不置，謂“真能合老杜、韓、黄爲一手”者。限於集例，特收入“補遺”，但録《赤壁》一章，以見一斑。

黄州赤壁集卷第四

蘄水　聞惕惕生参訂
黄岡　汪粲筱舫纂輯　男　晉康侯校字
羅田　王夔武繩余参校

詩　三

歌　行雜言

赤壁圖爲胡允中賦

元・釋子來復見心，豐城。

江空水落寒無波，倚天赤壁高嵯峨。雪堂老蘇從二客，攜酒夜載扁舟過。中流扣舷發棹歌，有酒不飲當如何。鱖魚三尺鱠白雪，臨風細酌金叵羅。酒酣耳熱歌再起，直遡空明三百里。一聲孤鶴横江來，明月在天天在水。酹月呼嫦娥，仰天聽天語。洞簫吹徹廣寒秋，却挾飛仙共高舉。人生行樂須及時，昨日少壯今日衰。功名自昔等炊黍，英雄徒爲曹瞞悲。畫史獨何心，丹青託千載。江雲山月想登臨，彷彿圖中見丰采。後來遊賞豈乏賢，文章不如元祐前。萬金詞賦爛星斗，追逐騷雅光聯翩。先生别去陵谷遷，漠漠宇宙迷荒煙。臨皋鶴夢骨可仙，誰同此樂消閒年。

《蒲菴集》

粲按：稗史見心本姓明，名天淵。至正間，曾官翰林學士，後爲僧。太祖美其詩，授僧録司左覺義。見心應制詩有"殊域"字，觸上怒，賜死，遂立化於階下。《江西詩徵》稱其號蒲菴，又號竺曇叟，所著《蒲菴集》外，又有《澹游集》。此詩見《江西詩徵》及《圖書集成·職方典》，《黄州府藝文》亦載之，不知後來府縣志何以遺之也。

愓生按：來復爲豐城人。元時與虞集、歐陽原功諸人游。明初以高僧召至京，與宗泐齊名。

赤壁歌

明·方孝孺希直，甯海。

東夏口，西武昌，赤壁峭絶當中央。奸雄將軍氣蓋世，敗卒零落慚周郎。得鱸魚，沽美酒，孰若黄州蘇子瞻。謫向江湖動星斗，噫呼嚱！曹公氣勢，蘇子文章。人物銷鑠，塵迹荒涼，惟有江水千古萬古空流長。

《遜志齋集》

醉中泛赤壁漫興

明·沈升甯海。

東山月出波皛皛，有客載酒浮中流。琉璃萬頃際空碧，白露横江澄素秋。興來扣舷歌，弔古情更傷。英雄不盡意，流恨與江長。當時曹孟德，誰復識周郎。舳艫千里來江東，張目視吴吴已空。誰知死灰還復焰，一霎吹起東南風。我愛眉山翰墨雄，豪吟月下疇能同。洞簫吹澈楚雲渺，滄海一粟看浮蹤。魏氏經營代炎祚，不值蘇家一辭賦。銅臺舞榭久荆榛，落葉紛紛眼前墮。君不見，江上月，古往今來幾圓缺。君不見，江中流，前人血戰後人游。文章事業總成幻，天地萬物皆蜉蝣。不如投卻蘇子筆，不如折卻曹公矛。滄海魚已肥，瓷瓮酒新篘。木蘭之檝沙棠舟。但願金尊常盈月常滿，夜夜來爲赤壁游。醉裹藏真足爲樂，何須更夢臨皋鶴。

《黄岡縣志》

赤壁歌

明・王廷相子衡，儀封。

黄州先生碧霞客，愛畫儋州老秃翁。丰神千古宛相似，黑夜時有精靈通。翁昔謁帝蓬萊宫，承華承盼玉堂中。醉來落筆驚豪雄，揄揚堯舜邁國風。下直籠歸寶蓮炬，退朝騎出天閑龍。一朝飄落天涯處，顧影飛蓬悲日暮。長歌嘯傲淩楚雲，誰識莊生曠達處。長江流不息，高興逐歸潮。忽來感激古人事，月明携客摇輕舠。舉頭望明月，回橈蕩漣漪。綺裘被冷洞天闊，紫簫吹裂浮雲飛。浮雲黄鶴不相待，明月離離墜滄海。長風吹翁入杳冥，二客渺然失所在。馮夷水仙波縈紆，飛虬作梁鸞爲車。七十樓臺映金闕，三千珠黛鏘明珠。仙人握手拾錦花，玉田紫芝紛如麻，天門空濛流雲霞，歸來不覺道路賒。山之壁，高嵯峨，江之水，揚湍波。昔人遺跡今人歌，舊國已空鳧雁多。大江之偏白日高，當時頗望周郎豪。横天叫嘯意難盡，逸興猶能念二喬。望瑶臺，挹清氛，三十六帝不可聞，下視人界空蠓蚊。黄金休鑄鴟夷子，綵絲空繡平原君。何如秋堂突兀坐此老，令人飛灑開心神。

《黄岡縣志》

黄州逢張體信大行，邀飲赤壁，别之短篇

明・王廷相

昔爾作賦吴王臺，西湖桃李不敢開。我一見之飆飛動，撫掌呼爾班楊才。走馬還空冀北群，天街唾手揮青雲。星槎一日浮江漢，洞庭黄鶴生氤氲。西來行路迷芳草，豈謂相逢齊安道。赤壁翻開歌舞筵，百壺爲我攄懷抱。懷抱悠悠笑此身，文犀薏苡爾能明。掉頭覆手何爲者，青蠅貝錦喧謗聲。世事寵鶴樹榛棘，驊騮拳跼鳳艱食。男兒六合無相知，安得攢眉自摧抑。去去高江隨片帆，濯纓洗耳巴山巖。當筵盡脱魚腸綬，白眼青天寘佞讒。江東雲，渭城雨，交情儘使傾今古。楊朱泣，楚狂

歌，逢君不醉將如何。君不見，赤壁磯頭一片月，曾照英雄血戰時。英雄已銷明月在，烟波浩渺令人悲。分明感激眼前事，莫向人間問弈棋。

康熙《黄州府志》

赤壁獨酌放歌，寄答徐中丞、徐文學二公

明·陳宗虞姚生，南昌。

夜來坐赤壁，明月瀉吾酒。舉杯酹周瑜，周瑜骨已朽。當日龍爭如夢中，雄圖霸業今何有。周瑜孟德不足論，後來感激蘇公言。洞簫孤鶴復何處，空江千載啼清猿。蘇公文章絶代尊，飄飄兩賦留乾坤。當時竄逐故如此，死後虚名空復存。文章那用追鄒魯，勳名彝鼎終塵土。周公孔子俱吾師，一生讒搆逢人侮。大聖且不免，物情自今古。況爾尋常人，偃蹇而堪數。周公瑾、蘇子瞻，九原一去歲何淹。仗鉞抽毫如見爾，爲爾涕泗衣盡沾。緘書報與黄鶴翁，吾今爛醉扶巴童。棄書擲劍自此始，焉能伏轍悲路窮。聞君亦欲拂衣去，他日同尋黄綺公。

《東坡赤壁集》

棨按：宗虞，崇禎時諸生。《江西詩徵》小傳稱其博涉經史，達時務。父子貞巡撫福建，以勞卒。宗虞乞予蔭，上時務十二策，數萬言。部格不行，遂絶意仕進。明亡亦卒。子以逵亦能詩。

由龍王山登兩耳山，至赤壁作歌

明·王一鳴伯固，黄岡。

聚寶山南一尊酒，主勸賓酬不離手。夜深霜露沾人衣，漭漭長江峽中吼。兩耳山高連右肘，發興携壺作狂走。風逆難聞童穉呼，雲迷翻訝藤蘿陡。路細石古狐狸啼，絶頂滄浪一翹首。班荆度地當開筵，舉杯邀月呼青天。野燒横出孤松顛，炙酒酒熱西風便。明伯耳熱掀長髯，若愚

矜持禮法謙。叔孝問酒猶細密，轟飲恨少東溟添。擡頭一望山巉巉，赤壁半墮滄波銜。秋浪浩渺動樓樹，天風空闊吟松杉。十步五步山出没，東坡先生祠眼前。造次留客何生賢，鷄酒陸續深林傳。鷄煮最憐白玉熟，酒行滴作珍珠圓。慇懃苦勸上客醉，髣髴便擬中山眠。酒後坐起忘主客，吟徧今古呈山川。老僧空谷捲清磬，漁子趁月撐歸船。酒罷便作城南步，鬱盤城郭行煙霧。月薄如霜紅蓼稀，天高慣鬬青楓怒。吁嗟乎！英雄身世多坎坷，今朝且樂樂奈何。向平五嶽有消息，看我淋漓醉掃青天歌。

《朱陵洞稿》

茅伯符招飲赤壁，席間賦

明・楊師孔

赤壁磯頭一尊酒，白黿波心一片月。悠悠大醉五百年，多少陰晴與圓缺。江山有盡意無窮，滔滔一派洗英雄。有時載酒秋月白，有時乘風軍火紅。乘風載酒成何事，霸圖不過銷一醉。十萬舳艫化作灰，兩篇詞賦照天地。憶昔周郎大破曹，小喬初嫁氣雄豪。老瞞今已隨流水，回首東風亦羽毛。獨有坡仙重茲土，泛舟抽毫駕千古。至今詞人幾句詩，不弔龍蛇弔豺虎。豺虎食人白日見，等閒天地風雲變。孤鶴夢回蘭槳舟，仙翁蚤下承明殿。不讉仙人壁不高，悟來世界等秋毫。酡顏照壁心猶赤，彩筆横江怒起濤。吁嗟乎！我來赤壁遊，懷古欽千秋。洞簫聲未歇，烏鵲鳴啾啾。賓主東南美，乾坤日夜浮。欲訪仙翁在何處，清風明月一丹邱。

《東坡赤壁集》

赤壁懷古二首

清·金德嘉會公，廣濟。

其一

蘇公赤壁二賦留雪堂，千年雲水空蒼蒼。元豐以來一十一甲子，何人江頭月下懷周郎？憶昔仁宗手攬公制策，云爲子孫得一宰相於巖廊。英宗召試直史館，解組僉判來鳳翔。奇才奇才未進用，神宗内殿明燭何煌煌？太后感愴哲宗泣，金蓮送院此眷都非常。人臣遭逢累朝異數有如此，安能模棱脂韋隨朝行。丰骨棱棱兼翰藻，其直如矢剛如鋌。螭頭草勑惠卿竄，群小側目逾鴟張。舒亶楊畏先攘臂，章惇蔡卞之徒不可當。上誣宣仁下衆正，元祐黨籍欺天閶。新法蔓延其禍至，此極甚於節甫亡漢温亡唐。是時我公飄零轉徙到儋耳，樹下得句銘桄榔。炎蒸蜑雨蒼顔老，回首臨臯歲月真茫茫。滄桑易代已陳迹，有客憑弔爲神傷。把公詩句歌一闋，安得中山松醪爲公堂下羞壺觴。

其二

赤嶕今夜溶溶月，猶照先生古時居，先生一去雪堂虚。何人堂上夜半呼，斗酒往鱠巨口細鱗之江魚。客子洞簫音寂寂，水落石出白露初。覽古長沙哀賈傅，招魂汨水弔三閭。男兒此身墮地無不可，有口莫讀萬卷書。筆欲如椽墨爲沼，造物混沌其厭諸。先生雪堂注《周易》，忘言忘象已蘧蘧。後來上章道士邂逅先生天上直奎宿，徽宗時事。玉皇香案之書復何如。古往今來世事不勝數，藉手先生天問一起予。前有倚馬萬言李供奉，毋乃先生異代而同符。海涵地負祇如此，天之生才胡爲乎。我思古人九原如可作，沮溺耦耕爲最樂，不然荷鋤鹿門去採藥。

《居業齋别集》

月夜登赤壁作，因柬畊石、羽彤兩孝廉

清・陳大章雨山，黄岡。

長江斷岸千仞懸，吴楚一氣相迴旋。巖前虬虎萬突兀，怪藤老樹飛相攢。窮秋静夜莽蕭瑟，而我支離攘臂乎其間。舉頭不見横江鶴，明月直挂西南天。我來吴會山水窟，金庭玉室長留連。到此劃然一長嘯，運斤五岳輕人寰。解衣醉倒呼玉局，平地已作羽化仙。燈火熹微人跡絶，戍樓鼓角聲淒然。張子工文室懸磬，胡君授經廚無煙。想見夜深耿不寐，搜奇角勝聳兩肩。徑擬襆被來問字，嚴城咫尺尋無緣。寒烏啞啞棲復起，病眼强合心悁悁。明朝握手應大笑，定詫老夫狂病殊未痊。

《玉照亭詩鈔》

燊按：《玉照亭詩鈔》，覓之不獲。惟《湖北詩徵傳略》尚載有雨山太史《赤壁》名句，云“殘雲抹樹兼天遠，孤鶴横空帶月來。市井慣談公瑾事，江山曾費大蘇才”。因不得其全首，附記於此。又，孝感程青溪正揆《江行》詩有云“殘碑撑赤壁，柔艣過黄州”，亦稱佳句。若近世屠雲洲云漣《赤壁懷古》一絶，則爲嘉魚而作，則不復收。

避風赤壁，登蘇公亭放歌

清・周起渭漁璜，貴陽。

今日江頭風勢苦，黑雲從風散爲雨。波聲撼塌邾子城，濤頭逕射白黿渚。猶似周郎萬騎横江來，千艘撇㸌聞驚雷。咫尺南北不可辨，際天煙焰紛成堆。舟人繫纜楊柳陌，忽見峭壁鑱天地崩坼。髯蘇一去青山閑，老子今朝散輕策。崔嵬亭子江之濆，壁上二賦猶鮮新。人間風月不可駐，天上來此閑仙人。秀骨疏髯脱囹圄，詩不能茹酒不吐。吹唇沸地群狐狂，遣作江山文字主。東坡黄桑手自種，廢壘蓬蒿耜親舉。平生食飽愛閑行，涴壁污牆到氓户。武昌樊口丹楓稠，載酒還作淩雲遊。清波白日在人世，素心孤鶴横天浮。忽憶美人思魏闕，自驚流落天南洲。我

拜遺像空山陬，巖桂慘澹枝相樛。悲風入座髯颼飀，大江茫茫東注愁。二惇二蔡俱蜉蝣，唯公大節今古留。當年欬吐驚龍虬，洞簫嗚咽聞中流。長嘯一聲煙潦收。如此江山如此客，縱無詞賦堪千秋。思公不見余空返，楚塞風和白石晚。柳外人家竹籬短，明月正照黃泥坂。

《黔詩紀略》

莫友芝曰：此詩載《别裁集》者，字句多異同，皆以本集爲勝。歸愚所見，當係初稿耳。

赤壁放歌

清·彭心錦慕庭，漢陽。

懸巖勢如削，光燄當江開。厥初造化手，闢此何奇哉。我來蹀躞轉山閣，捫蘿藉草升石階。紆徐一步一回折，漸通幽處無塵埃。平生衡嶽慣登躡，兹游嘆息令心哀。坡公生平歷坎坷，牢騷跡尚留山崖。公之官窮窮於詩，公之人奇奇於才。至今兩賦光萬丈，照我顏色開幽懷。青山不改壬戌歲，吹簫客去空徘徊。下視江濤在履底，御風聲漸高崔巍。吁嗟乎！我如青蓮登落雁，身挾飛仙游汗漫。恨不携來謝朓詩，仰首長吟問霄漢。又如退之登華山，直踏玉女蓮花間。垂書痛哭辭人世，淩躡倒影思不還。吁嗟乎！安得祖龍鞭驅策，南岡西山點點羅列大江邊。截斷瀰空波濤翻，坐令戰艦飛不前。我得縱飲山之巔，直與坡老相周旋。登虬踞虎隨沿緣，胸中塊壘消萬千。

《雲望堂集》

唐伯虎《赤壁圖》

清·姚鼐姬傳，桐城。

東坡居士賦有畫，風月無窮瀉清快。畫中有賦情亦奇，唐寅使筆能爾爲。登高水，秋氣悲，山空夜明木見枝。憑虛欲望天涯處，可似湘中瞻九疑。九疑山高湘水深，重華不作哀至今。青楓摇落幽竹林。湘君窈立風滿襟，江妃海若夜起會，或有雲中竽瑟音。雲開月出天寥闊，俛首悲風興大壑。不見帝子乘飛龍，但有横江之一鶴。横江鶴，何裴哀，蘇子乘之去不回。賢者挺生當世才，重之九鼎輕塵埃。脱屣竟從赤松子，賦懸日月何爲哉！情往一樂復一哀，後六百歲余兹來。曳杖江頭看山碧，思得公語從追陪。請與圖中二客偕。今夕何夕月當户，霜落征潦面深渚。涼風吹林蕩空宇，作詩要公公豈許。

《惜抱軒詩集》

登赤壁放歌

清・喻文鏊冶存，黄梅。

大江白日碻霆雷，主人對客顔如灰。須如風平江似鏡，靈境恍惚蒼天開。招徒攜榼極遊覽，赤壁千尺何崔巍。西望武昌東夏口，突兀樊山臨大洄。歷蹬捫蘿踞絶頂，盪胸决眥窮九垓。人生得意樂便樂，詎逢好景空徘徊。即如此山流傳幾千載，曹公蕪没髯蘇來。二喬銅雀朧黄土，千秋鈎黨令人哀。丈夫不爲斬蛟射虎俶儻之奇才！何爲嘍嘈空山隈，辱身快意隨汝爲。主人揖客登素几，宜城緑蟻浮春醅。興罷酒闌手承頦，爛熳一醉玉山頹。歸來横索三錢雞毛筆，含墨愧少瑰瑋詞。吁嗟乎！扁舟何時落吾手，笠簷蓑袂無是非。

《赤壁紀略》引《紅蕉山館詩鈔》

周芸皋觀察招往赤壁，爲坡公作生日，寄呈一詩

清・陳瑞琳九香，羅田。

元豐壬戌今丙戌，觀察書招游赤壁。一時古郡集名流，置酒爲公作生日。孰是江頭李秀才，孤鶴南飛一枝笛。孰是儋耳黎子雲，見公一笠復一屐。我時繭足萬山中，瓣香祀公止酒室。四海幾人知壽公，同學蘇

詩抱蘇癖。使君此來襄陽愁，高陽禊事誰重修。黄州風月忽光霽，商邱別駕同風流。今日何日梅花邨，江天風雪招公魂。前生我記遊蘇門，去來岐亭酒一樽。今爲觀察部下民，行將載酒隨幅巾。觀察爲誰家富春，宋道國公二十五世孫，觀察有“宋道國公二十五世孫”印章。我疑或是蘇文忠公七百年後身。

《食古研齋詩初集》

題王香雪《赤壁醉眠圖》

陳瑞琳

腰笛横吹大江裂，赤壁同壽坡仙日。二賦堂中爛醉眠，天壤王郎有香雪。主人觀察富春周，是歲黄州初駐節。一時入幕半詩人，更數王郎筆奇突。生平瓣香玉局翁，得詩憾恐遺毫髪。拔劍高歌斫地哀，廿載才名動吴越。高陽修禊讀君詩，拍案驚奇此心折。臨皋晚眺西山遊，聯句每愁風雨疾。清言時娓玉屑霏，硬語俄盤怒雕出。江山文字結清娱，惱我情懷太蕭瑟。忽從醉後披此圖，高眠恨不同王勃。吁嗟乎！人生何處不醉眠，何人醉倒坡仙前。坡仙亭子淩蒼煙，世無此樂八百年。羨君此醉非徒然，夢中參透笠屐禪。我來恰值春風顛，醉眠九曲寒溪邊。醉中之樂醒難傳，横江孤鶴來翩翩。潯陽江上迴酒船，香雪頃自九江歸。醉吟曾訪白樂天。曷不扶醉共著長安鞭，一任市上人呼李謫仙。香雪與予有同赴京兆之約。

同上

十月四日，同宋小阮年丈、張振夫、廖方雪游赤壁，和壁間施愚山先生詩韻

陳瑞琳

江山鼎足誰堅守，孟德周郎一杯酒。至今赤壁屬東坡，二賦風流在人口。我生於黄食研田，卅年潦倒囊無錢。漫堂風月作閒主，小西談經

日醉眠。今年兩至黃州，下榻小西山房。西山蒼翠忽到眼，同游二客心陶然。是歲十月亦值望，壬戌以後當誰傳。嗚呼！大江東去淘沙礫，萬古茫茫幾昏火。今人如是昔人非，似我登臨無一可，石上髯仙應笑我。

同上

赤壁放歌

陳瑞琳

蘇公去今七百餘年矣，江山風月猶如此。赤壁磯頭兩度遊，拍手呼公公不起。謁公祠，讀公詩，古貌鬚眉如見之。功名富貴不稱意，一官遷謫無已時。我公宦跡遍宇内，此間山水如相私。今古茫茫一杯酒，孟德周郎究何有？惟有文章死更傳，二賦風流在人口。予生也晚予何求，恨不載酒從公遊。漁樵江渚有真樂，寄身天地如蜉蝣。大江東去月西走，放眼直到天盡頭。公所仰慕白太傅，荻花楓葉潯陽秋。蘇公白公相距五百里，我願往來江上爲作傳詩郵。時之江右。

《食古研齋詩初集》

由東坡至赤壁

清・熊士鵬兩溟，天門。

忠州東坡白樂天，黃州東坡蘇子瞻。唐宋兩公稱巨手，前後借號真何嫌。身是武昌老博士，家移東坡住五年。有官不必望臺省，有書不必研丹鉛。長爲老民吾已矣，模山範水心亦恬。壬戌之秋七十二，猶捫赤壁登山尖。亂石驚濤乍入眼，雄姿英發來髯仙。髯仙作賦何蹁躚，憑空結撰隨手拈。真如大江東去水，龍吟豪氣可以橫絶西山巔。臨皋遷居大磨蟻，南堂新葺如浮煙。俱化鷗鷺千堆雪，如何尚戀灊岳三寸柑。既酌潘子酒，又耕馬生田。猶炊劍米居針氈，先生無乃太惘然。武昌我有周生賢，豈爲求分買山錢。邀我來遊與之比，謝墩王墩太纖纖。不如渡江歸煮樊口鯿，臨風把盞醉倒西山眠。

《壯游草》

雪堂拓蘇詞殘石

清・何紹基子貞，道州。

古來文章輝山川，黄州勝以東坡傳。雪堂況是公所構，真氣鬱鬱棲桷梃。我初憩此歲壬子，使君春夜張高筵。徐石民太守。狂吟浪醉三五日，歗傲風月茫無邊。余題雪堂聯云："雪壁寫東坡，大好江山，天許此堂占却；春樽開北海，無邊風月，我如孤鶴飛來。"十年孤鶴翩復至，忽易雄闊爲華妍。劫餘賸此幾片石，晨星落落耿在天。詞家有東坡，如詩之青蓮。天然叶韶濩，超宕仙乎仙。試誦此三闋，皆在黄州填。岷峨空馳萬里夢，閬苑誰證千秋緣。文章何事强開口，一琴一酒方陶然。政和宣和馳禁後，搜録遺墨紛付鐫。此詞此字最得地，江月更比他處圓。上有鶴樓下庾樓，遜此光燄江天懸。不虞粤匪來，剷作修城磚。神鬼强呵護，碑斷不可聯。我珍碎玉勝，完璧如視全。人胆肩肩，東南烽火猶蔓延，金石毀棄成雲煙。差幸投閒莽游歷，好奇諏古意更專。來朝渡江尋怡亭，再看李冡蛟龍纏。願佐中興討文獻，勉令後學知前賢。

《東洲草堂詩鈔》

燊按：子貞太史此詩，作於咸豐辛酉元日。爾時，此石元在雪堂。及兵燹後，至同治重修赤壁，移來此間，故此詩亦列於此。

赤壁怨

清・傅彦朝同埜，孝感。

硉矹江干不記年，世事浮雲幾萬千。高歌横槊悲風後，星月熹微猶在天。疑塚纍纍漳河畔，銅瓦澄泥鑿片段。得意周郎事已非，婆娑揚子腸空斷。笑某砥柱中流急，崱倚孤峬名不立。無端烽火徧燎原，絳染嵌岩素髻泣。曹劉遞尚赤爲良，隻字相將群拱揖。黄岡舊有赤嶀磯，招提郭外一僧扉。臨皋二士頻寄傲，木葉坡陀行影稀。吹笳撾鼓邀仙飲，携酒烹魚候客圍。水退荻花摇曳起，滿船載得遊人歸。僕亦平分東山月，夢到嘉魚若秦越。帆檣排浪閒來往，漁翁罷寂談三國。雨過巴陵帶霧黑，楚些嗚咽鶯聲嗇。君不見，浩然有亭傳白雪，郎官湖踞漢陽北。獨憐鸚鵡青青草，狂生命蹇真潦倒。鵩鳥驚棲太息多，湘賓脱葉經秋掃。君不見，史成廿一書未考，輿圖筆畫廢尋討。日落晴湖照岸紅，楓林掩映丹砂早。魏寢梁園已荒丘，巉岩已共乾坤老。噫嘻哉！僕心非嫉妬，君亦非膠固。古今直道藉旁觀，炎涼有時同朝暮。久假豈出君本心，兩心欲訴從頭訴。君不見，烏林遥隔東西渡，不與晴川争芳樹。雪堂主人亦偶然，雄文寫就江山誤。夜聽北雁歸，晝看春花吐。賦完移筆記石鐘，不須再説儋州路。

《赤壁紀略》引《寫秋園詩删》

赤壁懷古

清・胡鼎臣子重，天門。

黄州城頭孤鶴飛，黄州城下江聲㕔。銀濤洶湧忽若截，赤壁之峰何壯哉！其上有摩雲礙日、蹲踞虎豹之巉石，其下有馮夷幽宫、黿鼉潛虯、鼓浪排山而崔嵬。千秋生面爲誰開，巨靈贔屭空爾爲。如此江山誰賓主，可憐一炬成焦土。舳艫十萬隨烟滅，横槊意氣一時沮。龍戰事業等浮雲，詞壇更掃千人軍。眉山才子神仙客，二賦高懸日月明。烏蓬斗酒美良夜，鐵板銅琶舷扣聲。載將風月歸領袖，埃浄瀲空瀏泬清。英雄才子俱何有，我來快飲黄州酒。濡墨翻作長歌篇，江流無際水連天。秋雨黄竹臨碕活，春洲芳草自年年。年年江流東去忙，月白風清人斷腸。吹簫欲奏髯仙賦，不見當年楊世昌。

《赤壁紀略》引《姑誦草堂遺稿》

赤壁懷古

清·李傳熺觀庸，孝感。

祖龍燔石酸風起，夜半星輝赤帝子。半壁江山秦土焦，燎原氣接闕門紫。折戟沈槍二百年，漢家火德空雲煙。蔓延一炬不可以撲滅，至今惟見砯崖絶壁照耀東南天。憶昔阿瞞浮夏口，旌旗蓋地艨艟走。釃酒臨江歌入雲，淋漓跌宕揮金斗。遥吟勢遏江流東，意氣直蔑孫劉空。一朝焚次嗟失計，慘裂長江天地紅。燭龍十萬争昂首，赤舌撩雲氣吐虹。周郎肯顧南飛曲，名士英雄一笑中。君不見，火牛鏖戰屈燕兵，捲地功高七十城。燃脂束葦陣雲黑，慘澹陰風悲不平。大江直下波濤吼，不得酬君一斗酒。鄙遠越國何庸愚，嗟爾遠道之人胡爲乎！絶壁峥嶸而崔嵬，横槊不拔愁雲開。吁嗟斫地長歌哀，千年劫换餘寒灰。惟有清風明月萬萬古，泛舟游客相徘徊。風流玉局供吟諷，前後清遊目相送。飛仙總挾洞簫吹，遷客何曾長笛弄。滄桑變態知者誰，孤鶴一聲，生驚良夜三更夢。

《赤壁紀略》引《孝昌耆舊集》

赤壁謁蘇長公祠放歌

清·郭祖翼芑泉，善化。

我不知大江滚滚東去幾時回，又不知羽衣蹁躚横江鶴，至今飛上何人之樓臺？眼前但見危磯濁浪，與夫西山積翠匼匝而轟豗。七百年來一泡影，風流歇絶吁可哀。或云公隸香案吏，或公尊者偶遊戲。或云再世鄱陽來，其説惝恍迷離奈不能識。天生斯人詎無因，胡爲枕蛟騎虎日月傷，顣頞世人皆欲殺。君王終忍棄，談詩説鬼神。緩死側身，四海疑無地。噫嘻乎！男兒不幸負才名，奇氣鬱勃千夫驚。前韓後蘇兩詞伯，可憐宦況同艱辛。南方卑濕苦瘴癘，一斥再斥涕縱横。文章節行皆可忌，豈必命宫磨蝎能窮人。天道詎瞶瞶，人情自悠悠。鞭鸞笞鳳等閒耳，涇渭清濁分途流。紛紛章蔡特鼠輩，吹唇沸地非公羞。豈惟非羞亦非仇，江山風月多勝概，要令詞賦窮雕鎪。桄榔林，不可遊。楚頌亭，不得休。武昌樊口幽絶處，快意獨作五年留。我欲楚山招公魂，楚水洗公愁。進之以頭綱八餅，奉之以真一千甌。期公翩然下降驂靈虯。掀髯一笑風颼飀。何須更問當日吹簫客，但看東坡千樹萬樹黄葉稠。

《沅湘耆舊集》

錢湘畹同年以舊作《赤壁》七古見示，次韻奉答

清・程之楨維周，江夏。

六鼇曉駕扶桑東，天風浩浩摩晴穹。奔流倒瀉入腕底，化爲墨瀋霏空濛。洪荒既闢有此壁，坡公賦後誰争雄。古郭不聞鐵板和，何況餘子號寒蟲。君乃捫参貫斗穿月脇，震蕩萬古開心胸。周郎奇兵突筆陣，儋耳窮檄鳴孤忠。君家一門著作手，對牀風雨兄弟。高陽才子定前世，或爲叔豹爲仲熊。大雅嗣音久寂寞，今從絶壁欽英風。霜葉亂落黄泥坂，潛蛟夜舞馮夷宫。會當卬須詠舟子，芒屩踏凍追前蹤。山高雪霽明月出，數峰江上青横空。

《維周詩鈔》

黄州赤壁

清・聞曾輿生，蕲水。

蜀江之水天上來，飛湍噴雪争喧豗。片帆東下急如雨，乘風破浪聲驚雷。青山兩岸出復没，忽見危峰撐突兀。芙蓉土潤朱砂丹，云是公瑾當年破曹埋戰骨。二賦堂前有所思，賦中語句何離奇。移山走海筆力矯，赤壁乃爲赤嶼相傳疑。漢宋遥遥隔千載，假藉山河名弗改。英雄割據誇戰功，名士風流振文采。吁嗟乎！赤壁之地五邑争，輿圖形勢皆分明。嘉魚江上劫灰在，夢鶴舟中素羽横。我今釃酒臨江水，峨嵋仙人呼

不起。高山依舊枕寒江，洞簫欲洗箏琶耳。

《求寡過齋詩存》

《夢遊赤壁圖》題詞

清・薛時雨慰農，全椒。

吁嗟乎！長江門户軍防弛，風輪火琯馳千里。計程黄浦達黄州，只備舂糧信宿耳。蘇君豁達人寄居，滬瀆濱眼見侏儒。光怪之人不可近，志在江山風月常相親。東坡以後幾壬戌，文采風流久散佚。耳孫意氣干雲霄，曾向夢中傳彩筆。搥碎黄鶴樓，踢翻鸚鵡洲。惟有沿江石壁彷彿存祖武，遂乃扶雲曳霧栩栩誇豪遊。誦曹瞞詩，和周郎曲。客吹洞簫，主灑墨竹。大江東去兮不復還，孤鶴南飛兮焉可逐。憑弔欷歔，留連往復。空中喔喔聞天雞，峰巒變幻煙霞迷。武昌夏口何處是，但見荒齋一燈如豆蟲聲淒。人生夢境由心造，心境清虚夢不擾。東坡一生憂讒畏譏多迍邅，東坡所至清風明月常娟好。披君夢遊圖，知君胸次非拘墟。江南八月才人俱，隨風咳唾皆成珠。中秋節近，月輪夕戰各圖滿。想見群仙高會，瀟洒飄襟裾。鐵綽板，玉唾壺，未成水調參吴歈。廣寒宫闕在咫尺，爲問赤壁之遊孰樂乎？

《屑玉叢談》

赤壁懷古

清・喻同模農孫，黄梅。

峨嵋之峰高插青天裏，年年風雪瀉入長江一江水。江流到此益披狂，壓以危磯千丈起。大峨仙人謫仙才，一屐一笠齊安來。赤壁江頭一吟眺，清光相照須眉開。江山風月幸有主，壬戌兩賦足千古。鱸魚斗酒夢鶴人，千里旌旗悲魏武。何物酬汝一世雄，簫聲吹起蘆花風。二喬銅雀皆黄土，一齊唱入大江東。從此南來一仙客，占盡黄州千載蹟。我來訪古重踟躕，鶴影横江空月白。熙豐時事亦何多，聽我扣舷一棹歌。作歌弔公公不至，其如江山風月何。

《一勺亭詩鈔》

赤壁拜蘇文忠公遺像

清・傅成霖雨卿，黄岡。

大江遥遥莽東注，中流一壁涵煙樹。峨眉仙客昔登臨，滄桑幾度山如故。玲瓏亭閣摩蒼穹，豐碑大碣光熊熊。千年靈爽此中駐，管領明月偕清風。我來憑弔訪陳跡，遺貌輝煌映金碧。想像當年直内廷，玉署翩翩好詞客。胡爲冤獄爲詩成，憂時感事心難明。磨蝎無緣青瑣闥，飛鴻直下黄州城。蹉跎五載遷居苦，幅巾芒屩儕田父。興來每上赤壁磯，坐看幽壑潛蛟舞。蘭槳匏樽快壯遊，襟期灑脱忘煩憂。但愁玉宇瓊樓内，高空不耐寒風飉。即今遺廟臨江郭，玉局仙客圖磊落。搔首遥望美人心，旁觀髣髴猶如昨。嗚呼！自古才人坎壈同，千秋萬歲留遺踪。潮陽廟祀昌黎伯，浣花祠重杜陵翁。風流遥接有坡老，摳衣再拜心傾倒。安得招魂遠降蓬萊宫，握手游戲人間風月好。

《澄懷草堂遺集》

赤壁弔古

清・李焱龍臥南，蘄春。

君不見魏主銅臺漳水濱，殘磚斷瓦埋煙塵。又不見吴王避暑西山裹，麋鹿縱横衰草靡。東坡黄州留五年，能使赤壁到今傳。大江淘盡英雄浪，明月尚挂青冥天。吁嗟乎！明月尚挂青冥天，先生一去何時旋？

《吐雲山館詩鈔》

舟過黄州，登赤壁飲酒放歌

清・聞穀小輿，蕲水。

黄州之水如潑醅，青楊十里緣城栽。我騎白鼋下樊口，横江一笛吹落梅。倒捲千山作江底，雙槳劈碎青崔嵬。層層緑樹暗西嶺，鐘聲遠出吴王臺。輟棹褰裳躡危磴，漸入勝地無纖埃。靈泉百派穿樹出，淩空湧作雲霞堆。涪翁不作次公杳，誰與盡此金尊罍。憶昔滿公鑿城郭，牙旗高倚東南隈。吁嗟赤烏竟誰在，祇今鬭艦埋荒苔。長江浩浩自今古，魚龍起立滄溟開。赤壁磯頭叫玄鶴，絶頂謖謖松風催。向晚層陰起木末，漫天鼓角聲如雷。坐覺蒼茫萬古恨，遠自落日煙中來。且就老漁買鯿煮新酒，安用望古學作雍門哀。

《課經堂集》

赤壁望月

清・劉以忠孝移，黄岡。

未有赤壁先有月，坡公來時月正白。壬戌去後千餘年，只今惟有江上之清風與山間之明月。危樓近接元之竹，古今遊人無斷續。月明猶是水空流，秋草年年向誰緑。

《陽湖詩存鈔本》

和劉孝移《赤壁中秋望月》

韓樾曉榛，黄岡。

未有赤壁先有月，月到中秋分外白。領略江山究屬誰，前有蘇軾後韓樾。韓樾幻作月前身，今宵忽復臨江濱。江山依舊月如畫，淩波萬頃無纖塵。水天一色浮雲浄，奚啻揚州萬古不竭之二分。二分積貯天下暗，三分積聚尤光焰。赤壁今此獨得之，千古盛事傳猶艶。至人從古尚弢藏，與月並世稱三光。三光照耀咸歸一，獨挹清輝世無匹。古今上下千餘年，蘇髯之袂韓髯聯。蘇髯化去幾壬戌，道士孤鶴同蹁躚。臨皋亭下重盤桓，高謌對酒仙乎仙。醉後狂呼李太白，何不到此傾高談。衹存持杯奠空際，新詩涉筆賡前緣。吁嗟乎！大千世界誠堪惜，黃雞白駒過一隙。一隙猶能發耿光，普照萬國懸中央。掃除妖孽羅群芳，重整乾坤百世昌。

《景梅草堂初稿》

壬戌偕友遊赤壁並引

王樹榮仁山，吳興。

壬戌之秋，七月既望，約同人作赤壁之游兼之鄂城游西山，觀陶桓公讀書處。歸途，舟膠於江心者良久，抵赤壁已月到天心矣。因與諸君作長夜之飲，歌以紀之。時去坡仙之游凡十有四週，同游者林少旭、陳飲廉、袁仲濂、陳虛谷、雷霖生、鄭和昭、袁潤民、黃膽公及不佞，凡九人。八百年來無此樂，恨不起坡仙於地下而問之。

酒氣沖天雲壓山，詩魂落地波騰海。膽公落拓髯公狂，書生本色猶不改。歲星巧值壬戌秋，七月既望赤壁游。才難恰得九人數，晚來仙侶同移舟。登高遥望西山景，咫尺名區咸引領。鄰舟借得溯江流，布帆無恙尋靈境。月影何團團，飽啖東坡餅。泉味何醰醰，清酌陶公井。躋勝同登九曲亭，無數風帆沙鳥影。膽公好古儘婆娑，舟膠博得歸途梗。途梗中流翫月華，簫聲吹徹水之涯。行者逍遥居者怨，望穿秋水盼歸槎。先是向金君轉借紅船游西山，原約早歸以便乘舟泛月，抵西山已晚，復向鄂城縣備小輪拖帶。膽公徘徊于陶公讀書堂而不忍去，致誤鐘點，舟膠江心，因品簫以遣興。歸來月上天心久，掌燈布席呼添酒。兩度游蹤花亂飛，酒胡勸客頻迴首。是日席上行飛花令，以“蘇東坡前後兩游赤壁”九字飛觴，復以酒鬍子行酒，以面向某人者飲。興酣醉墨何淋漓，煙雲落紙蛟蛇走。余擬聯云：“金樽清酒儘流連，共覽此孤鶴滄江橫空白露；玉局文章本游戲，何妨把嘉魚赤壁移置黃州。”膽公乘醉爲余書之，大有坡仙“酒氣拂拂從十指出”之慨。爛醉枕藉僧樓中，茲游奇絶未曾有。羽化登仙真快哉，吟風弄月襟懷開。後游預約十月望，更須携酒與魚來。

《剛齋吟草漫録》

赤壁泛舟答徐祝平

王樹榮

憶昔歲星值癸丑，鴻雪宣南聚名宿。上暨永和二十有六週，裙屐蹁躚當會聯詩酒。曲水流觴脩禊紹蘭亭，什刹海邊盛事期不朽。乘興而來不解到山陰，借問崇山峻嶺茂林修竹曾何有？今我宦游再遷來漢皋，千載一會時地兩相遭。遠去坡公之游八百四十有一歲，古往今來不知幾經騷客曾遊遨。抗懷百代上，杯酒寫牢騷。蜉蝣寄天地，一葉淩輕舠。呼周郎，嚇曹操，一世之雄今安在？英豪萬古隨波淘。朅來勝地吊陳迹，滄江逝水長滔滔。我髯不及公之長，我詩不及公之豪。撑腸拄腹文字五千卷，不合時宜狂態共酕醄。會須泛舟絶壁下，臨風長嘯驚秋濤。世事如棋且莫問，白雲蒼狗變幻輕鴻毛。琉璃尊中滿酌葡萄酒，呼取當頭明月一輪高。

同上

赤壁泛舟

黄福翼生，沔陽。

鴻濛化通真人息，昨日已往都陳迹。我到黄州幾題壁，延首摩崖已六七。平生詩稿雅不留，銅琶鐵板付東流。風雲澒洞滄桑幻，能無壯士生百憂。今年歲躔又壬戌，炎熯逾度蒸熱溼。我始臥病武昌城，夜喜金飆穿櫺隙。七月既望暑氣退，少皞行天平西秩。嫦娥敲月玻璃聲，萬縷銀濤楚江溢。有客赤壁續前遊，索我作歌添甲乙。土乾眢井不作潮，枯槎伏芽漫欲出。我笑黄岡遊客多，人人胸有一東坡。千詩萬詩幾一律，閱未終篇口欠呵。欲取媧皇補天所賸一拳石，擊破元豐以來之頹波。鼓盪晶金運灝氣，噓吸溟涬沃瓊波。楚人文盛道德輕，屈宋遺傳非由它。東魯臺高委荆棘，隆中烟雨長薜蘿。小川幽遠無人問，漢水西眺共吟哦。唯有西山樊口江山佳勝處，攜朋載酒屢經過。詩人蟄身人叢裏，横江一醉金叵羅。我時挑鐙勘易南樓下，欲往從之奈老何。此時月照大千世界澈中外，何處賞月無感會。要有詩人胸襟閑，收拾景物鳴衆籟。濯魄冰壺等蟬蜕，那管蠻觸闘心械。他時杖藜約重遊，乘楂直須泛斗牛，俯視東海如浮漚。

《東坡赤壁集》

赤壁泛舟

朱春駒

有宋元豐五年壬戌七月之今日，東坡泛舟游于江之隅。吹簫有客共觴詠，繞樹無枝感飛烏。偶發銅琶鐵板之豪氣，以自比于横槊賦詩之雄夫。山川原藉人物顯，安得小儒詹詹來辯兹地之同殊。逝水一去不復返，千古斷岸秋月孤。横江舳艫既談笑以灰滅，青峰雲水共菰蒲而清娱。人生何物久不朽，名王穿塚骨枯顱。一世之雄又安在，戈馬戰伐將奚圖？惟有奇文葆精爽，時光百世燭天衢。元豐去我八百歲，懷想勝游心縈紆。此生幸遇好甲子，竟與壬戌相須臾。運行一及六十載，人壽逾百世所無。去者日多來苦少，躬當佳辰安能辜。況丁季世冒離亂，玄鼇肆螯偕豐狐。文章不貴風雅絶，後人將不知髯蘇。如此好事君豈誣，蘭舟棠槳招君徒。刺清波兮披荻蘆，嗢噱還教魚龍詫。酬酒不使山川枯，我欲醉臥江之滸。飛鳴過者爲君呼，醉草奇文告君以飴荼。噫吁哉！靈藥安得不死液，日月拋丸更焦迫。前人豈知今之游，後之游者更誰客。

《東坡赤壁集》

孟秋既望，爲東坡先生泛舟赤壁第十四壬戌，作歌記之

陳翺欽廉，武進。

今夕是何夕，風清月正白。憑弔古江山，一炬陡然赤。漫誇天塹懸絶壁，一夜東風如裂帛。新鬼含愁舊鬼泣，偏怨周郎多畫策。坡公作賦紀清遊，山水爲神月爲魄。新詞麗句湧海潮，四顧長吟天地窄。我今弄斧笑班門，千載追隨身世隔。壬戌既望七月秋，已歷歲星十四周。長官僚友相訂約，不辭風雨賦同舟。葭蒼露白月色涼，伊人宛在水中央。欲往從之屢彷徨，抗懷千古空茫茫。且酌西風醉一觴，不知經變幾滄桑。吁嗟呼！蓋世英雄今安在？徒留學士姓名香。年來争戰血玄黄，山呼海泣禍蕭牆。漫誇我武及時揚，徒令蘇子笑人忙。國家多難來日長，不堪回首論興亡。

《東坡赤壁集》

壬戌秋七月既望，爲坡公泛舟赤壁良辰，題此張之

劉梼劍侯，崇陽。

坡仙昔酣游，黄州一卷石。從來好湖山，管領須才傑。當時兩賦最清妍，文藻江山八百年。遂令江表古戰場，化作風清月白天。洎今十有五壬戌，片石猶存舊觀失。但吟阿瞞繞樹歌，未睹奎星璨聯璧。書生奮筆大江濱，欲翻文海盪塵氛。會當重返清甯宇，船頭夜煮四顋鱗。

《東坡赤壁集》

赤壁泛舟

陳繼良仰山，太平。

天地一朝耳，萬世乃須臾。何古而何今，俯仰徒欷歔。大撓作甲

子，黄帝初紀元。星躔臨今歲，四千六百二十年。曾歷壬戌七十七，後之視今今視前。八百歲次十四周，如駒過隙一瞬間。歲時何年無記載，景物隨地宜流連。胡爲乎！茫茫三千世界刹那微塵一赤壁，胡爲乎！忽忽十二萬年電光石火一壬戌。興欲遊之作，發懷古之思。噫嘻吁！吾聞至人不滯物，渾然大化隨偶因。寄所託，與時妙，推移何處不赤壁。赤壁既在斯，何年非壬戌，壬戌已于茲。眼前儻錯過，象外無寰中。江上山間孰物我，清風明月無始終。文字有因緣，點綴成化工。崔灝在上頭，遺響應洛鐘。召名流之雅集，亦一世之文雄。得江山之一助，感宇宙之無窮。後有來者更不知，化作幾許提坡翁。

《悦道山房集》

題竹君宗丈補繪《坡游赤壁圖》

范之杰畯塍，浙東。

古今人類天地蝨，静觀無盡我與物。生古人後追古人，精誠契合遇髣髴。況臨當年宦游地，即境感懷心益折。嗟余身世似東坡，媿先先生生七日。黄嘉之間數往還，千里江天解空闊。雪堂有鶴不歸來，臨風憑弔遥酹月。至今烏檣紀舊游，適經一十四壬戌。我來考古歎已遲，寫生還仗如椽筆。以心造境會其通，此中妙悟不可説。當其玉堂金馬時，心與赤壁二而一。吁嗟乎！人生何地非赤壁，孟德周郎原假設。人生何時非壬戌，明月清風用不竭。且携斯圖當卧游，庶補先生前後二賦弗磨滅。

《東坡赤壁集》

赤壁放歌

胡大華蓮洲，武昌。

吁嗟乎！赤壁之遊樂，八百年來一如昨。人言赤壁地非真，我道東坡本戲作。兩賦什九皆寓言，何必有鶻何必鶴。公瑾與阿瞞，朝露倏已乾。憒憒後世人，蠻觸猶相殘。東坡振筆興飛舞，教人尋樂莫尋苦。造物固有無盡藏，江山風月誰爲主。自從東坡開鼻祖，繼起文章千萬數。較量身價竟如何，但使能樂即東坡。東坡文章恣探索，東坡之樂難揣摩。樂莫如沖霄鵬，苦莫如撲燈蛾。去就由我匪由他。吁嗟乎！人生雖坎坷，性中都具菩提果。從極苦後證極樂，譬若耕傭入陳王宮。乍見沈沈夥西土，蓮花千萬朵，千萬東坡蓮池坐。况我曾司香案侍玉皇，遷謫亦向人間墮。我不敢謂今日之人無八百年前之東坡，人又安知八百年前之東坡非今日之我。

《東坡赤壁集》

游赤壁放歌

程莘任

讀書不出户，何知賢上賢。登峰不造頂，何知天外天。萬里乘風泛客船，遥見赤壁撑雲煙。帆收晚泊層巖下，躍身直上山之巔。樓閣玲瓏傍雲起，昂然獨立青空裏。城郭人民落掌中，沙鳥風帆奔足底。西望夏口遠，煙水何茫茫。東瞰武昌近，陵谷何蒼蒼。長江落照紅如火，猶認孫曹古戰場。怒濤突吼起銀甲，老樹縱横動劍鋩。一自烏鵲南飛鶴西去，只賸髯蘇前後兩篇賦。陡然擲筆向空中，百萬雄師安敵住。亘古能傾學士心，至今常起神靈護。我來此地興悠悠，長嘯酣歌最上頭。俯仰乾坤皆自得，英雄才子誰千秋。少焉月出東山上，有客吹簫風送響。歸來乘醉臥扁舟，時作天際真人想。男兒有志拔塵寰，武烈文功視等閒。明朝黄鶴樓頭上，斗覺嶔崎突兀卓立江皋間。

《東坡赤壁集》

赤壁歌

夏紹笙綺秋，衡陽。

我來江上求赤壁，嗟彼浮雲作强敵。揮毫灑落雲亂浮，疑是南溟大鵬擊。蛟龍戰，江漢翻，劍膽横摧波心寒，血濤肉浪飛上天。狂風怒號人鬼哭，火中誰復鼓樓船。横槊英雄今何在？空餘赤壁照雲海。還在鯨鯢藏九淵，驚看仙人吐奇彩。

《國歌類編》

赤壁歌

汪桑筱舫，黄岡。

大江東去水滄茫，赤壁巍峨接大荒。何人遊興獨稱狂，昔年蘇子曾徜徉。猶憶十月月明夜，江頭一葦飄然下。高皋層巖不可攀，萬傾水勢如奔馬。谷應山鳴復峭然，得魚携酒意懸懸。意懸懸，天將曙，羽衣道士更蹁躚，孤鶴一聲横江去。

《越蔭堂詩草》《桃潭合鈔》

補　遺

劉芙裳孝廉誦余《赤壁懷古》詩，學博程維周同年亟賞之，次韻見寄，賦此奉答

清・錢崇蘭湘畹，黄岡。

我讀先生赤壁詩，墨瀋入石蟠蛟螭。詩工墨妙兩奇絶，力所難到空嗟咨。先生何所聞，問我賦赤壁。嗚呼如昨夢，夢斷難再覓。是時桂林詞伯乘星詔，謂龍翰臣師。江山無事宣宗朝。我時年少意氣驕，恍從蘇子聞吹簫。詩成走筆書在紙，桂林詞伯色然喜。回思二十三年矣，豈知赤

壁成荆杞，豈知詞伯歸蒿里。電激飆馳人事更，亂餘獨賸老門生。黄州即是西州路，落日寒烟無限情。成速已往牙結折，往事淒涼向誰説。海水天風遇賞音，先生念我衷腸熱。衹今赤壁似從前，樓閣玲瓏小雪天。君詩日月中天懸，我詩爝火何敢燃。君詩我詩那足道，但願江山無事千萬年。

《湘畹詩存》

黄州赤壁集卷第五

蘄水　聞愓愓生參訂
黄岡　汪桑筱舫纂輯　男　晉康侯校字
羅田　王夔武繩余參校

詩　四

近　體五言

黄州寄李岳州

唐・杜牧牧之，萬年。

城高倚絶巘，地勝足樓臺。朔漠煖鴻去，瀟湘春水來。縈盈幾多思，掩抑若爲裁。返照三聲角，寒香一樹梅。烏林芳草遠，赤壁健帆開。往事空遺恨，東流豈不迴。分符潁川政，弔屈洛陽才。拂匣調朱柱，磨松斟玉杯。棋翻小窟勢，爐撥冷醪醅。此興余非薄，何時得奉陪。

《樊川集》

臨江亭

宋・晁補之无咎，清豐。

古木嘯寒禽，層城帶夕陰。梁園多緑樹，楚岸盡楓林。山際豈爲險，江流長自深。平生何所恨，天地本無心。

《雞肋集》

赤壁圖

元·楊載仲宏，錢塘。

寂寂長江夜，同人共泛舟。清尊方澹蕩。孤櫂且夷猶。望遠幽禽度，歌長獨繭抽。千年遺蹟在，不逐水東流。

《歷代題畫詩類》

赤壁圖

元·虞集道園，仁壽。

過鶴生新蘿，携魚憶舊遊。清霜凋木葉，落月湧江流。隱者時堪訪，良田亦易求。如何玉堂夜，白髮不生愁。

《歷代題畫詩類》

夜泛赤壁

元·楊惟中

暫艤清江舸，來登赤壁山。怒虬松偃映，漱玉水潺湲。明月尊前色，丹崖戰後顔。高城催暮角，醉倚棹歌還。

《東坡赤壁集》

蘇子遊赤壁圖

明·何景明仲然，信陽。

垂老黄州客，高秋赤壁船。三分留古跡，兩賦到今傳。落日寒江動，青山斷岸懸。畫圖誰省識，千載尚風煙。

《何大復先生集》

赤壁感興

明·方豪思道，開化。

曲磴孤亭抱，危崖古木攢。泉聲絃裏聽，山翠畫中看。往事悲蠻觸，名賢惜羽翰。登臨須拚醉，洗琖向清瀾。

《斷碑集》

赤　壁

明·張治文邦，茶陵。

赤壁周郎渡，清江蘇子臺。林亭依緑水，石磴入蒼苔。銅雀興亡憾，金蓮際合才。乾坤餘舊迹，惻惻古今哀。

《沅湘耆舊集》

黄州登赤壁亭

明·廖道南鳴吾，蒲圻。

亭倚石巖開，風鳴萬樹哀。人閒不知去，鳥倦忽飛來。江勢平吞閣，山形曲抱臺。雲林秋色霽，真自可幽懷。

《黄岡縣志》

赤壁席上

明·童承敘内方，沔陽。

磴曲城邊峻，江清檻外浮。天花籠佛閣，巖竹過人頭。摩詰瑶編共，文翁綺席留。斷雲供徙倚，此意更悠悠。

《東坡赤壁集》

赤壁和童内方韻

明・崔桐來鳳，海門。

巖壁淩秋浄，江烟向夕浮。賢豪總陳迹，感慨一回頭。亭爲披雲起，觴因遲月留。登臨有餘興，酬唱思悠悠。

《東洲集》

季夏遊赤壁，偕子言諸公

明・王廷陳稚欽，黄岡。

六月軒楹敞，三分割據雄。江迴城抱日，艦過岸餘風。詞賦留天上，旌旗在眼中。霸圖今已歇，幽賞幾回同。檻外鳧鷗亂，尊邊雲霧通。松杉盤虎穴，臺榭接龍宫。早歲辭朱紱，玆游感數公。願言携桂楫，常此狎漁翁。

《夢澤集》

暮春共適軒小集

明・郭鳳儀桐岡，開封。

壁峻臨修路，亭虚俯近關。到籬江漢水，隔岸武昌山。簿領一春過，壺觴半日閒。便須同二客，酩酊棹歌還。

《赤壁藝文志》

同戴前峰遊赤壁

明・卜大同吉甫，秀水。

共有探幽興，言尋赤壁遊。昔賢不可作，吾輩復相求。孤鶴今何在，長江漫自流。因之重懷古，對此且淹留。

《監泉集》

登赤壁有感

明・吴國倫明卿，興國。

風流蘇學士，所志癖登臨。赤壁雄荆楚，滄江見古今。石懸官閣外，帆迫女墻陰。尚有垂竿者，能知戀闕心。

《甔甀洞稿》

八月初五夜集赤壁二首

明・徐學謨叔明，嘉定。

萬堞淩丹阜，千家俯白雲。雄圖餘戰伐，清籟隔氛氲。月色遠山盡，江聲静夜聞。回鑣看斗直，懸漏欲宵分。

兩賦已陳迹，諸公復勝游。問年還應戊，爲客正逢秋。月隱蛟龍窟，風將江漢流。爽來重洗杓，懷古思悠悠。

《海隅集》

黄州邀飲赤壁

明・翁溥德宏，諸暨。

昔賢餘勝事，此地一追游。山帶平蕪合，江連灝氣浮。虚亭淩翠巘，絶壁訝丹邱。巫峽雲初散，湘潭雨乍收。孤煙通夢澤，返照下芳洲。天迥横雲鶴，沙清泛水鷗。輕帆飛樹杪，高棟掛城頭。古俗存黄國，清風滿竹樓。近郊登黍稷，遺響接歌謳。詞賦懷蘇子，風流見細侯。萬峰齊逸興，千載共清秋。酒爲波光盡，車因月色留。多君握瓊玖，桃李若爲投。

《知白堂稿》

郡侯桐岡邀飲赤壁漫賦

明·陶珪廷獻，黄岡。

亭敞因崖竣，江空縱目遥。郊遊陪後乘，羹俎想前朝。山氣秋逾爽，波光晚更饒。林端停五馬，雲際下雙雕。縱酒金罍倒，聞歌翠管調。文星今正朗，霸業向誰驕。已愜懸車臥，寧煩折簡招。高情忘酩酊，醉眼入空寥。

《雪堂集》

赤壁懷古

明·鄒迪光無錫。

懷古獨登臺，臨江思鬱哉。波光清刺楫，露氣白銜杯。事業空沉戟，英雄已劫灰。惟餘蘇子賦，讀罷鶴飛來。

《郡齋稿》

赤壁奉和魏懋通司理

明·鄒迪光

來游集道侶，杯酒愜生平。楚雨聽簫歇，湘雲帶梵明。月於深坐得，天入放歌清。最喜陽春雪，飛來滿座驚。

同上

王伯固邀遊赤壁二首

明·邱齊雲謙之，麻城。

百折城西路，臨江赤壁分。經時憂積雨，一日破層雲。柳色望中盡，漁歌醉裏聞。磯頭無駭浪，還欲攬斜曛。

移尊尋往迹，鼓棹破江烟。感此浮雲事，焉知赤壁年。渚風吹水立，山月入窗懸。一片淒涼色，無人不可憐。

嘉慶《湖北通志》《吾兼亭集》

赤　　壁

明・石崑玉楚陽，黄梅。

石峭孤霞曙，波澄半壁天。雲消士馬陣，月傍斗牛懸。野火明山鬼，江風御水仙。漁樵歌互答，誰扣木蘭舷。

樓憑丹嶂起，浪作彩虹浮。烟斷三朝堠，風迴二客舟。江渾龍鬬日，山静鶴横秋。今夕非壬戌，何人載酒遊。

《石居士詩删》

泊赤壁

明・車大任子任，邵陽。

地是烏林舊，名還赤壁留。獨詢三國事，空見一江流。風落山樵地，霜凋楚客裘。孤舟今夜夢，明月冷沙鷗。

《螢囊閣集》

赤壁樓上，同弟綏父陪劉維芳雨集

明・王同軌行甫，黄岡。

登樓披岫色，尊酒暫從君。檻集千峰雨，窗流滿榻雲。魚龍寒自蟄，鴻雁暮爲群。共醉空明上，人間世界分。

《蒼蒼閣稿》

赤壁再泛

明・祝世禄無功，江西。

水落磯頭石，霜林紅欲燃。重來摩赤壁，孤嘯破蒼烟。雁下瀟湘雨，人歸雲夢田。江山英爽在，平挹一尊前。

《環碧齋詩集》

赤壁餞姚允初使君之作

明・茅瑞徵五芝，歸安。

不盡登臨興，憑欄賦未晞。杯遲頻燭短，歌囀雜塵飛。漲水浮青嶂，横舟點緑磯。送君從此遠，日暝竟何依。

《澹泊齋集》

赤壁樓春望二首

明・曹士謨黄岡。

平原千里目，騁望更登樓。春到淩崖樹，風移上瀨舟。殘陽明峭壁，倒影動澄流。欲盡林泉勝，藤蘿一徑幽。

著屐探幽徑，微痕翠映苔。雲低空野合，岸狹遠江迴。黯澹初垂柳，蕭疏半落梅。遥天下明月，清興夜歸來。

《東坡赤壁集》

秋夜泛舟赤壁

明・孫錫蕃斐臣，黄岡。

吴楚江煙裹，深林一艇開。桐疏識露重，柳拂礙波回。巖墮孤雲度，山彎水月來。論文在幽獨，古色滿蒼苔。

《復庵詩文集》

赤壁二首録一

明・邢昉孟貢，高淳。

再躡磯頭石，層崖落景荒。戰猶疑霸迹，名竟與周郎。形勢宜雄楚，登臨想謫黄。不知此江色，東去亦何長。

《石臼後集》

晚泊黄州

明・杜濬茶村，黄岡。

赤壁雲初暝，烏林日漸紅。波摇兩岸火，人語隔江風。夢鶴驚蝴蝶，燃犀逼水宫。天寒游子意，清夜月明中。

《變雅堂集》

赤壁懷古

明・王承祐黄岡。

勝跡留丹壁，江城接晚霞。逕穿高閣曉，影落鏡湖斜。遠岸迎帆過，孤汀宿鳥譁。舉杯山月下，攀石野篁遮。鶴羽依秋葉，簫聲灑白沙。樽開寒雨濕，榻受曉風賒。望望思仙客，淒淒感物華。東來道士夢，時復數歸鴉。

《黄岡縣志》

赤　　壁

清・劉有光杜三，攸縣。

萬古此山在，獨傳壬戌秋。揮杯聊勸影，長嘯自登樓。木葉霜微脱，松鱸釣未收。飛鳴誰過我，斗酒大江流。

横槊推前輩，微茫獨振衣。月明烏鵲在，江迴伯圖非。一粟觀滄海，百年此釣磯。洞簫何處是，空扣夜船歸。

《楚風補》

夔武按：張竹樵清標《楚天樵話》云：赤壁，孫曹鏖兵處，前人辨論頗詳，總以嘉魚爲是，獨蘄州顧黄公景星謂斷在黄，而歷引雜説證之，終是舌本倔强。黄公集中《赤壁記》，力主孫曹戰争之赤壁在黄州，其評邵青門長蘅《赤壁記》亦云：舊説赤壁在嘉魚，而黄州乃子瞻訛也。余過大冶回山，西北有小嶼臨江，曰獅子磯，地有平石，刻“醉寅窩，孟德書”六字。北岸散花洲，公瑾散花勞軍處，必孟德自荆州來略地至此。若云赤壁在嘉魚，則曹兵敗即北走，何由至此？恐黄州是也。獅子磯，游者罕到，而志亦不載，豈子湘所謂“山之遭，固有幸有不幸”耶？附識於此，以俟博古者。然自坡公兩賦後，過黄州者率援引孫曹事。予嘗謂文人涉筆，遂使山川易位，可愛亦可笑也。攸縣劉杜三有光二詩最佳，今録於此云云。意象沈渾，有釃酒横槊之風。又云黄岡孫桒臣錫蕃工詩，其《赤壁秋汎》云“桐疎識露重，柳拂礙波回。崖墮孤雲度，山灣水月來”，《晚過九峰》云“秋老白蘋渚，僧迴紅葉橋”，皆工造語。張氏所云二詩，即此所收是也。此二則亦赤壁詩話，存之。

赤　壁

清・施閏章愚山，宣城。

攲石荒烟路，千年人自遊。空青連赤岸，虚白倚滄洲。日氣鮫宫暖，風聲漢水秋。誰憐詞賦客，今古一虚舟。

《學餘堂詩集》

同僧登赤壁

清・曾畹庭聞，寧都。

看碑尋赤壁，采菊到黄州。雁氣回秋渚，江聲撼酒樓。兵戈雙淚眼，吴楚一孤舟。蕭瑟匡山客，應隨慧遠遊。

《金石堂集》《別裁集》《江西詩徵》

赤壁懷古

清·于成龍北溟，永甯。

赤壁臨江渚，黄泥鎖暮雲。至今傳二賦，不復説三分。名士惟諸葛，英雄獨使君。今朝懷古地，把酒對斜曛。

《于清端政書·吟詠書》

臘月十二日，置酒赤壁磯頭

清·張士淑耳聖，蘄州。

餘生雖自厭，幾載度黄州。古壁登臨少，寒江歲月流。空吟烏繞樹，還憶鶴横舟。把酒澆殘臈，依稀壬戌秋。

《雲溪雜著》鈔本

赤壁春望偶成

清·吴升東集薇，黄岡。

偶眺臨巖際，春光作意來。衆山經雨後，無處不雲開。漸覺青歸柳，猶餘白在梅。輕寒方陣陣，莫放手中杯。

《國朝詩的》

經黄州

清·程封伯建，江夏。

已入齊安路，難尋古竹房。所餘惟赤壁，不信是黄岡。城郭烟能數，蘆汀鳥易藏。年年師友夢，過此竟蒼茫。

姚全《十五國風删》，一作《詩源初集》

桑按：考《于清端政書》，康熙初，郡城一帶猛虎絶多，行人路絶。其呈報張撫臺朝珍文稱“地方妖異甚夥”，可見當日黄州附郭之荒涼。

宋牧仲判黄州時，曾出城獵虎，邵青門集中有《獵虎行》紀其事。順、康間之郡城如此，皆可與此詩參看。又，崇禎季年，堵文忠胤錫備兵黄州，善化吴去慵愀以門下士，依文忠在黄，其《渌溪夜泊呈牧游老師》詩，亦可想見爾時寇禍之慘，云："蒿目中原路，縈懷此夜舟。淚横非繫别，憤絶不成愁。明月渌溪樹，長風赤壁流。古人勛業在，呼白爲君浮。"是時流寇縱横四郊，文忠在黄州城，有《縫甲泣》樂府一篇，字字血淚，正與吴此詩哀憤相同。此詩見陶瑄《國朝詩的》。又，《詩的》載長沙陶五徽大雲《阻石頭，登眺祭風臺》云："凭高頓忘石尤飄，衹覺東風積未消。鼙鼓一江餘戰伐，羽毛千古在雲霄。白波聲裏征帆杳，赤壁巖陰釣艇饒。道路只今看霸略，無才應合老漁樵。"考此詩，當爲嘉魚祭風臺而作，詩中"赤壁"句或指嘉魚。潛江杜簡泉郢《雪堂詠古》詩，於嘉魚赤壁外，亦有《祭風臺》一律可見。然黄州赤壁右近亦有祭風臺。康熙《黄州府志》云："祭風臺，在縣東南三里許，有七星塘。塘東岸有小阜，世傳諸葛亮祭風所築。或云韓琦築。"光緒《黄岡志》改爲落星臺。蓋以郡人不主周郎赤壁在黄州之説，故諸家詠祭風臺之詩，不問其爲黄州題爲嘉魚題，此編都未收入也。

赤　壁

清・張仁熙長人，廣濟。

孤城連赤壁，高帶大江流。魚艇千年事，荒祠獨夜愁。天晴堪去雁，水落正芳洲。久客經行地，蕭蕭蘆荻秋。

《藕灣集》

赤壁懷古

清・汪國瀠漪園，黄岡。

岞㟧臨江路，春殘試一登。微風吹客舫，遠水掛魚罾。崖有歸栖鳥，門無識面僧。更尋前後賦，荒草蔓層層。

《樂志齋存詩》《桃潭合鈔》

檃括蘇賦十首

清・賈鉝可齋，臨汾。

我來登赤壁，挾友共淩風。山色蒼茫上。江流浩渺中。幾盤休洞口，一瞬喜天空。彼美蘇安在，長歌四顧雄。

鬱蒼皆抱户，惟少桂千章。窈窕出孤壑，徘徊周上方。武昌疇自見，夏口岸相望。白鷺詩成處，南游駕共藏。

予懷繆已破，羨此半川清。千里江陵接，長艫落日明。秋吹波驟立，風震谷潛鳴。葉脱時方肅，飛霜凜欲生。

肴核既能攝，歲時將亦消。何人知屬賦，有侣適携簫。目斷幽蘭娲，襟憑烏鵲飄。扁舟今可就，婦子託漁樵。

徐泛盈匏酌，用斯遺世游。踞巖驚虎豹，横槊笑蜉蝣。名姓海中粟，旌旗江上秋。坐來悲孟德，西去困荆州。

雪堂巉絶地，白道識臨臯。草木久無主，魚蝦各得曹。登攀窮造化，俯仰寄秋毫。東問黄泥坂，蛟宫暮獨高。

蹁躚玄鶴舞，餘響應滄龍。水降石横渚，山虚月湧松。危巢音破戛擊，鱗木影蒙茸。籍酒與登嘯，謂阮籍、孫登。終需二士從。

吾衣披羽似，吾履御風如。放睡倚爲枕，安行步是車。呼樽釃斗酒，洗盞縷鱸魚。反笑昔遊者，牛山嘆逝虚。

馮歌誠固耳，白飲蓋寥焉。用彈鋏生及醉吟先生傳事。在客乃謀室，舉杯會樂天。鹿麋游渺渺，山水遇仙仙。漁網紙名。開千尺，須留待巨然。巨然，僧，擅畫。

扣舷風細甚，光起一輪和。正取清聲答，不禁良夜過。飛星嘗動酒，栖鶴也聽歌。小棹輕槳掠，薄言歸泝波。

《赤壁志》

赤壁晚眺

清・彭一卿

餘照覆城陰，登臨散素襟。暮烟横陌上，明練織江心。雁陣分歸路，烏棲返舊林。漁燈依岸晚，相對且聯吟。

《黄岡縣志》

雨中赤壁

清・王材升

到來將一月，赤壁已三過。風雨皆詩料，江山足笑歌。路偏通鳥道，衣好伴漁蓑。莫話興亡事，豐碑字總磨。

《黄岡縣志》

赤壁懷古

清・胡之太康臣，黄岡。

振衣千仞上，江水自東流。吴楚壤相接，孫曹戰未休。臨風悲巨檻，對月憶層樓。望古多遥集，名賢雅好游。

《卦餘集》

題顧南雅孝廉蒓《從遊赤壁圖》

清・張問陶仲冶，遂寧。

赤壁遊踪杳，披圖尚灑然。榮枯皆幻夢，忠孝此神仙。鶴影横江出，簫聲入夜圓。憑空又壬戌，回首近十年。

《船山詩草》

黄州臨皋亭

清・徐經芸圃，建陽。

風月無常主，江山分外清。徘徊山月下，惆悵江風生。二客今何許，東坡自有情。千秋赤壁下，誰共白鷗盟。

《雅歌堂慎陟集詩鈔》

七月望六，舟泊赤壁

清・徐本僊佑倫，蕲水。

晚舟經赤壁，布席倚層隈。水月情相得，風雲静不來。景清生氣味，天迴接樓臺。獨飲如銀夜，襟懷暫好開。

七月維舟夜，偏當既望時。可憐簫裏訴，長弔槊頭詩。一瞬乾坤在，三更月露遲。問年過五百，逝者漫如斯。

《曲辰堂詩集》

東坡赤壁圖

清・彭淑秋潭，長陽。

木葉下黄州，臨皋生客愁。一時歎豪傑，千古想風流。水落寒波夕，江空白露秋。如聞歌水調，翹首憶瓊樓。

《秋潭詩集》

黄州晚泊

清・李調元雨村，綿州。

赤壁煙初合，烏林月欲升。鳥投摇岸樹，人語隔江燈。夢去家疑近，愁來枕自憑。天涯遊子意，寒夜總難勝。

《童山詩集》

東坡赤壁後遊

清・吴錫麒聖徵，錢塘。

夕陰生赤壁，木葉已凋殘。照見人三影，吹來月一丸。老妻開酒甕，佳客出魚餐。遂鼓扁舟興，相忘午夜闌。

孤懷雲際嘯，陳迹醉中看。東去江流大，南飛鶴影寒。仙遊懷紫禁，夢幻笑黄冠。便欲乘風去，翩翩跨玉鸞。

《赤壁紀略》引《有正味齋外集》

赤　　壁

清・吴省欽冲之，南滙。

亂霞紅欲斷，斜抹女王城。一屐楊園暗，千帆荻渚明。溪漁閒接侶，沙鳥澹忘情。不是元豐客，誰標赤壁名。

臨眺尋常事，還憑作賦傳。杯盤隨草草，鶴羽逝翩翩。磴遠迎高曠，堂虚得静便。松屏揮六扇，須記玉堂賢。二賦堂屏，爲樓村修撰所書，而託名故守許錫齡。

落梅吹玉笛，直下琵琶亭。風月人長買，江山客暫停。墨碑縈敗蘚，戰艦散浮萍。又别鳧鷗去，秋山酒易醒。

《赤壁紀略》引《白華前稿・荆北集》

赤　　壁

清・戴喻讓漢陽。

未必功成後，山痕便劫灰。千年無戰伐，此地有樓臺。夢醒人俱古，天空鶴自回。深情吟兩賦，江山幾人來。

《黄岡縣志》

蘇文忠公祠

清・喻文鏊石農，黃梅。

亭憶臨皋古，坡公此滯留。江雲明窈窕，祠樹足清幽。已矣熙豐事，飄然壬戌秋。夕陽聊騁目，沙鳥滿滄洲。

《紅蕉山館詩鈔》

五日偕張生遊赤壁

清・喻文鏊

門生爲地主，佳節值天中。赤壁千秋古，東坡兩賦工。遭逢雖較美，文藻敢相同。細縷菖蒲屑，醇醪注淺紅。

《赤壁紀略》引《紅蕉山館詩鈔》

赤　壁

清・蔡履豫由庵，江黃。

赤壁古黃州，蘇公愛此游。畫船秋色裏，明月大江頭。斷岸生龍虎，空山臥斗牛。至今吟二賦，千載認風流。

《黄岡縣志》

謁蘇文忠公祠

清・劉熊興欣園，黃岡。

萬里峨嵋客，神祠結上頭。孤忠盟白水，小謫住黃州。風月千年在，江山兩賦留。瓣香誰肅拜，檻外碧雲浮。

《東坡赤壁集》

督運過黄州，寄題二賦堂

清·宋湘芷灣，嘉應。

事去千年遠，江來萬里流。三分遺赤壁，兩賦在黄州。風月孫曹後，山川壬戌秋。征夫有王事，不敢挾簫游。

《紅杏山房詩鈔》《楚艘吟》

揚帆下赤壁，越樊口，即西山，上有晉陶侃讀書處。遂達西塞。俗名道士洑。三首録一

清·包世臣慎伯，涇縣。

赤壁記前遊，寒曛帶客舟。訪遺尋曲磴，謁像拜危樓。劖石龍蛇古，盤巖虎豹愁。汎濤今縱櫂，烟樹認黄州。

《安吴四種·管情三義》

赤　壁

清·徐章仲韋，孝感。

赤壁波濤險，髯翁踏石行。蒼茫殘照影，不盡大江聲。鳥没秋雲斷，天寒野氣横。可憐飛鶴地，猶對武昌城。

《徐布衣佚稿》

檃括二賦詩十首

清·張楠耕石，黄岡。

予過黄泥坂，相從二客閒。孤舟淩萬頃，明月出東山。舉網魚曾得，危巢鶻可攀。劃然發長嘯，人影斗牛間。

舳艫千里盡，一葉駕扁舟。浩浩憑虚御，飄飄遺世游。霜催木葉脱，風湧大江流。是歲杯盤樂，無殊壬戌秋。

赤壁之游樂，茫然縱所如。玄裳縞衣鶴，巨口細鱗魚。逝者未嘗

往，流光信有諸。惟斯水與月，相對識盈虚。

有客若無酒，如茲良夜何。直將横槊氣，都付扣舷歌。窈窕美人遠，蹁躚道士過。清風江上起，無水不興波。

東望武昌遠，江流夜有聲。匏樽來薄暮，蘭槳擊空明。客有吹簫者，秋從斷岸生。偶然相顧笑，休問姓和名。

行歌互相答，直上履巉崖。幽壑潛蛟舞，横江孤鶴來。山川俱寥寂，天地此徘徊。疇昔旌旗影，而今安在哉。

白露横江下，天光接水光。予懷愁渺渺，山色鬱蒼蒼。崖劃蒙茸影，詩歌窈窕章。攝衣還獨立，把酒酹周郎。

感此蜉蝣寄，不知何所終。漁樵於渚上，枕席乎舟中。造化藏無盡，長江羡莫窮。飛仙難驟得，遺響託悲風。

四顧寂寥裏，清風動縞衣。大江自東去，烏鵲忽南飛。水落石仍出，月明星漸稀。凜乎難久駐，步自雪堂歸。

正襟危坐久，予亦悄然悲。十月霜應降，東方白不知。杯盤狼藉裏，風露復游時。寄謝車輪客，從今友鹿麋。

《瀛洲集》

赤壁遇陳九香秀才，見示近詩，賦贈一律

清・張維屏南山，番禺。

重來尋赤壁，忽遇太邱生。冰雪一枝筆，江山千古情。立身存傲骨，傳世薄浮雲。三楚風騷國，前賢待繼聲。

《赤壁紀略》引《花甲閒談》

與吴又桓比部、金鰲峰茂才同游赤壁

清・王嘉喆次珊。

赤壁枕江流，濤聲捲不休。巉巖蹲虎豹，夜雨走蛟虬。公瑾蹤何

杳，坡公屐尚留。我來吟二賦，銷盡古今愁。

《赤壁紀略》引《雪鴻軒吟草》

舟行望赤壁

清・萬瑞琉藻卿，應城。

是否鏖兵地，江山萬古雄。遊人曾作賦，過客偶推篷。遠水孤帆白，斜陽半壁紅。歸心急如火，還欲借東風。連日西北風逆舟。

《赤壁紀略》引《古峰詩草》

赤壁懷古

清・彭玉麟雪琴，衡陽。

天生奇絶處，閲歷事興亡。亂石穿空赤，寒煙接樹蒼。英雄餘感慨，名士有文章。烏鵲南飛去，殘燒賸夕陽。

《吟香館愁草》

赤壁經兵燹，非復舊觀矣。昨夢游其處，得句云“古石虬龍在，空山猿鶴哀”，若有慨乎言之者，醒續成之

清・洪良品右臣，黄岡。

野戍角聲回，川原一劫灰。江空寒月白，秋老陣雲開。古石虬龍在，空山猿鶴哀。羽衣人不見，吹笛夢中來。

《龍岡山人詩鈔》

登赤壁亭

清・洪良品

誰知兵火後，亭子復登臨。樊樹參差見，江流日夜深。魚龍依戰壘，城郭帶秋陰。安得吹簫者，扁舟載月吟。

同上

早秋遊赤壁

清・彭一楷端樹，漢陽。

流陰如過客，對景想前賢。閣以人傳勝，山因賦并仙。江帆開夕照，窗竹變秋煙。不是耽幽興，何能醉未還。

《耕雲堂集》

游赤壁

清・鄒湘倜資山，新化。

赤壁自千秋，蘇公往蹟留。不堪風月夜，對此舳艫流。江列旌旗蔽，城圍鼓角愁。吴中何日靖，建節尚黄州。時胡中丞駐節黄州。

《雅雪園詩鈔》

遊赤壁

清・樊恭懋豁齋，松滋。

前途何處宿，日暮且停舟。聞説黄州近，因爲赤壁遊。丹梯連屋角，碧殿壓城頭。蘇氏遺碑在，于公舊像留。

文章驚百世，德政仰千秋。横槊功何有，鏖兵事已休。登高舒宋怨，望遠散張愁。漁唱清風發，長江月湧流。

《樊豁齋詩集》

赤　壁

清·李樹瀛香洲，石首。

萬里寒濤咽，千尋赤壁開。幾人乘月上，孤鳥渡江來。坡老三秋賦，周郎一代才。至今餘廢壘，相對轉增哀。

《棲雲山房詩鈔》

題《東坡游赤壁圖》

清·何明雪園，蘄州。

秋老潮初落，風高月正圓。江山新畫稿，忠孝古神仙。官味看雙鬢，詩情載一船。郡城舊遊處，惆悵避烽烟。

《葵藿齋詩集》

《夢遊赤壁圖》題詞

清·仇炳台竹屏。

黄州千古勝，夢裏愜仙遊。風月雙清夜，江山萬里秋。詩懷今夕好，霸業幾人留。別有横雲小，登高一泛舟。吾郡横雲之東有小赤壁，每歲重九，同人有登高會。

《屑玉叢談二集》

前　題

清·潘崇福子樓。

浩浩天風御，神遊更若仙。蜨魂迷栩栩，鶴影掠翩翩。吴楚長流接，江山霸業偏。古今同夢幻，只有月常懸。

同上

赤壁晚眺

清・李嶽庚月峰，蘄春。

樓閣亂雲屯，斜陽半壁昏。遠天沈夏口，野水拍山根。霸業東吴盡，才名北宋尊。迷茫星月换，今古不堪論。

《李氏遺書》

集東坡前後賦字，紀游赤壁

清・黄仁黼彝伯，善化。

半壁臨江上，予懷樂酒杯。客驚烏鵲過，人泛斗牛來。木落千巖出，波横萬頃開。蒼茫無盡意，物我共徘徊。

縱目東西望，飄然此放舟。山川臨户窈，風月倚歌幽。鶴睡留清夢，蛟鳴莫夜游。吾生滄海寄，天地一蜉蝣。

《赤壁藝文志》

游赤壁，次壁間韻

清・田維翰西垣，漢陽。

何限興亡感，登臨最上頭。江山餘赤壁，風月數黄州。鶴夢宵難覓，鴻泥雪又留。文章能壽世，富貴祇雲浮。

《赤壁紀略》引《子固齋詩鈔》

過黄州，望赤壁山下

清・邱瑞龍雪濤，黄陂。

記從赤壁下，冒冷駐吟鞭。路入黄泥坂，人來白雪天。前數年，雪中曾遊是處。光陰真過客，風月晤前賢。横槊功名老，秋江一抹烟。

《江行集・古香閣集》

赤壁晚泊

清·何楚楠友莊，蘄春。

風捲雷聲去，滄江又晚晴。銀刀魚出網，匹練馬歸城。舉酒呼雲醉，登樓看月生。未忘興廢事，蘇子太多情。

《鈍園詩鈔》

晚登赤壁

張子麟天石，蘄州。

乘興出城東，南山夕照紅。高歌來赤壁，把酒問詩翁。漁火分先後，山僧話始終。人隨流水去，明月滿空中。

《天石詩稿》

赤壁舟中對月

楊圻雲史，常熟。

細浪無聲息，舟中生晚明。清江流萬里，山月照孤城。村酒獨成酌，風帆多夜行。殷勤遠相送，淒絶伏波營。

江月多於水，江風酒氣微。青天聞石出，赤壁有人歸。幾處漁歌起，三更烏鵲飛。水邊津吏散，岸語覺鐙稀。

《江山萬里樓詩鈔》《强年集》

題《東坡游赤壁圖》後

黄嗣艾績宣，漢陽。

今夕是何年，月明仍放船。吟魂招欲出，秋思澹於煙。霸業群雄敵，才名謫宦傳。劫餘身健在，一鶴證蘇仙。

尋因玉局觀，向老水雲鄉。賸跡逢詞伯，前朝說省郎。兹游興不淺，重展意何長。高詠丹青引，山川自鬱蒼。

《東坡赤壁集》

赤壁書懷丙申

韓樾曉榛，黄岡。

赤壁何前後，坡仙紀勝遊。聊將兩篇賦，爲解一分愁。曠覽無前古，重經幾孟秋。我來剛七月，能讓昔人否。

《景梅草堂初稿》

赤　壁丁巳

韓　樾

峭壁拏空立，長江劈地流。昔時人已杳，今日我重遊。俯仰成千古，浮沈入萬秋。淘殘多少事，把酒問沙鷗。

同上

十月之望，擬重游赤壁未果，對月寄興

王樹榮仁山，吴興。

再勸當頭月，今宵共此樽。坡仙一去後，千古幾黄昏。時局更新易，名山依舊存。横江孤鶴杳，詩夢莽乾坤。

《剛齋吟草漫録》

丙寅遊赤壁有感

蕭錦章拂塵，黄岡。

邾城曾碎瓦，赤壁尚高樓。故宅空文藻，荒江急亂流。已非趙宋世，安問楚天秋。莽莽幾壬戌，清風吹未休。

西山王氣盡，吴魏霸圖空。憑眺蒼茫裏，思懷歌哭中。昔人盛戎馬，今日睡魚龍。花草尋幽境，遲予避暑宫。

二客遺名姓，千秋附大蘇。依人終碌碌，望治豈喁喁。明月與終古，浮雲通太虚。一腔霜露意，不感食無魚。

疇昔隨麾蓋，樓船幾壯遊。昔隨先炳武公遊此。屐痕增痛哭，名蹟助淹留。有句應題壁，無人孰共舟？凭欄思舊德，不忍過黄州。

《東坡赤壁集》

東坡後十四壬戌，同人集飲赤壁

黄蠹聲

千載訪清遊，仍傳壬戌秋。江山猶赤壁，風月尚黄州。霸業只陳迹，豪情結勝流。一觴兼一詠，何事問曹周。

晨過黄州望赤壁

張銘仲珊，蘄春。

薄霧曉初散，嫩陽時欲明。黄州餘雉堞，赤壁寂簫聲。苔點燒痕古，舟過鶴影横。臨風仰髯叟，重泛月光清。

《萃英堂詩草》

壬戌七月，赤壁懷東坡二首

林守素

坡老清遊夜，千年復此逢。雪堂杳何許，泥坂欲相從。迹往江山在，身閒風月供。不須横槊賦，斗酒足澆胸。

鄂渚淹留日，頻懷赤壁遊。世雖異炎宋，序卻屬清秋。天地惟詩卷，生涯且釣舟。中原久戎馬，莫遽涕雙流。

《東坡赤壁集》

赤壁泛舟

徐炳龍臥魚，蕲水。

風雅今消歇，扶輪未易求。騷人懷赤壁，秋興滿黄州。玉宇驚寒意，銅琶歎逝流。吹簫與横槊，誰復擅千秋。

一鶴隨蘇子，臨皋合共歸。才高來衆謗，心静悟禪機。雲起西山合，江流釣石非。扁舟風月夜，夢想尚依稀。

《東坡赤壁集》

赤壁泛舟

袁德宣

赤壁記重游，時經幾度秋。地傳前後賦，客解古今愁。勝蹟篇中紀，奇聞筆底搜。翩翻玄縞鶴，猶夢美髯不。

江山誰復識，風月尚依然。渺渺予懷後，茫茫浩劫邊。扣舷成往事，横槊憶當年。無限滄桑感，都憑尺幅傳。

《東坡赤壁集》

壬戌七月望，游赤壁作

雷光曙

坐讀赤壁賦，起爲赤壁游。千年尋勝跡，一葉駕扁舟。落日銜堤柳，微波蕩水鷗。人生幾壬戌，一瞥楚天秋。

歲月匆匆去，長江滚滚來。尋公遺世樂，觸我好懷開。夜静千崖寂，天空一鳥回。東方猶未白，且盡掌中杯。

《東坡赤壁集》

壬戌新秋，有事樊口，渡江游赤壁，瞻拜蘇文忠公遺像

范澤民

偶過黄泥坂，來招赤壁舟。名賢留二賦，韻事攬千秋。歲運逢壬戌，文星下斗牛。江山風景異，多難此登樓。

曠世應同感，浮雲變幻中。人文淆大陸，黨派勝元豐。欲具澄清志，難言造化功。瓣香拜遺像，自署葛山傭。

《東坡赤壁集》

登赤壁留仙閣有感時閣中神像已毁

萬學海漱青，黄岡。

意欲留仙住，仙歸不可留。江天沉夢鶴，浩劫認閑鷗。月朗餘瀛海，雲深滿戍樓。不憑神陟降，開户豈勝愁。邑人楊鴻鈞留仙閣側户聯語有“於此間開户視之”之句。

《怡情館稿》

登赤壁于公祠

萬學海

勞余拾級上，祠宇不生秋。名重豈凡響，神歸在上頭。清風坡老共，落日漢江流。漁舍洲邊火，時爲一杖留。

同上

赤　壁

蕭道澤畏厂，鄂城。

孤忠甘小謫，吏隱樂何如。夢繞横江鶴，遊邀古渡漁。待需妻有

酒，識趣客携魚。願共湖山老，嘲公任毁譽。

坡公曾再賦，此日我來游。亦有客同飲，唯無鶴掠舟。輕風明月在，泥坂雪堂留。勝蹟饒千古，斯人不可求。

《畏厂詩草》

赤壁感懷

童見仁情波，黄岡。

爲訪蘇公跡，重來赤壁遊。攝衣躋石磴，倚檻瞰江流。逝者原無盡，斯人不可求。蒼茫煙水外，孤鶴即吾儔。

情波近稿

赤壁感懷

汪翔南疇，黄岡。

風月無今古，江聲日夜流。黎民罹萬劫，赤壁自千秋。清夢驚孤鶴，浮名等泛鷗。蒼茫增百感，多難獨登樓。

予懷愁渺渺，聊作扣舷歌。赤壁滄桑感，黄州風月多。清遊窮造化，霸業付煙波。蘆荻秋聲勁，蕭蕭喚奈何。

《景蘇堂詩集》

乙丑重來監修赤壁，泛舟夜遊

汪燊筱舫，黄岡。

赤壁摧頹甚，欣欣一再修。築樓憑挹爽，新建有挹爽樓。鼓棹泛中流。孤鶴横江去，清風伴月遊。吹簫人宛在，泊岸且勾留。

《越蔭堂詩草》《桃潭合鈔》

重修赤壁蕆事，適逢月夜，偕友泛舟遊之

汪　燊

赤壁峥嶸在，携朋一快遊。荻花盈兩岸，風月載扁舟。夜影隨波樂，簫聲動客愁。扶輪人去後，何日再重修。

同上

赤壁懷古

汪　燊

鬱鬱千年後，長懷壬戌秋。江山增潤色，藻采助風流。皓月仍前古，長波洗近愁。髯蘇如可作，仙鶴再來不。

百代一坡叟，平生幾壯遊。浙西循績在，海外夢魂留。蜀國生才子，荆溪繫客舟。巍巍標兩賦，獨自重黄州。

同上

校《赤壁集》訖，夢見東坡，感成二律

汪　燊

昔讀《志林》話，少陵通夢魂。爲人明誤解，示我復何言。二賦傳天下，奇才動至尊。底應笑來者，弄斧在班門。

東坡夢道士，余又夢東坡。仍是黄州貌，如賡赤壁歌。殷勤通姓字，莊重等山河。斯集拳拳意，先生倘覺多。

同上

赤壁懷古

張謙愷玄，蘄春。

石壁千秋壯，江聲萬古哀。燒痕苔點緑，客淚雁摧來。葉盡楚山

樹，香飄雪壁梅。昔時人已杳，蘇賦憶仙才。

《趨庭詩草》

赤壁讀二賦，懷蘇子

汪逸經五，黄岡。

叟方發清興，客莫託悲風。各有千秋地，誰爲一世雄。蘆花盈岸白，漁火隔江紅。赤壁嘗聞五，黄州拜長公。

東坡化爲百，我亦一東坡。在水迷人影，依樓近月波。洞簫聲未歇，孤鶴影相過。難續三篇賦，聊賡數首歌。

《夢蘇集》

黄州赤壁集卷第六上

蘄水　聞愓愓生参訂
黄岡　汪燊筱舫纂輯　男　晉康侯校字
羅田　王夔武繩余参校

詩　五

近　體七言，由宋至明止

赤壁懷古

宋・蘇轍子由，眉山。

新破荆州得水軍，鼓行夏口氣如雲。千艘已共長江險，百勝安知赤壁焚。觜距方强要一鬬，君臣已定勢三分。古來伐國須觀釁，忽突成功所未聞。

《欒城集》

遊赤壁

宋・何頡之斯舉，黄岡。

兒時宗伯寄吾州，諷詠遺文至白頭。二賦人間真吐鳳，五年江上不驚鷗。蟹嘗見水人猶惡，鵲有危巢孰肯留。珍重使君尋往事，西風悵望古城樓。

《黄州雜詠》《墨莊漫録》《能改齋漫録》
《復齋漫録》《宋詩紀事》《湖北詩徵傳略》

葆心按：丁氏《湖北詩徵傳略》列何頡之、何迂叟爲二人，即以此詩繫何迂叟之下，蓋據《宋詩紀事》也。丁氏云："《墨莊漫録》謂靖康初，韓子蒼知黄州，頗訪東坡游蹟，嘗游赤壁，而賦所謂'棲鶻之危巢'不復存矣，因作詩示何斯舉。《宋詩紀事》乃云何迂叟。《復齋漫録》又云何次仲，未知其爲一人也，兩人也，今并存之。"余謂此乃丁氏襲《湖北通志》之言，未加考覈之説也。此詩當以張邦基《墨莊》之言爲據，其曰："靖康初，韓子蒼知黄州，頗訪東坡遺跡，嘗登赤壁，而賦所謂'棲鶻之危巢'者，不復存矣。悼悵作詩而歸。又何斯舉者，猶及識東坡，因次韻獻子蒼云云。"但《宋詩紀事》所載字句"遺"作"高"，"惡"作"怒"，"肯"作"敢"，"往事"作"故跡"。《傳略》本之，又訛"古"作"下"，餘並同《紀事》，蓋本自《復齋漫録》。《復齋》又本自吴曾《能改齋漫録》，云："東坡謫居於黄五年，赤壁有巨鶻，棲於喬木之上，後賦所謂'攀棲鶻之危巢，俯馮夷之幽宫'是也。韓子蒼靖康初守黄州，三月而罷，因遊赤壁，而鶻已去，作詩示何次仲迂叟云云。次仲答云云。二詩皆及鶻巢，蓋推賦中語而云也。"今考《漫録》所録次仲詩，即《紀事》所本，子蒼詩"到上頭"，吴氏《漫録》作"上上頭"，"空遺"作"空餘"。惟《漫録》謂"推賦而云"不知乃推《東坡志林》，所謂"二鶻巢赤壁上，有二蛟，或見之"之語也。丁氏不知迂叟即斯舉，故誤分爲二人。據王象之《輿地紀勝·黄州·人物》云："何頡之字斯舉，黄岡人，自號樗叟。東坡謫居齊安，斯舉年少，因侍教誨。韓子蒼守是邦，獨與唱和，所謂友其士之仁者。"觀此迂叟，即樗叟也。迂、樗聲近，次仲或其行第名。宋人名字之外，更有行第。仲與次皆行第之稱也。考《夷堅丁志·十三》，有嚴州人李次仲，名季可。知行第之稱，不嫌雷同，故他人皆用之，如漢人之稱次公也。考東坡居黄時，何氏人物不止樗叟。舊《黄岡縣志》稱"黄庭堅有《謝何十三送蟹》絶句三首。十三名覬，邑人"。又，東坡亦有《書贈何聖可》，曰"歲云暮矣，風雪淒然"云云。不審聖可又何人也？據此，何覬與聖可必爲樗叟族中之長年者。東坡與二人交游，故樗叟以兒童獲侍函丈也。又按《輿地紀勝》

稱“寒碧堂，在何氏所居，州東門之外，何氏兄弟作之以待東坡之至。東坡爲作畫竹石及賦詩”。然則今黄州東門外當尚可考何氏故居堂址，其地當亦去潘邠老兄弟所居不遠。《輿地紀勝》又云：“東坡，在州治之東百餘步，軾得之，築雪堂而居焉。去黄之日，遂以付潘大臨兄弟居焉。”然則由宋州治百餘步以考東坡雪堂，再由雪堂往東以考寒碧堂，則二潘二何之故居不難索得。當泐碑以志鄉賢故蹟。所云“何氏兄弟”者，即何十三覬與聖可也。次仲又二人子弟行矣。此吾黄自來方志未發明者，特爲存之。又，余謂齊安在宋時爲下州，據《能改齋漫録》稱“王元之謫齊安郡，民物特荒凉，殊無况。營妓有‘鼓子花’之誚”，此説亦可與余所謂“荒僻”者相證合也。

登赤壁磯

宋・韓駒子蒼，仙井。

緩尋翠竹白沙游，更挽籐梢到上頭。豈有危巢尚棲鶻，亦無陳蹟但飛鷗。經營二頃將歸去，眷戀群山爲少留。百日使君何足道，空遺詩句滿江樓。

《陵陽集》

赤　壁

宋・黄仁榮釋之，浦城。

磯頭風急水生文，懷古憑軒自不群。座繞空潭青似案，壁留殘照赭如雲。寒皋八月人思鱠，夜夢三江鶴是君。歌罷洞簫聲和處，滿林商意見秋分。

《東坡赤壁集》

黄州偶成

宋·戴復古式之，天台。

雁叫淮南雪欲天，倚樓無味抱愁眠。算從滄海白雲際，行到黄州赤壁邊。萬事忘於懷壯志，一生窮爲聳吟肩。鬢間白者休教鑷，要使天知老可憐。

《石屏集》

赤　　壁

宋·白玉蟾如晦，閩清。

不説江山笑老權，盡稱造化戲曹瞞。飛烏繞樹孤回首，斷戟沈沙怒激湍。豪傑已隨霜葉盡，興亡待付浪花翻。畫堂莫唱坡仙賦，戰骨堆中吟夜寒。

《赤壁紀略》引《海瓊集》

赤　　壁

宋·李冕

赢得功名兩鬢秋，巉巖登處漫夷猶。鄉關地迥三千里，金闕天高十二樓。鶴影伴雲飛渺渺，水光浮日去悠悠。憑誰唤起東坡叟，携酒中流夜泛舟。

《黄岡縣志》

讀《赤壁賦》二首

宋·文天祥宋瑞，廬陵。

昔年仙子謫黄州，赤壁磯頭汗漫游。今古興亡真過影，乾坤俯仰一虚舟。人間憂患何曾少，天上風流更有不。我亦洞簫吹一曲，不知身世是蜉蝣。

一嘯滄波浩浩流，隻雞斗酒更扁舟。八龍寫作詩中案，孤鶴來爲夢裏遊。楊柳遠煙籠北府，蘆花新月對南樓。玉仙來往清風夜，還識江山似舊不。

《文山集》

題武元直《赤壁圖》

金・李晏高平。

鼎足分來漢祚移，阿瞞曾困火船歸。一時豪傑成何事，千里江山半落暉。雲破小蟾分樹暗，夜深孤鶴掠舟飛。夢尋仙老經行處，只有當年舊釣磯。

《歷代題畫詩類》《中州集》

題《赤壁圖》

元・成廷珪

赤壁磯頭禿鬢翁，興來攜酒泛秋風。偶論水月盈虛際，併入江山感慨中。華髮多情傷老大，皇天無地著英雄。神遊八極知何許，良夜應騎一鶴東。

《歷代題畫詩類》

赤　　壁

元・程元龍嘉魚。

長江天塹繫安危，江上帆檣曳夕暉。繞樹月明烏未宿，横江夢覺鶴初飛。北兵劇潰三分定，西蜀中綿一線微。乘興登臨增感慨，山川如故昔人非。

《湖北詩徵傳略》

葆心按：元龍，或謂即程漢章從龍之弟。丁氏宿章稱其“詩格律整嚴而俊逸，似出自晚唐”。但其人爲嘉魚人，疑此詩爲嘉魚赤壁而作。然中有“横江夢覺鶴初飛”句，是程氏意亦以兩處對舉，故此一聯全用坡賦中語。大抵元明人於赤壁五處中祇注重黄州、嘉魚兩處。明包汝楫《南中紀聞》云：“周郎赤壁，在嘉魚縣境。余戊辰南還曾一寓目。若東坡所游，則齊安磯頭也，亦曰赤壁，蓋東坡遥指而言耳。今楚省人輒謂有兩赤壁。”此可證以程氏詩而知元明人之用意矣。

賦赤壁，贈蕭長史用導之靖江

明・金幼孜幼孜，新淦。

大江東去碧溶溶，水净平沙接遠空。月下勝游非舊日，眼中遺迹感英雄。猿啼斷岸孤帆雨，鶴唳滄洲一笛風。料想登臨無限意，題詩還憶訪坡翁。

《金文靖集》

赤　　壁

明・杜庠公序，長洲。

水軍東下本雄圖，千里長江隘舳艫。諸葛心中空有漢，曹瞞眼底已無吴。兵銷炬影東風猛，夢斷簫聲夜月孤。過此不堪回首處，荒磯鷗鳥滿烟蕪。

《明詩綜》

燊按：公序號西河醉老，以詩名，永樂時人。此詩出，一時傳誦，稱曰“杜赤壁”。見《文撮》及《明詩綜》。

東坡赤壁圖

明・劉泰世亨，海鹽。

黄州遷客氣如虹，夜放扁舟弔兩雄。東下火攻吴卒鋭，北來車戰魏師空。白沙折戟荒涼外，緑酒芳樽感慨中。爛醉不知天地老，江流終古浩無窮。

《歷代題畫詩類》

題赤壁

明・張昇啟昭，南城。

曉持憲節下神京，楚國秋風萬里程。潭底魚龍俱避影，山中草木亦知名。心同峭壁當空赤，人比寒江徹底清。懷古悠然興何限，坡仙遊處月分明。

《柏崖集》

和秦武昌《赤壁懷古》

明・李東陽西涯，茶陵。

楚雲荆樹擁嵯峨，一棹曾衝萬里波。時代不同嗟我晚，江山如此奈人何。地從割據終全盛，天遣文章爲不磨。聞説宦游兼弔古，鶴樓東下水聲多。

《懷麓堂集》

登赤壁寺閣，王稚欽攜酒至

明・崔桐來鳳，海門。

崔巍佛閣對江流，江草青連蘇子洲。銀漢橋虚愁雀度，珠光塔古抱龍遊。風雲舊物吾仍取，詞賦仙翁去不留。漫約王喬招白鶴，夜深還共月明舟。

王太史《夢澤集》附録

宴集赤壁書懷

明・王廷陳稚欽，黄岡。

春深游興屬芳洲，選地張筵對狎鷗。赤壁徑盤危磴出，青天城抱大江流。乾坤久厭三分業，山水仍含萬古愁。客散晴沙樓閣晚，佛燈漁火共悠悠。

《夢澤集》

赤壁懷古

明・朱仲鼎崇陽。

浪淘人物大江流，千古遺徽助眺遊。公瑾威名傳赤壁，子瞻豪興寄黄州。一枰勝負都成幻，幾輩升沉爲遣愁。風月依然誰管領，衹分清夢到閒鷗。

《崇陽朱氏詩萃》

同蕭良有赤壁夜飲口占

明・寇學海巨源，廣濟。

散髮長歌一舉卮，驚飛烏鵲過南枝。解衣沽遍黄州酒，信口吟成赤壁詩。水近莫嫌風過冷，山高休怪月來遲。平生踪跡煙霞外，問我家鄉總不知。

《廣濟耆舊詩集》

春日同纘亭憲副游赤壁次韻

明・王圻洪洲，吴縣。

嵯峨寰宇古江邊，雙鳥飛騰兩騎連。玉盞迴波移白日，銀缸帶雨吐青煙。沙沈赤鼻迷吴蹟，兵燒烏林憶漢年。磯石是非今莫管，江山增色在名賢。

《東坡赤壁集》

赤　　壁

明・駱問禮纘亭，諸暨。

虬岸磯波雉堞邊，瓊梯紺宇具宫連。帆檣歷亂迎湘雨，雲樹蒼茫帶岳烟。今古英雄真一瞬，江山風月自千年。相逢樽酒頭俱白，磨洗無勞問昔賢。

《東坡赤壁集》

題横鶴亭問鶴亭一名横鶴亭

明・潘恩子仁，上海。

孤亭斜控楚江濱，靈掌光分水石新。望裏煙波無盡藏，空中烏兔轉雙輪。古來簪紱成蒿土，身後榮名總客塵。便擬臨風騎鶴往，青山爲訪採芝人。

《潘恭定全集》

赤壁懷古

明・皇甫汸百泉，長洲。

人留勝地臨江上，客有高軒得並過。雲起楚臺聯石壁，水從湘浦接煙波。漫因明月傷千里，更遣回風入九歌。自愧清明承遠譴，可無辭賦擬東坡。

《皇甫司勳集》

燊按：百泉《司勳集》中有《寓黄集》，此作正其寓黄州時所爲也。所謂“一變而爲楚音”，乃在此時。

游赤壁二首

明・王世貞鳳洲，太倉。

賓主西南勝事並，此遊端足慰平生。盃仍七月稱秋望，賦是雙珠可夜明。戰血至今高壁色，詞源終古大江聲。與君聊釋盈虚意，忽聽山城漏五更。

將壇文苑代稱雄，指點千年感慨同。名在江山翻借色，事過天地竟何功。鄉心暫托烹鱸後，客夢都抛别鶴中。秋月偶圓風自好，坐來群緒爲君空。

《弇州山人四部稿》

邱少宗伯邀顧大參、王侍御雪夜登赤壁

明・徐中行子與，長興。

鳴珂舊接五雲班，釃酒平臨七澤閒。霜落高天銜赤壁，雪晴隔岸出青山。狂來意氣堪横槊，老去風塵復賜環。不是蘇公能放逐，誰將二賦壯江關。

《天目山堂集》

赤壁望雪

明・徐中行

憑高千里絶塵氛，驟若濤驅白鷺群。西域化城翻易幻，中原色界總難分。光摇鄂渚樓前月，彩散巫山賦裏雲。此日武陵迷欲盡，采蘭何處

問湘君。

北征次赤壁别兄

明・吴國倫川樓，興國。

北風何意攬征裘，無奈浮生寄遠游。江湧亂雲蒸赤壁，客乘疏雨過黄州。尊前涕淚三湘暮，别後音書九塞秋。我向燕臺望鄉國，飛鴻落木使人愁。

《甔甀洞稿》

武昌李司理過訪，赤壁舟中，即席同王行父、程孟孺賦

明・吴國倫

午風飛蓋出江濆，卻喜孤舟共李君。平楚靡蕪春浩蕩，遶城烟水日氤氳。旋移書卷供鋪席，細倒尊罍欵論文。西日漸從樊口落，蓬窗猶接萬山雲。

同上

夜泊赤壁

明・羅洪先念庵，吉水。

五百年來此勝游，水光依舊接天浮。徘徊今夜東山月，彷彿當年壬戌秋。有客得魚來赤壁，無人載酒出黄州。吟成一嘯四山寂，孤鶴横江掠小舟。

《念庵集》

登蘇亭

明・熊桴元乘，武昌。

五百年前蘇子游，青山白石總風流。孤亭遥隔金蓮夜，兩賦争傳赤壁秋。緑柳紅蕖曾擊楫，沙汀漁火漫停舟。乾坤勝地容遷客，應笑浮雲自捲收。

《湖北詩徵傳略》

葆心按：登蘇亭，即登赤壁蘇公亭，故有“兩賦争傳赤壁秋”之句，非西山九曲亭也。元乘侍郎時讀書西山，渡江游赤壁賦此。玩其詞韻與羅念庵《赤壁》一律，頗同口胳。惟兩公科目相去甚近，即念庵之作未必便在此作之前。兩人皆偶爾無心相肖耳。又，《湖北詩征傳略》載明京山黎漢門副使遵訓《赤壁》云：“三百年來續此游，水光依舊接天浮。徘徊今夜東山月，彷彿當年壬戌秋。有客得魚歌赤壁，無人載酒出黄州。詩成一笑四山寂，孤鶴横江掠小舟。”見卷二十六。又載明大冶尹夢樵明經煜《游赤壁》云：“五百年來續此游，水光依舊接天浮。徘徊昨夜東山月，彷彿當年壬戌秋。有客得魚沽白墮，無人鼓楫向黄州。詩成一嘯四山静，孤鶴横江掠我舟。”卷五。此兩詩與羅念庵詩，但字句數處異耳。吾觀漢門副使非抄襲人詩者，其時代與念庵亦較近，更不可沿襲“三百年”句誤。即夢樵明經與余佺廬相國爲學友，不肯入仕，品高學贍，亦非肯拾人牙慧者。而《赤壁紀略》反以此詩屬羅念庵，爲《黄岡志》之誤。顧何以丁氏徵詩并存此雷同之二什乎！吾考之丁氏《傳略》之詩，大半取材方志。自來修志者多耳食，往往聽人傳誦，即據以入志，更不檢書證驗，不知世間傳誦之文詩大都妄言妄聽，李戴張冠，無所不有。吾見吾縣舊志以王尚文《木棉》詩屬之張玉泉副使。吾兒夔强謂見某坊本屬之解大紳。《西樵野記》載李都憲《咏石炭》詩，小説以屬于忠肅。《江陵志餘》又以屬劉烈湣儁。同一絶命詞，而《沅湘耆舊集》屬之傅忠烈作霖。《黔詩紀略》以屬何忠誠騰蛟。鄧湘臯、莫郘亭皆齗齗争辯，吾以爲皆流俗口傳所致，若以爲作者勦襲則大誤矣。

雪中游赤壁

明·翁大立

江左西來總勝游，雪堂風景又黄州。梅花亂點周郎壁，玉樹平連蘇子樓。山勢倚天開佛閣，雲光度水落漁舟。坐中亦有吹簫者，試問何如壬戌秋。

《黄岡縣志》

赤　　壁

明·方逢時行之，嘉魚。

危磯巀嵲倚高江，人道曹劉舊戰場。往事已隨寒浪滅，遺堂惟有暮山長。雲霞尚帶當年赤，蘆荻空餘落日黄。欲弔英雄千古恨，漁歌蕭瑟弄斜陽。

《大隱樓集》

赤壁同諸弟讌集

明·王同道純甫，黄岡。

匏尊相屬復清秋，覽勝聊爲汗漫遊。明月忽疑人是鶴，滄江今以葉爲舟。巖前鳴瀑濺鮫淚，林際晴雲結蜃樓。覓醉不堪悲往事，爲誰擊檝向中流。

《侍御詩草》

燊按：純甫侍御此詩外，《赤壁藝文志》又收《赤壁感興》一律，仍署純甫名。及攷《圖書集成·職方典》則以《感興》一律署李得陽名。《赤壁紀略》因之。惟《職方典》所據爲康熙《黄州府志》，時代較近，當得其實。今削純甫詩，仍依康熙志，署李得陽名，存於後幅焉。

赤壁懷子瞻

明·袁宏道中郎，公安。

夜深清拍搦楊枝，驚起澄江白鷺鷥。過客争澆赤壁酒，幾人能和雪堂詩。山民自種元修菜，石搨剛存乳母碑。見欲鑄金範老子，柳浪湖上拜新祠。

《袁中郎集》

雪夜赤壁次徐憲使韻

明·胡贇

巉巖乘雪獨躋攀，玉柱冰壺掩映間。漫説霸圖銷赤壁，且招寒月過青山。峨嵋夢遠留詞藻，銅雀春殘冷珮環。清賞未窮壬戌興，更携玄鶴扣禪關。

《東坡赤壁集》

過臨皋驛，賦簡胡子棋

明·王沂竹亭，泰和。

晚凉官驛過臨皋，訪古遥瞻赤壁高。粉蝶浮雲生暝色，長江明月照秋毫。洞簫吹徹東坡賦，宫錦裁成太白袍。便好與君沽美酒，中流擊楫酹英豪。

《皇朝西江詩選》

赤　壁

明·魏裳順甫，蒲圻。

崔嵬風雨一登臨，落木蕭蕭萬壑明。賦裏不須疑赤壁，尊前應自見烏林。東風共羡回天力，西蜀堪憐報主心。忠武芳名垂宇宙，將軍千古未沈淪。

《雲山堂集》

桑按：順甫，蒲圻人。此詩疑爲蒲圻赤壁而作，然中有“賦裏不須疑赤壁”句，則指黄州而言，故取之。

立秋日，王伯固邀飲赤壁

明·俞安期羨長，吴江。

絶壁樓臺擁石城，高標何異赤霞生。過江嵐靄樊山色，喧浪魚龍鄂渚聲。秋至風雲催作賦，時平天地罷談兵。清樽緑醑臨江釃，落日哀哀弔古情。

《翏翏集》

赤壁感興

明·李得陽

峭壁臨江控上游，登高懷古一停舟。曹瞞霸業寒烟盡，公瑾勳名野水流。山鳥似啼當日恨，東風猶作舊時秋。坡仙詞賦多悲慨，半入江雲黯結愁。

《赤壁紀略》引《圖書集成·職方典》

春日，陶、楊二使君招飲赤壁

明·朱孟震秉器，新淦。

幽亭突兀俯江天，春色繽紛上綺筵。憑檻鳥聲來谷口，開尊花氣落燈前。周郎赤壁名千古，蘇子黄州賦二篇。今日風流誰得似，會稽家世永和年。

《朱秉器集》

春日過赤壁，席上分韻二首

明・李維楨本甯，京山。

孤亭絶壁亦奇哉，學士風流此地來。東望拍天江自迴，南飛啼月鵲堪哀。但令詞客名千古，不盡遊人酒一杯。最羨使君能吏隱，追歌清夜共徘徊。

高歌急管促行觴，莫問金門與玉堂。估客舟從波上下，美人家自水中央。壁銜烟嶼殘陽赤，洲枕春江宿露黄。忽有東風生四座，應知不爲便周郎。

《大泌山房集》

雨中游赤壁

明・張元忭子藎，山陰。

不因風雨暫淹留，勝地那成竟日遊。千里舳艫空赤壁，兩篇詩賦自黄州。籬邊花落香猶在，江上烟深翠欲浮。莫道尊前少明月，殘星幾點動漁舟。

《不二齋文選》

赤壁感懷

明・商廷試

赤壁磯頭水自東，洞簫吹向夕陽中。行看積翠塵心遠，坐挹中流灝氣通。煙盡江空浮夜月，夢迴鶴去動秋風。霸圖文藻俱消歇，惟有驚濤撼故宫。

《黄岡縣志》

遊赤壁萬仞堂

明・王惟中

高磯突兀俯江流，氣壓元龍百尺樓。萬里風濤接瀛海，千年詞賦壯山邱。疏星淡月魚龍夜，老木清霜鴻雁秋。倚劍長空一盃酒，浮雲西北是神州。

《黄岡縣志》

過石頭山即古赤壁

明・朱瑞登龍泉，海昌。

今日揚帆復楚湘，石頭山下憶周郎。懸崖古木多餘感，倒壁狂瀾幾歎亡。鼎業已分天下勢，偏安空斷老臣腸。可憐一夜東風起，百萬生靈縱恨傷。

《東坡赤壁集》

赤壁漫興

明・邱岳南正，黄岡。

倚天傑閣俯江城，徑入巉巖踏蘚行。把酒斷虹開霽色，憑欄飛瀑送潮聲。孤舟曾挾登仙興，峭壁應高破虜名。天晚徘徊漁唱起，幽襟颯爽醉還醒。

《黄岡縣志》

招王司徒穉表遊赤壁

明・陳省

青雀欲開風色寒，千峰止向坐中看。三分事往江山在，兩賦名高歲月殘。隔水簫聲飛碧落，半空鶴影下林端。重來二客應無厭，携酒罾魚興未闌。

《東坡赤壁集》

赤壁二律

明・林俞梅墩，建安。

我來赤壁波濤闊，七月剛逢既望天。人在江山烟月裏，樹摇河漢斗牛邊。詩成大笑驚烏鵲，醉後狂歌上釣船。三國英雄盡塵土，清秋風物尚年年。

經年不踏齊安路，赤壁重來復及秋。千岫紫氛當牖見，三湘翠色繞城流。却從天畔憑高閣，又向亭陰上小舟。賦裏江山與風月，幾人還似昔人游。

《東坡赤壁集》

始歲二日，同長官步自赤壁飲作

明・袁福徵太沖，華亭。

出城風物黯新陳，士女填街悦建春。榼飲坐移江上雨，品題還憶籍中人。筇扶東館空梅在，地鞠西陵感代湮。日薄依微倣秋夕，壽昌凝望起風塵。

《東坡赤壁集》

赤壁西湖并序

明・熊養中

蘇公寓黄時，江湖合流，有赤壁而無西湖。至元末，江生夾洲，水漲入湖，環遶城西，宛若錢、潁、羅浮之勝，真可名西湖也。余與邱少宗伯、徐方伯、易大參、杜刺史暨諸交游宴會，泛舟湖陰，徘徊煙景，與思天開此勝，其補蘇公當年之缺，亦爲我輩今日之游哉，詩以紀之。

當年遷客經遊地，此日平湖負郭西。赤壁已經沈霸跡，緑楊猶自傍蘇堤。雲開樊口群峰出，浪捲磯頭雙鷺栖。一代風流元不乏，頻邀吾侶一尊携。

《東坡赤壁集》

同王行父集赤壁

明・王希元白岳，蕲水。

水鄉雲日晝冥冥，繫舸清秋郭外亭。苔壁乍爲盃裏色，漁歌還待月中聽。郢人自古能高調，楚客何緣厭獨醒。世遠江山罷龍戰，層樓占斷數峰青。

《東坡赤壁集》

赤壁晚眺

明・鄒迪光無錫。

斗酒披襟坐石頭，武昌煙景入黄州。風高火戰灰初冷，賦就月明簫半愁。烏鵲夜來殘葉暝，舳艫東下峭帆秋。江山千古長壬戌，才子何人續舊遊。

《樊儀樓集》

赤壁席上賦

明・朱期至子德，蕲水。

清尊迢遞寄游蹤，面面嵒巒氣吐虹。戰後紫髯聲藉甚，賦傳白雪調誰工。澹煙飛閣虚無裏，沈醉新題爛漫中。沙暝烏棲劇回首，一江秋色屬漁翁。

《王屋山人集》

赤　　壁

明・魏允貞懋忠，南樂。

天空萬里静無塵，勝地登臨況復春。風月連宵頻對酒，江山千古更逢人。火攻水戰俱成幻，孤鶴扁舟稍自真。此意與君須領略，棹歌來往莫辭頻。

《東坡赤壁集》

登赤壁有感

明・丁繼嗣

畫閣雕甍壓永安，獨憑高處拂雲看。烽傳荻艦龍争息，賦就蘭橈鶴唳寒。山色四圍空夜月，水深千里激秋瀾。登臨不盡英雄恨，弔古歌憑抱瑟彈。

赤　　壁

明・石崑玉楚陽，黄梅。

斷岸樓臺倒影清，城闉不是舊連營。魚燈映月疑烽火，鯨浪翻風洗甲兵。赤羽已灰餘壁色，紫簫猶咽亂江聲。獨傳詩賦人何在，鵲自南飛鶴自横。

熒熒故壘自城東，豈是名因兩賦雄。潦已洗兵凝血碧，岩猶映客醉顔紅。流光鳥度蒸霞裏，倒影魚行閃電中。往事悠悠無處問，舟人焚楮拜江風。

《石居士詩删》

夏讌赤壁

明·邱齊雲謙之，麻城。

移尊五月大江亭，柳外蟬聲不可聽。雷雨驟翻波浪白，峰巒遥入酒杯青。狂呼鷗鷺忘爲客，醉倚蘼蕪轉畏醒。不向人間論二賦，風塵何以慰沈冥。

《黄岡縣志》

寄友人，時游黄州赤壁諸勝

明·梅國楨客生，麻城。

蕭蕭驪馬又黄州，太史如何惜壯游。孤鶴再横赤壁槳，昔人重到竹居樓。風吹古道征衫薄，雲捲長空月影流。别後相思立江渚，白蘋紅蓼滿汀州。

《燕臺集》

按：客生中丞取赤壁、竹樓並舉，蓋知竹樓在赤壁磯者。

赤壁懷古

明·黄建中良輔，興化。

嵯峨樓閣半淩虚，霽景清筵眼乍舒。往代衣冠消玉後，名邦形勝扼吭餘。雲中秋色盤雙鶻，笛裏梅花起夜漁。歎息坡翁稱遇主，鄉人唯説馬相如。

《東坡赤壁集》

仲秋望夕，同高中白大行赤壁小集，中白精於易學，席間爲之演卦，賦贈

明·茅瑞徵五芝，歸安。

涼宵勝地一輪秋，喜得逢君投轄遊。何事成都問奇秘，還同赤壁踵風流。樽前山水堪追賞，卦裹陰陽費討求。若會畫前元有易，天根月窟總清幽。

《赤壁集》

赤壁重逢至愚道人

明·劉養微敬伯，廣濟。

昔曾相識大羅山，十載風塵苦未閒。破衲江湖容爾輩，出門煙火是人間。月明古渡壺天静，雲落空亭鶴夢還。前度劉郎長記否，許將大藥駐紅顔。

《康谷子詩》

人日過赤壁

明·王同軌行甫，黄岡。

今年人日條風柔，邀客把酒臨江樓。青陽乍驚七日復，赤壁尚帶三分愁。窺魚鷺立斷冰遠，炙背僧臥孤石幽。入眼煙波動遊興，那能長繫木蘭舟。

《蒼蒼閣稿》

雨中游赤壁，遲同游不至

明·鄧楚望

縹緲雲山四望通，衰殘誰與一尊同。雪開遠嶂濤聲外，煙鎖層臺柳

色中。客思半庭懸暮雨，世情幾度换春風。江城近日多機事，誰是園居抱甕翁。

雨後再登赤壁

明・鄧楚望

蕭條集雨喜初晴，出郭尋芳載酒行。欹水桃花明赤壁，和煙柳色上高城。江山對客孤亭思，風月懷人萬古情。興劇酣歌歸路晚，漁翁罷釣小舟横。

《東坡赤壁集》

赤　　壁

明・蔡道憲元白，晉江。

當年虎豹客愁攀，今在人煙秋色間。勢壓江流欲到水，身行壁上更無山。已開樓閣争題詠，未剪荆榛誰往還。且向亭西竹下去，東坡居士一生閒。

《蔡忠烈公遺集》

冬日赤壁宴集

明・王一鳴伯固，黄岡。

坐來赤壁下斜曛，亦有登臨二客群。澤畔煙霞渾不斷，城邊江漢欲平分。千山黯淡原非雨，幾處氤氲似是雲。人散水濱樓閣晚，諸天鐘磬夜深聞。

《朱陵洞稿》

赤壁同顧山人晚酌

明・劉文忠

移席江亭共倚欄，西山又帶夕陽看。霞棲斷岸波光紫，鵲繞霜枝月影寒。津樹依微含雁浦，江湖落後見漁灘。蕭蕭歸騎孤城外，明月芙蓉并爾餐。

《東坡赤壁集》

飲赤壁

明・王承祐

削成危磴瞰清流，跨堞梯雲天際樓。身在畫中難自繪，杯飛鏡裏不知愁。貔貅未許争赤壁，翰墨何年識古邱。千載幾人能作賦，獨留蘇子兩番遊。

赤　　壁

明・鄭先慶亦懷，黄岡。

兩賦千年壯石磯，崇臺今見石崔嵬。環江風月留丹岫，抱郭雲霞護翠微。坐卧好山來面面，往來閒鳥自飛飛。端明一向耽遊興，鶴羽猶疑振客衣。

《肯崖集》

赤壁懷古

明・雲谷樵夫

武昌東下次江皋，赤壁磯頭艤畫橈。廢壘烟銷荒草合，横江鶴去碧天遥。岸邊漁火疑殘炬，水底龍吟憶洞簫。往事千年增感慨，荻花楓葉晚蕭蕭。

《明詩綜》

甲寅赤壁懷古

明·張心鍾一欽，蘄州。

狼籍文章四十秋，悠悠赤壁古黄州。鶴鳴淺渚空懷舊，草襯春亭自枕流。夏口雲深芳樹外，庾樓月冷大江頭。從今飄杖知何處，疊疊青山縱我游。

《策山遺詩》

黄州赤壁集卷第六下

蕲水　聞惕惕生參訂

黄岡　汪桑筱舫纂輯　男　晉康侯校字

羅田　王夔武繩余參校

詩　五

近　體七言，由清至今

月夜登赤壁

清·王追騏雪洲，黄岡。

水面雲霞拂檻飛，快遊不醉定無歸。暮風江上飄秋影，新月尊前映落暉。地勝早空塵外夢，心閒應見静中機。登臨豈是悠悠者，搔首青冥一振衣。

《張侯樓集》《雪洲詩鈔》

九日同韋子惕、秦怡西赤壁即事

清·葉封井叔，黄岡。

一片江山舊眼看，十分徙倚勝遊難。風嘶牧馬行衰草，霜點閒鷗下急湍。佳節漫餘叢菊淚，酣歌誰念腐儒餐。空憐城閣秋如畫，不似深溪有釣竿。

《慕廬集》

赤　壁

清·劉子壯稚川，黄岡。

赤壁千年古跡疑，漫勞過客訪殘碑。雖無一炬周郎烈，卻有三秋蘇子詞。道士夢中猶借鶴，將軍江上豈憑龜。山川自爲文人重，誰起泉塗問是非。

《赤壁紀略》引《屺思堂詩集》

赤壁和谷懷太史

清·陳大章雨山，黄岡。

倒着烏紗醉幾回，西風撩亂葉成堆。殘雲抹樹兼天遠，孤鶴横空帶月來。市井慣談公瑾事，江山曾費大蘇才。腐儒不解興亡恨，枉向山頭辨劫灰。

《赤壁紀略》引《玉照亭詩鈔》

赤壁感懷二首

清·張希良石虹，黄安。

問鶴亭前偶振衣，滄桑舉目事都非。三江葉落琴臺冷，一騎塵高羽檄飛。烏鵲竟棲何處樹，魚龍空守舊時磯。梅花開徧寒山路，折盡南枝歸未歸。

釃酒酬江眺雪峰，湖山落落入孤筇。雨荒智井迷金甲，城覆空堆隱鐵籠。雲夢地連春草闊，古今人换水煙重。多情一片黄泥月，猶向横江館下逢。

《寶宸堂集》

秋日赤壁公讌

清・宋犖牧仲，商邱。

飛蓋真成爛漫游，孤亭如笠俯黄州。褰衣盡有滄洲興，對酒寧無白雪謳。斷岸霜風吹草樹，寒江煙雨凍鳧鷗。中霄漸吐東山月，揮手還登百尺樓。

《西陂類稿》

雪夜泊赤壁

清・汪國瀠漪園，黄岡。

江城今始命孤航，漁火分燈照客牀。戍鼓銜寒聲近遠，冰花摇霧影蒼茫。横空野鶴裳都縞，夾岸疏林草不黄。風正一帆銀漢廣，莫依霄月照微霜。

《樂志齋存詩》

秋夜江上望赤壁

清・汪國瀠

寒江楓老入秋深，縹渺閒雲擁故城。客艇漫期山外月，啼烏别有夜栖聲。夢驚嚴柝終難續，愁向殘更轉易生。石壁煙消慚兩賦，一竿清露冷宵征。

《赤壁紀略》引《樂志齋存詩》

登赤壁酹江亭

清・向古

孤亭高敞四筵開，無價江風正亂來。埽石不容塵到席，盪胸好泛月盈杯。舊時仙吏專風雅，故國芳蹤半草萊。慚負太平慳勝概，空教白浪洗蒼苔。

羽客何年去不歸，白鷗煙艇望依稀。雲深絶壑迷樵徑，水落前灘長釣磯。古閣荒涼人已遠，殘碑偃臥草空肥。登臨重話興亡憾，搔首江天醉落暉。

《圖書集成·職方典·藝文》

赤　　壁

清·張相公卜，蘄州。

赤壁磯頭烟水濛，漁人網醉落霞紅。千溪斷岸横江渚，一帶平湖映遠嵸。風月婆娑懷老子，山川文藻有坡公。殘碑猶賸當年字，讀罷登臨眼界空。

《清遠堂集》

遊赤壁

清·尹煜孟昭，大冶。

昔人一去空黄州，過客徒存此地遊。閣上文章惟兩賦，江邊風月自三秋。春郊戰馬嘶芳草，赤壁殘壁臥古邱。學士當年悲孟德，不知壬戌已來愁。

《大冶縣志》

赤壁懷古

清·朱日濬菊廬，黄岡。

江邊一帶起雲煙，峻嶺層岑仰昔賢。赤壁何須問出處，東坡本是借山川。古來勝蹟原無限，不遇才人亦杳然。今古登臨同此地，風流未墜草芊芊。

《赤壁紀略續纂》引《黄州文獻》

和方伯徐仰山《西山避暑》五首，録《赤壁》一首

清・向麟石邨，京山。

登臨那復憶戎韜，赤壁煙空過耳飇。不信横江來羽鶴，但憑支枕學吴猱。六時梵放心同浄，五夜燈殘手自挑。緬想涪翁吟咏後，應留好句待吾曹。

《雪麓詩鈔》

東坡赤壁二首

清・張叔珽方客，漢陽。

春風過此笑悤忙，秋雨重來步雪堂。日月幾何如瞬轉，江山不識倍心傷。鱸魚舉網今宵得，孤鶴横江舊夢長。壬戌倚歌誰繼響，披襟四顧曉蒼蒼。

白露横江水接天，飄飄遺世欲登仙。山川繆鬱周郎計，星月依稀孟德篇。赤嶼重遊人已往，黄州逸興賦堪傳。深知造化藏無盡，天地蜉蝣且醉眠。

《赤壁紀略》引《麹嘯詩集》

赤　　壁

清・程敂朱念伊，黄岡。

赤壁巉巖扼武昌，山川今古鬱蒼蒼。清風明月嗟無主，碧水煙波泠未央。蘇子文章垂宇宙，魏皇霸業付滄浪。淒涼異代空陳迹，憑弔興懷水一方。

《東坡赤壁集》

竹　樓

清・余德嘉豫齋，廣濟。

月波名蹟已荒邱，城角猶營古竹樓。檻外冥冥赤壁雨，窗間漭漭滄江流。地容拙宦居偏勝，天入寒溪望轉幽。此日登臨惟載酒，風帆沙鳥舊黃州。

康熙《黃州府志》

過黃州赤壁

清・朱美燮曉林，通城。

髯蘇遊處石嵯峨，地假人傳寄慨多。好古何妨三赤壁，至今惟見兩東坡。雲山歷歷供流覽，煙水茫茫付嘯歌。讀罷當年前後賦，清風明月在鷗波。

《崇陽朱氏詩萃》

秋日偕宓草遊赤壁

清・王材升黃岡。

梅片烹茶幾度斟，況携老友共登臨。舊時碑碣歸何處，今日江山知我心。蘆荻稀疏樵擔遠，菰蒲蕭瑟釣竿沈。一聲鐘急秋雲破，料得潛蛟入夜吟。

《東坡赤壁集》

赤壁二首

清・王材任子重，黃岡。

樓臺寥落負山頭，峭壁嶙峋截上流。嵐色遠含千嶺霧，湖光平映一欄秋。古今長是天無際，才命何如賦獨留。我亦解知坡老意，欲將天地寄蜉蝣。

亂石山頭蘇子亭，懸巖重疊出奇形。滿城炊起煙中閣，入檻峰生畫裏屏。湖水瀲波時湧月，遠村如繡自零星。隔江最喜孤僧舍，夜半鐘聲萬象停。

《望雲集》

赤壁感舊

清・李中素鵠山，麻城。

青草湖邊日欲低，敗鞵殘襪戀秋泥。半生形影憑誰慰，百里溪山望轉迷。好夢已隨蝴蝶散，倦遊空作鷓鴣啼。明知禪榻茶煙好，又種桃花向竹西。

《赤壁紀略》引《梅花書屋詩選》

初冬同友人遊赤壁，歸舟紀事

清・吕謙恒天益，新安。

薄暖臨皋楓葉稠，江痕十月未全收。曉天雲水開前浦，霽月琴樽愜壯遊。飛岫雕欄蘇子賦，清歌綠被鄂君舟。晚來輟棹中流處，乘興還登縹緲樓。

《赤壁紀略》引《青要山房詩集》

晚過黄州望赤壁

清・夏力恕觀川，孝感。

十七年中負舊遊，春城草樹夕陽舟。不知遷客緣何事，直爲江聲聽此流。真贋豈容詢往蹟，去來猶得敞閒愁。英雄割據終須盡，野壑孤煙一探喉。

《菜根精舍詩草》

壬戌秋赤壁懷古

清・王世芳

舊時崖壑舊秋光，壬戌重過引興長。作賦亭前懷杖履，鏖兵江上話滄桑。野塘楓絢驚人豔，羽客舟飛醉月觴。物態不隨今古易，玉堂仙去景蒼涼。

《東坡赤壁集》

秋月泛舟望赤壁

清・胡紹鼎牧亭，孝感。

山頭城勢逼山低，城外山亭更不齊。卻向周郎傳赤壁，又聞蘇子過黄泥。一聲野鶴此時去，三帀驚烏何處栖。從古秋光一共望，大江滚滚月平西。

《所存集》

坡亭即事，次張石虹韻

清・胡之太康臣，黄岡。

爲仰芳蹤踏草蕪，蘇公原亦愛遺軀。蕭條異代頻迴首，寂寞何人更拂鬚。軼世鴻才終不朽，横江鶴影望來孤。揮毫嘯詠應如昔，杖履逍遥客共扶。

《卦餘集》

清明集飲赤壁于公祠

清・杜士默黄岡。

薄靄輕烟二月天，携樽竟日坐危巔。飲逢赤壁偏多興，景到清明分外妍。四野風光瞻舊澤，一椽縹緲接飛仙。江山好識閒中趣，杖履追隨莫計年。

《黄岡縣志》

秋日同曹中巒、張崑石、吕石素飲赤壁

清・杜士默

臨風把酒竟飛觴，秋水蒹葭望淼茫。兩賦文章懸斷岸，三分戰氣鎖空堂。星星漁火參差見，嫋嫋菱歌宛轉長。更酌自應頻洗盞，莫辭衣露浄琴張。

同上

赤　　壁

清・姚文焱

天空木落石崔巍，懷古憑軒倦眼開。山勢欲奔吞浪住，江光不斷抱城來。英雄氣盡三分業，詞客名高兩賦才。只有文章傳勝地，簫聲鶴夢總塵埃。

《黄岡縣志》

赤壁書懷

清・徐子芳

登臨莫爲古今愁，浩渺江山煙景浮。是處便佳猶赤壁，四時皆好更清秋。月明霄漢波心墮，人在虚空頂上游。詞賦干戈都滯迹，惟餘魚酒一孤舟。

《東坡赤壁集》

赤　　壁

清・袁枚子才，錢塘。

一面東風百萬軍，當年此處定三分。漢家火德終燒賊，池上蛟龍竟得雲。江水自流秋渺渺，漁燈猶照荻紛紛。我來不共吹簫客，烏鵲寒聲静夜聞。

《小倉山房詩集》

赤　　壁

清・趙翼雲崧，陽湖。

盡依形勢扼荆襄，赤壁山前故壘長。烏鵲南飛無魏地，大江東去有周郎。千秋人物三分國，一片山河百戰場。今日經過已陳迹，月明漁父唱滄浪。

《甌北詩鈔》

黄州赤壁

清・江昱賓谷，江都。

高巖落日大江濱，亭榭淩虚結構新。漢水波寛帆下疾，衡陽秋盡雁來頻。戰争杳渺千年事，風月消磨絶代人。寂寞淮南獨行客，維舟釃酒一傷神。

《湖海詩傳》

赤　　壁

清・王封權

含情一訪髯蘇翁，小月山頭照也同。負郭烟嵐仍舊翠，近湖菡萏更嬌紅。美人有思騷堪續，霸氣全銷槊敢雄。跏坐試聽蘆荻渚，只今惟唱大江東。

《楚北先賢詩佩》

題《赤壁秋遊圖》

清・陶金諧揮五，南城。

蒼茫臨眺獨徘徊，今日何人酹一杯。繞樹群烏尚南下，橫江孤鶴自東來。黿鼉隱見朝光動，亭榭參差夕照開。年少且休輕問訊，定知塵海有仙才。

臥遊如夢俯岧嶤，點染初驚綵筆描。柳色經秋還旖旎，夕陽留客任逍遥。側身天地成今古，放眼關河閱暮朝。我亦當年湖海士，爲君乘月一吹簫。

輕裝初卸話悲辛，矮屋剛容七尺身。據榻未除豪士氣，浣衣猶惜帝京塵。臣於廉讓之間住，自謂羲皇以上人。翻恐揶揄遭鬼笑，勞勞但見送行頻。

《適齋詩稿》

賦得孤鶴橫江

清・帥翰階蘭娟，奉新。

紛紛木葉楚波秋，一鶴橫空氣勢遒。時帶白雲相滅没，影隨匹練共沉浮。可知緱嶺無凡骨，未必瀟湘是盡頭。仙客夢迴天欲曉，歸舟作賦大江流。

《江西詩徵》

燊按：蘭娟女士，江右閨秀，爲卓山太守家相女孫。太守箸有《三十乘書樓詩集》，與其從父蘭皋方伯念祖有大、小帥之目。女士上承家學，詩各體皆工。因集中少閨秀之作，故亟登之。

黄　州五首録二

清・喻文鑾嵐波，黄梅。

月波樓上月輪低，月出波澄晚翠迷。臺榭已空衰草没，江山依舊夜猿嘑。武昌煙雨三春暮，鄂渚風帆一望齊。最是銷魂楊柳樹，年年垂向畫橋西。

當年謫宦此經過，吟杖鎗然犖确坡。老鶴乘風吹浪急，騷人作賦寫愁多。繁華惟付東流水，富貴真如春夢婆。回首不堪傷往事，憑誰慷慨足高歌。

《春草園詩存》

赤　　壁

清・喻文鏊石農，黄梅。

堂堂歲月幾經過，歷磴依然舊薜蘿。江上不妨兩赤壁，人間那有百東坡。龘繒大布生涯好，暖翠浮嵐隔岸多。惆悵神仙招不得，峨嵋雪水漲春波。

《紅蕉山館詩鈔》

赤壁于清端公祠

清・喻文鏊

鉦鼓遥聞縛逆曦，五關氣讋探丸兒。誰知六纛班春日，總是黄薺有味時。曾讀政書傳史氏，況因氣節傍蘇祠。千秋遭際如公少，清畏人知遇主知。

《黄岡縣志・祠祀》

聞夏十二竹軒會同學於赤壁，寄和原韻

清・徐立蘇醒古，蕲水。

江干遥憶此徘徊，野酌輕寒菊一杯。萬古星霜磨勝迹，數行碑碣老荒臺。青萍雨後分能合，黄葉楓頭去自來。指點奎光占象近，莫將水月問無懷。

《孝感夏氏詩録外編》，《赤壁紀略》引《醒古餘事集》

夏日游赤壁二律

清・樊倣北萊，南昌。

直北驅車入楚城，偶遊赤壁旅懷傾。風雲四護三江秀，日月雙懸一樹清。霞泛勸杯絲管急，浪摇歌扇畫舡輕。主人不倦登臨興，錦席淹留盡日情。

觀風嶺外謁先公，白鶴峰頭曾掛弓。幾説文章憎命達，誰知草木盡消融。名流儒雅湘雲遠，籍改風流赤壁雄。讀賦頓忘歸路晚，清風江上思無窮。

《東坡赤壁集》

赤壁書蘇賦後有序

清・方澤巨川，桐城。

《水經注》：江水自沙羡而東經赤壁下。唐《元和志》：赤壁山在蒲圻西百二十里，北岸與烏林相對，周瑜燒曹操船處。今其地屬嘉魚，以嘉魚漢入沙羡也。然考志乘，漢川、漢陽、江夏皆有赤壁，葢操下江南，舳艫千里，火所延燒，故非一處，而後世郡縣所屬，代變無常，赤壁殆亦傳疑之義云耳。後口訾其指赤鼻山爲赤壁，而李壁因題絶句，云“赤壁危磯幾度過，沙頭江山鬱嵯峨。今人誤信黄州是，幸有《水經》能證訛”，則俚鑿而少韻致，不足當作者一軒渠矣。

老瞞不死美人心，空博燒痕入壁深。輸與大蘇來謫宦，遂傳兩賦到於今。酒澆壘塊杯聊借，棋覆楸枰劫漫尋。李壁正如劉季緒，《水經》摭作證訛吟。

《待廬遺集》

赤　　壁

清・陳瑞球韻石，羅田。

橫江半壁矗紅雲，携酒登臨思絶群。人自千秋傳二賦，天教一炬定三分。背城亭榭迷春草，隔岸峰巒對夕曛。正是齊安好風月，金戈聞已蕩襄郧。

《玉屏草堂詩集》

赤壁懷古

清・張秉鈞市臣，廣濟。

記得登臨第五回，關心重爲拂蒿萊。江聲不逐英雄盡，鶴影疑邀羽客來。千里舳艫摇夜月，一庭碑碣冷殘梅。髯翁甘侣漁樵伴，可惜承平宰相才。

《廣濟耆舊詩集》《青林湖墅詩鈔》

再過赤壁有感

清・堵嶷天柱，漢陽。

樓頭喜復開生面，再拜重來揖故侯。壁下至今堪舉網，海南何事又行舟。人因忌刻翻增價，地得名賢足暢遊。不是謫居團練使，誰將兩賦動千秋。

《漢南詩約》

過赤壁

清・龔書田玉圃，漢陽。

愛枕濤聲意逗遛，嗚榔一夜下黄州。霾雲空鎖寒江雨，戰血猶腥水店秋。風不東來無闘艦，兵從鏖後賸芳洲。遊人莫濺滄桑淚，慷慨河山易白頭。

《閒泄軒草》

赤壁謁蘇文忠公像

清・别文樑東和，天門。

堂皇坡老出峨嵋，父子文章百世師。共拜齊安團練使，誰刊元祐黨人碑。黄泥坂遠簫聲寂，赤壁磯危鶴夢遲。感我閒官頻過此，清風長憶泛舟時。

《荆湖知舊詩鈔》

赤　　壁

清・徐儒棨戟門，蘄水。

折戟沉沙列炬紅，北船飛不渡江東。武昌西望周郎在，烏鵲南飛漢賊空。無復中原紛割據，有誰年少是英雄。隔江宫殿吴王冷，濤捲松林夜夜風。

女王城外舊亭臺，寥廓江天畫角哀。南郡本爲争戰地，東坡偏被謫居來。無邊風月消殘壘，如此江山助賦才。道士不歸千載恨，幾時能放鶴飛回。

《玉臺山館詩鈔》

登赤壁

清・徐儒楠泉石，蕲水。

吴頭楚尾古黄州，憶昔蘇公愛此遊。鶴夢三更誰唤醒，簫聲一片自忘憂。江風山月無今古，逸客騷人有去留。二賦吟成難與和，看來壁壘豁雙眸。

《望雲閣詩集》

冬至後六日游赤壁

清・周凱芸皋，富陽。

亭皋木葉下蕭蕭，且與登臨破寂寥。我到不須重作賦，客來隨處好吹簫。英雄夢短江山在，風月情多魂礧銷。携得東坡一尊酒，夕陽閒倚聽寒潮。

《黄州府志》《自訟齋詩文集》

赤　　壁

清・陳沆秋舫，蕲水。

玉局仙翁不可尋，秋來吾輩復登臨。孤峰尚藉文章力，百謫難遷水月心。載酒嬉游如夢幻，投戈事業總銷沉。解衣枕石一長嘯，江上清風無古今。

《簡學齋詩删》

赤壁懷古

清・彭浚賓臣，衡山。

泛舟偶宿黄州夜，懷古遥尋赤壁亭。客去一江明月白，我來千里暮山青。漁歌數處鳴蘭槳，仙夢何天舞鶴翎。壬戌恰逢冬十月，雪堂他日記曾經。

《赤壁紀略》引《荆湖知舊詩鈔》

赤　壁

清・無名氏

巉巖赤壁大江隈，前度劉郎今復來。繡斧當年慚攬轡，主恩今日更燃灰。江山宛變還相識，風雨蕭疏忽自開。先是風雨連旬，余得代日始霽。載酒續遊吾豈敢，駕言誰是濟川才。

《東坡赤壁集》

臨臯午望亭在黄州府南，下臨大江

清・張九鉞度西，湘潭。

回山赤嶂接巑岏，猶是抽帆半日看。楓葉遠窺魚網下，浪花飛撲酒帘前。殘年江漢群龍蟄，百戰樓臺一鳥寒。飄泊自慚風景負，月波深處失盤桓。

《陶園詩集》

赤　壁

清・張維屏南山，番禺。

樵夫漁子識髯翁，二賦留傳萬口中。造物多情贈風月，江山如夢憶英雄。鶴飛欲掠秋濤白，龍睡猶驚夜火紅。故壘不勞分遠近，昔人論赤壁有四處。戰場陳跡總沙蟲。

《赤壁紀略》引《聽松廬詩略》

訂遊赤壁，爲雨所阻

清・張錫穀蓮濤，沔陽。

排闥遥看岫列窗，石頭迎我泛輕艭。擬隨赤壁黄州客，試剪青山白練江。春雨卻來如有妬，罡風不祭自難降。何當絶頂磨崖立，憑弔孫曹鼎共扛。

《赤壁紀略》引《爵硯齋詩集》

赤壁同家柳溪孝廉宗軾

清・張錫穀

蒼烟白雨散江波，躡屐登臨發浩歌。顧我敢題前赤壁，把君新唤小東坡。當年縱火烽都盡，終古懸崖字不磨。俯視千尋還可駭，東風吹浪吼黿鼉。

同上

十月小盡日，與幕中同人登赤壁，謁蘇文忠公祠

清・梅鍾澍霖生，寧鄉。

西塞蒼蒼吞遠勢，東流滚滚捲長空。臨皋十月天將雨，赤壁重游我後公。終古江山誰管領，乾坤文字幾宗工。天涯有客空相對，惆悵當年玉局翁。

《沅湘耆舊集》

寄題黄州赤壁

清・田文弨君貺，漢陽。

旅食齊安過赤壁，昔年兩度感同游。江波迴折石磯下，蘿磴盤紆烟樹頭。鶴影簫聲幾仙客，清風明月一扁舟。何當載酒從樊口，與訪西山

古寺秋。當時擬游西山不果。

《赤壁紀略》引《竣定堂詩鈔》

赤　　壁

清・傅卓然立齋，沔陽。

斷碣懸岩戰蹟空，當年兩賦説英雄。荒烟籠岸寒沙白，斜日翻江峭壁紅。漢鼎分仍憑火德，曹瞞算不到東風。祗今烏鵲南飛少，雲水蒼茫有釣翁。

《赤壁紀略》引《半溪草堂詩稿》

赤壁懷古

清・王之藩小初，濠州。

横槊烏飛古郡東，笑經火炬土猶紅。迷離鶴影黄州月，嗚咽簫聲赤壁風。千里當年催畫鷁，三分此處定英雄。沈沙折戟休淘洗，獨放狂歌感慨中。

《赤壁紀略》引《小初詩稿》

赤　　壁

清・譚日光郁文，京山。

也知不是鏖兵處，曾訪名蹤躡石梯。二賦堂前舟上下，三江雲外樹高低。地違城郭人稀到，風動村帘鳥勸提。曬藥羽衣高揖客，猶疑孤鶴掠予西。

《赤壁紀略》引《京山詩鈔》

赤壁懷古

清・李樹瀛香洲，石首。

蔽天烟燄走艨艟，一戰能成鼎足功。千里銜艫燒北岸，當時僥倖是東風。山河盡入英雄畫，壁壘依然落照紅。往代興亡關底事，扁舟摇過月明中。

《赤壁紀略》引《棲雲山房詩鈔》

重過赤壁

清・李樹瀛

勝地重經倍可憐，一舟横截大江烟。東吴戎馬誰賓主，北宋文章有後先。沙浦雲飛秋過雁，斷岩風急浪摇天。誰知夜半啼烏起，驚得愁人醉不眠。

同上

赤壁懷東坡

清・熊開楚蔚菴，石首。

笠屐風流望若仙，清遊誰復繼蘇傳。嵐光曉日雉城霧，波影遥青雀舫烟。羈旅秋風人幾輩，江皋詞賦客經年。山川如故英雄杳，閑與漁翁話暮天。

《湖北詩徵傳略》

夜過黄州，不及謁東坡像

清・鏐增益仲，安陸。

江頭赤壁高如許，樓上人誇二賦才。一夜好風吹客過，五年小住憶公來。生憑鍜煉稱詩獄，老荷還除附黨魁。莫上空堂更懷古，怒濤驚起穴龍哀。

《湖北詩徵傳略》

秋日偕客登赤壁

清・胡魁楚爾大，廣濟。

秋光淡淹水光遲，絶壁臨江百仞危。戟折沈沙煙漠漠，營荒燒野草離離。一肩風月擔頭在，半壁河山鼎足支。仙客不來孤鶴杳，而今誰復犯黿兹。

《廣濟耆舊詩集》

赤壁懷古，次張市臣韻

清・胡芝生紫香，廣濟。

東流不放大江回，樓閣年年俯草萊。前輩題詩人已去，今朝讀賦我重來。一輪明月飛孤鶴，半斷殘碑畫老梅。極目西山青未改，荒城吹起角聲哀。

《得一趣軒詩草》《廣濟耆舊詩集》

再遊赤壁

清・胡芝生

浮名累我久淹留，重向臨皋載酒遊。如是江山如是客，許多風月許多秋。城頭烏影拖雲去，檻外天光接水流。横槊英雄空一世，人生到處類蜉蝣。

《廣濟耆舊詩集》

九日重遊赤壁

清·饒儀鼎序賢，廣濟。

登臨赤壁賦重遊，九日霜花注兩眸。江上清風前度客，柳間明月半輪秋。層臺落帽添詩興，滿座簪萸唱酒籌。一葉扁舟形宛在，蓼花汀雁不勝愁。

《廣濟耆舊詩集》《破樓詩鈔》

夜泊黄州

清·鄧顯鶴子立，新化。

洞簫聲罷笛聲吹，萬古黄州興不疲。如此江山宜此客，縱無風月可無詩。羽衣猶想掠舟夜，人影如看在地時。漫向荒祠認長帽，郡中潘郭盡堪思。

《南村草堂詩鈔》

黄州赤壁磯絶頂謁蘇祠

清·鄧顯鶴

岧嶤絶壁俯層岡，老子當年興欲狂。風月依然誰管領，江山如此更文章。浮生一瞬幾回樂，造物千秋無盡藏。只惜我來公不返，空江孤鶴自迴翔。

仝上

舟泊黄州，同喬司馬及鄭三往游赤壁二首

清·胡兆春東谷，漢陽。

一葉帆隨落日收，齊安城外泊扁舟。烟凝蔓草殘碑臥，舊碑無一完者。浪洗平沙斷戟留。風月大非前赤壁，江山可惜好黄州。洞簫何處尋

遺響，惟有悲笳出戍樓。

當年一戰走曹公，唱到銅琶氣吐虹。蘇子如何爲小吏，周郎畢竟是英雄。漫論烏鵲繞枝外，且喜鱸魚得網中。得縮項鯿一尾。斗酒與君期共醉，不須橫槊向東風。

《尊聞堂詩集》

赤　壁

清・徐志鵠廷，漢陽。

戰壘消沉石壁留，使槎停處暫尋幽。黃花滿地人沽酒，紅樹當窗客倚樓。漁浦秋高群雁落，天風聲撼大江流。洞簫吹徹臨皋夢，心逐閒雲縹緲游。

《漢南肖情詩約集》

赤壁懷古

清・李必果仁熟。

遥望瀕江石一拳，不知屹立幾千年。地因蘇子名方著，賦爲周郎誤亦傳。賸水殘山留我輩，臨風釃酒弔前賢。布颿安穩心無事，清夢初回月在天。

《赤壁紀略》引《穩帆集》

赤壁懷古

清・林維昌鹿濱，漢川。

危崖壁立大江頭，歷盡興亡供勝遊。孟德三軍傾一炬，坡公兩賦重千秋。子規啼血增山艷，烏鵲悲鳴帶月愁。戰罷談銷成往事，愛尋遺跡得淹留。

《湖北詩徵傳略》《林氏文徵》

赤壁懷古

清・梅儒寶瑞石，黃岡。

羽衣孤鶴今何在，一去空山八百年。絶代英雄無魏武，千秋才子有坡仙。大江不盡碧流涌，終古如斯明月懸。我欲吹簫邀客聽，問誰能賦第三篇。

《湖北詩徵傳略》《瑞石遺草》

赤壁獨眺

清・王柏心子壽，監利。

朱闌百尺聳崔嵬，俯瞰晴沙繞郭迴。石拆楓根懸岸出，山浮松色渡江來。雲鴻矯翼殊當遠，浦鷺忘機底用猜。九曲堂前香欲綻，方思招客往探梅。

《百柱堂外集》

赤　　壁

清・蔣澤澐容川，湘鄉。

霸圖俯仰空雄壯，赤壁風雲送落暉。客亦知夫水與月，山何須問是耶非。孫劉一炬悲餘燼，吴楚千帆掠遠磯。我欲吹簫引玄鶴，羽衣還向夢中歸。

《容川詩鈔》

赤壁東坡祠

清・張之洞香濤，南皮。

東坡適意在黃州，夢想瓊樓天上秋。文字雖多無諷刺，笙歌既少得清游。鴉銜破紙三寒食，鶴聽哀簫一釣舟。鉤黨洶洶催白髮，西山應恨不淹留。

《廣雅堂詩集》

東坡後十三壬戌，楨攝篆黄岡縣學教諭，七月，偕友喻九萬等泛舟赤壁磯下

清・程之楨維周，江夏。

赤壁磯下江渺瀰，與子同舟乘暮颸。楚雨漲迷武昌樹，樊山青到蘇公祠。月明沙浦冷烏鵲，帆過女牆飛鷺鷥。鐵笛羽衣不可見，茫茫煙水將何之。

《維周詩鈔》

赤壁懷東坡先生

清・程之楨

我來不見橫江鶴，公去飄然八百年。終古飛濤懸斷岸，一輪明月在青天。熙豐事冷王安石，山水人懷李謫仙。莽莽乾坤幾壬戌，漁歌夏日渺秋煙。

游赤壁，次壁間石刻原韻

清・田維翰西垣，漢陽。

頻年踪跡滯吴頭，訪勝聊同二客遊。同遊爲胡、劉二上舍。白雪行歌相問答，和詩甚多。黄州謫宦擅風流。伊誰横槊心偏壯，有客吹簫我亦愁。一葉扁舟雙畫槳，予懷渺渺楚天秋。

酒杯在手月當頭，此日登臨感舊遊。鐵戟磨殘江北岸，銅琶彈罷水東流。英雄去後渾如夢，遷客重來易惹愁。城是人非仙鶴杳，兩篇詞賦獨千秋。

《赤壁紀略》引《子固齋詩鈔》

赤壁懷古二首

清・劉熊興

徘徊赤壁枕磯頭，我亦登臨悵舊遊。霸業原如春夢短，文章常共大江流。浮雲能散英雄恨，濁酒頻消旅客愁。惟愛峨嵋蘇内翰，一船風月足千秋。

偶然極目在高頭，想像當年泛櫂遊。兩賦聲名輝北斗，三分事業付東流。江風山月原無恨，牧笛漁歌自洗愁。我到不須重問訊，掀髯酣唱古今秋。

《赤壁集》

黄州赤壁

清・李振堃承齋，黄岡。

三國雌雄尚未分，周郎一炬掃曹軍。漫將磨洗前朝認，誰繼風流後賦聞。如訴洞簫猶嫋嫋，無依烏鵲自紛紛。英雄才士俱黄土，留與遊人醉夕曛。

《赤壁紀略續纂》引《菊存樓詩鈔》

赤壁懷古

清・汪銘瑑小竹，黄岡。

故道長江改幾回，千年石壁倚城隈。曹瞞已逐群烏散，蘇子真如一鶴來。容易山川消霸氣，無多文字出奇才。泛舟莫漫悲遷客，試向磯頭辨劫灰。

《中州集》《桃潭合鈔》

赤　　壁

清・梅雨田古芳，黄梅。

銅琶高唱大江東，魏武旌旗在眼中。天意將分三足鼎，臣功特借一帆風。滄流夜静魚龍蟄，戰壘秋高蘆荻豐。春鎖雀臺知未得，小喬夫婿自英雄。

五年謫宦棲遲久，賦筆淋漓壯大觀。如此江山供嘯傲，無邊風月足盤桓。名懸黨籍臣心惕，獄解詩歌帝量寬。臨眺敢忘天上鏡，瓊樓玉宇夜深寒。

《慎自愛軒詩存》

舟泊赤壁，瞻蘇文忠石刻像

清・王景彝琳齋，江夏。

前有周郎後有翁，老成年少各英雄。江山已了三分局，樓閣還留二賦蹤。繞頰長髯描易肖，容人便腹畫難工。我來太息熙豐際，宰相如何失此公。

《寶善書屋詩稿》

赤壁懷古

清・王景彝

舳艫千里壓江來，半壁東南勢殆哉。一自周郎傳烈火，遂教孟德等寒灰。江心萬古淘殘月，石骨千尋長緑苔。霸業雄姿銷滅盡，空餘烏鵲繞枝回。

五年謫宦此淹留，莫問前游與後游。詩案偶然遭白簡，賦名從此重黄州。連山竹影依然好，繞郭江聲不斷流。文藻未隨征戰没，毛錐畢竟勝兜鍪。

同上

己巳九月郡試，次韻和鯤渤廣文《二賦堂懷古》之什，並疊三章，兼呈郁君小晉、祝君仲申、李君崇脩、陳君仙舟、丁君敬齋、吴君瓶山、朱君右丞、徐君研雲

清・英啟續村，瀋陽。

我憶坡公到此州，興來何止後前游。飛仙欲挾風先送，造物能窺月亦流。地以人傳文字貴，今將古愛姓名留。周郎竟許曹瞞困，誰識當年孫仲謀。

楚邦名地屬黄州，自昔名賢愛此遊。蘇子文章光北斗，程門學術挽東流。賓秋九月鴻偕至，相馬千群驥肯留。昔日青鐙今日鑒，愧煩同道爲同謀。

三年學宦駐南州，辜負名山選勝遊。鶴夢幾回明月夜，漁歌遥聽大江流。囊輕且喜琴書在，門静仍慚案牘留。滿眼哀鴻況今歲，稻粱何術爲人謀。

五言漫説擬蘇州，天際懷人悵遠遊。七國雄兵詩結陣，九家雅韻水争流。披圖況與雲心悟，展卷還教雪爪留。我亦齊安來作客，卻欣意合未曾謀。

《赤壁紀略續纂》引《葆愚軒集》

九日赤壁，獻之有作，殷君東坪以和章見示，依韻奉答，兼柬獻之

清・英啟

重陽晴景屬今秋，況躡名山最上頭。攀鶻有巢雲半卷，取魚入饌水長流。蘇公二客姓名佚，杜老一樽詩興遒。愧用篇章報顔謝，漫驚清夢到沙鷗。

同上

鄧獻之以《九日赤壁，即席示東坪》二首見示，因成二章，次原韻

清・英啟

平生襟抱幾相期，白髮侵人志不衰。海上策鼇成底事，江邊放鶴立多時。銅琶鐵板千杯酒，紅樹青山七字詩。便上騷壇隨健將，肯詢來者復爲誰。

呼牛呼馬苦莫分，九方骨相獨空群。興來樂泛黃花酒，醉後應書白練裙。千古文章根勉勉，百家議論埽紛紛。病餘自笑支離甚，問字還容過子雲。

同上

九日赤壁

清・鄧琛獻之，黃岡。

危磯突兀出高秋，捫壁遥登最上頭。割據漫言天塹險，風騷不盡大江流。三邊戍遠熊羆静，九日霜清草木遒。四十年來別鄉土，酒邊浩蕩見沙鷗。

《荻訓堂詩鈔》

答續郕太守見和赤壁之作

清・鄧琛

廬陵當代文章伯，許放東坡出一頭。高閣雲開赤壁曉，虛堂幔捲碧江流。府治憑江城，俯瞰赤壁，雪堂在署中。蟲魚細訂圖經誤，鷹隼高盤筆力遒。纂修郡志，皆公裁定。舊史有懷扶大雅，浮沉眼底笑群鷗。

同上

上巳日，同季楨、東坪、次常集赤壁，次壁間林梅墩韻

清・鄧琛

峨嵋西望思茫然，樊上春來浪接天。竹杖行歌飛鳥外，梅墩詩冷暮雲邊。難尋長老桃花裔，且試髯翁藥玉船。古往今來一赤壁，風流誰與問當年。

同上

同人枉和，復成一首

清・鄧琛

嵯峨赤壁一拳石，便是壺公隱處天。漫叟窪尊花鳥外，柯園叢枳水雲邊。坐中有客磨詩壘，江上何人棹酒船。唤起老仙同一醉，簫聲鶴影似當年。

同上

重過赤壁

清・鄧琛

城南煙樹接荒叢，不盡登臨感慨中。斷壁磯頭餘劫火，峭帆江上又東風。長安七載鴻泥幻，坡老扁舟鶴夢空。文酒清游期後日，征衫愧逐輭塵紅。

《荻訓堂詩鈔》

徐香谷招同姚文川、瑞齡。傅仙壺上瀛。二廣文，濮平山參軍，張叔卿二尹，置酒赤壁留仙閣

清・鄧琛

金薤琳琅四壁新，蘇門百代幾功臣。試呼漫叟尊前月，來照留仙閣裏人。秋色隔江山鬱鬱，濤聲入座酒鱗鱗。是日大風，江聲如吼。寺僧莫笑

耽詩客，筆底蛟龍未可馴。

同上

偕鄧獻之丈自沙口東行，艤舟赤壁，即次獻之丈韻

清・陳寶樹字初，江夏。

沙口揚帆赤壁停，曉看風色暮看星。仙髯不隔千年夢，醉眼猶餘二客青。縱酒午餔狂僕笑，哦詩夜榻老龍聽。先生永我江湖趣，紅燭攤書共一舲。

《求到齋詩集》

黄州赤壁

清・顧我愚伯蚓，江寧。

東坡赤壁泛扁舟，載酒吹簫共客遊。空説三分因一炬，獨留兩賦占千秋。江聲繞郭春潮急，塔影垂山夕照收。貪讀蘇碑蕭寺畔，鐘聲催月上僧樓。

《顧伯蚓遺詩》

次韻獻之丈赤壁見示之作

清・殷雯子肇，黄岡。

城郭風煙變九秋，危峰壁立大江頭。美人北望青霄迥，巴水西來萬古流。白髮樽前霜氣肅，紫袍雲外笛聲遒。長宵一片高寒影，蘆荻叢中起宿鷗。

《東坪詩集》

郡伯英公以和赤壁詩見示，疊前韻奉酬

清・殷雯

江山唫嘯入高秋，石壁琳琅占上頭。身忍微痾蘇億姓，量涵大澤納群流。一官玉局詩名重，千載龍門史筆遒。矯首別深臺閣感，綱羅先已到沙鷗。

同上

再疊前韻呈獻之丈

清・殷雯

九日秋堂花壓鬢，百年此會月當頭。地攢高下群峰盡，天劃東南一水流。故國雲鴻蹤彷彿，大江風露氣清遒。龍愁鼉憤知多少，浩蕩何如萬里鷗。

《雪堂唱和集》

舟過赤壁，三疊前韻

清・殷雯

蕭蕭風月古赤壁，莽莽乾坤吾白頭。糝徑霜痕淒落木，飛空山影壓寒流。驚人晚歲滄江臥，送客層城鼓角遒。西望平湖三百頃，一行晴雪下銀鷗。

同上

上巳日，偕同人集飲赤壁，次壁間石刻林梅墩詩韻

清・殷雯

前身不見橫江鶴，南北相思各一天。右臣有“前身我是黃州鶴”之句。鄂渚飛濤淩絕壁，海門寒雨暗三邊。雲中夢墮排閶翮，海外飄遲水上船。

且攬奇編評杜牧，殘碑記話甲申年。

唫過古塘風雪後，峨嵋春漲遠連天。高城圖畫開雲表，細雨梅花落酒邊。半壁自横三楚地，一官爲唤五湖船。用山谷贈東坡詩意。柯園舊有題詩處，寂寞江山八百年。

同上

次韻獻之丈《九日赤壁》三首録二

清·張承祐次常，麻城。

直疑壬戌是今秋，有客同登最上頭。窈窕高歌當月出，婆娑老子擅風流。滄江夢鶴人何在，幽壑潛蛟氣自遒。苦憾鄉山了無取，池邊約久負寒鷗。

昔人此地定三分，我輩重遊思不群。正爲得魚來赤壁，那妨騎馬入紅裙。當關虎豹空中怒，撼樹蜉蝣眼底紛。横槊雄風竟安在，世間變滅總煙雲。

《赤壁紀略》引《荻訓堂詩鈔》

奉獻之丈《上巳偕錢季楨、殷東坪集赤壁禊飲，和壁間林梅墩韻》

清·張承祐後更名翊辰。

一世雄風竟安在，我來釃酒暮春天。隔江崖壑雲濤裏，矮屋人家竹葦邊。苦憶鏖兵飛荻艦，誰當横海出戈船。王師嶺嶠無消息，坐對流觴惜少年。

《雪堂唱和集》

赤壁夜泊

清・王樹桐琴軒，歸州。

扁舟一葉下晴川，赤壁山前夜泊船。皓月當空懷彼美，長江何處挾飛仙。才非横槊休釃酒，客不吹簫漫扣舷。閒倚篷窗一回首，東來孤鶴去茫然。

《赤壁紀略》引《緑陰山館詩鈔》

黄州赤壁

清・胡淑福女士，漢陽。

纜鎖連檣鐵槊横，大江流水助軍聲。天心早定三分鼎，火力能燒百萬兵。電掣旌旗彰漢德，烟銷荻葦失曹營。而今斷岸千尋赭，夜月簫聲動客情。

《赤壁紀略》引《潔貞紗櫥繡餘存草》

月波樓

清・喻同模農孫，黄梅。

憑臨雉堞勢嵯峨，爲訪名踪客屢過。良夜有樓先得月，長空如水自生波。座中香篆爐烟裊，檻外江光練影拖。即此便教清興足，不須夢鶴問東坡。

三五良宵奈爾何，誰當對酒更高歌。景奇真覺波空映，樓好從教月占多。四壁水雲明玉宇，一天星斗澹銀河。憑闌頓起乘槎興，莫弄扁舟着釣蓑。

《一勺亭詩鈔》

按：收此作與收竹樓之作，均爲宋時樓在赤壁磯之故。

舟過赤壁二首録一

清・汪昶韻和，漢陽。

已横塞北長驅槊，又作江南對酒歌。才子新詞留賦稿，奸雄舊恨滿滄波。一千餘載争赤壁，八十萬人呼奈何。回首昆陽飛屋瓦，風神功在漢家多。

《柏井集》

赤壁懷古

清・何國琛白英，海寧。

天心與便付東風，絶壁千尋一炬紅。大敵艨艟鳴鼓角，小喬夫壻自英雄。月明烏繞空横槊，石爛江枯此勒功。魏國吴宫等安在，猶留形勝浪花中。

巉巖突屼枕黄州，笠屐重來載酒游。醉罷何人尋戰壘，歌殘嫠婦泣孤舟。九江雲物斜陽冷，三楚風濤落木秋。孤鶴蹁躚疑入夢，一聲驚破洞簫愁。

《鄂渚同聲集》

赤壁懷古

清・彭崧毓漁帆，江夏。

曹瞞空自詡能軍，一炬奇輸不世勳。北馬南船真兩絶，東吴西蜀竟三分。飲醪契合人中傑，顧曲風流天下聞。外事且無張子布，後來吕陸祗紛紛。

二賦堂高眼界開，天留勝境劫餘灰。波光露氣舟重掉，鶴影簫聲夢又回。古月何如今月好，前游更讓後游來。江山雅藉文章重，誰擅坡公一代才。

《鄂渚同聲集》

赤壁懷古

清・張凱嵩粵卿，江夏。

橫槊詩成鬬艦空，楚山隱隱劫灰紅。荆吴遂定三分局，主客全收一炬功。鏖戰魚龍曾破浪，驚寒烏鵲尚淩風。英雄事業今安在，東去江流日夜同。

紀遊二賦重東坡，泥古無勞爲辨譌。勝地偶然供翰墨，寓公何日返岷峨。江風山月閒中趣，鐵板銅琶醉後歌。我欲扁舟腰笛去，圖間笠屐手摩挲。

《鄂渚同聲集》

赤壁懷古

清・唐嘉德薇階，六合。

曹瞞東下勢洶洶，鼎峙規模一炬中。檣艣烟銷江水黑，旌旗光映夕陽紅。奸雄氣短千帆火，大將功成半夜風。繞樹烏飛明月冷，此時憑眺思無窮。

巉崖矗立大江壖，兩度乘舟興勃然。二客追隨真有幸，一天風月自無邊。霸才得意曾釃酒，永夜高歌獨扣舷。此樂至今誰解領，夢中白鶴舞蹁躚。

《鄂渚同聲集》

中秋前二日，邀直指季望石赤壁小集

清・汪煉南冶夫，黄岡。

秋色平分紀勝遊，先邀蟾魄到芳洲。瓊宫有氣非關蜃，烏府無機也狎鷗。蒼翠逼天清欲滴，波光侵岸砌皆浮。南飛一曲憑誰和，仙子重來好泛舟。此詩應列入清初。

《存誠齋詩集》《桃潭合鈔》

赤壁懷古

清・張炳堃鹿仙，平湖。

斷霞返照大江東，猿鳥猶疑烈炬紅。天意要分三足鼎，人謀穩借一帆風。塵消劫换殘碁在，石老雲荒故壘空。底用苦尋泥爪印，雪中何處認飛鴻。東坡《赤壁賦》及周郎事，而《水經注》以爲周郎赤壁在嘉魚縣東北，非東坡所賦之赤壁。

賦筆干雲氣象多，此山從此屬東坡。都將遼海蒼茫意，寫入江天窈窕歌。但有文章供跌宕，肯令風月笑蹉跎。重遊已是悲陳迹，我輩登臨更若何。

《鄂渚同聲集》

赤壁懷古

清・陳濬心泉，閩縣。

周郎年少早登壇，十萬艨艟擁碧湍。西蜀三分扶漢鼎，東風一炬困曹瞞。摩崖紀績心何壯，横槊歌詩膽亦寒。獨上高峰望銅雀，荒臺遥倚暮雲端。

坡仙遺跡落人間，考古難將二賦删。一代才華歸翰簡，千秋名勝助江山。潛蛟寂寞聞簫舞，孤鶴翩翻入夢閒。今日臨皋亭下路，幾回携酒共登攀。

《鄂渚同聲集》

赤壁懷古

清・胡鳳丹月樵，永康。

臨江釃酒漫横戈，其奈周郎妙計何。烏鵲飛來風力緊，艨艟戰罷劫灰多。二喬佳麗牽癡夢，三國英雄付浩歌。鐵板銅琶唱東去，夕陽遺壘幾摩挲。

漫言孟德困黄州，此是髯翁紀勝遊。斗酒醉邀良夜月，洞簫吹徹九天秋。江流淘浪銷餘恨，孤鶴長鳴起暮愁。赤鼻磯偏訛赤壁，才人賦筆未旁搜。

《鄂渚同聲集》

赤壁懷古

清・車元春竹君，江都。

赫然一怒保江東，都督奇謀在火攻。南郡尚羈貔虎將，北軍已竄馬牛風。烏林夜走陰燐黑，白浪朝翻戰血紅。今日時清烽燧浄，夕陽明滅亂流中。

千秋兩賦重坡仙，憑弔興亡亦偶然。如此江山名士福，最宜風月酒人天。洞簫何處尋餘韻，孤鶴仍思締夙緣。賸有舊時游跡在，扁舟訪古任流連。

《鄂渚同聲集》

赤壁懷古

清・錢桂林香益，江夏。

火光百道劃江開，驚走阿瞞亦快哉。一炬功能扶漢鼎，二喬春不鎖銅臺。殘旗風過無留影，折戟烟銷賸劫灰。絶壁祇今千仞立，摩挲斷碣剔蒼苔。

當年於此分三國，有客曾經賦兩遊。明月清風自千古，雪泥鴻爪幾春秋。江山憑眺才人事，詩酒銷除謫宦愁。額顇一翁名萬古，區區霸業笑孫劉。

《鄂渚同聲集》

赤壁懷古

清・劉國香瑶丞，沔陽。

烏飛三匝夜將半，雀鎖二喬春未深。一炬蛟龍鬬霹靂，千山猿鳥愁登臨。井中炎火斷消息，江上東風吹古今。迴首賦詩醉釃酒，老瞞僥倖亦何心。

自從鵲影南飛後，一曲南飛鶴更哀。竹鄺幾年羈宦蹟，籜龍七字錮詩才。前朝故壘無征戰，兩度扁舟獨去來。我介山靈作東道，英雄名士掌中盃。

《鄂渚同聲集》

遊赤壁，瞻東坡先生遺像

清・徐瀛海年，黄陂。

絶妙文章前後遊，一時棖觸已千秋。山連蜀嶺多回抱，水近廬江自急流。臣品能閒甘蠟屐，君恩未報憶垂旒。只應江上漁樵輩，猶述先生七載留。

《赤壁紀略續纂》引《藤薇室詩鈔》

讀前後《赤壁賦》

清・張子麟天石，蕲州。

赤壁高懸夏口西，從容玉局此攀躋。長江自泛扁舟穩，兩賦閒將醉筆題。孟德周郎千古事，清風明月一時齊。欣看緑字凝屏後，更覺臨皋暮靄低。

薄游赤壁倚雕欄，各把蘇公兩賦看。七月水波初泛碧，三秋木葉盡流丹。歌聲夜動孤舟泣，道士宵驚野鶴寒。騷客臨風頻彳亍，流連戰蹟趁平安。

《天石詩稿》

赤壁懷古

清・錢桂笙季香，江夏。

千尋絶壁俯江皋，江上秋風挾怒濤。祇有危巢栖鶻鶴，更無遺跡弔孫曹。三分事業同漚幻，一代英雄付浪淘。且掉扁舟尋玉局，洞簫聲裏首頻搔。

五年謫宦楚江濱，風月湖山得主人。兩度醉遊攜客子，一歌微意託孤臣。功名富貴抛前夢，滄海蜉蝣寄此身。休更銅琶傷往事，雪堂今亦委荒榛。

《錢隱叟遺集》

重遊赤壁

清・錢桂笙

蕭蕭木葉湧江波，斷岸危岩此再過。兩賦才名猶炳耀，三分霸業久銷磨。曾將舊跡留鴻爪，别有閒情寄釣蓑。前日洞簫聲未歇，聊斟杯酒侑狂歌。

振衣又上白雲端，四顧蒼茫獨倚欄。烏鵲南飛猶繞樹，大江東去此回瀾。清風入座如前度，明月留人結古懽。卻笑髯蘇輸我輩，不因謫宦又黄安。

壁間遺像賸殘碑，渾似奇書手再披。水落石存真骨相，山高月照古鬚眉。英雄往迹空千載，壬戌秋光又一時。泥坂雪堂遊未已，此中佳趣費尋思。

西風塵污隔江樓，太息元規據上游。何似姓名垂赤壁，重聽鼓角愛黄州。江横孤鶴成雙影，天放吾髯出一頭。他日臨皋亭下過，還應作賦紀三遊。

《赤壁紀略》引《隱叟遺詩》

赤壁懷古

清・劉維楨幹臣，黄岡。

百萬曹兵一炬燒，重磨鐵戟恨難銷。不知公義分三國，爲快私情慕二喬。廢壘於今空霸氣，巉崖依舊枕寒潮。可憐江上餘枯骨，楓葉蘆花夜寂寥。

笑他抅相逞奸謀，翻助坡公紀勝游。放浪形骸兩篇賦，曠觀宇宙一扁舟。風清月白江山古，露重霜寒草木秋。吹笛和簫人不見，波濤日夜向東流。

《鄂渚同聲集》

赤壁重建二賦堂，留詩於壁

清・劉維楨

巍峨赤壁付沙蟲，没在荒煙蔓草中。殘荻花含秋露白，亂山石襯夕陽紅。鏖兵公瑾三更夢，横槊阿瞞一世雄。不有長公留二賦，誰捐鶴俸復鳩工。

水光依舊接天浮，不減當年壬戌秋。漫聽潛蛟舞幽壑，閒看孤鶴掠扁舟。清風明月供詩料，香笋鮮鱗佐酒甌。長嘯一聲波浪定，霎時淘盡古今愁。

《重生詩草》

秋日遊赤壁

清・張星焕丙垣，羅田。

天高木落水雲收，與客同爲赤壁遊。不爲尺鱸謀斗酒，更無孤鶴掠扁舟。江山豈改元豐舊，風月何殊壬戌秋。清景欲摹難著手，當年二賦已窮搜。

《燼餘集》

同吴南屏、邱聖徵登赤壁

清・林鸞霽軒，黄岡。

嵷巃赤壁高千仞，顤頟青衿已卅年。花雨漸隨巖翠落，簫風時逐客愁牽。南天戍卒驚殘火，東壁文章冷劫煙。莫漫岸冠談往事，松枝有鶴起蹁躚。

《林霽軒集》

過黄州赤壁，因憶癸巳歲，與楊叔喬、屠敬山、汪穰卿同遊

清・陳三立散原，義甯。

提携數子經行處，絶好西山對雪堂。勝地空憐縱歌詠，諸峰猶自作光芒。黿鼉夜立邀人語，城郭燈疏隔雨望。頭白重來問興廢，江山繞盡九迴腸。

《散原精舍詩集》

赤壁磯

清・汪家驥挹珊，黄岡。

嚴城鼓角正呼號，江月朦朧片影高。山石迷烟路犖确，寺松和雨韻蕭騷。舊傳夢境横飛鶴，新著頭銜學釣鼇。俯仰古今供一笑，東流逝水日滔滔。

《商聲集》《桃潭合鈔》

赤壁八景

清・汪引芝九畹，黄岡。

赤壁山横萬仞堂，爲披雲漢繪天章。排窗不覺江山老，拂壁唯驚翰

墨香。弄月吟風身作客，探梅賞雪醉傾觴。隱侯八詠樓何處，可似坡仙寓楚黄。二賦堂。

誰起通天百尺臺，良宵招取月華來。渾忘露坐單衣冷，最喜雲歸寶鑒開。玄兔敢憎酣酒客，素娥應識謫仙才。雲梯待倚攀丹桂，石徑休教惹緑苔。玩月臺，今爲問鶴亭。

逍遥誰似小亭仙，獨把閒身付醉眠。足踏長鯨飛碧海，神騎老鶴到青天。日窺枕畔三生石，風裊爐中一縷煙。大夢那須人唤覺，邯鄲醒眼實多年。睡仙亭。

天上仙姬墜翦刀，青峰著眼向吾曹。幾年楚雨經磨洗，半夜松風逞怒號。玉佩紉成新月皎，羅衣裁就綵雲高。尋詩頗費推敲力，欲與山靈乞錦袍。翦刀峰。

願作泥中曳尾龜，長江真好放生池。相煎屏卻桑薪急，既濟驚來寶筏移。解網非籌臨陣日，啣環自有報恩時。閒遊促坐危亭裏，多少行人戒朵頤。放龜亭。

淩波淡淡掃峨眉，綺蓋亭亭立玉池。撲鼻有香風定後，背人無語月明時。洲邊日浴憐輕鷺，渚畔雲低匿寶龜。莫信俗情貪艷冶，翻將污水潑胭脂。白蓮池。

亭下裁詩好唱酬，大江東去繞黄州。地分南北成天塹，水合朝宗入海流。積潤遠通雲夢澤，回波深浣古今愁。景純舊賦誰能續，共醉宜傾碧玉甌。酹江亭。

蘇子梅花事杳然，風流韻趣話當年。梅花吟去同清夢，蘇子遊來是謫仙。老幹横斜從雪壓，暗香浮動有人憐。靈根難向東坡覓，應是携歸碧落天。坡仙梅。

《新甫詩草》《桃潭合鈔》

東坡梅

清・汪桂三小山，黄岡。

酒醒寒月墮江煙，玉骨冰肌絶俗緣。冷宦黄州人共瘦，倦遊赤壁夢俱仙。冬烘誰作和羹計，春信端宜驛使傳。爲憶汝州移去日，坡前花發爲誰妍。

畫圖展處饒清興，宛向羅浮夢裏看。夜月沈沈幽豔冷，曉風冉冉暗香殘。半簾疏影遮朱檻，一幅輕煙鎖碧欄。我亦多情欲吹笛，怕驚仙蕊落江寒。

《小山詩草》《桃潭合鈔》

赤　壁

清・汪鵠竹青，黄岡。

磯頭金碧耀晴曛，始信英雄屬使君。蘇子五年傳二賦，周郎一炬定三分。有聲浪捲峨眉雪，拂面風吹海角雲。仙鶴南飛歌一曲，紫裘腰笛總超群。

《桃潭合鈔》

赤壁懷古

清・汪堃蓮舫，黄岡。

巍然赤壁大江東，江水東流斷壁紅。一槊題詩懷孟德，兩遊作賦記髯公。升沉世事蕉間鹿，多少人才雪裏鴻。我亦拈毫題彩筆，臨風長嘯氣如虹。

《桃潭合鈔》

秋晚登赤壁亭

清・錢崇柏季楨，黄岡。

劫灰十載滿黄州，重見峥嶸百尺樓。滚滚濤聲依檻去，濛濛山色隔江浮。乾坤興廢成終古，風月高低入暮秋。横槊吹簫俱一夢，白雲孤鶴自悠悠。

《思鶴山房詩文集》

己未重九日，同李隱塵、汪筱舫諸君議修赤壁，會飲於此

清・周從煊念衣，羅田。

穿花踏月人安在，魂魄將毋戀昔遊。尚有崇山堪落帽，不勝層檻更憑秋。扁舟定許邀玄鶴，一盞還須對白鷗。酩酊歸來談世事，欲憑蝴蝶問莊周。

《象溪詩存》

赤壁懷古

清・王階炬蓮舫，羅田。

紅雲高矗莽崔巍，霸業騷情一晌摧。枉使赤烏飛火去，不教縞鶴渡江來。魚龍怖駭餘兵氣，風月徘徊幾賦才。那怪前朝悲杜牧，未銷鐵已壓城隈。

《東安王氏詩鈔》

赤　　壁

清・鄭襄贊侯，江夏。

黄州赤壁郡東郭，老我重游卅六年。小築軒亭仍草樹，大江樓艫幾

烽烟。周蘇無礙同千古，風月甯須買一錢。應媿相從乏二客，船窗歸了枕書眠。坡詞云“周郎赤壁”，今山門顏曰“東坡赤壁”，蓋苦爲分別也，故有第五句。

《久芬室詩集》

《夢遊赤壁圖》題詞

清・江湄伊人。

水月江山入夢頻，知君玉局是前身。英雄割據留陳蹟，名士風流證夙因。歷劫文章常不朽，寓形宇内盡非真。清宵一枕游仙好，不似邯鄲道上人。

《屑玉叢談二集》

戊申去黄州，僚友餞於二賦堂，泛舟赤壁留别

清・顧印愚印伯，成都。

赤壁來遊帶月歸，東坡行處證依稀。鶻巢瞰樹摩苔碣，鶴夢横江掠羽衣。夜話承天閒有味，春尋安國近相依。義尊還似當年意，座上詩成酒共揮。

《成都顧先生詩集》

夢遊赤壁

清・聞捷鹿樵，蘄水。

憑虚蜃氣幻樓臺，恍聽亭皋畫角哀。木落山空孤塔峭，江浮天際遠帆來。英雄霸氣三分業，詞客清宵兩賦才。二十餘年增别緒，夢中遊歷費疑猜。

《頤養齋集》

舟過黄州望赤壁

清・夏先鼎禹存，孝感。

當年公瑾拒曹舟，此地名因赤壁留。天爲三分難助逆，兵多百萬不如謀。大江東去風猶昨，爽氣西來月又秋。慷慨一時豪傑事，好將杯酒酹横流。

《赤壁紀略》引《坦堂遺稿》

赤壁懷古

清・童樹棠憩南，蘄州。

戰火燒風寄古煙，至今石氣尚蒼然。大江當敵得長算，名將用兵方妙年。過雁自横諸水外，去帆無定一山前。三分舊事憑誰記，瀟灑孤亭祇睡仙。

《求志齋詩存》

赤　　壁

清・李焱龍臥南，蘄州。

阿瞞未死烏林火，又在黄州得得燒。西塞極天横楚水，東風平地走吴潮。奸雄何必窮先主，夫壻終能護小喬。日暮扁舟汀渚上，也尋殘戟認前朝。

《吐雲山館詩鈔》

赤　　壁

清・陳一舉鵠臣，蘄州。

江山冷落幾春秋，天與髯蘇兩度遊。化鶴歸來仙侣夢，得魚攜向婦人謀。推襟祇可談風月，撫劍無妨指斗牛。寄語紫裘吹篴客，逍遥物外自消愁。

《仰止軒詩草》

飲赤壁萬仞堂

清・陳犖卓生，蕲州。

西風摵摵滿江城，萬仞堂前醉未醒。千古英雄悲斷梗，百年身世感飄萍。遠船潮落帆依岸，極浦蘆荒雪打汀。獨倚危樓閒縱目，夕陽扶影立亭亭。

《屏石山房詩鈔》

九日飲赤壁萬仞堂，酒間適蕲水謝木齋、近仁。徐伯棠，榮棣。羅田江子浚，懋源。黄安沈執其用之。諸君至，乃重沽劇飲，縱談至夜，踏月以歸

清・陳犖

客中無事思茫茫，把酒來登萬仞堂。千里無端成勝會，百年如此幾重陽。長江浪卷遥天落，半壁風侵落帽涼。是日風浪甚惡。坐對西山拚共醉，夜歸振袂月如霜。

同上

赤壁懷古

清・陳奉濂翔甫，蕲州。

斜陽半壁起寒煙，浩浩江流不計年。回首可憐征戰地，舉頭惟見蔚藍天。英雄氣燄歸何處，詞客遨遊好放船。横槊賦詩今在否，空教幾度月華圓。

蘇公遺蹟接高樓，據范石湖《吴船録》，知王元之竹樓即建在赤壁之上。屈指而今數百秋。此日朗吟惟我輩，當年作賦有名流。高風應借文章力，

浩劫猶將水月留。人景雙清憐此夜，感懷往事幾夷猶。

《芸香館詩鈔》

同范少溪游赤壁二首

清・駱初訓彝生，蘄春。

把酒淋漓酹暮雲，倚闌惆悵送斜曛。靈風晝捲忠臣廟，芳草春迷烈婦墳。上有于清端公祠，而任烈婦墓在其下。牧笛尚疑蘇子客，漁燈如見漢家軍。衹今樓閣揮金立，也算將軍蓋世勳。舊燬於兵，今劉軍門重修之。

清風明月不難買，閒覓百錢便可遊。病後且欣腳力健，那須攜客乘扁舟。江聲淘恨古何限，鶴夢幻人今醒不。蘇子當年無二賦，誰來此地尋荒邱。

《三明室稿》

壬戌之秋，赤壁紀游，率成一律

姚汝説傅巖，武昌。

數甲又逢壬戌秋，東坡赤壁憶前游。茫茫塵世空餘憾，滚滚長江不斷流。賸有殘碑更代謝，何堪浩劫重煩憂。才人韻事猶如昨，俯唱遥吟未肯休。

《東坡赤壁集》

辛亥春小聚龍州伏波廟，有懷赤壁

李開侁隱塵，黄岡。

紅珊白雉近如何，古樹荒祠弔伏波。眼底江山灰劫幻，座中裙屐故鄉多。英姿落落皆楩梓，塵夢勞勞暫薜蘿。赤壁風光渾在眼，愧無椽筆賦東坡。

《勝鬘集》

游赤壁

屈佩蘭競存，麻城。

八百年前此勝遊，蕭蕭蘆荻作新秋。江山清曠招黃鶴，蜀洛恩讐問白鷗。頑石一拳懸斷岸，荒城平面枕寒流。扁舟風月常新夜，暝色無端盪古愁。

《競存詩鈔》

游赤壁有懷

楚狂人

扁舟容與泛清流，寒月臨江宿雨收。獨抱秋心游赤壁，醒餘春夢憶黃州。洞簫慷慨情何限，橫槊功名老未休。徙倚江山饒逸興，坡公遺跡好追求。

《東坡赤壁集》

民國十一年壬戌，爲東坡游赤壁後十四度甲子，時林少旭、王戟髯兩廳長同官鄂垣。七月既望，偕法曹群椽泛舟遊，企古雅集，觴詠甚盛。余以後期至，未獲預游，追賦二律

姚德鳳威伯，崑山。

元豐兩度黃州賦，玉局風流天下聞。萬口争傳洞簫月，千秋好譜渡江雲。於今孤鶴歸何處，空令潛蛟泣暮曛。别有江磯在魚浦，莫將陳迹論三分。

昔年吴下追吟席，此日來聽鄂渚潮。薄宦有緣隨棨戟，勝遊無分廁群僚。黃泥赤坂相望近，明月清風托夢遥。爲約霜高木落後，買魚携酒復招邀。

《東坡赤壁集》

挹爽樓成，適得《景蘇園帖》藏之，賦此

范之杰畯塍，浙東。

咫尺西山爽氣收，看山特地起高樓。吟懷應遣一輪鶴，塵世任驅萬火牛。吴會風煙鄉國夢，江湖鴻雁楚天秋。相從盃酒形骸外，坡句還須著意搜。

蘇公妙蹟浩煙蘿，佚石由來此地多。武昌《九曲亭記》、黄州《快哉亭記》、黄岡前後《赤壁賦》、《竹溪堂額》等石俱佚，今詞碣亦後人復刻，失神。選勝首居五赤壁，臨流想見百東坡。千秋二賦空禪窟，棲石摩崖並擘窠。隔江崖壁題名及蕲水鳳棲石皆公書大字，今存。寥闊江山忠義息，幾回昂首發高歌。

《東坡赤壁集》

題《東坡游赤壁圖》後

蔡新耐盦，漢陽。

良辰今又逢壬戌，攬勝憑誰笑口開。月小山高自無恙，時移世變孰爲媒。不妨畫裏饒詩境，漫向人前借酒杯。八百餘年一彈指，雪堂應有鶴歸來。

《東坡赤壁集》

癸亥秋，重涖黄岡，游赤壁感賦

張翊六貢父，湘潭。

莽莽乾坤一瞬中，大江淘盡幾英雄。周郎戰壘皆陳迹，蘇子文章本化工。詩酒三秋孤月白，煙波萬里夕陽紅。何人再奏南飛鶴，散作磯頭玉笛風。

記曾前度泛扁舟，又向滄波續後游。隔岸好山迎爽氣，浮空孤塔鎖江流。鄉心鱸鱠重湖水，客夢鴻泥兩鬢秋。尚有元龍豪氣在，河山無恙

更登樓。

《樗盦詩鈔》

己巳春重至黄岡遊赤壁，示鏡臺開士

張翊六

赤壁淩霄照眠明，劫灰冷後賸餘生。人欣連袂成嘉會，來遊遇朱右扶、歐曉村諸君。天爲登樓放晚晴。薄暮雨霽。小閣尚留殘碣字，前題石尚在。扁舟空憶洞簫聲。謂謝濟川、喻方山諸公前次寅友。笑余蹤跡閒鷗識，雲水光中作送迎。

同上

赤壁撫琴

黄炎烈星平，黄岡。

聯袂登樓豈偶然，登樓有意訪高賢。撫琴隱恨無知己，載酒行歌憶少年。白露清風泥坂月，梅花玉笛暮江烟。坡公秉燭重遊夜，不愧蓬萊第一仙。

《東坡赤壁集》

遊赤壁二首

劉泥清泥清，天門。

回溯坡仙迹已陳，於今舊夢幾番新。江山有幸留詞客，風月無情送古人。一片劫灰餘赤壁，十年澤國尚黄塵。浮沉我亦悲身世，落日長波暗愴神。

欲唤西山話寂寥，扁舟弔古總無聊。空江刁斗人横槊，隔岸風濤客品簫。烏鵲驚枝飛夜月，魚磯亂石上春潮。一作“擊節高吟前後賦，流沙常逐去來潮”。無端滚滚波如雪，淘盡英雄恨未消。

《東坡赤壁集》

赤壁懷古

黃轟聲

紫殿紺宫俯翠微，江山猶是霸圖非。踉蹌魏武熸師去，僥倖周郎破敵歸。舊業但傳詞賦在，長風仍見舳艫飛。夕陽何限興亡感，付與漁翁話釣磯。

《東坡赤壁集》

赤壁感懷

徐燾培祇文，黄岡。

憶昔黄州赤壁遊，蘇髯而後幾名流。一杯風月江頭醉，二賦文章夢裏搜。樓閣放懷天下小，英雄困跡古今愁。他年心事從兹泄，肯與知音共唱酬。

此間山水接天高，氣象重新月一篙。回首美人成往事，關懷孤鶴悟清操。舷歌魚酒樂中樂，富貴功名濤上濤。滿地干戈成底事，也思孟德只徒勞。

傳鈔舊稿

壬戌秋集飲赤壁，答諸友作

汪佩聲玉甫，黄岡。

八百年來十四週，浮雲洗盡古今愁。黄州獨占中天月，赤壁何妨竟夕遊。玉笛一聲江上起，銀河萬里酒杯收。東風倦後西風醉，惆悵霜華感白頭。答蔣瑯環。

峨眉雪水大江流，奔放天才莽蕩遊。冤了烏臺文字獄，賺成赤壁古今秋。主盟風月惟詩可，老閲滄桑以酒浮。出處是非千載事，公卿甯拾不低頭。答沈文琴。

誰解青苗能誤國，强登赤壁又悲秋。萬方多難絲抽繭，四海横流浪咽舟。起視斜陽紅雁淚，坐羞新月白烏頭。吟邊閒煞經綸手，倘繡乾坤爛十洲。答家仲川。

《東坡赤壁集》

赤壁泛舟

周壽世漢陽。

東坡韻事説黄州，八百年前兩度遊。笠屐斜陽臨古渡，笙簫明月送輕舟。名流勝蹟一追憶，良夜清樽幾唱酬。自笑閒鷗尋舊夢，重逢江上宋時秋。

《東坡赤壁集》

庚午秋赴黄州閱兵，兩遊赤壁

朱懷冰懷冰，黄岡。

風風雨雨此登臨，一鳥歸飛正覓林。倒下洪流疑柱折，當前蔓草總根深。幽居有地空懷古，撥亂無才衹愧今。回首塵沙迷去路，殘花敗葉兩沾襟。

傳鈔近稿

赤壁誌感

傅向榮鶴岑，監利。

長嘯一聲宿酒消，閒隨猿鶴步層椒。江山依舊英雄杳，樓閣懸空風雨摇。亂世通才慣遷謫，浮生殘夢付漁樵。歸途怕過黄泥坂，昨夜嗚嗚有洞簫。

《齊安記室録》

移官遼東，同人餞别赤壁，即席賦謝

傅向榮

三疊陽關客影孤，帆開赤壁屢躊躇。醇醪把琖先心醉，荆棘彌天待手除，異地逢迎總萍水，輕舟伴侣衹琴書。臨歧莫折依依柳，春到江城眼未舒。

同上

赤　壁

畢惠康斗山，蘄水。

兵氣沈埋尚未銷，江聲猶撼鼓鼙遥。千秋風月吟雙賦，一代興亡説二喬。城郭舊遊鄉味在，衣衫今换酒痕消。曹兵横槊均陳迹，衹賸荒亭對晚潮。

《晚勤軒詩鈔》

辛未春仲，阻風樊口，望赤壁感賦

帥培寅畏齋，黄梅。

坡公去後幾人來，我昔清遊一夢回。煙樹春深迷靉靆，江山奇絶苦塵埃。自傷暮齒孤名勝，歷數前朝歎刦灰。樓閣參差空極目，登臨何日更徘徊。

春水初生漸不平，連朝風勁怒濤鳴。霸圖已醒孫曹夢，黨禍猶沿洛蜀争。遠看山花驚歲序，近依沙鳥悟人情。眼前舊地猶難到，敢薄窮居覬大行。

《畏齋偶草》

壬戌七月既望，赤壁泛舟，和張子餘元韻

李祖綱醉舫，安陸。

扁舟輕泛鄂城東，江上烽煙照眼紅。二賦尚留才子筆，三分不見大王風。愁消塊礧詩兼酒，恨洗河山月滿空。秋夜怕談今古事，何須南北決雌雄。

《醒我軒草稿》

壬戌七月既望，赤壁紀游

車賡百夔，南昌。

眉山高節史彪然，八百餘年弔昔賢。歲晚滄江容我臥，浪淘風物至今傳。文章搆禍容非福，民物關懷不礙禪。野火東風燒不盡，目窮莽蕩尚烽煙。

清流名列黨人碑，琴劍飄零漫所之。楚尾吴頭遷謫地，瓊樓玉宇廣寒詞。高秋風月原無價，如此江山合有詩。用古句。一葉扁舟泛蘆葦，肚皮端不合時宜。

《歸石軒稿》

赤壁懷古

劉灝潛庵，漢川。

赤壁巍峨控上游，大江依舊枕寒流。周郎風火三分國，蘇子文章兩度遊。霸跡千年懸斷岸，扁舟一葉泛清秋。烟波浩渺情何限，夢挾飛仙渚上謳。

霜楓脱葉下臨皋，水月雙清夜色饒。雪浪遠來巴子國，雄風高壓廣陵潮。波騰白馬聲威壯，道出烏林虎豹驕。欲起漁樵談往事，霸圖詞客兩沈銷。

一江風月待人收，往事驚心水亂流。鐵板銅琶團練使，綸巾羽扇武

鄉侯。歌成眼底飛烏鵲，醉後磯頭狎白鷗。遥隔家山風浪惡，攜來斗酒與誰謀。

楚雲荆樹擁當塗，萬頃風濤隘舳艫。東去江淘千古恨，南飛鶴奏一聲孤。命中箕斗磨遷客，池上蛟龍起壯圖。怕看巉巖森似槊，寒烟衰草亂平蕪。

《潛庵詩稿》

坡仙亭謁蘇文忠遺像

劉　灝

峨嵋秀起貌堂堂，慷慨居然繼范滂。涵渾光芒見氣魄，嬉笑怒罵皆文章。已驚落筆吞雲夢，何用割愁移劍鋩。元祐有碑刊黨籍，無端含垢雜王珪。章。惇。

山月江風信往還，巉巖矗立自巍然。鴻泥印爪身如寄，笠屐傳神影亦仙。底用芒鞋行郭索，欲將鐵杖鬬清堅。先生有句吾曾誦，浮世功名食與眠。

同上

校訂《黄州赤壁集》感賦

王念中聞龕，黄岡。

四年不踏黄州路，丁卯以事至黄州，倉猝一遊赤壁。此日重思赤壁遊。詞賦兩篇傳萬世，舳艫一炬笑千秋。英雄名士成黄土，明月清風泛白鷗。往古來今只陳迹，紛紛真僞枉追求。黄州赤壁，本非曹瞞戰敗處，東坡姑如此言之，吾輩姑如此聽之，何必紛紛辨其真僞乎！

《耆古齋詩鈔》

雪霽遊赤壁

何萸生

凍雪初晴一暢游，低徊今昔恨悠悠。光凝遠岫銀屏障，風捲長江白浪浮。一代英雄餘戰壘，兩篇詞賦壯荒邱。微茫萬物藏無盡，回首依依起暮愁。

萸生近稿

民國十一年，爲東坡賦赤壁後之十四壬戌。是歲十月，余過黄州，徐少五邀飲二賦堂，酬酢甚歡。既歸里門，以詩報之

陳漢存漢存，蘄春。

葉落霜清十月天，更逢坡老放舟年。賺人霸業孫曹逝，絶代江山趙宋傳。勝會忽來拚盡醉，名心淡去羡登仙。最難賢主推東海，遥答深情託錦箋。

携手同升二賦堂，縱談往事感滄桑。飄飄遺世人千古，渺渺予懷水一方。豪氣元龍餘故態，飛鳴烏鵲泝流光。臨皋道士今如在，和汝還謌窈窕章。

《素行室詩鈔》

癸丑元旦，偕李祖貽游赤壁

陳士雲俠文，蘄春。

無端名勝肇坡仙，其地其人已並傳。齊向城闉尋舊迹，聊從客邸度新年。江山早結三生契，水月重聯十載緣。荆棘蒙茸除未了，撫今思昔有誰憐。

《三籟詩集》

赤壁懷古

陳士霆寄真，蕲春。

半壁雲煙入眼收，扁舟一葉自輕浮。蘭橈桂棹今非昔，螗序駒光夏轉秋。劫亂叢中尋勝蹟，浪淘聲裏憶名流。感懷往事頻沽酒，醉倒斜陽月滿頭。

《願學齋詩集》

舟過赤壁懷古

胡北英北英，蕲春。

古壁臨江幾度秋，蘇髯壬戌紀重遊。滄桑不改燒痕赤，簫鶴猶横過客舟。蔽日旌旗歸楚炬，遣懷詞賦憶風流。鯫生一葦匆匆逝，縱目斜陽又渡頭。

《紀游詩草》

赤壁懷古

張銘仲珊，蕲春。

古壁燒痕點蘚苔，江流浩浩有餘哀。尺魚斗酒邀誰醉，獨鶴孤舟掠影來。孟德舳艫空霸業，長公詞賦憶仙才。低徊往事皆塵土，静對東風首重回。

《萃英堂詩草》

赤壁感懷集《赤壁賦》字

張志剛篤齋，蕲春。

昔人所適泛清流，水月予懷棹小舟。斗酒尺魚來赤壁，一航孤鶴過黄州。江山有託惟詩筆，浮世高歌作勝遊。横槊英雄今渺渺，應輸蘇子獨千秋。

篤齋近稿

孝感徐星槎徵君鋭輯《赤壁志略》，以取材都門圖書館相浼，既應其請，書此志之

王夔强仲立，羅田。

千年古郡歸何處，竟逐狂瀾倒不收。國變後郡廢，黄州城漸成荒墟。好把瑣言搜《北夢》，五季亂時，孫氏守齊安，成《北夢瑣言》。其時黄州治由舊州鎮移今治。何時詞賦接前游。余往來江漢，尚未至黄州。採風志藉賈侯續，康熙中，漢軍賈公爲《赤壁志》，以續明時茅侯《赤壁集》。雜詠編從沈守求。宋乾道中，薛季宣知壽昌，聞《齊安雜詠》板成，從沈守求印，因以爲贈，有詩記之，見《浪語集》。此書乃何斯舉所作，詩凡五百首。至明盧濬《古黄遺跡集》，則薈前人題詠之作。今浙人尚有刊本。安得吾州饒好事，佳書永壽羨江樓。明時赤壁樓名。

《困學齋遺草》

甲午秋夜遊赤壁

吴寶炬慈蔭，來鳳。

好風送我到黄州，讀賦今來赤壁遊。客把洞簫吹雁落，龕懸琴榻爲仙留。水光月夜三更静，秋色江天一覽收。千古詩人憑弔處，白龜渚上坡公樓。

《紅桂坡詩集》

重建赤壁四首録一

釋鏡台赤壁住持。

眉山風景暢幽情，樓閣參差不日成。畫棟飛雲賢士集，珠簾捲雨暮

烟横。江城鼓角驚烏夢，鐵笛梅花壯鶴聲。五百年來名世出，金湯鎮静八蠻平。

《鏡台偶草》

赤壁懷東坡先生

陳鴻年漸雲，武昌。

公隨拍岸驚濤去，我逐横江野鶴來。歷歷熙豐前日事，紛紛蜀洛古人猜。偶留二賦真游戲，若話扁舟亦劫灰。欲起仙髯問今昔，西山何必更尋梅。

《焄涪吟閣詩草》

赤壁懷古

劉畹蘭女士，黄岡。

嵯峨赤壁俯城隈，一世之雄安在哉！烏鵲南飛山影碎，大江東去浪花催。漁翁泛棹翻沉戟，詞客登樓話劫灰。太息坡公今不見，惟餘風月此徘徊。

《畹蘭詩草》

重遊赤壁二首録一

劉畹蘭

徘徊久立憶同游，此日欣逢壬戌秋。一葉扁舟臨赤壁，清風明月滿黄州。山鳴谷應人長嘯，浪湧波翻水自流。飲酒賦詩無限樂，扣舷不覺韻悠悠。

同上

同黄梅梅克願、黄岡趙蓉生遊赤壁

葉玉琪瓊友，羅田。

銅琶鐵板大江東，淘盡英雄向此中。市地蜉蝣趨石火，寥天鶴夢聽松風。有緣山水開名勝，無意文章奪化工。赤壁五區茲獨著，詩壇能壓將壇空。

《遊子吟草》

游赤壁

梅克願克願，黄梅。

銅琶高唱大江東，跌宕情懷感慨同。儘有河山供嘯傲，不妨風月寄絲桐。三分吴魏空陳迹，兩賦文章自化工。猶是當年歌嘯地，重陽聊紀雪泥鴻。

克願近稿

同黄梅梅克願、羅田葉瓊友遊赤壁，次克願韻

趙作孚蓉生，黄岡。

君歌我和大江東，鐵板銅琶調自同。點點寒鴉棲遠樹，颼颼葉落響秋桐。周郎策略三更夢，蘇子文章兩賦工。此日登臨無限感，寥天遥望有哀鴻。

蓉生近稿

赤壁重修，同童金台遊眺

陶魯介僧，黄岡。

黄州赤壁名猶舊，樓閣重新恣勝游。二賦詞華儕楚些，兩湖風景壓吴頭。客來誰爲東坡壽，我到如逢壬戌秋。孤鶴横空江水落，濤聲不住

咽間愁。

《荆湖居士集》

辛未奉檄黄岡，偶登赤壁懷古

沈桂華淡岩，黄岡。

何人更唱大江東，勝地空餘劫火紅。極目中流誰砥柱，抗懷千載幾文忠。偶繙治譜稱仙吏，即論詞章亦化工。謫宦羈遲名士跡，不堪往事話熙豐。

《嘯園集》

次韻錢子諫《赤壁感懷》

沈桂華

泛舟赤壁憶當年，孤鶴横江月滿前。壬戌以還皆後輩，熙豐之際仰先賢。嗟公一往難爲役，顧我重來會有緣。名吏名儒齊下拜，天才誰得似坡仙。

同上

赤壁謁東坡祠

錢儒箴子諫，黄岡。

三年謫宦在黄州，鐵笛横江夜泛舟。一自東坡傳二賦，頓教赤壁重千秋。朝廷未肯懲奸黨，臣僕依然戀故侯。畢竟忠心能貫日，登臨彷彿彷彿到瓊樓。張文襄公有句云“東坡適意在黄州，夢想瓊樓天上秋”。

《果園詩鈔》

遊赤壁，歸途感賦

錢儒箴

庚午七月，以事至黄州，寓前府署，今爲地方法院者是也。遊赤壁，謁東坡祠，興盡而返，詩以記之。

未到黄州十二年，此來城郭不如前。論交新舊半爲鬼，去吏存亡幾個賢。小憩雪堂休問主，漫游赤壁莫非緣。風流太守今何在，謫宦原來是謫仙。

同上

重遊赤壁詩

童汝梅又康，黄岡。

霜滿空林月滿舟，前番遊覽記從頭。輕尊好共今宵醉，長笛還思去歲秋。兩度因緣歸赤壁，五年蹤迹滯黄州。光陰轉瞬曾何易，半似蜉蝣半鷺鷗。

回首星霜合斷魂，殘崖風景逼黄昏。豪情未許魚龍寂，長嘯如聞虎豹喧。半世宦遊重有迹，當年春夢了無痕。夜闌不盡流連意，淡樹疏煙擁小村。

從來名勝戀詩人，再入桃源迹更真。風月依稀都似舊，江山如此又翻新。清宵共賞應能賦，佳釀猶藏未是貧。默數歲華心欲碎，蒼茫何處問迷津。

倦遊歸去掩松扉，小臥南窗酒力微。著屐也曾留逸響，開樽猶是破愁圍。文章到處憑遊戲，天地從來任化機。心跡雙清泯來去，一聲夢醒鶴南飛。

鈔傳舊稿

赤壁懷古

童漢藻沚芸，黄岡。

名賢勝蹟説熙豐，赤壁依然映碧空。鶴夢驚回虚夜月，簫聲吹冷賸秋風。臨江釃酒襟懷闊，横槊題詩氣概雄。卻怪南飛舊烏鵲，至今猶解伴蘇公。

沚芸近稿

丙寅遊赤壁

蕭錦章拂塵，黄岡。

臨皋有鶴成清夢，赤壁聞簫賦兩章。坡叟仙才同太白，雪堂風味在吾黄。登臨城郭疑何許，嘯傲江湖忘異鄉。錯被時人驚謫謫，此間樂又比餘杭。

周郎孟德争雄武，無數樓船泊此鄉。蘇子偶來開户視，羽衣過去掠舟忙。三分一瞬成灰燼，割據千年辨戰場。才筆不隨霸業盡，江山點染愛漁莊。

《東坡赤壁集》

赤壁即景

何伯棠伯棠，黄岡。

臨江赤壁蒼茫色，是否周郎一炬中。薄暮不知天欲暗，夕陽但見水偏紅。波心隱躍摇明月，雲樹依違受晚風。極目此身在何地，扁舟江上一漁翁。

傳抄近稿

夢題赤壁詩

汪逸經五，黄岡。

清風明月思悠然，引領河山有舊緣。赤壁宜看風雪後，黄州不數玉堂前。洞簫吹罷猶留客，清夢醒時但見烟。二賦不隨流水去，時時合眼誦佳篇。

孤鶴横江何處來，羽衣道士出心裁。畫中忽露山頭月，墨裏新開腕底梅。海外夢魂曾遠寄，城頭鼓角又新催。當年留别黄州日，心戀東坡首重回。

《夢唐集》

辛丑郡試，經赤壁有感

汪翱奉初，黄岡。

曾遊舊郡古齊安，雉堞依然壯大觀。日落荒江留畫本，雲開遠岫列峰巒。十年未絶黄州路，四月偏知赤壁寒。親友相逢尋舊蹟，題詞細認墨痕乾。

《景蘇堂詩集》

赤壁懷古

汪樾秋涵，黄岡。

幾度憑欄意不窮，蘆花兩岸水流東。英雄割據成陳迹，名士題詩自化工。千古祇聞來一鶴，三秋常見到雙鴻。河山輸與才人去，不羡孫曹蓋世雄。

眉山叟本謫仙人，偶與黄州赤壁親。兩賦爲標風月美，千年猶見廟廊新。須知二客非虚幻，悟到三生有夙因。玉局文章多寓意，偶然遊戲也無倫。

見《桃潭合鈔》

赤壁書懷

汪燊筱舫，黄岡。

陰晴無定忘朝昏，城市人多但覺喧。説鬼欲邀蘇玉局，賣書重見杜茶村。穿雲鶴去難成夢，出水龜來爲報恩。戚友過從相慰藉，武昌魚好佐芳樽。

《越蔭堂詩草》《桃潭合鈔》

壬申仲秋，澄之畢業北平弘達學院高級中學。秋杪返梓，值家君纂刊《黄州赤壁集》與《桃潭合鈔》家集，澄之與校讎之役，賦七言律體一章，紀盛事焉

汪澄之黄岡。

北地歸來過雪堂，中原文獻未云亡。黄州兩賦真仙手，赤壁千秋重此鄉。學禮聞詩庭訓樂，勘書校字姓名香。東坡尚友聯今古，家集桃潭喜共藏。

見《桃潭合鈔》

黄州赤壁集卷第七

蘄水　聞惕惕生參訂
黄岡　汪桊筱舫纂輯　男　晉康侯校字
羅田　王夔武繩余參校

詩　六

絶　句五言

題喬仲常《後赤壁圖》

宋·武安道聖可，東齋。

此老游戲處，周郎事已非。人牛俱不見，山色但依依。

《石渠寶笈》

赤　　壁

宋·曾用孫九歲作，建昌。

白浪高於屋，風回熨貼平。周郎呼不醒，久立聽江聲。

《輿地紀勝·淮南西路·黄州·赤壁詩》

葆心按：王象之《輿地紀勝》稱曾宏甫爲黄州守，有子曰用孫，九歲作《赤壁》詩。考吴曾《能改齋漫録》，稱紹興十二年，曾惇知黄州。沈致堅《黄州府志拾遺》收之。知不足齋刊鳳墅逸客曾宏父《石刻鋪敘》，朱竹垞跋云"宋建昌曾宏父撰"，謂後序書字季卿。又謂宏父本名惇。紹興十三年，以右朝散郎知台州府事，其以字稱，避光宗諱也。及錢竹汀跋其書，謂南宋有兩曾宏父，朱所引知台州事者，乃空青之子；避光宗諱以字稱者，與季卿本非一人。因宏父跋《集古録》，在淳祐壬寅，去紹興十三年，凡九十九年，故作《石刻鋪敍》者，别一曾宏父，乃廬陵人也。至空青之子名惇，避諱以字行，其知台州爲紹興十三年，知黄州則先一年，蓋由黄守移台守也。其人在南宋最有名。考洪景盧《槃洲集》，有曾紘父落成小閣，次韻《減字木蘭花》一闋。又，歸安劉行簡《苕溪集》有曾宏父九日見貽《念奴嬌》一闋，皆其人也。吾觀宋季，更有一曾鴻甫，名漸，南城人。《葉水心集》有其墓志銘，《宋元學案》列入《康侯學案》中，則又一人也。然則當日有三曾宏父矣。

燊按：曾宏父雖黨秦檜，然其在黄州任獻檜十絶句，有詠赤壁之句。其詩可考見當日黄州景物，不解自來府縣志何以都不收？且《輿地紀勝》中極多吾黄故事，光緒修府縣志者絶未一考此書，可怪也！今録。

《能改齋漫録》云："紹興壬戌，朝廷既罷三大將，息兵議和。曾郎中惇時守黄州，獻書事十絶句于秦益公。秦繳進於上。上喜，與陞擢，差遣任滿除台州。詩云：'黄泥坂下雪猶深，赤壁磯頭江欲平。驛吏西來聞好語，蕃人已出蔡州城。''和戎詔下破群疑，無復旄頭彗紫微。屈己銷兵宜有報，先看長樂版輿歸。''吾君見事若通神，兵柄收還號令新。裴度只今真聖相，勒碑十丈可無人。''淮上州州盡滅烽，今年方喜得和戎。問誰整頓乾坤事，學語兒童道相公。''連營貔虎氣如雲，聽詔人人願立勳。沔鄂蘄黄一千里，更無人説岳家軍。''田父今年作社頻，邊頭聞見一番新。官軍不斫人家樹，各自持錢去買薪。''江頭柳木已參天，柳色花光日日妍。驚怪田家頻得醉，今年斗米不論錢。''村村準擬十分禾，老稚扶携笑且歌。租税況今黄紙放，陽城原自拙催科。''淮畔風塵自此清，斯人還喜見昇平。田家盡説今年好，要雨雨來晴便晴。''百丈岢峨賈客船，張帆打鼓下長川。路人指點幾垂淚，江道無來十六年。'其三章稱'裴度只今稱聖相'者，李義山《韓碑》詩云'帝得聖相相曰度'，蓋取《晏子春秋》云仲尼，魯之賢相也。其五章云'岳家軍'者，蓋時江左三大將皆以家稱之。"

按此稱"赤壁磯頭江欲平"，知南宋初江水仍繞赤壁磯而流也。其作十絶句在壬戌，則其子用孫九歲之作，亦必在是時。其十詩極可考見當日吾黄土風，是方志之取材也。詩中諛檜抑岳，吴曾特爲疏解："以見其人之無恥。"觀"聽詔人人願立勳"句，知當日士氣可用，深堪爲岳少保惜。宏父雖竭力諛檜，不過改知州爲知府，所得有限，枉做小人而已。特録其詩，備他日志乘之採。

赤壁圖

宋・劉克莊潛夫，蒲陽。

共餐鮎一箸，各飲酒三升。客去主人睡，明朝醉未興。

《後村先生大全集》

東坡怪石

元・歐陽玄原功，瀏陽.

我懷赤壁仙，此心已牽透。憶曾據虎豹，今與鶴俱瘦。

《歐陽文公集》

黄州赤壁

元・丁鶴年鶴年，西域。

横槊英聲遠，聞簫逸興長。至今風月夜，鶴夢繞黄岡。

《丁鶴年集》

赤　　壁

明・黄鞏伯固，莆田。

坡仙天下士，聲跡重江湖。借問夢中鶴，何如遶樹烏。

《黄岡縣志》

黄　　州

明・李夢陽獻吉，慶陽。

日落清江遠，光摇赤壁山。無人説吴魏，來往釣舟閒。

《空同集》

赤壁懷古

明・王同軌

來遊赤壁山，不識鏖兵處。山南片片雲，飛落崖前樹。

《黄岡縣志》

冬日過赤壁，書所見二首

明・茅瑞徵五芝，歸安。

水落江全窄，煙消山半晴。漸看初月上，鵲帶遠枝横。

磯前浸寒月，磯上留殘碣。柳色漾晴沙，閒鷗出還没。

《黄岡縣志》

赤壁山

清・湯鵬海秋，益陽。

南飛烏鵲盡，東去大江流。一讀東坡賦，娟娟風月秋。

《海秋詩集》

君子泉在赤壁下

清・喻同模農孫，黄梅。

君子渺如何，一水生寒緑。我懷衛武公，猗猗淇澳竹。

《一勺亭詩鈔》

《夢游赤壁圖》題詞

清・王成瑞雲卿。

後人續前夢，清游亦快哉。不知明月夜，可有鶴飛來?

《屑玉叢談二集》

前　　題

清・何瑾秋士。

東坡不可作，江月正依依。知是前身鶴，吟魂一夜飛。

同上

赤壁睡仙亭題壁

清・秋水道人

我醉同爾眠，我醒同爾歌。瑳瑳白玉几，賴爾樂情多。

《赤壁紀略》

題赤壁

李開侁隱塵，黄岡。

東坡不再生，我去故鄉遠。黄州風月多，付與誰人管。

《勝鬘集》

游赤壁絶句

程棣之

赤壁樓頭月，長江萬里秋。重來人不見，雁逗一天愁。

《東坡赤壁集》

游赤壁

程守銘湯新，黃岡。

風月無今古，坡仙不再來。扁舟游赤壁，千載共徘徊。

《東坡赤壁集》

赤壁懷東坡先生

汪燊筱舫，黃岡。

先生去已遠，遺跡在黃州。二賦傳千古，吾來空數遊。

《桃潭合鈔》

舟過赤壁懷古

張麟愷聲，蘄春。

赤壁峙千秋，江聲日夜流。白雲紅樹外，孤鶴尚橫舟。

《異聞詩草》

赤　　壁

汪榮蔚青，黃岡。

險矣周郎計，偏成赤壁功。至今江上客，猶自說東風。

絶　句七言

赤　　壁

唐・杜牧牧之，萬年。

折戟沉沙鐵未銷，自將磨洗認前朝。東風不與周郎便，銅雀春深鎖二喬。

《輿地紀勝》卷四十九《淮南西路・黄州・赤壁詩》

赤　壁

唐・胡曾安定，邵陽。

烈火西焚魏帝旗，周郎開國虎争時。交兵不假揮長劍，已挫英雄百萬師。

《輿地紀勝》卷四十九《淮南西路・黄州・赤壁詩》

赤　壁

唐・孫元晏

會獵書來舉國驚，祇因周魯不教迎。曹公一戰奔波後，赤壁功傳萬古名。

《輿地紀勝》卷四十九《淮南西路・黄州・赤壁詩》

燊按：此三詩，舊府縣志祇採樊川一絶，良由當日修志未見《輿地紀勝》，故不知有胡、孫二作。考王象之《紀勝》一書，多採李宗諤《黄州圖經》及《齊安志》等書，其收此三家詩入《紀勝》書中，署目曰“赤壁詩”，可見宋人黄州圖經地志，早收三家之作矣。此乃宋代吾黄地志中僅存之藝文。今人多拘於郭朝祚“東坡赤壁”之説，凡詠赤壁，涉及孫曹者多不載，其説似泥。且以存宋代吾黄人士之舊，見極有關係者，特爲發凡於此。胡安定詩，王氏缺“挫”字，今據《全唐詩》補入。

赤壁磯下答李委吹笛并引

宋・蘇軾子瞻，眉山。

元豐五年十二月十九日，東坡生日，置酒赤壁磯下。踞高峰，俯鵲巢。酒酣，笛聲起於江上。客有郭、古二生，頗知音，謂坡曰：“笛聲有新意，非俗工也。”使人問之，則進士李委，聞坡生日，作新曲曰《鶴南飛》以獻。呼之使前，則青巾、紫裘、腰笛而已。既奏新曲，又快作數弄，嘹然有穿雲裂石之聲。坐客皆飲滿醉倒。委袖出嘉紙一副，曰：“吾無求於公，得一絶句足矣。”坡笑而從之。

山頭孤鶴向南飛，載我南遊到九嶷。下界何人也吹笛，可憐時復犯龜茲。

《東坡集》

九日赤壁懷故人

宋・謝逸無逸，臨川。

滿城風雨近重陽，無奈黄花惱意香。雪浪翻天迷赤壁， 令人西望憶潘郎。

《溪堂集》

遊赤壁

宋・王謙

夢裏曾爲赤壁遊，月明孤鶴掠扁舟。客中雖動秋波恐，爲戀名山亦少留。

《東坡赤壁集》

晚渡東坡二首録一

宋・薛季宣士龍，永嘉。

赤鼻磯頭横曙煙，吴王城下浪連天。聞道東坡妙天下，爾來靡日不周旋。

《浪語集》

燊按：艮齋此詩，以“東坡”標題，而兼涉赤壁。且宋元人傳詩甚少，故爲録入。其他《聞〈齊安雜詠〉板成》之作，雖有“氣吞雲夢納東坡，心在江湖輕赤壁”句，仍不收入。然合二語玩之，知薛氏於赤嶀、赤壁二説，意主兩存也。

赤　壁

宋·胡安國康侯，崇安。

片語能令孫仲謀，氣如山湧劍横秋。莫言諸葛成何事，萬古忠言第一流。

《輿地紀勝》卷第四十九《淮南西路·黄州·赤壁詩》

燊按：王象之所收“赤壁詩”斷句，尚有杜牧“可憐赤壁争雄渡，惟有蓑翁坐釣魚”，岳陽先生黄治《上黄州太守》詩“威稜赤壁千尋峻，德量黄陂萬頃寬”，張耒《離黄州》詩“中流望赤壁，石脚插水下。昏昏烟霧嶺，歷歷樵漁舍”，陸游《黄州》詩“君看赤壁終陳迹，生子何須似仲謀”，皆涉赤壁，附存之。玩“石脚插水下”語，亦可知當宋時，赤壁正在江水中也。

題喬仲常《後赤壁圖》

宋·失名

赤壁周郎幾百秋，雪堂夫子更重游。旋携魚酒歌明月，空對長江滚滚流。

《石渠寶笈》

前　題

宋·趙巖

江捲千堆雪浪寒，雲嵐如畫憶憑闌。重游赤壁人何處？誰把江山作畫看。

同上

赤　　壁

宋·李壁季章，丹稜。

赤壁危磯幾度過，沙頭江上鬱嵯峨。今人誤信黄州是，猶賴《水經》能正訛。

《黄岡縣志》

王常博寄示《沌路》七詩，李肩吾用韻爲吾壽，因次韻七首録一

宋·魏了翁鶴山，浦城。

湓浦猿啼杜宇悲，琵琶彈淚送人歸。誰言蘇白能相似，試看風騷赤壁磯。

《鶴林玉露》

燊按：羅大經《鶴林玉露》稱東坡慕樂天，其詩曰“應似香山老居士，世緣終淺道根深”，然樂天醖籍，東坡超邁，正自不同。魏鶴山詩云云，此論得之矣。羅氏蓋以《赤壁賦》之超曠，較之香山，彼束縛而此寬廣，正自不同。今吾黄試院有“蘇白堂”，亦緣兩人相比，合而得此稱。羅氏獨區别其不然。然吾郡堂名，正取鶴山詩語爲名也。因檢《鶴山集》列入元作標題，録此首入集。又鶴山有“恍如赤壁伴元脩”之句，蓋宋季人直以赤壁爲東坡號矣。

題《赤壁圖》

元・戴表元率初，奉化。

千載英雄事已休，獨餘明月照江流。畫圖不盡當年恨，卻寫蘇家赤壁游。

《歷代題畫詩類》

畫赤壁

元・趙孟頫子昂，吴興。

周郎赤壁走曹公，萬里江流鬬兩雄。蘇子賦成奇偉甚，長教人想謫仙風。

《歷代題畫詩類》

遊赤壁圖

元・吴師道正傳，蘭谿。

燒天烈火萬艘空，橫槊英雄智力窮。何似扁舟今夜客，洞簫聲在月明中。

《歷代題畫詩類》

東坡赤壁圖

元・王惲仲謀，汲縣。

先生胸次有天遊，萬里長江一葉舟。欲託悲風寫遺響，恐驚幽壑舞潛虯。

《歷代題畫詩類》

東坡赤壁圖

元・鄭允端正淑，平江。

老瞞雄視欲吞吴，百萬樓船一炬枯。留得清風明月在，網魚謀酒付髯蘇。

《歷代題畫詩類》

赤壁夜游圖

元・馬臻至道，臨安。

穿空亂石驚濤拍，月滿孤舟從二客。覺夢悲歡總不真，一聲鶴唳東方白。

《歷代題畫詩類》

登赤壁二首

明・張以甯志道，古田。

赤壁江寒葉漸稀，黄泥坂静鷺斜飛。洞簫聲裏當時月，應照千年化鶴歸。

赤壁鏖兵迹已陳，長公曾此寄閒身。只今歲歲秋厓下，誰是扁舟泛月人。

《黄岡縣志》《翠屏集》

赤　　壁

明・解縉大紳，吉水。

蘆荻燒殘孟德舟，洞簫吹徹子瞻愁。昨從赤壁磯頭過，水冷魚驚月一鉤。

《文毅集》

題東坡墨竹

明・樊阜時登，縉雲。

赤壁歸來燕寢香，夢騎玄鶴過三湘。玉簫喚醒月初墮，雲影滿簾秋風涼。

《歷代題畫詩類》

赤壁仙舟圖

明・劉節叔正，泰和。

仙山仙水一仙舟，綿纜牙檣載月游。欲起東坡重作賦，西風吹夢落黃州。

《江西詩徵》

赤壁圖

明・廖道南鳴吾，蒲圻。

洞庭春水碧連天，赤壁仙人夜扣船。何處乘槎入牛斗，直從銀漢泛虹泉。

《歷代題畫詩類》

舟中望赤壁

明・王世貞鳳洲，太倉。

越州蘭亭千載奇，黃州赤壁今半之。若使舟人不解説，一拳頑石草迷離。

《弇州山人四部稿》

次赤壁

明·陳文燭玉叔，沔陽。

東山月出最良宵，學士風流久寂寥。此去扣舷歌窈窕，臨皋有客爲吹簫。

《二酉園詩集》

東坡赤壁

明·張徹退軒，新淦。

赤壁秋清夜泛舟，山高月小水悠悠。衹今風景依然在，誰似坡仙載酒遊。

《皇朝西江詩選》

過雪堂登竹樓七絶二首

明·張元忭

素几明窗對翠微，坐間白雪欲侵衣。江邊小艇頻移棹，疑是坡仙赤壁歸。

二十年前此一登，江山猶有故人情。但教風月長無恙，竹瓦從他萬遍更。

《赤壁藝文志》

赤壁四首録二

明·易登瀛

山川相繆鬱蒼蒼，人道西陵古戰場。火後石痕存赭色，千年流水泣周郎。

沙棠艤泊岸嶙峋，窈窕空懷隔水津。欲起子瞻相借問，於今明月屬誰人。

《東坡赤壁集》

過赤壁

明・袁宏道中郎，公安。

騂石奔雲浪幾春，黄泥坂底射洄鱗。周郎事業坡公賦，遞與黄州作主人。

《黄岡縣志》

赤壁四絶和易中丞

明・茅瑞徵五芝，歸安。

浪指開山自五丁，秋風淒瑟暮雲平。赭圻赤岸千年色，猶有雄濤撼石城。

武昌嘉樹繞江蒼，劃破雲根鬬勝場。誰是昔年龍戰地，漫勞剌艇問漁郎。

蘭橈幾度嘆嶙峋，便擬乘槎入漢津。何處洞簫明月夜，曲終疑有弄珠人。

百尺雕欄擁吹臺，蚪龍前突詫奇哉。空山携得驚人句，搔首青天自引杯。

《赤壁藝文志》

畫竹碑立坡仙亭

清・賈鋐可齋，臨汾。

寫此淩霜玉兩竿，稜稜傲骨耐嚴寒。坡公梅樹萊公柏，許作同心三友看。

《赤壁藝文志》

游赤壁讀賈可齋太守石刻留題

清・王心敬豐川，鄠縣。

處處登臨見手題，春風憶舊每生悲。黄州墨妙留名勝，盡是他年墮淚碑。

《澧川全集》

問坡仙

清・張元芳廣陵。

巉巉赤壁説黄州，一片飛霞鏡裏浮。好景莫教輕放過，不知何處是丹丘。

《赤壁藝文志》

赤壁五首録二

清・鄭昱方南，黄岡。

曲檻危欄步步幽，波光雲影四窗收。星槎一葉浮天上，髣髴當年壬戌秋。

水環磯下勝當時，浩淼烟波蕩兩儀。安得桐江千尺線，垂綸天半釣蛟螭。

《黄岡縣志》

過黄州，江中望赤壁書感

清・夏扶英雨山，孝感。

髯老空空賸睡亭，我來正值睡初醒。夢無道士江無鶴，惟對丹楓與白萍。

《赤壁紀略》

赤壁遣懷

夏扶英

曹公氣勢今安在，蘇子文章亦偶然。如此風濤喧石壁，横江那有鶴蹁躚。

《赤壁紀略》

赤壁口號

清・胡紹鼎雨方，孝感。

周郎一炬破曹公，如此勳勞亦自雄。赤壁不知何處是，年年江上費東風。

《所存集》

過黄州

清・張問陶仲冶，遂甯。

蜻蛉一葉獨歸舟，寒浸春衣夜水幽。我是横江西去鶴，月明如夢過黄州。

《船山詩草》

燊按：此詩雖題爲《過黄州》，而實用赤壁故事，故録之。

自題《赤壁行樂圖》六首

清・徐經芸圃，建陽。

大江東去幾千秋，淘盡風流水自流。惟有東坡居士好，姓名高掛在黄州。

周郎霸業久銷磨，故壘空餘芳草多。學士高懷寄風月，只今猶聽扣舷歌。

歌聲歷落大江邊，湧地奔流萬斛泉。誰道韓潮勝蘇海，逢人争欲拜坡仙。

扁舟兩度過光黄，逆旅風濤鬢欲霜。那得虎頭饒墨水，不驚波浪卧江鄉。

卷舒尺幅氣茫然，萬頃波光落眼前。置我硃崖修谷裏，不須羽化已登仙。

冥心灝氣望中收，浩浩洋洋與化遊。敢謂東坡身後客，狂吟直欲傲滄洲。

《雅歌堂慎陟集詩鈔》

過赤壁

清・李蓀南洲，雲夢。

吴權魏操兩銷磨，赤壁鏖兵事若何。一自黄州留二賦，至今風月屬東坡。

《赤壁紀略》引《湖北詩徵傳略》

江行雜詠二十首，録赤壁二首

清・洪亮吉稚存，陽湖。

坡老尚難知赤壁，路人莫更指烏林。惟餘鮑照書臺在，風月千年是賞心。

當時兩客最依依，七百年來事盡非。誰把屏風圖赤壁，夜深引得鶴孤飛。

《更生齋詩續集》

題爻吉兄《赤壁圖》

清·錢大昕竹汀，嘉定。

月射烏蓬岸岸明，攝衣絶巘上頭行。危巢夜半驚棲鶻，知是當年長嘯聲。

崎嶇石磴足淹留，如畫江山一望收。絶壁登臨應更快，笑他二客未風流。

《潛研堂詩集》

黄州懷古絶句六首，録赤壁一首

清·程大中拳時，應城。

赤壁何分贋與真，清秋水月最傷神。憑君莫放横江鶴，恐是他年舊羽人。

《餘事集》

題燕京酒家壁繪《赤壁圖》

清·南心恭訥齋，蘄水。

圖中赤壁吾家在，夢裏黄州舊釣磯。北轍十年成老馬，不如烏鵲向南飛。

《豆塍遺詩》

夔武按：《瓶隱齋筆記》稱豆塍羈京師無所遇，就酒罏飲。久而益困。一夕，驟寒思飲，肆主靳不與，渴甚。見壁鐙繪《赤壁圖》，因題句云云。冢宰託公見而異之，物色入幕。數日名標都下。蘄水詩書，貽謀南氏爲最，三代有集，亦他族莫比。考殷東坪《秋潭老漁雜識》亦載此事，稱人因此詩目爲“南烏鵲”。其説蓋本之喻石農《考田詩話》，謂其年十四，即有能詩名。東坪尚未悉豆塍曾以此詩受知於託冢宰庸也。此亦赤壁一故事云。

赤壁圖詩二首

清・湯鵬海秋，益陽。

千秋白鶴一扁舟，付與東坡自在謳。橫槊無人明月好，只携二客放中流。

人物風流一瞬空，滔滔江水總趨東。不須枉笑孫曹盡，斷送坡仙亦此中。

《海秋詩集》

黄　州

清・李調元雨村，綿州。

江邊木葉紛紛落，天外飛鴻陣陣鳴。赤壁已無橫槊氣，黄州尚有洞簫聲。

《童山詩集》

臥次過赤壁

清・吴省欽冲之，南匯。

著屐徑須登赤鼻，挂帆笑未泊黄州。臨皋道士如相問，月小山高付夢遊。

《赤壁紀略》引《白華前稿・南船集》

赤壁雜詠十首

清・張楠耕石，黄岡。

片石猶在霸業空，斷艎折戟散東風。精靈來往無人見，銷盡雄心一戰中。赤壁在嘉魚。此名赤嶼，見《東坡外集》。何叔鑒著辨謂黄州乃鏖兵處，雜引群書，云有確據。

滸子灘高落照横，竹堂蕪没石天傾。千年惟有長江水，依舊東流黄歇城。滸子灘在山之西北五里。竹堂，晏元洲别墅，在白蓮池左。山北面懸崖中有一孔，罅大如堞，遊其下者皆仰首觀天。里人相傳爲碟兒天。洪半石書“石天”二字於其上，即所謂“斷岸千尺”是也。今崩。黄邑，爲春申君故封之地。

鼠竄荒亭古瓦斑，吾邱粉版落人間。憑誰喚起文徵仲，煙水蒼茫寫此山。酹江亭，舊有徐亦史書“振衣千仞”額。文衡山先生有《赤壁圖》傳世。

古木千章盡斧柯，樓臺空倚石嵯峨。登臨漫憶虬龍注，一樹冬青點綴多。山之上昔有大樹數千，明朝初爲戍卒所伐殆盡，今僅存冬青樹一株，在玩月臺南。蘇賦“登虬龍”注“虬龍即古木”。

詞曲原非學士長，袁綯評語亦荒唐。銅琵鐵綽風流甚，肯許屯田獨擅場。

陵谷遷移不勝嗟，横江館外盡漁家。仙人一去無消息，零落滿林豐本花。横江館在山之南，晉蒯恩建。宋王元之重新，今廢。山北有磯，與赤壁並峙，洪半石題曰“紅霞岫”。上有韭，傳爲仙人所種，冬夏不枯。今崩。

飛雲古洞閟清暉，赤壁柯山景亦非。参政過江作記後，布帆捲雨一船歸。明吴明卿有《過江游三山記》，見《甂甀洞稿》。三山，赤壁、柯山、飛雲洞。柯山在城東，即張文潛故居。飛雲洞在西塞山，唐元結讀書處，中有顏魯公碑。

山光娟秀水清奇，想見鍾譚泊舫時。天壤王郎投刺入，六年前刻夢中碑。譚友夏嘗夢與鍾伯敬登一嶺。伯敬曰：“此閩中山水也，上有王子雲碑。”後伯敬官閩中學使，友夏送至黄州，舟泊赤壁，在山水影中。臨發，王子雲忽投刺，相顧恍然，故友夏詩云：“今君官與地，前五六年知。并此舟中客，鐫成夢裹碑。”

坡老印文埋野草，思翁書法化灰塵。白頭袁顧凋零後，遺事能傳有幾人。于清端公守黄時，於二賦堂之陰，得一墨晶印章，上鐫“渭北春天樹，江東日暮雲。何時一樽酒，重與細論文”。旁有“東坡”二字。洪半石有樓在山之東北，牓曰“洗煩樓”。樓下有館，牓曰“棲霞館”。皆董思翁書。癸未三月，燬於火。二事載袁三山、顧黄公兩先生《雜録》。

孤城横壓三層閣，野水潛通九眼橋。閒與老翁談往事，半龕佛火夜寥寥。山之巔有留坡閣，今改爲于清端公祠。九眼橋即登山之級，江水舊遶其下，又名清風橋。

《赤壁集》

晚登赤壁

清・喻文鏊冶存，黄梅。

横江猶見縞禽無，三十年前舊酒徒。坐待一更山月出，更憑夜色貌新圖。

《赤壁紀略》引《紅蕉山館詩鈔》

赤壁贈陶道人、僧喻筏

清・熊士鵬兩溟，天門。

誰是吹簫楊世昌，羽衣箬笠雜緇黄。清風明月如堪食，《前赤壁賦》"適"字，一作"食"字。飽看山光共水光。

《壯遊草》

燊按：喻筏即孝感徐仲韋，布衣。韋爲僧之名也。後反初服，改名韋。

赤壁懷古

清・陳瑞林瓊甫，蘄州。

舳艫千里赴江東，横槊高歌繼大風。百萬貔貅雖戰敗，至今人尚説英雄。

傳鈔舊稿

黄州赤壁

清・宗稷辰笛樓，會稽。

畦町何拘五赤壁，包絡可通雙洞庭。眼界自從天外落，不煩疏釋道元經。

鶴夢千年呼欲醒，江皋風月賸虚亭。南飛東去高歌後，誰謚瓊簫共客聽。

《躬恥齋詩鈔》

重游赤壁

清・李振堃承齋，黄岡。

四十年來重到此，當時風景幾曾殊。惟餘一事增惆悵，舊識僧雛亦白鬚。

《赤壁紀略續纂》引《菊存樓詩鈔》

自齊安返漢，泊舟赤壁

清・徐志鵠廷，漢陽。

亂峰羅列水洄環，訪古争偷一日閒。道士不來仙客邈，憑誰消受此江山。

兩賦曾傳赤壁名，雄圖消歇不勝情。大江波撼天風起，蘆荻叢中雁一聲。

八角亭邊百尺磯，磯頭吟望釣船歸。日沉遠浦天連水，野鶴孤雲自在飛。

塵緣促我上歸舟，草草探奇興未休。他日好憑雙不借，碧雲紅樹又黄州。

《漢南詩約》《肖情集》

咸豐壬子，余年十五，始赴試黄州，游赤壁有作

清·朱鼎元玉丞，蘄春。

城隅赤壁峙黄州，曾見坡仙兩度游。二賦堂前人去後，祇今惟對水長流。

《餘三齋詩草》

臨仇十洲畫《重游赤壁圖》

清·翁同龢叔平，常熟。

草草黄州夢一場，偶然游戲飲江光。十洲仇叟緣何事，刻畫髯仙著羽裳。

《瓶廬詩稿》

赤　壁

清·喻同模農孫，黄梅。

千里旌旗一炬中，簫聲吹罷鶴横空。一般貪愛江山意，詞伯奸雄各不同。

《一勺亭詩鈔》

二賦堂

清·喻同模

由來文字託人賢，二賦真教百代傳。不爾賦詩横槊夜，魏家樂府自連篇。

同上

讀杜牧《赤壁》懷古

清·羅澤南仲嶽，湘鄉。

誓掃奸瞞氣不銷，周郎遺恨咽江潮。英雄不爲妻孥計，報國何心到二喬。

《羅山遺集》

夢遊赤壁

清·劉維楨幹臣，黄岡。

巍峨赤壁峙黄州，少小曾經幾度遊。昨夜夢魂仍眷戀，登臨宛見月當頭。

《重生詩草》

江行雜詩三十首，録赤壁一首

清·黄文琛海華，漢陽。

五年謫宦蕭閑甚，風月江山屬此人。可喜健兒能解事，不教遺迹頓埋湮。蘇文忠游賞處，修復一新。

《玩雲室詩集》

赤嶋磯

清·何明雪園，蘄州。

擫笛吹簫事已陳，誰將水調與翻新。西風吹入江船耳，知是黄州讀賦人。

《葵藿齋詩集》

赤　壁

清・梅見田菊陔，黄岡。

昔時磯石浸靈潮，今日芳洲入望遥。天護江山清絶處，由來估客不停橈。

《樂道廬詩鈔》

夢遊赤壁圖

清・張天翔夢龍。

後先同倚木蘭舟，一賦清游一夢游。一樣洞簫聲裏月，天公分作兩般秋。

石壁千年有燒痕，依然江水碧如尊。南飛烏鵲東飛鶴，盡是詩人夢裏魂。

《屑玉叢談二集》

前　題

清・李宗庚子長。

謫仙昔日吟天姥，夢裏飛雲過越川。今日見君圖赤壁，故應才調似青蓮。

東坡兩賦雪堂遊，爾後何人許泛舟。江水東流鶴南去，知君有意在千秋。

同上

前　題集句

清・薛鳳三病漁。

熟尋雲水縱閒游，曹唐。故壘蕭蕭蘆荻秋。劉禹錫。赤壁争雄如夢裏，李白。山形依舊枕寒流。劉禹錫。

君家東閣最淹留，楊巨源。物换星移幾度秋。王勃。詞賦有名堪自負，徐夤。一年兩度錦江遊。羅隱。

勝地難招自古魂，韓偓。任他烏兔走乾坤。仙吕岩。胸中壯氣應須遣，白居易。明月清風酒一尊。牟融。

詩家眷屬酒家仙，白居易。舴艋隨風不費牽。皮日休。一覺曉眠殊有味，白居易。野情何限水雲邊。僧齊已。

同上

前　　題

清・伍淡宜女史。

寫得江山入畫圖，當年遺跡問髯蘇。阿誰月白風清夜，夢裏烟霞似有無。

大江東去浪滔滔，赤壁横空萬丈高。從古功名原是夢，莫將成敗論英豪。

羽衣縹緲鶴飛來，一揖曾經幻想開。更有坡公賢裔在，華胥境裏足徘徊。

《屑玉叢談二集》

前　　題

清・周閑存伯。

玉局前身定不誣，黃州舊事記模糊。横江老鶴渾相訝，夢裏人來總姓蘇。

一江春水漲痕齊，絶壁峻嶒試與躋。昔日摩崖曾有字，夢中爲我覓前題。道光己酉，曾上赤壁題名。

同上

前　　題

清・黄晉馚棠衫。

太白詩歌生面開，夢遊天姥記仙才。知君亦有狂吟興，神往孫吴戰地來。

同上

前　　題

清・郭柏蔭遠堂，侯官。

雪堂泥坂溯前因，素鶴東飛跡已陳。誰道十三壬戌後，君家繼起有詩人。

世事茫茫换劫塵，清風明月古爲新。昔年夢到今真到，夢裏江山可似真。

同上

前　　題

清・張承柏癡九。

紛紛蝸角笑孫曹，終古英雄付浪淘。江水長流山不改，洞簫吹徹月輪高。

坡公七載黄州住，赤壁留存賦兩篇。八百年來已陳迹，游仙好夢此重圓。

紅樹青山圖畫開，秋風一棹興悠哉。他時化作横江鶴，曳袂尋君夢裏來。

同上

前　題

清・江芳蓀逸香，女士。

一葉扁舟萬頃濤，依然月小與山高。英雄事業才人賦，便説神遊亦足豪。

曾記當年太白吟，欲登天姥夢中尋。世間遊跡何能徧，名士由來託興深。

同上

甲戌二月，余以考滿將入都，例得瞻覲天顔，皓升牟君來受余代，即余曩所受代者也。瀕行，出高弟徐君所繪《重遊赤壁圖》見示，率題七章，即以誌别原七首，今録二

清・英啟續村，瀋陽。

千尋赤壁矗江汀，樹古岩虚鶴錬形。一事輸君笑蘇子，不將二賦作丹青。

後遊樂更勝前遊，竹馬争迎郭細侯。舊令尹稱新令尹，快傳佳話聽歌謳。

《赤壁紀略續纂》引《葆愚軒詩集》

齊安雜詠

清・英啟

舉世英雄聚一方，東風那便與周郎。烏林赤鼻空陳迹，羽扇綸巾人不忘。赤壁。

治兵治盜總如神，野老田夫笑與親。恩德入深威亦愛，九原可作想斯人。于清端公祠。

同上

丙申過黄州赤壁

清・顧印愚印伯，成都。

赤壁當年角兩雄，周郎辛苦蹙曹公。庸知二賦傳千禩，勝地還歸禿鬢翁。

《成都顧先生詩集》

《東坡詩事圖》詩送王雪澂廉訪之嶺南，十六首中赤壁一首

清・顧印愚

東坡斗酒尚堪謀，二客誰從一葉舟。最是王家好兄弟，故山相望説書樓。

同上

避暑往武昌西山，半途遇雨，二宿靈泉寺。歸舟過赤壁，不得上五首録一

清・陳衍叔伊，侯官。

黄泥坂下水雲深，小屋漁舟暗遠林。中有東坡眠食地，江山咫尺阻登臨。

《石遺室詩集》

赤壁懷古

清・陳一舉鵠臣，蘄州。

天開赤壁傍齊安，累代英雄壯大觀。孤月一輪山一角，特留佳景待人看。

天假周郎一夕風，燒殘赤壁滿江紅。書生白面饒經濟，賺得阿瞞入彀中。

髯蘇邀客且攜魚，醉月吟風樂自如。瀟灑胸襟無滯境，何愁天地不寬舒。

感懷勝跡忤文翰，古往今來歲月閒。逝者如斯流不盡，幾人踴躇幾人歡。

《仰止軒詩草》

赤壁懷古三首録二

清・汪銘瑑小竹，黄岡。

赤壁當年夜泛舟，樓臺倒影恰新修。坡公定爲掀髯笑，半是峨眉雪水流。

填橋期近老鴉多，乞巧詞成互嘯歌。盡遣波瀾下人世，定知清淺是銀河。

《中州集》《桃潭合鈔》

黄州懷古

清・汪文熙緝丞，羅田。

奇才謫宦亦優游，赤壁磯頭夜泛舟。不是當年兩篇賦，如何赤壁在黄州。

《友梅齋詩集》

赤　　壁

田邊華日本。

扁舟夜傍大江行，赤壁山前萬古情。賦就誰存橫槊氣，月明時聽弄簫聲。

《淩滄集》

赤　壁四首録二

燕市聽花日本。

眉山髯叟謫黄州，赤壁奇文萬古留。江月依然人已杳，賴君大筆紀清遊。

赤壁千秋勝蹟空，清風明月尚無窮。茫茫八百年前事，都在琳琅尺幅中。

《東坡赤壁集》

赤壁修葺既成，適值壬戌之秋，有感而賦

李開侁隱塵，黄岡。

壬戌之秋七月望，清遊軼事説東坡。英雄一世供憑弔。知否文豪亦夢柯。

江山葱鬱自終古，直到元豐始發蒙。莫向嘉魚争贋鼎，人間何處不東風。

觀變何如觀不變，盈盈水月總如斯。偶分物我原無我，始信前身是戒師。

彌陀公據認西方，滿戒優婆拜法王。底事綱魚兼索酒，徒留遺習轉中郎。

樓臺點綴總陳陳，未免多情愛古人。我欲别開清浄宇，金剛香火是前因。

甲子人間十四週，河山依舊此黄州。不知今夕是何夕，明月滿江風滿樓。

《勝鬘集》

和慧心道人赤壁詩道人即李開侁，號隱塵

汪春澍雨人，黄岡。

慧心道人早登拔萃科，旋領監司職。乙卯、丙辰間，曾長粤東。近復留心禪學，光黄異人也。前歲督修黄州赤壁，吾家筱舫相與落成，一時傳爲佳話。今年壬戌，距宋元豐八百餘年，道人有詩紀其事，依元韻和之。

東坡言語妙天下，何止留題百丈坡。衹惜相才終易老，登山長嘆手無柯。

當時陳跡開生面，赭山何礙白雲蒙。八百餘年一彈指，又從壬戌賦秋風。

山月江風無改變，好詩直欲超項斯。道人有道詩有味，金粟如來玉版師。

一笑拈花招鹿女，三乘説法禮獅王。大顛書出昌黎手，唐賢莫漫數錢郎。

差將綺語豔梁陳，蘇海而今有替人。贏得學仙兼學佛，掃除絮果與蘭因。

畫裏江山恰一週，憑高直欲小齊州。文章況得江山助，此筆曾修五鳳樓。

《延苐堂詩草》《桃潭合鈔》

過黄州懷坡公

汪永安竹溪，嘉魚。

赤壁當年賦兩遊，争傳勝事説黄州。而今惟有空江月，猶逐清風水上流。

《退思齋集》《桃潭合鈔》

赤壁春夜書示楊雲史

吴佩孚子玉，蓬萊。

戎馬生涯付水流，卻將恩義反成仇。與君釣雪黄州岸，不管人間且自由。

見《江山萬里樓詩鈔》

赤壁舟中

吴佩孚

赤壁春流飄酒旗，江村隔雨囀黄鸝。晚來獨背東風立，衹看江山不看棋。

同上

赤　　壁

吴佩孚

樊口歸來赤壁磯，中流擊檝早忘機。黄州山水秀天下，容我披簑脱戰衣。

同上

壬戌赤壁感懷

蕭耀南珩珊，黄岡。

不知斯世爲何世，今歲還逢壬戌秋。東望武昌西夏口，煙波江上古黄州。

東風一炬壁猶赤，裝點山川著色工。八百年來兩篇賦，澄波無盡挹流風。

曹瞞横槊雄風盡，學士扁舟意若仙。遥想元豐江上月，清輝遠勝建安年。

昔年主客今安在，明月清風自去來。試上東坡望牛斗，此間誰是謫仙才。

《東坡赤壁集》

赤　壁

賀國光元靖，蒲圻。

江山勝跡認前朝，二賦光芒耀碧霄。怪底隻身來赤壁，熙寧要政是青苗。

一葉飄然不繫舟，清風明月棹中流。世途荆棘公嘗遍，谷應山鳴未可留。

龍蛇筆陣走毫端，巧奪天功興未闌。莫向嘉魚分贋鼎，色空參透可齊觀。

鐵馬金戈寄此身，蒼生霖雨繫何人。瓣香但祝銷兵氣，待買青山結比鄰。

《元靖詩鈔》

將之遼東，偕黎澤生明府攝影赤壁

傅向榮鶴岑，監利。

風浪同舟險復夷，伯勞飛燕各東西。多情袛有鏡中影，赤壁朝朝手共携。

《齊安記室録》

赤　壁

劉灝潛庵，漢川。

岩石峻嶒虎豹蹲，蹁蹁羽客鶴精魂。蒼涼壁色千年赤，半雜燒痕半血痕。

舳艫東下訝奔濤，風火周郎一世豪。兩賦頓教山易位，文人筆勝武人刀。

《潛庵詩稿》

搜張石虹先生赤壁留題不得，詩以紀之

王夔强仲笠，羅田。

名滿寰區張石虹，疏髯曾倩補蘇公。滄桑滿眼何須問，古貌吾從笠屐翁。壬戌秋在都門，爲徐徵君搜集赤壁文字、故事，得黄岡吕時素《晉起堂集》，其《續感舊詩》中有《懷張石虹先生》一律，其第三偶乃有關赤壁故事者，云“兩鬢夜霜成楚志”，注“公司鐸江夏，與修《楚志》，傳、志皆出其手。書成，鬚髮俱白”。又云“一頤秋水補蘇鬚”，注“赤壁蘇長公塑像，鬚鬢朽脱。公召工補之，留詩云‘炯炯尚留學士眼，蕭蕭誰種相公鬚’”。因此知石虹有赤壁紀事詩。徧求不得，以其爲赤壁一佚聞，特拈一詩以紀之。

《困學齋遺草》

赤壁夜遊

黄文衡

赤壁當年作勝遊，髯蘇去後忽千秋。扁舟一葉飄何處，空賸澄江月影浮。

《東坡赤壁集》

疊前韻

黄文衡

赤壁東坡游復游，雲林霜翦淡生秋。涼風嫋嫋吹波月，畫裏河山一鑑浮。

同上

寒食雨夜過黄州赤壁

陳寶書豪生，武昌。

黄州語妙三寒食，赤壁堂因二賦傳。不必星稀月明夜，一舟萬頃亦茫然。

《市市集》

赤壁泛舟三首録二

石静天

元豐壬戌憶重遊，浩劫曾經十四週。無限興亡今昔感，一齊都付與黄州。

千年鐵鎖沈江底，二賦常留日月昭。文物勳名已陳跡，江聲終古咽寒潮。

《東坡赤壁集》

秋夜遊赤壁紀事四章

陳淡園榮珪，漢陽。

臨風釃酒矚藍天，醉倚藤床態欲眠。入夜隔墻閒影助，月波樓畔掛秋千。

幽巖峭壁印苔痕，水滿秋湖月滿村。小艇瓜皮還預約，明天遊到夜黄昏。

江上清風習習來，山間明月久徘徊。臨流無限興亡感，野老經秋話劫灰。

巖姿壑態共崚嶒，虎豹名山未可憑。猶憶畫船人去後，教他秋月照紅燈。

《東坡赤壁集》

赤壁泛舟

湯用彬頗公，黄梅。

臨江釃酒意如何，朝露駒光去苦多。猶是當年舊壬戌，故山無恙記東坡。

當年仙佛共扁舟，文藻江山勝蹟留。一代孫曹争戰事，有人扛付與黄州。

黄州赤壁巋然在，管領風光八百年。招鶴看雲應記取，衹今清夢尚纏綿。

欝欝生涯故紙堆，泛舟佳勝喜追陪。清遊終古留佳話，此是人間十四回。

《東坡赤壁集》

赤壁懷古四首録二

李寶楚

英雄淘盡浪無垠，片石嵯峨楚水濱。堪笑孫曹紛割據，江山終古屬詞人。

絶代風流玉局仙，黄州一謫古今憐。文章喜得山川助，兩賦流傳八百年。

《東坡赤壁集》

赤　　壁

屈佩蘭競存，麻城。

清游兩賦説東坡，甲子翻新付夢婆。占得江山好風月，爲君今夕發高歌。

六經舶載先秦火，斷句搜羅到僻區。携得雲霞照江海，主人懷舊是東都。

《東坡赤壁集》

東坡赤壁

孫樂成

周郎一炬傳千古，蘇子重遊八百秋。畢竟英雄空割據，何如名士自風流。

扁舟一葉憶當年，世事滄桑欲化烟。安得同心三兩友，相邀共飲月華天。

《東坡赤壁集》

遊赤壁二賦堂

卓從乾清渠，安陸。

聯袂偕遊二賦堂，少年都督羨周郎。若非赤壁蘇文在，誰識孫曹舊戰場。

傳鈔舊稿

壬戌七月既望，李隱塵以《赤壁》詩見示，次韻答之

劉國棟聘卿，黄岡。

壬戌初秋憶勝遊，風清月白説黄州。坡仙去後空懷古，赤壁濤聲日夜流。

五年謫宦栖遲日，二賦篇章著作時。不是先生觴咏後，周郎戰迹幾人知。

盈虚消息本相通，天地爲爐見化工。旦夕浮生無住著，當前水月證

坡公。

黄泥坂外東西路，赤壁磯前上下舟。今夜月明江畔宿，有人得夢羽衣不。

芻狗文章迹已陳，漫將詞賦詡今人。瓣香自奉西方佛，好把摩尼照夙因。李公持戒律甚嚴。

故園赤壁别經秋，浪跡湖山事遠游。讀罷君詩意蕭瑟，鄉心一夜到黄州。

《問天别墅詩存》

赤　壁八首録四

曾人驥若愚，黄岡。

幾日相招游赤壁，東坡繞過又溪灣。我來正值朔風起，白浪横天葉滿山。

坡公遺像今猶在，二賦堂前日已斜。何事孫劉徒苦戰，江山從古屬詩家。

武昌望去渺無痕，風捲雲旗黯自翻。最好平沙烟渚外，片帆明滅古江村。

又見汀洲起白鷗，飛翔時集打魚舟。横天雁字來何處，長唳一聲天地秋。

若愚近稿

赤壁懷古

任嗣黄子純，黄岡。

赤壁磯頭載酒遊，横江孤鶴再來不。清風明月今猶昔，壬戌曾經幾度秋。

一霎東風縱火焚，河山自此定三分。曹公誤中周郎策，空下江南百萬軍。

《子純偶草》

丁卯四月十三日，與黄志雲、章振旅、周淬成、尉遲敏深遊黄州赤壁

朱繼昌峙三，鄂城。

夭桃含笑柳垂絲，正值寒輕乍暖時。一曲漁樵聽未足，是日上午在雷朗如先生家聽彈《漁樵問答》一操。又來赤壁浪題詩。

高閣頻來感廢興，羸軀醉後曲欄凭。微名本欲鐫貞石，一畫當年懶未曾。"景蘇園"石刻未運黄州時，黄陂范竹筠先生欲余作《赤壁圖》，以配范雋丞《赤壁記》，當時許之，旋以事未果。

春潮漲後水天寬，好景都從静裏觀。一片風帆行處穩，似忘江上有狂瀾。

蘇黄題詠足千秋，謫宦閒曹類退休。兩賦未存憂樂志，寄懷終遜岳陽樓。

峙三舊作

赤　壁

張之鶴立群，安陸。

横槊何人此賦詩，河山風景杳難知。而今世局陵遲日，應有周郎再起時。

學士佯狂賦夜遊，細鱗斗酒尚堪求。道人化鶴翩翻去，一曲洞簫江上秋。

立群近稿

赤壁問鶴亭

萬學海漱青，黄岡。

輕盈風月嗟無主，山水清奇一鶴來。爲想當年孤棹裏，蜀江萬里不勝哀。

一穗西風吹夢遐，亭空鶴去夕陽斜。倚欄默默無情思，看取閑鷗浴白沙。

《怡情館稿》

乙丑夏，汪筱舫先生二次監修赤壁，工既竣，以二絶見示，謹依原韻和之

程守銘湯新，黄岡。

坡公去後八百載，二賦悠悠在上頭。猶是清遊清夢夜，横江孤鶴過黄州。

赤壁荒涼成寂寞，一朝復舊遊人樂。東坡同調在千秋，千秋相共有邱壑。

《湯新偶草》

遊赤壁拜東坡像三首録二

汪逸經五，黄岡。

斷岸江聲流斷冰，梅花夜月影層層。若尋赤壁當年火，蘆荻叢中一點燈。

坡叟當年夜泛舟，只今傖父也來遊。千年風月才人管，公瑾阿瞞兩不留。

《夢唐集》

赤壁弔古

汪翱奉初，黄岡。

一拳捶碎黄鶴樓，一脚踢翻鸚鵡洲。坡仙赤壁江頭矗，無法攔回水下流。

赤壁秋深隔岸煙，清風明月不論錢。人間萬事消磨盡，獨有江聲似昔年。

《景蘇堂詩集》

題赤壁

汪榮蔚青，黄岡。

吴王臺畔夕陽紅，霸業而今事已空。獨有東坡兩賦在，千秋光燄貫長虹。

秋風江上錦帆開，樊口輕舟破浪來。赤壁山頭風月好，也如二客共徘徊。

見《桃潭合鈔》

赤壁新葺，壬戌重游

汪燊筱舫，黄岡。

髯蘇赤壁今猶昔，傑構淩霄據上頭。從此士民慶安堵，奎星皎皎照黄州。

復古曾隨李謫仙，通今更數謝康樂。鯫生何幸蝨其間，愧我胸中少邱壑。

《越蔭堂詩草》《桃潭合鈔》

壬申八月，家大人編刻《黄州赤壁集》，晉司校勘之役，謹賦八絶，誌景仰前賢之意。時《桃潭合鈔》亦並付梓八首録四

汪晉康侯，黄岡。

坡叟如從天上來，河山笑貌也新開。清風明月齊生色，多謝先生妙翦裁。

二賦巍巍思不群，一堂過邁盡能文。石鐘别有名山在，夜泛舟同赤壁勤。

羽衣孤鶴態翩翻，佳話而今九百年。二客從遊真可樂，洞簫吹破碧雲天。

桃花潭上古魂馨，桃李陰偏在鯉庭。亥豕魯魚勘不盡，手民珍重細叮嚀。

康侯近稿

黄州赤壁集卷第八

蘄水　聞惕惕生参訂
黄岡　汪喿筱舫纂輯　男　晉康侯校字
羅田　王夔武繩余参校

詞

念奴嬌赤壁懷古

宋・蘇軾子瞻，眉山。

大江東去，浪淘盡、千古風流人物。故壘西邊，人道是，三國周郎赤壁。亂石穿空，驚濤拍岸，捲起千堆雪。江山如畫，一時多少豪傑。

遥想公瑾當年，小喬初嫁了，雄姿英發。羽扇綸巾，談笑間，檣櫓灰飛煙滅。故國神游，多情應笑我，早生華髮。人間如夢，一樽還酹江月。

《東坡樂府》

水龍吟并序

宋・蘇軾

閭邱大夫孝直公顯，嘗守黄州，作棲霞樓，爲野中勝紀。元豐五年，予謫居黄。正月十七日，夢扁舟渡江。中流回望，樓中歌樂雜作，舟中人言："公顯方會客也。"覺而異之，乃作此詞。公顯時已致仕，在蘇州。

小舟横截春江，臥看翠壁紅樓起。雲間笑語，使君高會，佳人半醉。危柱哀絲，豔歌餘響，遶雲縈水。念故人老大，風流未減，獨回首，烟波裹。　推枕惘然不見，但空江、月明千里。五湖聞道，扁舟歸去，仍携西子。雲夢南州，武昌南岸，昔遊應記。料多情夢裹，端來見我，也參差是。

《東坡集》

桑按：鄭樵《通志》閭邱氏乃齊大夫閭邱嬰之後。此閭邱字公顯，名孝終。《入蜀記》及《輿地紀勝》均作“孝終”。《宣統湖北通志》、《光緒黄州府志》誤作“孝忠”。《嘉慶湖北通志》作“孝直”，與《東坡集》同，均沿毛氏汲古閣本東坡詞，訛孝終爲孝直也。康熙、乾隆《黄州府志》沿明《志》誤作李顯，《光緒黄岡縣志》及《黄州志》訂其誤，又自訛作“閭邱顯”，又訛《水龍吟·序》爲自注。《府志》因稱爲閭邱公，不知蘇詞序明云“公顯”是二字，乃其字也。東坡尚有一《水龍吟》詠笛，亦爲閭邱公顯而作。近朱彊村校本《東坡樂府》，又有《浣溪沙·贈閭邱朝議，時還徐州》一闋。考《吴郡志》：“閭邱孝終字公顯，郡人，嘗守黄州。既挂冠，與諸名人耆艾爲九老會。東坡經從，必訪孝終，賦詩爲樂。”此《水龍吟》詞，據年譜云：“壬戌夢扁舟，望棲霞，作《鼓笛慢》。”而毛本則於題中序語“蓋越調鼓笛慢”六字空闕。《紀年録》亦以爲壬戌作。又考《荆州記》：“棲霞樓，宋臨川康王義慶建。”此云閭邱作者，殆重修也。《蘇文忠詩集》施注：“許端夫《齊安拾遺》云：‘棲霞樓，在郡城最高處，江淮絶景也。’”與坡序之稱許亦同。

醉蓬萊

宋·蘇軾

余謫居黄州，三見重九。每歲與太守徐君猷會於棲霞樓。今年公將去，乞郡湖南。念此悵然，故作是詞。

笑勞生一夢，羈旅三年，又還重九。華髮蕭蕭，對荒園搔首。賴有多情，好飲無事，似古人賢守。歲歲登高，年年落帽，物華依舊。　此會應須爛醉，仍把紫菊紅萸，細看重嗅。摇落霜風，有手栽雙柳。來歲今朝，爲我西顧，酹羽觴江口。會與州人，飲公遺愛，一江醇酎。

《東坡樂府》

燊按：此詞《蘇公年譜》云："壬戌重九作。"當是同游棲霞登高所爲。惟《紀年録》以爲"癸亥，君猷將去作"，要其在棲霞爲之則一也。毛氏汲古閣本標題作《重九上君猷》，與此異，"紅"作"茱"。

南鄉子重九涵暉樓呈徐君猷

宋・蘇軾

霜降水痕收。淺碧鱗鱗露遠洲。酒力漸消風力輭，颼颼，破帽多情卻戀頭。　佳節若爲酬，但把清尊斷送秋。萬事到頭終是夢，休休，明日黄花蝶也愁。

《東坡樂府》

燊按：《紀年録》定此詞爲東坡壬戌作。康熙《黄州志》及《圖書集成・職方典》均收之。此從朱刊本。

點絳唇月波樓重九作

宋・毛滂澤民，江山。

手撫歸鴻，坐臨烟雨，簾旌潤。氣清天近。雲日温闌楯。　壓玉浮金，一醉留青鬢。風光勝。澹妝人靚。眉黛生秋暈。

《東堂詞》

滿庭芳重午登棲霞樓

宋・王以寧周士，長沙。

千古黄州，雪堂奇勝，名與赤壁齊高。竹樓千字，筆勢壓江濤。笑問江頭皓月，應曾照、今古英豪。菖蒲酒，窊尊無恙，聊共訪臨臯。　　陶陶。誰晤對，粲花吐論，宫錦叨袍。借銀濤雪浪，一洗塵勞。好在江山如畫，人易老、雙鬢難袪。昇平代，憑高望遠，當賦及《離騷》。

《王周士詞》

燊按：詞見《朱彊村叢刊·王周士詞》，惟元刻作《重午登霞樓》，明是“霞”字上脱“棲”字。按詞語，知其正在棲霞樓所賦。云“名與赤壁齊高”，知此樓正在赤壁高處，故末有“憑高望遠”之語也。

水調歌頭和馬叔度遊月波樓

宋·辛棄疾幼安，歷城。

客子久不到，好景爲君留。西樓著意吟賞，何必問更籌。唤起一天明月，照我滿懷冰雪，浩蕩百川流。鯨飲未吞海，劍氣已横秋。　　野光浮，天宇迥，物華幽。中州遺恨，不知今夜幾人愁。誰念英雄老矣，不道功名蕞爾，決策尚悠悠。此事費分説，來日且扶頭。

《稼軒詞·補遺》

霜天曉角赤壁

宋·辛棄疾

雪堂遷客，不得文章力。賦寫曹劉興廢，千古事，泯陳迹。　　望中磯岸赤，直下江濤白。半夜一聲長嘯，悲天地，爲予窄。

同上

鷓鴣天次孚先韻，重陽前兩日無盡藏作

宋·郭應祥承禧，臨江。

依約灘聲雜艫聲。波光隱映月華明。眼前好景真無盡，身外浮名儘

可輕。　　窮勝賞，續歡盟。直饒風雨也須晴。滿頭插菊掀髯笑，笑道齊山浪得名。

《笑笑詞》

燊按："無盡藏"，取東坡《賦》中語，張安國用名赤壁之亭在涵暉樓者，見《輿地紀勝》。至明代，此三字之名猶存。自來絶無人知今赤壁有此古跡，且因此可證涵暉樓即在赤壁，故明人即列"無盡藏"入赤壁中，他日方志中所必收者也。

沁園春蘇州黃尚書同夫人惠齋游報恩寺

宋・劉過改之，西昌。

緩轡徐駈，兒童聚觀，神仙畫圖。正芹塘雨過，泥香路輭，金蓮自策，小小籃輿。傍柳題詩，穿花勸酒，鶊蕊攀條得自如。經行處，有松篁夾道，不用傳呼。　　清泉石下盤紆，算風景江淮各異殊。記東坡賦好，紗籠舊壁，西山句妙，簾捲晴虚。白玉堂深，黃金印大，無此文君載後車。杯行處，看淋漓醉墨，真草行書。

《龍洲詞》

葆心按：報恩寺，在黃州青雲路巷，唐貞觀五年建。《黃岡縣志》稱"明洪武八年，錫名報恩寺"，非也。觀改之此詞，在宋時已名報恩寺，非明初始錫名也。惟此詞標目雖云游"報恩寺"，但改之卻爲題胡惠齋居士壁間行書《赤壁賦》而作，故當收入《赤壁集》中。考《皇宋書録》及《游宦紀聞》，均云"黃尚書由帥蜀，中閤乃胡給事晉臣之女，過雪堂，行書《赤壁賦》於壁間。劉改之從後題一闋，其詞云云。後黃知爲劉作，厚有餽貺"。然則黃夫人行書《赤壁賦》，乃在雪堂壁間，殆游寺而並至雪堂歟？《圖繪寶鑒》稱"黃夫人自號'惠齋居士'，平江胡元功尚書女，精於琴書，畫梅竹小景不凡。時比李易安夫人。朱子稱'本朝婦人能文章'者，即此人也"。《光緒黃州志・摭聞》載此詞，有缺文，今按以《龍洲詞》與《游宦紀聞》字句，亦有異同，如"緩轡"，《紀聞》作“案輿”，“自策”作“自折”，“勸酒”作“覓句”，“蕊”作“葉”，“松篁”作“蒼松”，“石下”作“怪石”，“算”作“信”，“記”作“恐”，“舊”作“素”，“虚”作“珠”，“杯行”作“揮毫”，“淋漓”上無“看”字，“醉墨”作“雪壁”，餘皆同。此爲《赤壁賦》中佳話，故亟收入。

乳燕飛

宋·劉辰翁會孟，廬陵。

王朋益僉事夜坐文江之上，屢稱赤壁之遊樂，酒餘索賦，因取坐閒語，參差述之。

赤壁之游樂。但古今、風清月白，更無坡作。矯首中洲公何許，共我横江孤鶴。把手笑、孫劉寂寞。頗有使君如今否，看青山、似我多前卻。幾時見我、伴清酌。　江心舊豈非城郭。撫千年、桑田海水，神遊非昨。對影三人成六客。皆坐間語。更倚歸舟夜泊。尚聽得、江城愁角。渺渺美人兮南浦，耿余懷、感淚傷離索。天正北，繞飛鵲。

《須溪詞》

滿江紅秋興，月波樓和友人韻

宋·吴潛毅父，寧國。

日薄寒空，正澤國、一汀霜葉。過萬里、西風塞雁，數聲哀咽。耿耿有懷天可訊，悠悠此恨誰能説。倚闌干、老淚落關山，平蕪隔。　提短劍，腰長鋏。昔壯志，今華髮。有江湖征棹，水雲深闊。要斬鼪鼯埋九地，可憐烏兔馳雙轍。羨渠儂、健筆掃磨崖，文章別。

《履齋先生詩餘》

燊按：《朱氏彊村叢書》刊履齋詞，題作“禾興”，“禾”乃“秋”字之譌，今訂正之。

葆心按：筱舫收宋人月波、涵暉、棲霞諸樓題詠，皆入《赤壁集》中，蓋因確知諸樓及竹樓同在今赤壁之上，余亟許爲知言。不但此也，即聚寶山，宋人亦列入赤壁範圍内，其文詩亦《赤壁集》所當收者。如或不以爲可，試問白龜渚、于清端祠諸文字抑應收與否耶？因憶余友蘄水范澤珊學博曾經有《題竹樓》詩，云："微雨掃空翠，翼然磯上樓。江上倏變幻，遺跡烟雲浮。竹瓦僅十稔，兹樓名自留。名留斯不朽，逸韵猶風流。人事有代謝，寒飆動飕飂。大呼樓中人，相與數春秋。"按：此詩云"磯上樓"，蓋據范、陸《記》及《紀勝》爲説，足以糾正流俗之誤，故爲録之。

沁園春

宋·劉將孫尚友，廬陵。

近見舊詞有檃括前後《赤壁賦》者，殊不佳。長日無所用心，漫填《沁園春》二闋。不能如公《哨遍》之變化，又局於韻字，不能效公用陶詩之精整，姑就本語，捃拾排比，粗以自遣云。

壬戌之秋，七月既望，"望"，效公"予懷，望"，平讀。蘇子泛舟。正赤壁風清，舉杯屬客，東山月上，遺世乘流。桂棹叩舷，洞簫倚和，何事嗚嗚怨泣幽。悄危坐，撫蒼蒼東望，渺渺荆州。　客云天地蜉蝣。記千里舳艫旗幟浮。歎孟德周郎，英雄安在，武昌夏口，山水相繆。客亦知夫，盈虚如彼，山月江風有盡不。喜更酌，任東方既白，與子遨遊。

《養吾齋詩餘》

前　調前題

宋·劉將孫

十月雪堂，將歸臨皋，二客從坡。適薄暮得魚，細鱗巨口，新霜脱葉，月步行歌。有客無肴，有肴無酒，如此風清月白何。歸謀婦，得舊藏斗酒，重載婆娑。　　登虬踞虎嵯峨。更憑醉攀翻栖鶻窠。曾歲月幾何，江流斷岸，山川非昔，夜嘯捫蘿。孤鶴横江，羽衣入夢，應悟飛鳴昔我過。開户視，但寂寥四顧，萬頃煙波。

同上

葆心按：此詞檃括東坡二賦爲之，蓋仿黄山谷之體。《豫章詩話》云："山谷撮《醉翁亭記》《瑞鶴仙》云：'環滁皆山也。望蔚然深秀，琅琊山也。山行六七里，有翼然泉上，醉翁亭也。翁之意也。得之心、寓之酒也。更野芳佳木，風高石出，景無窮也。太守遊也。山殽野簌，酒洌泉香，沸觥籌也。太守醉也。諠喧衆賓歡也。況宴酣之樂、非絲非竹，太守樂其樂也。問當時、太守爲誰，醉翁是也。'"山谷創此體格，故作者仿之。足見古人涉筆，必有本原，若今人則以矯揉造作爲能矣。

霜天曉角赤壁

宋・甄龍友

峨眉仙客。四海文章伯。來向東坡遊戲，人世間、著不得。　　去國，誰愛惜。在天何處覓。但見尊前人唱，前赤壁、後赤壁。

嘉慶《湖北通志・山川》

酹江月赤壁懷古

宋・中興野人

炎精中否，歎人才、委靡都無英物。戎馬長驅三犯闕，誰作長城堅壁。楚漢吞并，曹孫割據，白骨今如雪。書生鑽破，簡編說甚英傑。　　天意眷我中興，吾君神武，小曾孫周發。海嶽封疆，俱效職，狂虜曾須灰滅。翠羽南巡，叩閽無路，徒有沖冠髮。孤忠耿耿，劍鋒冷浸秋月。

《圖書集成·職方典·藝文》

燊按：此詞《康熙黄州府志》收入“藝文”。《圖書集成·職方典》亦列黄州府“藝文”中，署“無名氏”。考胡仔《苕溪漁隱叢話》云“有稱中興野人者，和東坡詞，題吴江橋上，車駕巡師江表，過而覩之。詔物色其人，不復見矣”。惟字句與此略有異同，如“楚漢吞并”以下四句，則作“萬里奔騰，兩宫幽隔，此恨何時雪。草廬三顧，豈無高卧賢傑”。又“天意”作“天心”，“吾君”作“吾皇”，“小”作“踵”，“狂寇”作“狂虜”，餘均同。徐電發《詞苑叢談》採入故事中。

蝶戀花偕董、舒二太守游赤壁

明·王世貞鳳洲，太倉。

日浸江波没柳，赤壁人家，白蘋横渡口。偷閑載酒邀朋舊，白鳥幾聲山影瘦。　萬眼争看三郡守。緩棹歡歌，惹薰風兩袖。須信顛連到處有，策勳各展經綸手。

《圖書集成·職方典·藝文》

念奴嬌赤壁舟中詠雪

明·官應震暘谷，黄岡。

中流鼓楫，浪舞、正見江天飛雪。遠水長空，連一色，我吟懷逸發。寒峭千峰，光摇萬象，四野入蹤滅。孤舟垂釣，漁蓑真個清絶。　遥想溪上風流，悠然乘興，獨棹山陰月。争似楚江帆影浄，一曲浩歌空闊。禁體詞成，過眼酒熱，把唾壺敲缺。馮夷驚道，坡翁無此赤壁。

《圖書集成·職方典·藝文》

一剪梅秋夜偕客放舟赤壁

清・張維屏南山，番禺。

依然赤壁在黄州，古有人游，今有人游。茫然萬頃放扁舟，人在中流，月在中流。　　髯蘇二賦自千秋，佳境長留，佳境長留。何須簫管聽啁啾，詩可相酬，酒可相酬。

《赤壁紀略》引《花甲閒談》

如此江山《夢遊赤壁圖》題詞

清・蔣其章公質。

蘇郎接迹，眉山叟、清遊夢中還記。月漉江心，煙流岸紫，髣髴曾艤舟地。宵深半醉。早萬籟無言，遠峰横翠，響答漁磯。狂吟手，拓鐵如意。　　憑弔孫曹舊事，想臨風釃酒，滿腔豪氣。吹篴龍聽，掠舟鶴醒，又變江湖風味。塵韈俗餌，幸蚑腳，篷窗詩盟重締。一覺蘧蘧，水雲商鼓枻。

後遊可認前遊地，依依一番風景。石瘦撑波，山高託月，换卻初秋清境。那尋夢影。忽長嘯天空，吟魂乍警。斷岸寒流，鶻巢格磔老蛟醒。　　依約枕函月暝，是何來二客，伴君詩艇。烏鵲翻晴，魚蝦侶醉，快挾飛仙超迥。雪堂夜冷，有千載神遊，文心狂騁。願附新圖，鶴磯留舴艋。

《屑玉叢譚二集》

大江東去前題

清・吴恩熙晗皴。

清風明月，歎坡仙、老去何人相憶。七百年來，華胄起，豪興一時誰匹。壑舞潛蛟，江横孤鶴，萬頃摇空碧。幻成仙境，淩虚飛上詞筆。

爲問滄海吟身，蝸廬一粟，可作乘槎客。煙景黄州，如畫裏，秋冷荒凝蘆荻。酒膽疏狂，詩心落拓，合笑乾坤窄。山靈知我，舊盟應許重覓。

同上

大江東去前題，用坡公韻

清·楊文斌稺虹。

滄江浩渺，儘消磨、多少英雄人物。一角西邊，高聳處、萬古斷崖峭壁。回首烟波，舊遊如夢，爪印留鴻雪。庚午春于役武昌，曾至赤壁一行。披圖重見，壯懷壓倒豪傑。　　追想玉局風流，錦袍單舸，千丈豪情發。鐵板銅琶，聲入破、夢裏驚濤變滅。落落詞宗，遥遥華胄，懷古重搔髮。南柯一覺，小窗還照明月。

同上

酹江月前題，用坡公赤壁詞韻

清·姚元玉則夫。

大江飛渡，問是何氣概，是何人物。莫論孫曹興廢事，賸了巉巖峭壁。蜨幻奇蹤，鶴盤逸翮，泥爪天留雪。綵毫誰試，繪成清景雄傑。　　猶記鐵板銅琶，君家詞客，七月扁舟發。君亦偶然，來放眼，孤嶼中流明滅。難得豪情，少年英鋭，如此青青髮。掠舟仙侶，也應同醉明月。

同上

念奴嬌前題，用坡仙韻

清·華孟玉約漁。

樂乎一問，自坡仙、去後更無人物。八百年來，傳此枕、幻出巉巉峭壁。蘭槳馮虛，匏尊屬客。縹緲鴻飛雪。東風無恙，江山猶帶雄傑。　　遥見鶴背修髯，翩翩而下，直指臨皋發。縱使羽衣，來道士，一樣煙霏雲滅。想入非天，神遊畫裏，遺恨無毫髮。還餘佳興，高歌烏鵲明月。

同上

金縷曲前題

清・林湍仁味蓀。

極目江山老。賸詞人、吟風酹月，往來憑弔。此是英雄争戰地，斷壁千尋拔峭。悵玉局、風流已渺。鐵板銅鉉悲壯句，向大江、東去歌遺調。名勝地、夢魂繞。　　驚才綺歲如君少。更生來、豪情跌宕，令人傾倒。問把君家遺事續，打幅丹青畫稿。算一樣雪鴻爪。世上功名原是夢，問蓬萊、清淺何時到。尋幻境，黑甜妙。

同上

八聲甘州前題

清・張卓小峰。

七百年仙迹，渺東坡、江山自清秋。恁潮奔東上，鶴飛南去，赤壁磯頭。誰會登臨古意，攜客續清遊。壁月延涼夢，擊楫隨鷗。　　萬里澂空一氣，甚穧巔露滑，填道雲稠。指模糊烟柳，約略是黄州。拓秋懷、那輸壬戌，御輕風、衣趁蜨修。高寒處，勝梅花帳，一覺羅浮。

同上

浪淘沙赤壁雜詠

黄有道

堂倚白雲邊，兩賦蹁躚，宏文偉麗古今傳。作賦仙人何處去，留蹟霞巔。　　水映月光圓，筆底雲烟，江山直與結奇緣。題盡騷人多少賦，難與争妍。二賦堂。

江上夕陽斜，風掃殘霞，少焉東閣吐光華。蕩漾湖光連碧漢，幾處吹笳。　賞月轉晴睟，呼酒頻加，登臺不減夜乘槎。好把金樽相對酌，此樂無涯。玩月臺，臺在于公祠前，久圮。庚申重修，移問鶴亭於此。

仙子已高騰，石枕猶存，等閒何事臥烟雲。道士羽衣當日夢，無處追尋。　遥想夢中身，别有乾坤，黄粱此地亦能成。何必瀟湘雲夢澤，掃卻紅塵。睡仙亭。

亭踞大江東，人去亭空，白龜此去樂無窮。放蕩烟波風浪裏，笑倒英雄。　誰想這奇逢，驀地成功，將軍足下報恩洪。記得磯頭當日事，恨煞漁翁。放龜亭。

峭閣傍磯頭，雲水悠悠，湖光瀲艷映江樓。酹對烟波無限樂，不必瀛洲。　曲曲赴東流，飄蕩閒鷗，此身何必苦營謀。一首新詩一首賦，酌盡金甌。酹江亭。

何處女風流，飛到黄州，孤峰壁立大江頭。繡閣玉人無處覓，久傍仙樓。　黛石結爲儔，牙尺焉求，磯中多少别離愁。裁就雲霞鋪錦繡，供我吟眸。剪刀峰。相傳爲飛來峰，今移置喜雨亭外。

粉質發幽光，撲鼻清香，丰姿秀潔鎖鴛鴦。十里薰來渾不見，赤壁磯旁。　色不染衣裳，淡掃容妝，曾叨君子譽名芳。自去濂溪知己少，空傍池塘。白蓮池。在赤壁前，池址尚存。

玉骨雪争輝，占盡花魁，坡公何事把春回。圖畫冰肌懸峭壁，幾度傳杯。　仙筆至今垂，和靖風微，歲寒誰與鬬芳菲。踏雪知音何日遇，展却愁眉。東坡梅。

傳鈔舊稿

臨江仙赤壁泛舟

湯薌銘鑄新，蕲水。

玉宇瓊樓歸未得，蕭然還弄扁舟，月華長爲昔人留。三分成影事，兩賦占千秋。　　故壘荒涼餘鼠兔，英雄莫問孫劉，江山依舊説前遊。高吟看紙貴，豪舉壯神州。

《赤壁集》

大江東去遊赤壁

鄭　主

大江東去，秋風起、飛下驚濤堆雪。逝水滔滔，淘不盡、千古英雄人物。一炬周郎，兩遊蘇子，到此餘陳跡。秋光依舊，一時多少遊客。　　一十四度今朝，依然壬戌，駒光無休歇。一葉徘徊，風露下，繞枝孤鵲淒咽。三國當年，中原此日歎，古今同輒。且與君斟，酒杯同醉明月。

《赤壁集》

大江東去赤壁泛舟

盛魯了庵，太平。

碧天如洗，湛銀潢、倒浸半壁澄澈。猶憶東坡，遊眺處、何異廣寒宮闕。櫓外簫聲，天空鶴唳，到耳都清越。欣逢今夕，莫虚蘭槳桂楫。

屈指八百年華，一腔心事，駒影同飄忽。三國英雄，争戰地，定賸青燐明滅。大好河山，無邊風月，盪捲愁千疊。登高作賦，舉杯空弔前哲。

峭帆西上，拍驚濤、依舊奔騰如雪。多少登臨，憑弔感、付與江波山色。諸葛風流，周郎英爽，一炬真無敵。祭風臺畔，暮雲天冷如墨。

空具鐵板銅琶，坡仙去矣，飄零詞筆。衹有寒潮，淘不盡，沈沙折戟。故壘烟横，危峰霧鎖，把酒悲今昔。興亡誰話，數聲吹起漁笛。

《赤壁集》

曲

《夢遊赤壁圖》題詞

黄鈞宰天河，缽池。

三國雄圖，千秋詞賦。簫聲住鶴影，淩虛夢轉滄江曙。

［點絳唇］問當日周郎何處，便坡仙才筆又何如。望眉山蒼茫，西蜀認斗牛，迢遞東吴有幾箇詞客，吹簫更幾輩。英雄横槊，得意人對酒歌呼，失意者孤舟怨慕。俺駕一片武昌雲，當作飛仙御；吸一口西江水，抵將濁酒沽。這明月清風誰作主？便古人今我各須臾，喚不轉烏鵲南飛，淘不盡大江東去。教你黑甜鄉領略清遊趣。才知道文章夢幻，水月盈虚。

［混江龍］潛虬屈伏姿，病鶴離披羽。俺早識泡漚情緒，今日登高誰作賦。憶名山一晌踟躕，爲名流百種欷歔。難得你年少才人也。姓蘇夢甜時，有據夢迴時，無趣可笑這莽人寰，都是夢遊圖。

《屑玉叢譚二集》

赤壁遣懷仿板橋道人道情體

汪渭中砥，黄岡。

赤壁峭絶危峰，興遊樂否融融。水環衣帶，宛若長虹。斜陽一角，返照江紅。安得緑酒千百鍾。醉開我眼界，洗滌我心胸。俯仰勝跡已成空。浪淘盡千古英雄，誰是阿瞞？誰是周郎？誰是蘇公？八詩兩賦，愧我未能工。只好學個關西漢，手持銅琶鐵板，高唱大江東。

《桃潭合鈔》

黄州赤壁集卷第九

蘄水　聞惕惕生參訂
黄岡　汪槼筱舫纂輯　男　晉康侯校字
羅田　王夔武繩余參校

楹　聯

槼按：卷中所集諸楹聯，率自赤壁壁間傳寫，間有採入近人聯話者，今亦不復尋檢，此種與薈採文詩有異，故不更注明，特發其凡於此。

明·茅瑞徵五芝，歸安。

山從天外落；人在鏡中遊。

清·賈鉝可齋，臨汾。

兩篇妙賦，大都興到疾書，讀文章如見此地；一斗濁酒，不是狂歌痛飲，遊山水須學其人。

清·郭朝祚漢軍。

客到黄州，或從夏口西來、武昌東去；天生赤壁，不過周郎一炬、蘇子兩遊。

惕生按：此聯裴汝欽《詹詹言》引作無名氏。《赤壁紀略》引作張世準。兵燹後，無能確攷，因並志之。

清・阮元芸臺，儀徵。

小月西沈，看一棹空明，摇破寥天孤鶴影；大江東去，聽半灘嗚咽，吹殘後夜洞簫聲。

清・周凱芸皋，富陽。

方袍幅巾，憶當年野老田夫，曾親色笑；清風明月，看幾輩才人學士，來讀文章。

清・朱琦蘭坡，涇縣。

勝蹟别嘉魚，何須訂異箴譌，但借江山攄感慨；豪情傳夢鶴，偶爾吟風弄月，毋將賦詠概生平。

清・路德潤生，盩厔。

地許建亭山有福；才遺作賦國無緣。

清・楊庚少白，江安。

吾鄉奇傑推眉州，當時父子兄弟，成性存存，千古仰文章氣節；公昔遨遊來赤壁，對此江山風月，予懷渺渺，至今傳忠孝神仙。

此吾師楊少白夫子所撰聯語也。師於道光甲午知黄州，守郡五年，愛士勤民，黄人至今稱之。咸豐初，赤壁毁於兵，師之遺蹟亦無存，乃更爲補刊以識之。光緒己丑孟秋，門人鄧琛謹跋。

清·丁守存心齋，日照。

勝蹟訪黄州，曾攜魚酒再勾留。奈烟水蒼茫，何處覓泛舟蘇子；雄文争赤壁，誰把江山重點綴。想風流豪宕，前身本顧曲周郎。

清·李鴻章少荃，合肥。

前後二赤壁，曾留墨妙鎮斯堂，今茲大廈重支，月白風清思賦手；蘇胡兩文忠，並以翰林官此地，我亦連圻忝領，山高水落仰先民。

咸豐己未，胡文忠公視師黄州，余從湘鄉侯相會兵於黄，曾游赤壁，二賦堂瓦礫矣。時閲二紀，持節來楚。劉幹臣軍門重建堂宇，請題聯額。俯仰今昔，益增感喟。同治八年四月朔，合肥李鴻章題并跋。

清·李瀚章筱荃，合肥。

一炬火何處鏖兵，最憐釃酒臨江，風便已教公瑾借；兩篇賦偶然點筆，可惜驚濤拍岸，壯觀不與子由同。

壬申秋，校閲黄州，再游赤壁，回憶從游過此十餘年矣。楹間有仲弟少荃聯句，因復書此，以誌雪泥。合肥李瀚章。

清·張之洞香濤，南皮。

五年間謫宦棲遲，試較量惠州僧飯、儋耳蠻花，那得此清幽山水；三蘇中天才獨絶，若止論東坡八詩、赤壁兩賦，尚是公游戲文章。

清·劉維楨幹臣，黄岡。

水光接天，萬頃洪濤消舊恨；人影在地，一輪明月照孤忠。

清・郭柏蔭遠堂，侯官。

淘盡古今愁，萬頃波濤過眼迅；讀餘前後賦，兩間風月放懷寬。

清・龔斗南小梁，黄岡。

問此間釃酒然乎，便虎豹虬龍，都是文章幻境；有當日泛舟游者，這江山風月，竟成宇宙奇觀。

此先兄小梁作也。因遠宦滇南，未遑鐫板。兹值勝地重修，命男士楷録之，補壁以藏。棣山龔華南敬書。

清・英啟續村，瀋陽。

游客幾追從，杯酒盤魚，到處可知鴻踏雪；仙祠重結構，風簾月幌，有時應見鶴横江。

清・鄧琛獻之，黄岡。

咫尺武昌山向我；萬丈峨嵋翠掃天。

清・洪良品佑臣，黄岡。

水光接天，人影在地，月白風清，問良夜誰來赤壁？好竹連山，長江繞郭，筍香魚美，憶先生初到黄州。

清・陳兆慶孝感。

阿瞞太無緣，如此江山，趁周郎橈鼓，便葬在風月中，勝造許多疑塚；荆公卻知趣，仗着宰相，與太史牴牾，偏選得神仙地，安排一箇才人。

遷謫重奇才，爲名宦，爲通儒，曠懷高寄，飄飄如羽化登仙，試追尋前後來蹤，惟先生獨有千古；遨游標勝蹟，賞清風，賞明月，逸興遄飛，灑灑遂揮毫落紙，即評論宋唐作手，讓此老自成一家。

清・李力鋭廉甫，羅田。

江山即有平陂，得先生俯唱遥吟，不朽文章輝翼軫；風月何分新故，任後學閒觀静玩，無窮聲色擴聰明。

清・蘇繼祖

文章流傳八百年，我自黄州來時，猶聽歌聲連漢水；家鄉阻隔五千里，公從赤壁游後，可餘清夢到眉山。

清・王德滋

此老亦失志才人，有湖山風月供灑揮毫，聊借鶴夢簫聲，送萬古奇愁，向大江東去；半壁占上頭名勝，控吴皖湘衡長留過客，好趁筍香魚美，學先生後步，放一葉中流。

清・徐上鏞蓉舫。

驚濤拍岸，亂石穿空，溯當年綽板高歌，道是周郎赤壁；好竹連山，長江繞郭，喜此日凭欄遠眺，依然蘇子黄州。

清・淩榮祖

謫宦此棲遲，半壁江山空眼界；故鄉時眺望，一龕燈火憶眉州。

清・蔣翼南

踞虎豹，登虬龍，自兵燹焚來，得睹當年真面目；江上風，山間月，是天工造就，何須此外又樓臺。

清・羅登瀛

昔之黄州何如，今之黄州何如，卻要觀其大略；那是赤壁也得，這是赤壁也得，無庸苦爲分明。

清・陳其裕

憶當年横槊賦詩，明月依然，回首英雄人不見；看此日開軒把酒，清風如在，猶思江漢水長流。

清・知非山人

興替幾何時，又見亭臺依舊，城郭俱新，且收一葉扁舟，漫逐狂瀾東去；盈虚者如代，最忻風月無邊，江山若畫，更上層樓萬仞，試觀砥柱中流。

清・黄仁黼彝伯，善化。

極目此江間，春草碧色，春水緑波，山到武昌青不斷；昂頭在天外，南合湘沅，北合漢沔，壁流城角赤無邊。

清・曾錫齡稺鴻，黄岡。

念長公一生讜論足式，爲北斗泰山，祗此絃外餘音，偶向謫居留二賦；樂赤壁萬古真情永留，有清風明月，至今箇中佳話，齊從勝地頌三蘇。

清・屈開埏子厚，麻城。

英雄不盡銷沈，聽駭浪驚濤，終古尚餘横槊氣；文字無非假借，歎江風山月，放懷聊慰謫官心。

清・洪錫爵華陽。

尊酒賞奇文，聽萬斛泉源，八大家中公真健者；湖山留勝概，趁一帆風月，五百年後我又重來。

清・賀良貞蒲圻。

公瑾文，孟德詩，一世之雄，看來大都古成今，今成古；洞簫聲，羽衣客，千秋如見，到此恰在前游後，後游前。

清・朱又韓

周郎之故壘存乎，好憑那鐵板銅琶，唱一曲大江東去；李委之新聲渺矣，且趁此清風明月，看三霄孤鶴南飛。

清・濮文彬平山，蕪湖。

孤鶴感成千里夢；一簫聲結萬年緣。

清・王逵燦

夢最奇鶴充道士；亭雖古烏有先生。

清・李昌和

峭壁湧波濤，笑吕姥以來，高跨鸞飛無此樂；大江流日夜，問坡仙去後，重尋鶴夢更何人。

清・程銘新亭，江夏。

無不讀書豪傑；有打瞌睡神仙。

芝嶺程新亭先生諱銘，江夏名宿，精書畫。敝廬舊與比鄰，獲益良夥。壬子兵燹，蕩然灰燼，偶於殘紙中拾此聯，自喜碩果之存。己巳冬，携之游齊安。維周廣文見而嘆曰："此我先伯祖遺墨也，盍公諸同好。"余因赤壁睡仙亭與聯適合，爰付剞劂，以誌不朽。噫！前數十年之筆，爲後數十年之用，遇亦奇矣。鄂城周之盛述並跋。

清・馬寅

執鐵綽板，彈銅琵琶，高唱大江東去；駕一葉舟，破萬頃浪，誰吟烏鵲南飛。

清・黄秉衡

參透變不變之精微，處處是黄州赤壁；覺得夢非夢之境界，人人盡西蜀東坡。

清・彭祖潤

北宋西蜀，蘇東坡中年南貶時筆迹；白紙黑墨，搨黄州赤壁青石上梅花。

清・吴紫綬

羈客易消魂，嘆割據紛紜，龍虎英雄，曾日月幾何，伴爾大江東去；名賢如在目，緬風規磊落，蜉蝣天地，任水雲無恙，招他孤鶴南飛。

清・無名氏

名齊白傅，才比青蓮，兩篇賦作江山主；官謫黄州，蹟留赤壁，千古人呼水月仙。

清・張鴻翊文周，黄岡。

浩劫歷紅羊，惟兹半壁江山，勝概不隨流水去；孤踪尋白鶴，且喜無邊風月，清遊曾伴古人來。

徐世昌菊人，東海。

古今往事千帆去；風月秋懷一篴知。

張履春江西。

宦海我重游，攜來孤鶴；長江天不險，閒煞東風。

樊增祥雲門，恩施。

清風徐來，水波不興，少焉月出於東山之上；霜露既降，木葉盡脱，適有鶴鳴掠予舟而西。

今年春間，偶集《赤壁賦》爲長聯，同人索書者屢矣。會漢上《湖廣新報》以重逢壬戌七月既望發刊《赤壁泛舟》紀念號，聽花居士代徵詩文，因録此聯寄之。坡仙文字，流被扶桑，亦吾中國之光也。

夏壽康仲膺，黄岡。

飲酒賦詩，莫辜負今年壬戌；清風明月，且徘徊舊日江山。

張翊六貢父，湘潭。

横槊當歌，大江東去；舉酒屬客，爽氣西來。

胡大華蓮洲，武昌。

武昌酒，樊口魚，巴河藕，竹樓棋韻，桂棹簫聲，當年謫宦棲遲，卻管領無邊風月；忠孝才，英雄氣，羈旅愁，菩薩妙明，神仙遊戲，如許奇情磊落，都包含兩大文章。

徐燾培祇文，黄岡。

楚江五赤壁，惟此間駭浪驚濤，淘盡千古風流人物；元豐幾遊仙，問誰是鴻才碩學，安排二賦筆墨文章。

陳善夫

古今來頗不乏人，惟此翁詩酒文章，留得住千秋赤壁；天下事大都是夢，想當日功名富貴，尚付之一枕黄粱。

蔣壽銘朗環，黄岡。

問過客何爲有，明月清風便消旅況；怪天公多事者，飛濤斷岸偏在人間。

邱忠逵

人到無聊偏説鬼；公今已去且留仙。

張彦彤

赤壁鏖兵，雖非此地；黄州謫宦，更仰斯人。

甲寅春仲調黄州，得瞻蘇公遺迹，良用欣然，特鐫十六字赤壁之壁，以志景仰云。

薛瑞璜曜青，黄岡。

甚麽爲功名，甚麽爲富貴，惟酷愛一江風月，終無盡期，蒼茫蠻觸苦紛争，東坡而後，誰稱達者？何必有詩賦，何必有酒魚，要開拓萬古心胸，且登絶頂，俛仰乾坤皆戲劇，赤壁之遊，其見道乎。

喻晶星珠，黄岡。

赤壁幾回游，客與鶴，酒與魚，憶從吴魏火攻，是幻是真還是夢；

黄州多勝蹟，江上風，山上月，慨自坡仙羽化，今朝今夕屬今人。

喻森樹珠，黄岡。

無客無鶴無酒無魚無赤壁；有江有山有風有月有東坡。

汪近思杏階，黄岡。

贋鼎豈庸争，放眼觀來，嘆英雄不可一世；奇才終被謫，曠懷想去，知先生獨有千秋。

汪佩聲玉甫，黄岡。

清風明月琴三弄；花笑鶯啼酒一壺。

黄興克强，善化。

才子重文章，憑他二賦八詩，都争傳蘇東坡兩遊赤壁；英雄造時勢，待我三年五載，必豔説湖南客小住黄州。

蘇文忠公祠楹聯

清・畢沅秋帆，鎮洋。

彈指去來今，一瓣心香生予晚；持幢秦豫楚，卅年游跡與公同。

李開侁隱塵，黄岡。

塵夢醒來，當前明月清風，那是東坡，那是赤壁；壯遊倦後，隨處芒鞋竹杖，何必與客，何必泛舟。

王樹榮仁山，吴興。

往者不可追，問何人青巾紫裘腰笛而至；休焉聽所止，有孤鶴玄裳縞衣掠舟以西。

金樽清酒儘流連，共覽此孤鶴滄江，横空白露；玉局文章本遊戲，何妨把嘉魚赤壁，移置黄州。

乙丑東坡生日，謁坡仙祠，登問鶴亭，留此以誌鴻雪。

張翊六貢甫，湘潭。

片石閲興亡，笑當年殘燼江山，祇有扁舟留夢影；一官殊落拓，對此地絶佳風月，更招孤鶴話清遊。

于清端公祠楹聯

清・程之楨維周，江夏。

不費公家一錢，治盜如神，用兵更如神。扼荆岳，控江淮，直教氣讋緑林，百世下能寒奸膽；當得清官兩字，作宰猶是，仗節亦猶是。左簿書，右薑豉，想見操同白水，廿年前早具初心。

清・林道堂

公爲青史名臣，咸嘖嘖遺愛難忘，同明月清風，應分坡老千秋席；我是黄岡俗吏，祇區區良心不壞，趁晨燈暮鼓，長奉先生一瓣香。

清・廖潤鴻

天語稱古今第一廉吏；外蕃説朝廷有此好官。

李廷禄劭谷，黄岡。

武績鎮黄州，鐘鼎舊傳明少保；靈威依赤壁，祠堂新傍宋詞臣。

挹爽樓楹聯

蕭耀南珩珊，黄岡。

論長江勝跡，那便數到黄州，看當前風月如新，洵知地以人傳，賴有坡公兩篇賦；憶曩昔文場，也曾漫遊赤壁，愧此日疆圻兼領，安得劫隨心轉，永靖周郎一炬兵。

七寶起樓臺，對茲簫弄鶴飛，何處更尋極樂地；一生好山水，話到筍香魚美，翩然時動故鄉心。

陳嘉謨獻廷，天津。

爽氣西來，翳障撥開重見日；大江東去，中流底定此登樓。

汪燊筱舫，黄岡。

小謫印鴻泥，歷惠潮嘉之遥，終老相才，只落得平章風月；餘音傳鶴曲，從元明清而後，重新祠宇，亦足壯大好江山。

庚申歲，都人士重修東坡赤壁，余董其事，今六載矣。蕭公珩珊督鄂，捐貲增建挹爽樓，仍委余監修，復承工賑督辦李公隱塵之屬，勉力經營，兹届落成，因撰聯語誌之。乙丑七月。

黄州赤壁集卷第十

蘄水　聞惕惕生参訂
黄岡　汪桊筱舫纂輯　男　晉康侯校字
羅田　王夔武繩余参校

金　石

宋元附

靈壁石小峰，宋道君題《赤壁賦》八字。宋内府庫藏。

杭省廣濟庫出售官物，有靈壁石小峰，長僅六寸，高半之，玲瓏秀潤，臥沙水道，裙褶胡桃文皆具。於山峰之頂，有白石，正圓瑩如玉，徽宗御題八小字於石背，曰“山高月小，水落石出”，略無雕琢之迹，真奇物也。（周密《癸辛雜識續集》）

葆心按：道君當日，殆以此石擬東坡《赤壁賦》中景物，故即摘《賦》中二語八字，以品題此小赤壁磯之狀。云“無雕琢之迹”，知此八字必經妙手精鐫。又爲徽廟御題，其石雖不在赤壁，然足爲此地生色，亦東坡身後之榮寵，允宜冠宋代金石之首。

又攷張子賢《墨莊漫録》稱：“靈壁張氏蘭皋園一石甚奇，所謂小蓬萊也。蘇子瞻愛之，題其上云：‘東坡居士醉中觀此，洒然而醒。’子瞻之意，蓋取李德裕‘平泉莊有醒醉石，醉則踞之乃醒’也。蔣頴叔過見之，復題云：‘荆溪居士暑中觀此，爽然而涼。’吴右司師禮安中爲宿守，題其後云：‘紫溪翁大暑醉中讀二題，一笑而去。’張氏皆刻之。其石後歸禁中。”

按，此與前一石，皆爲禁中物，初不知是一是二。惟周公謹絶未及《墨莊》所述，當别一靈壁石也。然有坡刻在其上，亦可與小峰並傳矣。附記之。

赤壁二賦碑，元豐五年蘇軾撰並書。又元趙孟頫書。佚。

賦見卷第一文一。

趙孟頫書《赤壁賦》，一爲冢宰趙用賢重刻，一爲郡守潘允哲以檇槜李項篤壽所藏真蹟摹刻。今壞。（《黄岡縣志》）

二賦堂階前樹趙文敏所書《前赤壁賦》，係前明周萊峰思兼摹刻。旁一新碑鑴《後賦》，乃桐城何道岑應鈺守黄州時，命陳簡庵書《後賦》以續之。（《鈍齋文選》）

燊按：南滁孟津又重刻前賦。兵燹後，諸石無一存者。又考《黄岡志》及朱氏《文獻集》稱明人摹刻趙書有三四本，殆即指趙、潘、何、孟諸刻而言，乃朱氏謂有東坡親書，或在趙書之外，故今著録之，並及趙書。

乳母任氏墓誌銘，蘇軾撰并書。在雪堂。

趙郡蘇軾子瞻之乳母任氏，名採蓮，蜀之眉山人也。父遂，母李氏，事先夫人三十有五年，工巧勤儉，至老不衰。乳亡姊八娘與軾，養視軾之子邁、迨、過，皆有恩勞。從軾官於杭、密、徐、湖，謫於黄。元豐三年八月壬寅，卒於黄之臨皋亭，享壽七十有二。十月壬午，葬於黄之東阜，黄岡縣之北。銘曰：生有以養之，不必其子也；死有以葬之，不必其里也。我祭其從與享之，其魂氣無不之也。

東坡先生《乳母任氏墓誌銘》，嘉靖末年方出於地中。黄州太守因拓之者甚衆，恐損其石，遂收入庫。吾鄉一老儒云："此片石，一生是行的墓庫運。"可謂雅談。（《續金陵瑣事》）

葆心按：原石久佚，今存僞刻。初在赤壁，知府黄益杰移置雪堂。其原石殆以在官庫而佚，觀周暉所述可見。亦因靈壁石例收入。

東坡手書四詩殘石。在坡仙亭。

《雨中熟睡》詩　卯酒困三杯，午餐便一肉。雨聲來不斷，睡味清且熟。昏昏覺還臥，展轉無由足。强起出門行，孤夢猶可續。泥深竹雞語，村暗鳩婦哭。明朝看此詩，睡語應難讀。

《岐亭留別》詩　十日春寒不出門，不知江柳已摇村。稍聞泱泱流冰谷，盡放青青没燒痕。數畝荒園留我住，半瓶濁酒待君温。去年今日關山路，細雨梅花正斷魂。

《梅花》詩二首　春來幽谷水潺潺，的皪梅花草棘間。一夜東風破石裂，半隨飛雪渡關山。　何人把酒慰深幽，開自無聊落更愁。幸有清溪三百曲，不辭相送到黄州。

按：原石佚。清同治戊辰重摹，今殘缺。《梅花》詩亦佚大半。

東坡手書四詞石刻。在坡仙亭。

《滿庭芳》詞　歸去來兮，吾歸何處，萬里家在岷峨。百年强半，來日苦無多。坐視黄州載閏，兒童盡楚語吴歌。山中友，雞豚社飲，相勸老東坡。　云何、當此際，人生底事，來往如梭。待閒看，秋風洛水清波。好在堂前細柳，應念我，莫剪柔柯。仍傳語，江南父老，時與曒漁蓑。　元祐六年十月二日，眉山蘇軾書。

《臨江仙》詞　九十日春光過了，貪忙何處追遊。三分春色，一分愁。雨翻榆莢陣，風轉柳花毬。　閬苑先生須自責，蟠桃動是千秋。不知人世苦厭求。東皇不拘束，肯爲使君留。　東坡居士書。

《行香子》詞　清夜無塵，月色如銀，酒斟時須滿十分。浮名浮利，休苦勞神。似隙中駒，石中火，夢中身。　雖抱文章，開口誰親，且陶陶樂取天真。幾時歸去，作箇閒人。背一囊琴，一壺酒，一溪雲。　　紹聖二年重九日，眉山蘇軾書。

《赤壁懷古·念奴嬌》詞，已見卷第八。詞後綴數語列後：久不作草書，適乘醉走筆，覺酒氣勃勃，從指端出也，東坡醉筆。

赤壁堂三楹中祀坡公小像，旁陷其手書四詞及竹石梅碣於壁。（《鈍齋文選》）

按：四詞共石八方，明郭鳳儀重摹。經兵燹殘破，僅遺數片於雪堂。清同治戊辰，又復翻刻，存坡仙亭。考《府志》，詞末不署"眉山蘇軾書""東坡居士書"等字。或《府志》偶脱，或翻刻時增入。後自題數語，《府志》亦未載，當亦屬脱誤也。

"月梅"石刻，蘇軾畫。在坡仙亭。

同治戊辰翻刻。

"壽星"石刻，蘇軾畫。在坡仙亭。

末云"紹聖二年四月佛生日，蘇軾寫"。同治戊辰翻刻。

明

"白龜渚"三字碑，明郭鳳儀書。佚。

嘉靖己酉，知府郭鳳儀刻石。又用白石作龜形，以表明晉毛寶放龜事，存放龜亭下。（《黄州府志》）

重書東坡《赤壁懷古·念奴嬌》詞，殘石，明郭鳳儀書。在二賦堂。

按：石已佚缺。所賸數十字，酷肖六朝人手筆。後“桐岡”二字欵識，尚可辨。

“東坡老梅”石刻，明郭鳳儀畫，在雪堂。清程之楨跋。今在坡仙亭。

梅爲蘇文忠公謫黃時手植。明故郡守郭桐岡先生摹形於石，並爲之記。兵燹後，於灰燼中撥出，字畫漫漶。今秋九月，讀此碑，摩挲竟日，以意揣測，得其略曰：“文忠公以元豐二年謫黃州團練副使。三年二月到黃，寓居定惠院，旋遷臨皋亭。四年營東坡。五年築雪堂，自號東坡居士。有詩曰：‘雨洗東坡月色清，市人行盡野人行。莫嫌犖确坡頭路，自愛鏗然曳杖聲。’堂側手植梅一株，大紅千葉，一花三實。迄今嘉靖戊申，枯本猶存。坡公一寵辱，齊變化，寄懷草木之微，渾忘形骸之外，達人大觀，殆可遐想。”共得百三十二字，餘不可復辨。然落落數行，已足概文忠之高致矣。按《宋史》本傳論曰：“節義皆志與氣爲之。”老梅盤根錯節，花中之有志有氣者也。樹猶如此，況其人乎。劉幹臣軍門重建二賦堂，慮名跡湮没，復刻此碑。倪修梅少尉摹鈎舊本。余因就其字之可辨識者拾之，殘壞者補之，以俟後之君子。同治七年，歲次戊辰小陽月，後學江夏程之楨謹識。滇南修梅氏倪泳摹鈎。

《過石頭山》詩石刻。在坡仙亭。

詩見卷第六上詩五。末署云：“嘉靖甲寅歲，巡按湖廣、監察御史、海昌龍泉朱瑞登書。”

按：石頭山即古赤壁也。

《游赤壁記》碑，明張元忭撰。佚。

記見卷第二文二。

《雨中游赤壁》一首、《過雪堂，登竹樓》詩二首石刻。在坡仙亭。

《雨中游赤壁》一首，見卷第六上詩五。《過雪堂，登竹樓》二首，見卷第六詩六。末署“萬曆壬午臘月，山陰張元忭識”。

《遊赤壁》詩石刻。在坡仙亭。

詩見卷第六上詩五。末署“萬曆十三年，吴人王圻書”。

《游赤壁》詩石刻。在酹江亭。

詩見卷第六上詩五。末署“萬曆十三年，諸暨駱問禮題”。

《游赤壁》詩石刻。佚。

詩見卷第六上詩五。末署“萬曆十五年，陳省題”。（見《湖北通志》）

《遊赤壁》詩石刻。佚。

桐城胡瓚題四絶句，有序。（《黄岡縣志》）

《赤壁詩碣》，建安梅墩林俞撰。在酹江亭。

詩見卷第六上詩五。末署“甲申夏□□宗人林□□刻石”。

《擬赤壁賦》石刻，明茅瑞徵撰。佚。

賦見卷第一文一。（見《黄岡縣志》）

石坊聯語石刻。佚。

萬曆丁未，知縣茅瑞徵重建并鐫聯。（見《黄岡縣志》）

按：赤壁磯頭最勝處，舊有石坊，爲風所折。瑞徵重建，今亦毁。

清

《赤壁無文碑》，清李贊元撰。佚。

文見卷第二文二。末署云“順治十五年，歲次戊戌，孟冬月，巡楚使者觀陽李贊元撰”。（《黄州府志》）

《後赤壁賦》殘石，清徐籀書并跋。在留仙閣。

兩賦之重於赤壁久矣。兵燹連年，斷簡殘碑林立，獨前賦巋然魯靈光耳，憑弔者每深遺恨。適陳子來訪，予喜其墨妙，風檣殷殷懷古，因令購石書丹，鐫《後赤壁賦》，以備一時之闕云。康熙元年，歲在壬寅，清明穀旦，知黄州府事推官合肥王綵。黄岡縣知縣長洲徐籀書。

按：自兵燹後，碑斷爲三，文有殘缺者，而書法清勁，當是徐亦史知黄岡縣時所書也。

《赤壁》詩三首石刻。佚。

詩一首，見卷第五詩四。康熙宣城施閏章題，在赤壁。（見《湖北通志》）

《聖祖御筆臨趙書前赤壁賦》石刻并董思凝跋。在酹江亭。

欽惟我皇上統極以來，聖德神功，超邁隆古，睿謨廣運，躬致太平，久道無疆，用人文化成天下。康熙十八年，歲己未，寰宇泰寧，天顔有喜，萬幾餘暇，輒揮灑宸翰，頒賜廷臣。臣父董訥，是時叨塵禁近，獲侍講筵，持賜御書《前赤壁賦》，蓋臨元臣趙孟頫書也。臣父祗領之下，伏覩雲漢昭回，龍騫鳳翥，筆参造化，比於《河圖》《洛書》，什襲珍藏，冀子孫世世永寶。其孟頫書摹刻於黄州雪堂，歷歲久遠，今無存者。臣思凝早年通籍，猥掌銓曹。己丑歲，奉命視學三楚。庚寅春，校試於黄。赤壁雪堂，近在所部，距臣父恭承寵錫，時三十年餘矣。而臣思凝適來茲土，俯首思維，因緣際會，殆非偶然者。乃跪捧御書，敬慎鈎臨，勒石城西之二賦堂上。既訖功，翼軫騰輝，層霄絢采。匪獨以彰奕世遭遇之盛，俾億萬年都人士拜稽瞻仰，與江漢同其罔極云。提督湖廣等處學政按察使司僉事加三級臣董思凝記。

按：董刻燬於兵。同治戊辰，滇南倪泳摹臨重刻，舊存御書亭（今改建酹江亭）。

《赤壁》詩石刻，清蔡履豫撰并潘國祚跋。在坡仙亭。

詩見卷第五詩四。江黄蔡履豫題，原石佚。孫蔡薰重鐫。

由菴天機清妙，性嗜歌吟，所游覽輒留題焉。即《赤壁》一詩，已足千古矣。歲康熙五十八年授衣月，潘國祚跋。

"赤壁題詞"石刻。佚。

康熙五十九年，黄州知府賈鋐立。（《湖北通志》）

"畫竹碑"石刻。佚。

康熙間，黄州知府賈鋐寫。舊存坡仙亭。（《黄岡縣志》）

《赤壁謁蘇文忠公像》詩石刻。在酹江亭。

詩見卷第三詩一。康熙間，武昌府知府朱昌緒撰。

張鵬翮七言詩石刻。佚。

在赤壁，末署"雍正二年，太子太保、文華殿大學士兼吏部尚書張鵬翮撰"。（《湖北通志》）

《游赤壁》詩三首石刻。佚。

乙丑秋日，□□□游赤壁，索題，□席温賦詩三首□後。廣陵張元芳。（《黄岡縣志》）

《問坡仙》詩一首石刻。存坡仙亭。

詩見卷第七詩六。自署云"乙丑秋，偶過赤壁，謁坡仙，□□問答以寄意。廣陵張元芳書"。

睡仙亭石牀詩碣。

詩見卷第七詩六。後鐫云“秋水道人戲書”。字體適逸，類東坡。惜首尾題識漫漶不可讀。按：國朝黄梅石室字書藏，號秋水。喻文鏊《考田詩話》稱爲“秋水老人”，或即其人歟。（《黄州府志》）

東坡像石刻。在坡仙亭。

無年月欵識，同治戊辰年翻刻。

《夏日游赤壁》二律石刻。在酹江亭。

詩見卷第六下詩五。自署云“南昌北萊樊做書”。

無名氏赤壁詩殘石。在二賦堂。

前存“情見乎詞”四字，中有律詩一首，見卷第六下詩五。後有“舊游遥對一昕然，爾吼江聲我扣舷”詩二句可辨，餘皆泐。

《留别黄州士民》二律石刻，清錢鋆撰。在酹江亭。

江黄舊事亂前賢，暫領名都意惘然。豈有風流誇五馬，更無勞勩報三遷。由江夏令蒙恩遷蘄，復遷黄州。文園乍喜書平屋，戊寅續修河東書院。瑞穎終輸麥在田。幾許關心懷往蹟，一亭春草尚芊芊。　　臨皋極目水雲清，鷗鷺無從憶舊盟。上考應知慙獨夜，中材漫許擁崇城。恩垂冀北三生重，夢遠江南一葉輕。問喜慈烏思暫托，予暫歸卜先慈塋。涓埃尚擬答昇平。乾隆己卯虞山錢鋆撰。

按：錢太守，《蘇州府志》有傳。以乾隆十七年羅田馬朝柱之變，時在江夏任，因搜獲陽邏吴南山，擢蘄州知州。其知蘄州，李珌因舉發此案，擢知黄州府。錢又繼其後，此留别詩，卸黄州任時作也。首句“江黄舊事亂前賢”，似指馬案。第四句“三遷”語，正指因此事而三遷也。此案多株連。章學誠爲霍山知縣吴學山墓志，於遷擢諸人頗有微詞。而江楚兩督奏結此案，即在黄州，亦吾郡故事也。詳見王葆心《羅田靖亂記》。

《蘇文忠公祠塑像記》石刻，清周凱撰。在留仙閣。

記見卷第二文二。末云“道光七年，歲在丁亥，仲秋之月，湖北漢黄德道富陽周凱撰文并書。黄州府黄岡縣知縣平湖陸炯勒石”。

按：赤壁蘇公祠像塐在清初便有之。觀吕德芝《懷舊》詩注稱黄安張石虹補赤壁東坡鬚事，可見此次道光塑像，其時石虹塑像久毁，觀記中可見。及咸、同之亂，此次所塑亦不復存矣。

《赤壁讌集》七言古詩石刻，陶樑撰并引。在酹江亭。

癸卯九月，劉練洲大令招同佛西普總戎、徐蓉舫太守並諸同人赤壁讌集。

詩見卷第三詩二。自署“道光二十三年小春，長洲鳧薌陶樑撰，襄平餘亭保善謹書勒石”。

《赤壁懷古》一首、《謁蘇文忠公祠》二首石刻。在酹江亭。

詩見卷第五詩四。欵署“黄岡欣園劉熊興題”。

《重修赤壁懷古》詩石刻，英啟撰并序。在酹江亭。

序見卷第二文二。詩見卷第三詩三。末署“同治七年，歲次戊辰，瀋陽英啟撰并書”。

《赤壁懷東坡先生》詩石刻。在酹江亭。

詩見卷第六下詩五。自署“同治七年小陽月，江夏程之楨題并書”。

“白龜渚”三字碑，清程之楨書。

倣郭桐岡意，重立於放龜亭下，旁注“晉毛寶放龜處”六小字。同治戊辰歲，江夏程之楨書。

《重修赤壁蘇公祠記》碑，清劉維楨撰。在酹江亭。

記見卷第二文二。後書云“提督軍門、總領湖北忠義全軍劉維楨撰。黄州府知府英啟題額。黄梅縣訓導陳兆慶書丹”。

《重建赤壁二賦堂題壁》詩石刻。在酹江亭。

詩見卷第六下詩五。後署“同治七年，幹臣劉維楨題”。

《題二賦堂》詩石刻。在酹江亭。

自署“同治己巳秋，沔陽余祖潤題”。

“江山如畫”石刻，清瞿廷韶書。在赤壁磯邊。

自署“光緒元年乙亥八月，常州瞿廷韶摩崖書”。

《東坡笠屐圖》石刻并清劉墉贊、英啟跋。在笠屐亭。

□□先生觀察□□黄州，乃東坡之舊游也。俯仰懷賢，取畫像□□新之。神采奕奕，宛肖生平。朱子跋東坡書，謂其“有傲風霆，閲古今之氣”，是真知東坡者。觀察於此，其亦有微契也夫。贊曰：其氣浩然，得全於天。順性起用，如心爲言。夢寐見之，繪像以傳。百世興起，勖哉後賢。乾隆丙申歲，仲夏月朔，東武劉墉敬題。

昔漫堂宋公訂補《施註蘇詩》，橅《東坡笠屐圖》於卷端。黄州固宋公所舊游。同治丁卯，余來守郡。方謂郡治之有笠屐亭，宜自公始，其圖亦當與公所橅無異。顧亭於咸豐間毁於兵，求其圖亦累年弗獲，恒以爲歉事。孝昌魏君巨川司鐸黄岡，與余有同志。光緒丁丑秋八月，得搨本於友人之游於豫章者，攜以示余。有石菴劉公跋語，漫漶僅數字，惟所稱觀察爲某先生已不可辨。幸其圖完整，爲之一快。顧茲圖與宋公所橅不同。宋《圖》蓋就其踸踔泥淖，腰腳愈健，摹而擬之。茲則左顧右盼，行行且止。想見笑者聽之，吠者聽之，群以爲怪，先生并不怪夫怪者之爲怪，且若喜其時之群然相怪也。神采奕奕，宛肖生平，諒哉言乎，與宋《圖》并寶貴矣。魏君摹劉跋於左方，繪像如舊，屬余識其事，爰連綴書之，且作歌焉：北眺赤壁，西矚寒谿。子雲舊舍，芳草萋萋。泥塗不辱，履險如夷。顧影獨立，斯何人斯。光緒三年仲秋月既望，瀋陽英啟謹識。

按：此刻不在赤壁，今依靈壁石例收入存之。

“壽”字石刻，清葉志詵書，陳寶樹跋。在酹江亭。

同治癸亥正月元日，八十五叟葉志詵書。

外王舅漢陽葉東卿先生，博古多聞，精金石學，以書名當世。《翁覃溪學士筆記》曾稱其“能得蘇、黄神髓”。此“壽”字乃一筆書成。

同治癸亥元旦授樹者也。樹助教於黄岡有年，見赤壁多大蘇真蹟。以先生書置其間，幾不復辨，學士之評良不謬矣。爰勒諸石，雖一臠之味，願以公同好焉。光緒庚辰仲冬，江夏陳寶樹謹識。

漢陽葉志詵書“壽”字，翁方綱謂其“能得蘇、黄神髓”。府學訓導陳寶樹鐫於赤壁。（《黄州府志》）

彭祖潤聯語石刻。在坡仙亭。

聯語見卷第九，署欵“光緒辛巳三月，長洲彭祖潤撰。同邑謝榛書”。

《留仙閣記》石刻，清英啟撰。在留仙閣。

記見卷第二文二。署欵云“光緒十一年，歲次乙酉，仲春初吉，瀋陽英啟撰。黄岡縣教諭楊守敬書丹”。

《修蘇公乳母任氏墓》詩石刻并序，清鄧琛撰，黄仁黼跋，楊守敬書。在二賦堂。

東坡《乳母任氏墓志》見於《王弇州續稿》，稱“近有人於黄州土中得之”。孫淵如《寰宇訪碑録》載《仁和趙晉齋拓本》則云“明隆慶間重刻”。似弇州所見爲原拓，趙氏所得爲當時重刻本。今郡齋所存一石，誤“官于杭”爲“官子杭”，其非原刻明矣。墓石既移，其墓道遂不可辨。同治初，士民相度其地，立碑誌之。光緒十五年，農夫劚地，忽一碑出，依壟塹壁立，字多漫滅，獨“乳母任氏”四字尚存，審是長公筆蹟，其爲乳母故冢無疑。爰命工修葺，移同治碑於墓前，並作詩紀之。黄岡鄧琛撰。

眉山一姥有孤墳，姓氏長留志墓文。三十五年悲往事，高堂曾侍武陽君。

相從千里老東坡，一任人呼春夢婆。當日臺符急星火，持攜過邁母恩多。

人海去來一彈指，臨皋亭又六如亭。惠州風月朝雲墓，可有吴山對岸青。

世界三千同一塵，斷煙殘碣辨難真。誰知野老鋤荒塚，猶見元豐字跡新。

一生宗法屬眉山，紗縠當年有夢還。雞酒臨風弔阿母，墓山親與剔榛菅。

魂魄休興蜀國悲，江皋雪水半峨嵋。祗今四海傳都遍，故物剛存乳母碑。

獻之先生，黄岡名宿也。性嗜蘇詩，與蘇公同日生，嘗繪《侍蘇圖》以自娱。黄岡又蘇公謫居地，獻之嗜蘇殆非偶然。仕晉歸田，晚主河東講席。丙戌，余讞獄齊安，遂相知。庚寅來榷樊，交益密。得讀所題《蘇公乳母任氏墓碑》詩，蓋因嗜之故，而類及其乳母者也。顧所爲詩嵌石墓右，歲久必至剥蝕，獻之又於前年歸道山，將有人往風微之概，余惻焉。迺爲别敘崖略，鍥石於墓，移詩此間，上瓦下亭，弆之護之，庶幾不朽。且赤壁藉蘇而傳，遷客往來無停跡。游斯地者，得讀獻之詩，並知任氏墓之所在，則蘇公之存任氏，與余之存獻之，皆一氣所沆瀣。蘇公有知，當亦掀髯而笑也。光緒十有九年癸巳暮春，楚南善化黄仁黼跋。黄岡縣教諭宜都楊守敬書丹。

葆心按：東坡原刻任氏志，於明嘉靖季年出土，《金陵瑣事》載之甚明。弇州所謂“近年土中得之”即此。至趙氏所謂“隆慶重刻”者，當是黄州守既收元石入官庫，乃另摹刻以應人之求，兩者皆有之。隆慶與嘉靖末相接，三家之言適相符合。至光緒出土者，決非坡公原刻之石，殆後人護墓之碑，淪入土中。若墓志埋土中，斷不致漫滅，觀者未之審耳。獻老未見《瑣事》，故序中未引據。其詩既上石，寘之赤壁，則“金石”中應即收之。吾觀子瞻乳母墓，近人題詠甚夥，惜此集未能收入。有好事續刊石鄧氏此詩後，亦佳談也。頗記蘄水范曾綬澤山一詩云“春半棠梨花，開時亂無主。荒塚何纍纍，部婁烏可數。中有乳母墓，年深宿草補。眉山千里魂，東阜一坏土。名流一乳恩，留名便千古”，渾朴有致。因附記之，以竢選刊。

《集東坡前後賦字，紀游赤壁》詩石刻。在二賦堂。

詩見卷第四詩四。末云“光緒癸巳，黄仁黼彝伯題”。

今代

水竹邨人書前後《赤壁賦》石刻并跋。在二賦堂。

東坡赤壁兩賦，江山勝蹟藉之以傳。顧自坡至今，江上多事，臨皋亭間，不知幾經興廢。鄂之人重修之，以傳坡公者傳赤壁。程子子端既浼余作楹帖，復屬書兩賦，將以泐諸石，余適亦附之以傳，鄂之人胡又愛余之甚哉！惟余學坡書二十年，觕得形似。五六年前，得宋拓《西樓帖》精本，與世傳坡書不同。澄慮觀摩，其渾灝流轉之處，得力於鍾太傅爲多，益令人望而卻步。今寫此賦，略參晉唐筆意，不敢竟用坡體。坡公有知，其亦許我不乎。庚申三月朔日，水竹邨人識。

燊按：東海徐世昌，晚年自署“水竹邨人”。此爲其任大總統時作。

水竹邨人聯語石刻。在二賦堂。

聯語見卷第九。後云“民國九年，歲在庚申，三月，水竹邨人撰並書”。

《前赤壁賦》石刻，程明超書並跋。在二賦堂。

民國庚申，同邑李隱塵巡按使汪筱舫大令重修赤壁。大總統東海徐公菊人以晉唐楷法爲寫東坡二賦，余仿索司空章草儷之，付同邑李君子祺刻石，藏諸名山，以遺來學。辛酉上巳，黄岡程明超上左章草。

《景蘇園帖》石刻，楊壽昌彙刊，董錫賡記其事，蕭耀南、范之杰、李開侁、汪燊跋。在挹爽樓。

記跋均見卷第二文二。帖爲黄岡縣知縣楊壽昌葆初鈎摹，江夏劉寶臣維善刊。

按：石凡一百二十六片。楊去任時質之錢商。乙丑，黄岡蕭耀南捨貲贖還。又增七石，爲一百三十三石。民國十四年乙丑，黄岡汪燊運登赤壁，陷之挹爽樓下四壁間。

《庚申重修赤壁記》石刻，李開侁撰。在挹爽樓。

記見卷第二文二。民國九年，慧心道人李開侁撰並書。黄岡李子祺刻石。

《挹爽樓記》石刻，李開侁撰。在挹爽樓。

記見卷第二文二。民國十四年，黄岡李開侁撰並書。李子祺刻石。

《喜雨亭記》石刻，汪燊撰。在挹爽樓。

記見卷第二文二。民國十四年乙丑，黄岡汪燊撰文。黄岡李伯琴書丹。

《古磬記》石刻，汪燊撰。在挹爽樓。

記見卷第二文二。民國二十年辛未，黄岡汪桑撰。李伯琴書。

石磬。在萬仞堂。

山骨瘦凝清似玉，雲根堅潔响如金。鑿成泗水非無意，擊老泥山自有心。沙際映來飛宿雁，樹梢振去動栖禽。鏗鏘不用人三獻，静得天機合八音。

按：右磬背銘五十六字，真書，作八行。首鈐“口公”二字印，第一字漫漶不可識。後署“養素齋”三字。下鈐二印，曰“永吉”“山人”。面作魚形，具鱗鬐。文字不甚樸茂，且“尼”誤作“泥”，書“響”作“响”，不知何故？按《研北雜志》，張伯雨移雷文魚磬擊之。《博古圖》，體有回旋之紋曰“雷磬”，體作琥形曰“琥磬”，皆首尾漸殺如魚，背穿一孔，蓋略變古玉磬曲尺之製也。此磬與《博古圖》大略相似，而不作“雷”“琥”之文，當爲明、清間物也。

黄州赤壁集卷第十一

蘄水　聞惕惕生参訂
黄岡　汪桑筱舫纂輯　男　晉康侯校字
羅田　王夔武繩余参校

書　畫

宋蘇軾書《前赤壁賦》一卷

素箋本，楷書。欵識云："軾去歲作此賦，未嘗輕出以示人，見者蓋一二人而已。欽之有使至，求近文，遂親書以寄。多難畏事，欽之愛我，必深藏之不出也。又有《後赤壁賦》，筆倦，未能寫，當俟後信。軾白。"卷前有"天籟閣""子孫永保""項元汴印""神品"諸印，又"山人"、"真賞"、"軒"字、"全卿"半印。四卷後有"墨林子""寄傲""子孫永保""平生真賞""項墨林父秘笈之印""項子京印""項墨林鑑章"諸印，又"秋壑珍玩""秋壑""虚朗齋""墨林""從吾所好""項子京家珍藏""考古正今""墨林主人""神遊心賞""項叔子""檇李子孫世昌""項墨林印""檇李項氏世家寶玩""項元汴印""宫保世家""子孫保之""全卿真賞""神品""蒼巖子""長"字諸印，又"子京父"印二，又"全卿墨林""寄傲"半印。三卷前押縫有"退密""桃里""墨林秘玩""項子京家珍藏"諸印。卷中幅押縫有"墨林"印二，"神品"印四，"項元汴"印二，"賈似道"印四，"子京"印二，"元汴"印三，又"若水軒""子京所藏""墨林山人"諸印。原卷缺三十六字，文徵明補書於前。另行小楷注云"右繫文待詔補三十六字"。前有"停雲""文徵明印""衡山"諸印。前隔水有"蒼巖子""蕉林居士"二印。後隔水押縫有"河北棠村""冶溪漁隱"二印。引首有"天籟閣"

一印，又“墨林山人”“項叔子”二印。拖尾文徵明跋云：“右東坡先生親書《赤壁賦》，前缺三行，謹按蘇滄浪補《自敘》之例則亦完之。夫滄浪之書不下素師，而有極媿糠粃之謙。徵明於東坡無能爲役，而亦點污其前，愧罪又當何如哉！嘉靖戊午正月，後學文徵明題，時年八十有九。”又董其昌跋云：“東坡先生此賦，《楚騷》之一變；此書，《蘭序》之一變也。宋人文字，俱以此爲極則。與參參知所藏，名迹雖多，知無能逾是矣。萬曆辛丑，攜至靈巖村觀，因題。董其昌。”後有“梁清標印”“蕉林觀其大略”諸印，又“文彭之印”“壽承氏”“停雲”“晤言室印”“文氏圖書之印”諸印。卷高七寸五分，廣七尺二寸五分。（《石渠寶笈》）

余偶過東武山，與竇林師語，已覺精神蕭散。又出蘇長公自書《前赤壁賦》，對山展玩，無異泛舟從公之快，此亦一時奇遇也。（陳基《夷白齋集》）

坡公書多偃筆，亦是一病。此《赤壁賦》，庶幾所謂“欲透紙背”者，乃全用正鋒，是坡公之《蘭亭》也。真蹟在王履善家。每波畫盡處，隱隱有聚墨痕如黍米珠，恨非石刻所能傳耳。嗟呼！世人且不知有筆法，況墨法乎！（董其昌《畫禪室隨筆》）

《赤壁賦》爲東坡得意之作，故屢書之。此本小字楷書，尤爲精采。後自跋云：“軾去歲作此賦，未嘗輕書以示人，見者蓋一二人而已。欽之有使至，求近文，遂親書以寄。多難畏事，欽之愛我，必深藏之不出也。又有《後赤壁賦》，筆倦，未能寫，當俟後信。軾白。”卷首損壞，文衡山補之，筆法蒼勁。（《庚子消夏記》）

宋蘇軾《赤壁圖賦》

蘇軾《赤壁圖賦》，又《竹石》五卷。（明《嚴氏書畫記》）

惕生按：《春渚紀聞》云：“先生戲墨所作枯株、竹石，雖出一時取適，而絶去古今畫格，自我作古。薳家所藏枯木并拳石叢篠二紙連手帖一幅，乃是在黄州與章質夫莊敏公者。帖云：‘某近百事廢懶，惟作墨竹頗精。奉寄一紙，思我當一展玩也。’後又書云：‘本只作墨竹，餘興未已，更作竹石一紙同往。前者未有此體也。’是公亦欲使後人知之耳。”據此，則知公在黄州，喜作枯株、竹石，以寄其孤危礪節之概。故嚴氏所見，與《赤壁圖》一時並收之，合爲五卷也。亦足見鈐山堂收藏之富矣。

宋李公麟《赤壁圖》

蘇文忠公前後《赤壁賦》，李龍眠作圖，隸字書旁注云“是海岳筆，共八節，惟前賦不完”。（都穆《寓意編》）

宋徐兢篆《赤壁賦》

才知之士滿天下，而書學不得其傳。叔重稽諸通人，作《説文解字》，猶未能無闕誤。李少温中興篆籀，而所刊定，嘗多臆説。信書學之難能也。徐鼎臣、楚金兄弟，最有能稱，一時如鄭仲賢、郭恕先皆號善書，皆自許氏。非謂許氏果能盡字書之藴，蓋舍是則放而無據耳。舊聞徐明叔善篆，今觀其遺墨，則《説文解字》之外，自爲一家。雖其名“兢”字，見於印文者，亦與篆法不同。又有“保大騎省”之文。“保大”爲南唐年號，“騎省”乃雍熙職秩，亦所未喻。姑識所疑，以俟識者。（魏了翁《鶴山集》）

燊按：《畫史彙傳》“兢字叔明，爲宣和書學博士，善篆隸”，但《鶴山集》作明叔，當再考定。

宋喬仲常《後赤壁圖》一卷

素牋本，墨畫，分段楷書。本文無欵，姓名見跋中。卷中幅押縫有

“醉鄉居士”“梁師成美齋印”“梁師成”“千古堂”“永昌齋”“漢伯鸞裔”“伯鸞氏”“秘古堂記”諸印。前隔水有“梁清標印”“蕉林鑒定”二印。押縫有“棠村”“觀其大略”二印。後隔水押縫有“蕉林梁氏書畫之印”“蕉林書屋”二印。拖尾趙德麟跋云：“觀東坡賦赤壁，一如自黄泥坂遊赤壁之下，聽誦其賦，真杜子美所謂‘及兹煩見示，滿目一悽惻。悲風生微綃，萬里起古色’者也。宣和五年八月七日，德麟題。”又，武聖可跋云：“東坡山人書赤壁，夢江山景趣，一如遊往，何其真哉。武安道東齋聖可謹題。”後有題句云：“此老游戲處，周郎事已非。人牛俱不見，山色但依依。”又跋云：“孟德争雄赤壁，氣吞中夏。周郎方年少，以幅巾羽扇，用焚舟計敗魏水步軍八十萬，昔人壯之。彼方長老爲言東坡居黄州，得佳時，必造赤壁下偶會。東坡一日與一二客踞層峰，俛鵲巢，把酒言詠，忽聞笛起於江上，有穿雲裂石之聲。使人問之，即進士李委，至磯下，度新曲爲先生壽也。於是相邀，以小舟載酒，飲於中流。李酒酣，復作數弄，風起水湧，大魚皆出，山上有棲鶴亦驚起，而舟且掀舞。先生坐念孟德、周郎，如旦暮之遇，歸而作是賦云。”又題云：“方瞳仙人辭蓬瀛，逸韻跋俗九萬程。行行興與煙霞并，喜對赤壁高峥嶸。物外二客人中英，得魚攜酒相邀行。江頭皎月照沙明，夷由一艇破浪輕。笑談不覺連飛觥，幽宫馮夷應暗驚。掠舟野鶴横天鳴，翻然大翼如雲軿。四顧寂寂無人聲，銀漢耿耿風露清。歸來一枕猶未醒，彷彿羽衣云已征。霜綃誰爲寫幽情，披圖似與相逢迎。雪堂作賦詞抨紘，追思往事心如酲。周郎空餘千載名，大江依舊還東傾。”又題云：“先生賦赤壁，錦繡裹山川。氣壓三國豪，似與江吞天。酒酣欲仙去，孤鶴下翩躚。歸來夢清時，此秘初不傳。先生定神交，形容到中邊。風流兩崛奇，名字記他年。”前署書“畫《赤壁賦》後”五字。又題云：“赤壁周郎幾百秋，雪堂夫子更重遊。旋攜魚酒歌明月，空對長江滚滚流。”又書蘇軾《赤壁懷古》詞一闋。又跋云：“仲常之畫已珍，隱居之跋難有。子孫其永寶之。”以上七則，俱未署欵。又，趙巖題云：“江捲千堆雪浪寒，雲嵐如畫憶憑闌。重遊赤壁人何處，誰把江山作畫看。”趙巖後有“蒼巖子”“蕉林”“玉立氏圖書”“觀其大略”諸印。跋中押縫有“伯鸞氏”“伯鸞後人”“守道”“泰定齋印”“梁師成章”“蕉林秘玩”諸印。又一印不可識。卷高八寸二分，廣一丈九尺一寸二分。引首御題“尺幅江山”四□大字，上有“乾隆宸翰”一璽，御筆題籤。籤上有“御賞”“乾隆宸翰”二璽。（《石渠寶笈》）

宋趙伯駒《赤壁圖》

趙千里以青緑法寫前後二《赤壁賦》，長二丈餘，曾於歙見有周臣臨本，乃不用青緑而水墨淺絳。（詹景鳳《東園玄覽》）

宋趙伯駒《後赤壁圖卷》

絹本，重青緑設色，中多損折。高宗書賦，有柯九思跋。（《墨緣彙觀録》《名畫續録》）

葆心按：《墨緣彙觀》署“松泉老人”，爲乾隆壬戌作。據粤雅堂伍紹棠跋此書，稱汪文端公由敦著有《松泉文集》，此書或是傔值内廷所爲。又《湖海詩傳》江都江昱著有《松泉集》，亦乾隆時人。但署松泉，究不知誰氏也。

宋馬和之《後赤壁圖》

絹本，水墨淺色。和之繪，圖後高宗書賦。（《墨緣彙觀録》《名畫續録》）

燊按：馬氏《毛詩圖》最著稱，高宗爲書經文。此圖當亦奉勅所繪，故高宗爲書賦也。

元趙孟頫書前後《赤壁賦》一册

素牋本，行楷書，末幅署“子昂”二字，下有“趙氏子昂”“松雪齋”二印。首幅有“信公珍賞”一印。第二幅有“都尉書畫之印”一印。第三幅一印漫漶不可識。第九幅有“都尉耿信公書畫之章”一印。末幅有“都尉耿信公書畫之章”“琴書堂”二印。又“温字六號”四字上鈐“禮部評驗書畫關防”一印。册計十六幅，幅高一尺五分，廣五寸。末帖廣二寸八分。元按云：“首幅書前賦，缺三十四字。”（《石渠寶笈》）

元趙孟頫書前後《赤壁賦》一卷

宋牋本，行楷書，前後二篇。前則下有“趙氏子昂”一印。後則欵識云“子昂爲岳上人書，大德三年十一月晦”，下有“趙氏子昂”一印。卷前有“吴興莫氏”“雲房清玩”二印。卷末有“都尉耿信公書畫之章”“鉅鹿郡圖書印”二印，又一印不可識。卷中幅押縫有“趙氏子昂”印二，又“渤海主人珍藏印”凡三，又“莫昌景行”“時習齋”二印。前隔水押縫有“渤海主人珍藏”一印。拖尾有“月潭”“朱之赤”二印。卷高九寸五分，廣一丈三尺九寸六分。（《石渠寶笈》）

燊按：此與前册有别，内廷作兩種著録，今因之。據《鈍齋文選》及舊府縣志載，明崇禎末，焚燬松雪所書赤壁二賦，不知是祖此二卷所橅刻否？今無從考矣。

元趙孟頫畫前後《赤壁賦》卷子

桂未谷以所藏《松雪翁畫前後赤壁》卷子相示，並屬臨副本。《前赤壁》設大青緑，全仿小李將軍，筆意生動。其中寫山、寫江、寫樹、寫月、寫舟、舟中寫東坡、寫吹簫客、寫童子、寫舟子，人物僅三四分，而神完氣足。絹盈尺，寫波紋，匀圓流走，幾無少隙。宋人中無此簡潔之筆。《後赤壁》淡設色。起自雪堂，寒林疏柳，坡外江流與山月相吞吐石壁下。二客倚篷坐，天際孤鶴掠舟而去。坡公在山頂，作劃然長嘯狀。夜氣莽蒼，江煙欲浮，極追摹之能事。是卷未谷攜歸後，不復再見，如漁郎去桃源矣。（錢杜《松壺畫憶》）

按：據此圖尚可考東坡雪堂所在，知元代遺跡猶未没也。此圖不知尚在人間否?

元鮮于樞書《前赤壁賦》一卷

素牋本，草書。欵識云“至正戊寅仲夏吉日，鮮于樞書”。下有“鮮于”一印。卷後有“公綬”一印。卷高九寸六分，廣一丈二尺七寸。（《石渠寶笈》）

元吴鎮《赤壁圖》一軸

素牋本，墨畫。欵識云“至正二年春，梅花道人畫”。下有“梅花莽”“嘉興吴鎮仲圭書畫記”二印。右方下有“心遠堂圖書”一印。右方下有“廷綱”一印。軸高三尺三寸八分，廣一尺三寸九分。（《石渠寶笈》）

明周臣《赤壁圖》

周臣臨趙千里《赤壁圖》，不用青緑，而水墨淺絳。（《石渠寶笈》《佩文齋書畫譜》）

夔武按：《畫史彙傳》周臣號東村，吴人，以畫法授唐寅者。詹景鳳所見即此本也。是此卷久入大内，故康、乾兩朝皆著録之。

明唐寅、仇英畫前後遊赤壁二圖，文徵明書賦一册

首幅素絹本，著色畫《前赤壁圖》，欵署“蘇臺唐寅”。末幅素絹本，著色畫《後赤壁圖》，欵云“吴郡仇英實父製”。第二幅至第十幅灑金箋，烏絲闌本，行書前後二賦，欵署“徵明”。前副頁，徵明又隸書“赤壁清遊”四大字。後副頁，有文從簡跋一。畫二幅，書計九幅。（《石渠寶笈》）

明仇英《赤壁圖》卷

素箋本、著色畫，欵云“仇英實父製”。下有“十洲”“仇英之印”二印。卷前有“覯宸”“張孝思賞鑑印”二印。卷高七寸三分，廣四尺三分。（《石渠寶笈》）

予見仇實甫畫，其《赤壁賦圖》等皆屬能品。（陳繼儒《寶顔堂秘笈》）

明徐子仁書《赤壁賦》

徐子仁《赤壁賦》（《嚴氏書畫記》）

夔武按：《畫史彙傳》子仁名霖，號九峰道人，長洲人。明武宗賜一品服。正書出入歐、顏。

燊按：《嚴氏書畫記》即明嚴嵩鈐山堂所收藏書畫也。是此卷已入《天水冰山録》矣。

明張靈《赤壁前游圖》卷瓶麓齋舊藏。

絹本，設色。高七寸六分，長三尺一寸二分。山巖起伏，林木蕭疏，峭壁臨江，明月在水。一扁舟，蘇子階二客，泛於蘆荻之間。後繫

小舫，一童烹茶。夜色空濛，遠山如黛。題首“赤壁前游”四隸字，印“畢懋康印”“戊戌進士”二印。卷尾無欵，有“張靈印”“夢晋”二印。另紙文三橋書《赤壁賦》，後欵“三橋文彭”，“文壽承氏”“文彭”二印。（邵松年《澄蘭室古緣萃録》）

明張靈《赤壁後游圖》卷瓶麓齋舊藏。

絹本，設色，高七寸六分，長三尺一寸。波平水面，雲互山腰，夜色蒼茫，嵐光清潤。蘇子偕二客步於長松之下，一童提壺後隨。舟繫蘆邊，亭開坡上，是返而登舟之候。題首“赤壁後游”四隸字，印“畢懋康印”“戊戌進士”二印。卷尾欵同上卷，署“辛卯夏四月畫，張靈”。有“張靈印”“夢晋”二章。另紙文三橋書《後赤壁賦》，後欵“嘉靖癸卯夏日，文彭”。有“文壽承氏”“文彭”二印。（《古緣萃録》）

燊按：《畫史彙傳》靈字夢晋，吴郡諸生，與唐寅爲鄰。

明祝允明書《赤壁賦》卷

祝枝山草書《赤壁賦》卷，紙本。高九寸，長八尺七寸五分，紙一接。都六十八行，行八九字。首行“赤壁賦”，末欵云“甲申秋夜，宴於陳氏山亭，燈下書此。枝山道人允明”。有“吴郡祝生”印。（《古緣萃録》）

明文徵明楷書《赤壁賦》

文太史楷書前後《赤壁賦》，在烏絲黄宋牋上。盡楷之妙，休承爲補兩圖。（汪砢玉《珊瑚網》）

文太史小楷赤壁二賦，休承補圖。（王世貞《爾雅樓所藏法書》）

明文徵明書前後《赤壁賦》一卷

素牋本，行草書。欵識云“嘉靖甲寅冬十月既望，是夕初寒，不能就枕。因命童子篝燈，書此聊以遣興，工拙不暇計也。時年八十有五。徵明”。引首有查繼佐書“意在削石”四大字。又識語一。（《石渠寶笈》）

燊按：查繼佐，即識拔吴恪順六奇之查伊璜也，海寧人。

明文徵明《赤壁賦》一卷

素牋本，行書。欵識云“嘉靖丙辰春日間書，徵明。時年八十七”。後有“文徵明印”“衡山之印”。卷前有“停雲”一印。卷後有“夢硯樓賞鑑章”“璵沙珍玩”二印。卷高九寸，廣一丈四尺四寸三分。（《石渠寶笈》）

燊按：璵沙，姓錢名琦，字相人，仁和人，見《隨園詩話》及《湖海詩傳》。官福建布政使。此殆其進呈之品。

明文徵明書赤壁二賦，朱朗畫圖

嘗閱文待詔《嘉靖己酉年日記》，云“書東坡赤壁二賦，前後共五十件。計其年七十有九”。此卷爲嘉靖丁巳年，已八十有八，係五十本後一本也。中與世俗本異兩字。“滄海”作“浮海”，“浮”字較勝。“共適”作“共食”，蓋用釋氏語。聲是耳之食，色是眼之食，恰與上“清風”“明月”相對。改“食”爲“適”，未曉成處也。此是待詔多看書，不隨俗處。又見他書譏蘇公以“赤鼻”爲“赤壁”，大是錯謬。按，“赤鼻”與“赤壁”，固是兩地，但以公之博洽，不應于平生久羈數游覽地，認爲曹公敗兵所，應是借此發端，感喟廢興。與後篇孤鶴道士，同一變幻游戲。必謂未暇考核，而執山川道里，與公校量，真

癡人前說不得夢也。因記待詔書，牽連及之。卷首寫圖，係朱朗筆。郎字子朗，待詔門人，印記可辨。（沈德潛《歸愚文鈔》）

明文徵明畫《赤壁賦圖》一卷

素絹本，著色畫。欵署“徵明”。後幅烏絲闌，行書《後赤壁賦》。欵識云“徐崦西所藏趙伯駒畫《東坡後赤壁》長卷，此上方物也。趙松雪書賦於後，精妙絶倫，可稱雙璧。余每過從，輒出賞玩終夕，不忍去手。一旦爲有力者購去，如失良友，思而不見。乃彷彿追摹，終歲克成，并書後賦。聊自解耳，愧不能如萬一也。昔米元章臨前人書畫，輒曰：‘若見真跡，慚愧煞人。’余於此亦云。嘉靖乙巳秋九月十有二日，徵明”。後有吴寬、李東陽、許初、文嘉諸跋。拖尾有王穉登跋一。（《石渠寶笈》）

明文徵明《赤壁賦圖》一卷

素箋本，著色，畫《前赤壁賦》。欵識云“辛亥秋日，徵明製”。引首自隸“赤壁賦圖”四大字。拖尾有董其昌書《後赤壁賦》，又陶隱居與梁武帝論書啟，并跋一。（《石渠寶笈》）

明文徵明《赤壁圖》，祝允明書賦一卷

前幅素絹本，著色畫。末署欵有“徵仲”一印。後幅素牋本，祝允明草書《後赤壁賦》。欵識云“丙戌仲冬，續寫此於平觀堂，枝山子”。（《石渠寶笈》）

明戴進《前赤壁圖》一軸（《石渠寶笈》）

明董其昌書前後《赤壁賦》一册

朝鮮箋烏絲闌本，行書。前篇欵識云："米元章每旦必書《陰符經》一卷，自題云'米老日書課'。文徵仲每日書千文一卷。余書此賦，凡三年一卷。去古人遠矣，書道安能進乎！其昌。"後篇欵識云："子建帝京之作，仲宣灞岸之篇，子荆靈雨之文，真長翔風之句，並直舉胸臆，非傍詩史。自靈均以來，多歷年代，雖文體稍精，此秘未覩。休文之論，惟東坡此賦足以當之。董其昌識。"下有"宗伯學士""董氏元宰"之印。册計十五幅，幅高八寸五分，廣五寸八分。（《石渠寶笈》）

明曹明周《赤壁圖》

按：今人謝功肅《赤壁考》稱此圖中列三賢祠、萬仞堂、大士閣、真武殿、晏公廟爲五間。明周，宣城人。但不知其所據何書，姑爲存目，俟考。

清高宗臨蘇軾書《赤壁賦》

宣德箋本，楷書前賦，并臨文徵明補書。欵識云："蘇玉局《赤壁賦》，爲千古傑作。又得其自書真蹟，誠雙絶。卷首缺三十六字，文待詔規橅補書，遂成完璧。甲子夏初，幾餘流覽，心爽神怡，則爲臨仿一過。乾隆御識。"下有"稽古右文之璽""乾隆宸翰"二璽。卷前有"游六藝圃璽"。押縫有"宸翰""内府書畫之寶"各二璽。卷高八寸一分，廣八尺二寸五分。（《石渠寶笈》）

清高宗臨文徵明書《赤壁賦》一卷

宣德牋本，行草書前後二賦。欵云“乾隆御筆臨”。下有“乾隆宸翰”一璽。又“觀書爲樂”“微言晰纖豪”二璽。卷前有“含豪邈然”一璽。押縫有“宸翰”“幾暇”“臨池”各三璽。卷高九寸一分，廣一丈四尺七寸七分。（《石渠寶笈》）

清成親王楷書《赤壁賦》一大幅

南海瀛臺，四面皆水，壁上貼落皆清初三王真蹟，又有成親王寸楷《赤壁賦》一大幅。（坐觀老人《清代野記》）

清賈鉝《赤壁圖》

賈鉝字王萬，號可齋，臨汾人。工竹石及折枝花，風味淡逸。出守黄州，嘗繪《赤壁圖》。又畫圖題識，命工人鐫諸石，置赤壁人所游歷必經之處，其汲汲於名如此。（《國朝畫徵録》）

清顧蒓《從游赤壁圖》

顧南雅學士蒓，號息廬，吴縣人，嘉慶壬戌進士。書工楷法，師歐陽率更。好詩、古文。晚歲寓意楮墨，畫梅，宗楊補之；水仙，學趙子固；寫蘭，不專一家。爲人坦率，無達官氣。論及詩畫，恒歉然不自滿足。嚴君同甫言先生少日，最重蘇文忠之爲人，嘗畫《從游赤壁圖》以志嚮慕，故其以言事獲咎屢蹶，亦略似之。官至通政司副使。（《赤壁紀略》引《墨林今話》）

清王子聯《赤壁圖》（《羅田東安王氏家傳》）

惕生按：子聯，字叔白，羅田人，官漢陽府訓導。生平所至，輒繪其名山水。在京師繪《圓明園圖》尤有名，其他黄鶴、赤壁皆寫之。惜兵燹後多佚去。

清蘇紹柄《夢游赤壁圖》

按：《眉玉叢談二集》有《〈蘇氏夢游赤壁圖〉題詞》一卷，其文詩已散見各卷中，今爲存目於此。

清胡志鵠《赤壁圖》（宣統《湖北通志》）

燊按：志鵠元名廷鳳，字竹岐，居黄岡一字門市，風雅工詩畫。《宣統湖北通志·藝術》有傳，誤書姓名爲“胡鳳”，去“廷”字，蓋改革後妄以“廷”字爲諱也，當正之。

黄州赤壁集卷第十二

蘄水　聞惕惕生參訂
黄岡　汪槼筱舫纂輯　男　晉康侯校字
羅田　王夔武繩余參校

著述目録

按：陸存齋《光緒歸安縣志·雜綴二》云："是卷補《府志·雜綴》之遺，故所録不盡歸安。"此卷前幅，亦是補《黄州府志·藝文》遺譌，故所列有不盡屬赤壁者，用陸氏例耳。

《黄州雜咏》　宋何頡撰已佚。

葆心按：何頡字斯舉，號樗叟，黄岡人。紹興中黄州守沈氏鐫板。一作《齊安雜咏》，見薛季宣《浪語集》。

又按：《宣統湖北通志·藝文·外編》收《齊安雜咏》，云"宋，撰人未詳"，引"薛季宣《浪語集》，有《聞〈齊安雜咏〉板成，從沈守求印，蒙贈》詩，云'使君好客非春申，一夔已足無餘人。哦詩五百盡清警，《省志》訛"醒"。立使江上景物新'。又云'使君好善人如己，鋟板巾箱無遠邇'，似即齊安沈守與賓客同撰"。今按此語未確。此詩正可證《齊安雜咏》即何斯舉《黄州雜咏》。沈氏殆嘉湖人，故有"霅畫溪舊游"語。是時斯舉猶在，年可七十内外，爲沈守之客，故謂"一夔已足"。女王城，傳爲黄歇舊都，故用春申事。高亭矗立畫不如，用如畫亭事。"哦詩五百"，知何詩有五百篇。觀其獻韓子蒼《赤壁》一律，感今傷昔，正如"近來百草漸埋没，賴有此詩爲一剖"相肖。玩"使君好善人如己"句，正是爲他人刻詩，非爲己刻詩，豈得尚謂"與賓客同撰”耶？且“一夔已足”，正指斯舉，尚何有他賓客耶？今日正賴此詩，知《黄州雜詠》有五百首，又知紹興中已刊板。薛艮齋令武昌，其年甚少，在紹興中，與靖康、建炎年代相接，知斯舉紹興時尚存。張墨莊稱子蒼守黄在靖康初，去斯舉兒時見東坡三十餘年，其時斯舉將近中年。篇中“使君好客”句，即沈守時斯舉已没，則竟解作子蒼當日有“一夔已足”之客如斯舉亦可。何也？據《輿地紀勝》何頡之傳云：“東坡謫黄，斯舉年少侍教誨。韓子蒼守是邦，獨與倡和。所謂友其士之仁者。”此豈非“使君好客非春申，一夔已足無餘人”之確解乎？愈可見《雜詠》爲斯舉作，决非沈守與其賓客也。薛詩經此一解，豁然大明矣。今因訂正《通志》之譌，並及之。獨惜吾黄人素安簡陋，不知寶愛先輩文字，致使此刻永湮，徒供有心者一太息而已。

《齊安百詠》　宋韓之美撰洪邁《夷堅丁志》著録，未刊。

《齊安百詠》　宋時衍之撰

葆心按：《四庫提要》箸録宋張堯同《嘉禾百詠》下解題云：“宋世文人學士歌咏其土風之勝者，往往以誇多鬬靡爲工，如阮閲《郴江百詠》，許尚《華亭百詠》，曾極《金陵百詠》，皆以百首爲率，故堯同所詠嘉興山川古蹟，亦以百篇概之，而董嗣杲又有《西湖百詠》。”今韓氏爲黄州守，時氏爲黄州通判，時在紹興戊午，二人各賦《齊安百詠》，率在諸人爲地方作百詠之前，知風氣之開有自。惜兩家同官同時作而未付刊，誠吾黄之憾事也。據洪氏《夷堅丁志》卷十八云：“黄州赤壁、竹樓、雪堂諸勝境，以周公瑾、王元之、蘇公遺跡之故，名聞四海。紹興戊午，郡守韓之美、通判時衍之各賦《齊安百詠》，欲刊之郡齋。韓夢兩君子，自言爲杜牧之、王元之，云：‘二君所賦，多是蘇子瞻故實。如吾昔臨郡時，可記固不少，何爲不得預？幸取吾二集觀之，采集中所傳廣爲篇咏，則盡善矣。’韓夢覺，且媿且恐。方欲取《樊川》《小畜》二集，益爲二百詠。會將受代，不暇作，遂並前百詠皆不敢刊。韓守自説如此。觀此一事，見古來文人之好名，身後數百年猶惓惓如此。”據此，因杜、王二公入夢之故，廣爲二百詠不可得，遂並前兩人之各百詠，因之永佚不復傳，可傷也。足知齊安，杜、王二公遺蹟亦不少，今傳者尤稀。此事一廢，乃爲地方之大不幸。觀洪氏謂赤壁、公瑾、蘇公並王元之竹樓，皆與赤壁有關者，知二人百詠中赤壁遺蹟必占多數矣，故爲補入赤壁書目中，亦以補府縣志《藝文志》之缺，俾後人據以收入方志中，存此二目也。

又按：《夷堅丁志》卷十八，知坡公曾爲雪堂遺址示夢何琥。據所書，可藉作考雪堂故址之資，今録之云：“黄人何琥，東坡門人，何頡斯舉之子也。兵革後，寓居鄂渚，每歲寒食必一歸。紹興戊午，黄守韓之美重建雪堂，理坡公舊路。時當中春，琥適來游，夢坡公告之曰：‘雪堂基址，比吾頃年差一百二十步。小橋細柳，皆非原所。汝宜正之。’夢中歷歷，憶所指不少忘。明日往白韓。韓如其言，悉改定。他日有故老唐德明者，八十七歲矣，自黄陂來觀，歎曰：‘此處真蘇學士故基也。’”自注：“右《齊安百詠》及此一事，均韓守説。”據此，知斯舉之子名琥，而雪堂間有小橋細柳。《輿地紀勝》稱“雪堂，去黄州治東百餘步”。宋州治在赤壁後，今宜先定州治所在，再循東百餘步求之。既有橋，則必有溪，此皆今日求雪堂故址之依據也。特附志之，待好事者詳其所在，亦有功先獻之事也。

考雪堂建置之次數及遷移之事。自東坡自爲記後，據《方輿勝覽》“堂毁於崇寧黨禁，而重建於道士李斯立，何斯舉爲作上梁文”，此一修也。又據《夷堅丁志》“紹興戊午，黄守韓之美重建雪堂，理坡公舊路。有故老唐德明者，年八十七歲，自黄陂來觀，歎曰：‘此真蘇學士故基也。’”此又再修矣。但至嘉定兵火後，又不知作何狀也。《黄州府志》稱“洪武間，展築郡城，舊址遂移城内”，此爲一次改變，然其址當尚在，未移置也。又云“弘治中，改建於府治東隅，與竹樓對”，此再改變。則並舊址全失矣。據《蔡忠烈遺集》，知府廨東之雪堂，崇禎中，東坡手署“雪堂”二大書猶存。又康熙《黄州府志》稱“東坡舊址，在嘉靖時，曾爲陶仲文之壻所佔，後經官恢復”，此又不知在何所。至移入府署中，則又爲三變矣。此皆考雪堂沿革及故址所宜知者。

附録：《赤壁游草》二卷　清興國劉灼撰未見。

燊按：《湖北書徵存目》云：“灼字品波，劉鳴盛子。《興國志》有傳。”此集未見，疑非專游赤壁而作。當是寓黄州紀游之詩，而以“赤壁”署集名。其中題咏赤壁之作，當亦不少。但若專詠赤壁，決不至有二卷之多。故爲收入，仍列附録。

右集部别集類。

《古黄遺蹟集》一卷　明盧濬編《四庫全書》據兩淮鹽政採進本著録，刊本。

燊按：《四庫全書提要》總集類存目云：“濬，天台人，成化丁未進士。弘治中，官黄州府知府。是編輯黄州古蹟題詠，大旨以詩賦爲主。而以唐許遠祠祭文三篇錯雜諸詩之内，又《宣聖遺象碑記》亦附卷末，頗無體例。至王禹偁《黄州竹樓記》，在耳目之前，轉遺不採，亦莫喻其故也。”

又按：此書光緒中天台人有重刊本，見天台袁鵬圖《袁太史詩文遺鈔》，尚有重刊此書之序。又，項元勛《台州經籍志》載此書，云“見《台州外書》及《天台新志》，今存”。然則此集確可在天台訪得之矣。

《蘇公寓黄集》三卷　明王同軌編未見。

燊按：光緒《黄州府志·藝文》附録引茅瑞徵《黄岡縣志》，云“邑人王同軌編，别駕嘉禾陸志孝爲訂刻，吴國倫序”。惟光緒《府志·藝文》刊此書入“附録”，題“蘇軾撰”，殊失著録之例，宜倣《四庫提要》著録明閻士選《東坡守膠西集》之例題閻氏名，及《八千卷樓書目》著録《蘇文忠公居儋録》題“無名氏”之例，題爲“王同軌編”方合。今附訂之。

附録：《雪堂唱和集》三卷　清鄧琛、殷雯、張承祜撰刊本。

王夔强曰：聞之家大人稱“光緒甲申，年方成童，應試黄州，見新板之《雪堂倡和集》一秩，乃黄岡鄧琛、殷雯、麻城張承祜三君酬倡之詩也。中多赤壁題詠，並有與吾里周伯晉先生游西山和韻之作。是時正纂府志，郡之文士多萃此，而續村太守亦頗提倡風雅。蓋自道光中陶鳧薌觀察漢黄德駐紮郡城時，集吾鄂詩人擬輯《湖北詩傳》，再見之雅尚也。集凡三卷，今求之郡人，已稀見此本矣”。家君與三君，晚年均有往還，故爲記之。（《赤壁紀略續纂》）

燊按：殷雯《雪堂倡和集·弁言》云：“往者，子瞻謫黄，雅習邠老，臨去，以雪堂畀之。人境高寒，鄽路熙熙，匪能晞迹已。爰逮國朝，商邱戾止，東軒勝集，比景共波，迄今猶跂慕焉。黄魯直嘗稱邠老‘天下奇才’，《藕灣集》亦馳聲海内。意其時同聲斯應，篇章不乏。惜世變累更，古剞今製，無從搜索耳。光緒癸未春，瀋陽英公來守是邦，嗣修郡志。吾邑鄧獻之比部，歸自京師，適董其成。比部趾美長人，郡伯館之雪堂，則又子瞻、牧仲之再見也。雯與信安張君次常首枉禮羅，躬親鉛槧，比部暇輒要同劇飲，燒燈炙盞，更漏欲闌，吟趣方永。積日閲月，紙墨遂多。一篇之出，不必同工；一題之拈，不必互見。要其途歸有在，罔戾厥衷，竝付麻沙，各申愉慨。擬諸温段漢上，皮陸松陵，鳧短鶴長，茲無取盡合也。嗟乎！天遠鴻冥，東西莫計，惟此爪痕雪影，尚冀流照人間。苦調自鳴，古魂若作，或且相昕然於老梅瘦竹間也。”（序見《東坪文集》）

又按：英啟跋《雪堂倡和集》云：“今之雪堂，不在東坡，非蘇子之堂也。然居是堂也，舍蘇子之堂，不以名其堂，則猶是蘇子之堂也。蘇子居是堂，所作爲詩歌，今及見於集中者不少，然其時或倡或和，獨未嘗以‘雪堂’別爲一集。今有斯集，人將曰‘是果非蘇子之堂，而黄州鄧子之堂，殷子、張子所與昕夕游處者’也。非以地易，其人有以易之也。然自有斯集，海内讀者必且以群然翹首，瞻望臨皋、赤壁，樂從殷、張二子後。一登斯堂，親炙鄧子之爲人，相與講德問業，從容揚扢，鳴於當代，垂之無窮。是斯人斯集，方當與蘇子頡頏終古，蘇子之堂云乎哉！至如僕者，案牘裝懷，久疏翰墨。篇中每辱見及，是徐君猷、孟亨之所不多得於蘇子者。僕於三君子，乃一時而並得之。古今人同不同，又何如也！光緒十一年秋七月跋。”（跋見《葆愚軒文集》）

又按：此集不專爲赤壁作，復不專題詠雪堂，特取其相類耳。故附録之，以存吾郡一時風雅勝會焉。

右集部總集類。

《蘇子瞻風雪貶黄州》一本　元費唐臣撰王國維《曲録》著録，“雜劇部上”。

葆心按：《曲録》云：“右一種，元費唐臣撰。唐臣，大都人，君祥之子。”《太和正音譜》曰：“費唐臣之詞，如三峽波濤。”又曰：“丰神聳秀，氣勢縱横。放則驚濤拍天，斂則山川倒影，自是一般氣象。”《録鬼簿》曰：“君祥與關漢卿交。有《愛女論》行於世。”又，王國維《宋元戲曲考》曰：“元劇百十六本，我輩今日所據以爲研究之資者，實止《元曲選》也。《是園書目》等書著録，實止於此。此外，費唐臣之《蘇子瞻風雪貶黄州》等劇，明安肅春山《雍熙樂府》中均有一折。吾人耳目所及，僅止於此。”

夔武按：家大人《窈溪舊話》曰：“《焦循劇説》云：‘元費唐臣有《蘇子瞻貶黄州》傳奇。謝憲使朝鮮，正德初以御史陞浙之憲副，始上任，開宴，優人以前《傳奇》呈。未幾，謝入覲，以遺徹宴疏，貶黄州通判。見《真珠船》。’”按，謝朝宣，字汝爲，陝西西安人，此作朝鮮，誤。其貶黄州，乃黄州同知，非通判也，此亦訛。考朝宣同知黄州時，曾行縣羅田，作《石嶮河賦》，即宋人《輿地紀勝》所謂“嶮石”也。賦中深惜子瞻當日未至羅田，爲石嶮河表章，今已在其後，願爲石嶮開先。結句云“但無赤壁之筆，終有愧於坡仙”，其用意隱然有與東坡同其身世之感，蓋亦不忘優人演劇，預兆謫官之事歟。嘗攷子瞻當日，亦曾至羅田，但未探幽嶮石耳。乾隆《一統志》卷二百六十三黄州山川云：“烏馬潭，在羅田縣西五里。《縣志》：潭舊有石碑，云‘蘇子瞻以虎尾硃砂符，釣魚於此’，今石刻剥落無攷。”按，此所云《縣志》，蓋即指蔡容遠康熙前《志》也。光緒《府志》則作“釣魚台，在烏馬潭，有石如台，相傳宋蘇軾曾遊釣於此。舊有蘇祠，今廢”。吾謂東坡謫黄州，羅田尚未立縣，地屬蘄水，隸蘄州。惟東坡實至蘄水。《黄岡志》引宋人説部，稱其“布衣芒屩，出入阡陌，所與遊不盡擇，各隨其人高下，談諧放蕩，不復爲畛域。有不能者，强之説鬼。數日必一汎舟江上，乘興或入旁郡界”。時蘄水正旁郡也。當日或者乘舟入巴口，泝巴水上駛入宋之西流河。河之深處，即所謂釣魚台也。夏水漲時，兩三日可達。泝流尋幽，亦應有之事。不數年，羅田立縣。後人追慕，爲立碣於釣魚台，以志名人遺跡，此蔡《志》傳録之由來歟？據王質《雪山集·東坡先生祠堂記》，稱“富州即興國州，今稱陽新。前三十年，一嫗尚及見先生，修軀黧面，衣短緑衫，纔及膝，曳杖謁士民家無擇。偶微醉，輒浪適。驩然迎曰：‘蘇學士來。’來則呼紙作字。無多飲，少已傾斜，高歌不甚著調，薄睡而醒”。此述東坡元豐七年别黄，四月一日至興國軍事，至七日便去。據此，可知公在黄，到處浪迹，已成習慣，其不擇人地。由巴口直抵今羅田，入官渡河便垂釣，正與率意在興國軍流連七日相似。興國人於南宋初，便爲作祠堂，則羅田人元祐末立縣後爲立碣，事亦相類。蔡《志》雖多附會，此一事要非鑿空也。當日由黄州入巴水甚易，若入嶮石，則須由蘭溪上駛，然則謝氏惜其不至，亦自然之勢也。

右集部詞曲類雜劇之部。
以上赤壁及他景物公有之箸述目。

《赤壁志》　清賈鈜編刊本，未見。

王夔强曰：《光緒府志·藝文》附録列《赤壁志》云："鈜，漢軍鑲藍旗人，監生。康熙三十二年，授黄州知府。"考鈜在郡八年，至庚辰三十九年卸任。其《赤壁志》當輯於此數年中。金會公序云"四年書成"是也。乃《黄州府志·金石》稱鈜刻石赤壁爲五十九年，則大誤。大約誤庚辰爲庚子耳。特爲訂之。至賈氏此《志》，至光緒甲申修郡志時，據鄧氏琛《府志例言》，稱"已散佚過半"，然則爾日，尚有其半部。惟曾稺鴻明府亦爾日預修郡志之一人，其續修賈氏書而爲《赤壁志》，當是在局見此佚半之本，即據以爲底本歟。今則即殘本亦不可見矣。但於金氏《序》中，知其門類而已。（《赤壁紀略續纂》）

燊按：《居業齋集》序賈《志》，稱鈜爲河東賈大夫，而清《畫徵録》云："賈鈜字玉方，號可齋，臨汾人。"《黄州志》稱爲漢軍鑲藍旗人，則其所寄旗籍也。臨汾亦河東地。其《赤壁志》乃拓充茅氏《赤壁集》而增補之，故名爲《志》。其與茅《志》所收詩文，後來修黄岡縣志者，均據以採入古蹟"赤壁"之下，用雙行敘列。光緒《黄岡縣志》已聲敘及之矣。

《赤壁志》　清曾錫齡編未見。

葆心按：錫齡字穉鴻，黄岡人，居郡治，世儀之子也。歷官直隸、懷來、阜城知縣，以事謫戍，晚歸郡居。余曾晤其人，乃謹厚長者。此《志》殆其助修《黄州府志》時纂成，乞葛鎮范月槎觀察志熙爲之序。范氏序此書，争公瑾赤壁在黄州，務翻《水經》以下諸説之案，其用心甚勇。光緒季年，予曾晤穉鴻之子漢南，則知君久没。當時不知其有此作，故未詢其書稿何在也。特爲存其目於此。范氏此書序見所箸《退思文存》中，此吾兒夔强爲徐星槎採得者，其手稿尚存也。

《赤壁紀略》六卷《補遺》一卷　徐煥斗編。《續纂》一卷，王夔强編稿本。

桑按：煥斗字星槎，孝感人，清孝廉方正。是編乃作者成《琴臺紀略》後，繼成此書，分故實、建置、藝文、楹聯、雜識五目。夔强字仲笠，羅田人，時留學北京。觀書國立圖書館，助其搜葺，得文詩雜記並攷證按語數十則。全書故實、藝文收採殊博。既成書，交上海石印書坊出板。久未行世，今元稿尚在浮沉中也。兹據其底本箸録之。

右史部雜地志類。

《赤壁詩》　宋王象之編見《輿地紀勝》。

葆心按：此本《輿地紀勝·淮南西路·黄州·景物》後之一標目，有全篇，有摘句，可見當日自東坡賦詠後，爲文士所注重，故王氏别標此目，用陰文以别之。今仿箸録家裁篇别出之例收入，以當宋人箸述之一種。近湘潭王氏輯方志，其《湘潭志·藝文》仿《漢志》分部目，因而拓充裁篇别出之例，收入九流諸子者甚夥。此正與同旨者也。

《赤壁集》　明茅瑞徵編刊本，未見。

燊按：《光緒黄州府志·藝文》附録云："是編係瑞徵任黄岡知縣時所輯。"攷陸心源《光緒歸安縣志·藝文略》，收茅氏此集與所纂《黄岡縣志》并著録，但不知茅氏原籍，猶有此書流傳否耶？

《夢遊赤壁圖》題詞一卷　清蘇紹柄編刊本。

燊按：紹柄，烏程人。曾游鄂，未登赤壁，因作圖，徵集題詠，都文、詩、詞、曲爲一卷，作者皆一時海上名流閨秀。烏程錢徵、上海蔡爾康輯入《屑玉叢談二集》中。

《東坡赤壁藝文志》二本五卷　黄岡謝功肅編刊本。

葆心按：是書本仿明周復俊《全蜀藝文志》、程敏政《新安文獻志》、近宋景穌《淮安藝文志》而名，乃作者自序引班書《藝文志》爲説，未察班《志》乃載書目，此輯文詩，未可援也。前有隱塵道人序云"惜從前無一有心人爲搜採"，實則編中凡例已載茅、賈二家，謂其書佚可耳。其文詩已爲舊《黄岡志古蹟》所收，皆二家搜採之功也。其於前代作者，"此山"訛"北山"，當沿《縣志》之誤。金石門多未畫一義例。若《黄州逢張體信大行邀飲赤壁》詩，據《圖書集成》採舊《黄州志》，乃王廷相詩，此訛作陳宗虞，實未加詳審者。但今日郡人，無一留心此事者，作者獨鋭然成此編，其風雅好尚，固與流俗迥殊。儻各地方人如作者用心，其有益於鄉里文獻，當何如也！此本乃汪君筱舫資刻行世，雅尚至爲可書，并及之。

《東坡赤壁集》六卷三本　黄岡汪燊編刊本。

葆心按：是書雖名爲集，而實與志近。前人作志，亦多冒集之名。章實齋嘗稱郎蔚之《諸州圖經集》，則史部地理而有集名，此爲地志名集之始。觀宋人之《南嶽攬勝集》，純是志體，章氏所謂“箸録既無源流，作者標題遂無定法”是也。編中多沿《赤壁藝文志》之誤，但所收採較《藝文志》殊爲廣博。惟收採壬戌歲新聞紙所載《赤壁》詩太多，似嫌蕪雜。作者因乞王君念中，大加删汰。余又爲之增補，聞愓生復爲之參訂。作者更極力擴充前所未備，考訂多關宏旨，遂有此次之刊本焉。因此編先曾行世，外間必有收藏者，故仍爲存目於此，亦大輅始椎輪之意也。

右集部總集類。

《赤壁鏖兵》一本　金不箸撰人名氏王國維《曲録》箸録“宋金雜劇院本部”内。

按：王氏《曲録》箸録此編云：《輟耕録》題曰“諸雜院爨”，内《百家詩》《質庫兒》《千字文》，雖不見傳記，當是曲調之名。王氏定爲金人之作。以宋時指黄州赤壁爲公瑾戰地論之，則此書之作，正在南宋時。可援當時例，列入此編也。

《蘇子瞻醉寫〈赤壁賦〉》一本　元無名氏撰丁氏《八千卷樓書目·集部·詞曲類·南北曲之屬》箸録。明刊本。王國維《曲録》“雜劇部”下箸録。

《曲録》云：右一本“見《太和正音譜》及《也是園書目》。”又云：“元無名氏撰。”丁氏《八千卷樓書目》云：“不箸撰人名氏。”但丁氏列入明代人雜劇後，恐於時代未確，不及王氏《曲録》之妥。

《赤壁遊》一本　明許潮撰《盛明雜劇》本，王國維《曲録》“雜劇部”下箸録。

按：《曲録》云：右一種“明許潮撰。潮字時泉，靖州人。”

右集部詞曲類雜劇之部。

《赤壁遊》一本　清無名氏撰王氏《曲録》“傳奇部”下箸録。

按：《曲録》列此入國朝人撰著中，云：右一種“原有姓名，失記。”又云：“均見黄文暘《曲海目》，皆注無名氏可攷。其中名目有與上文複出者，《曲海目》兩載之，必有二本也。”

《赤壁記》一本　無名氏撰《傳奇彙考》箸録，王氏《曲録》“傳奇部”下箸録。

按：《曲録》云：右一本“見《傳奇彙考》，無作者名氏。”

又案：《傳奇彙考》載《赤壁記》有二本，與《赤壁遊》有二本正同，均不著撰人名氏。其卷四《赤壁記》云：“未知何人作。演周瑜赤壁燒船，本是實事。但此舉皆瑜勳績，而《演義》歸美諸葛亮，創爲祭風之説。又增飾種種變詐，以術制瑜，劇遂據爲牆壁。此與正史不合者也。劇中劉備自冀投荆，關、張輔翼，諸葛入幕，結好孫權，種種情節，已互見《古城》《錦囊》《草廬》《四郡》諸記中。即祭風燒船，亦俱互見《草廬記》，然赤壁乃此劇正面所宜詳載。按《彙考》此下引《綱目》，《三國・武紀》，《江表傳》，胡曾詩，東坡賦，《念奴嬌》詞，高啟《二喬觀兵書圖》絶句，又引《周瑜傳》，《後漢・獻帝紀》，黄蓋、韓當、周泰、甘寧、淩統諸傳，今以太煩，不複録。

集覽：赤壁，按《方輿勝覽》黄州注引“《水經》載赤鼻山。《齊安拾遺》遂以赤鼻山爲赤壁山。其説乖謬。蓋周瑜自柴桑至武昌縣樊口，而後遇於赤壁，則赤壁當臨大江，在樊口之上。今赤壁則在樊口對岸，何待進軍而後遇之乎？又，赤壁初戰，操軍不利，引次江北，而後有烏林之敗，則烏林當在江之北岸，赤壁在江之南岸。今乃云赤壁在江之北，亦非也。然蘇子瞻《赤壁賦》云‘此非孟德之困於周郎者乎’，乃疑似語。其《大江東去》詞，亦云‘人道是三國周郎赤壁’，此亦可見矣。且子瞻嘗言‘黄州守居之數百步爲赤壁，或云周瑜破曹公處，不知是否？’”

又按：鄂州赤壁山注引《郡縣志》，云赤壁：“在蒲圻西北百二十里，北岸烏林，與赤壁相對，此即周瑜用黄蓋策，焚曹公船處也。今江漢閒言赤壁者五，謂漢陽、漢川、黄州、嘉魚、江夏，其説雖各有所據，惟江夏之説近古而合於中。烏林與赤壁即非一地也。”又云樊口即武昌縣樊口，赤壁居其上游。又，《方輿勝覽》黄州烏林注：‘按《水經》述江水源流至今巴陵之下，云‘江水左逕止烏林南’，酈道元注云：“右逕赤壁山北”，則赤壁、烏林相去二百餘里。又，赤壁初戰，操軍不利，引次江北，而後有烏林之敗，二戰初不同日。《後漢紀》乃總紀書爲“烏林赤壁”，故《荆州記》：“漢陽臨嶂山南岸，謂之烏林岸，又謂之赤壁。”《寰宇記》引《圖經》，亦以烏林爲赤壁，皆失之矣。要之道元後魏人，去三國爲近，考驗必得其真也。’”

《赤壁記》一本　不箸撰人名氏《傳奇彙攷》箸録。

按：《傳奇彙考》卷八箸録《赤壁記》云：“此卷曰《蘇子瞻赤壁記》，點綴蘇軾雜事，以赤壁之游爲主，作四時中秋景，虚實相參，互見《赤壁游》雜劇及《金蓮記》。内言蘇軾居内翰，以詩託諷，爲中丞李定、御史舒亶等所劾，貶黄州團練副使。生日，侍妾朝雲置酒祝壽，杭妓琴操亦特至稱賀。佛印禪師居州中妙覺寺，黄庭堅訪蘇軾未值，往謁禪師。軾遣人邀兩人共游赤壁，命酒聯吟。有旨召軾翰林，復爲學士承旨，佛印、庭堅餞行。軾歸朝，進講經筵，反覆開導。皇太后與哲宗俱在便殿，召入咨訪朝政。天色昏黑，命撤御前金蓮寶炬，送歸禁苑。後復爲御史趙挺等所劾，言其規切時政，貶知杭州。挈朝雲游西湖，邀琴操同往，相與參禪，操言下大悟，削髮爲尼。佛印自黄徙杭州天竺，訪琴操不值。會軾蒙恩復召，印與操俱詣軾賀喜，印、操始復相識。軾遂奉命還朝。

按：軾嘗值史館，又判官告院，又權開封府推官，又通判杭州，徙知密州，又徙湖州。時王安石方行新法，事不便民者，軾以詩託諷。御史李定、舒亶媒孽所爲詩，逮赴詔獄，貶黄州團練副使，築室於東坡，自號‘東坡居士’。《記》云由翰林貶黄州，誤也。宋時翰林與館閣有分。軾嘗值史館，可稱館閣，不可稱内翰也。《記》中《鷓鴣天》詞云‘思眼赤，望腰黄’，宋時學士入禁中，朱衣雙引，謂之‘眼前赤’，服金帶則腰黄，故館閣中，每相語云“眼前何日赤，腰下幾時黄”也。《赤壁賦》中，二客從游，並非了元、庭堅，不過用以點綴耳。軾生日在臘月之十九，其設宴時，有客爲賦《鶴南飛》一曲以侑觴，今點綴朝雲、琴操，亦借意也。公還學士，非在黄州時，蓋已移汝州、知登州矣。作者不得不徑省也。“黜居思咎，閲世滋深，人才實難，不忍終棄”，《記》中所引，乃神宗移汝州手札。金蓮歸院，琴操參禪，俱詳載《金蓮記》内。蘇軾知杭州，在元祐四年，蓋因積以論事，爲當軸所恨，恐不見容，自奏請外，拜龍圖閣學士，知杭州。可云改外，未可云貶官也。軾通判杭州在熙寧時，知杭州在元祐時，相去二十年矣。《記》中述朝雲、琴操、佛印之來往，似止三四年間事，豈亦作者不得不徑省也。軾在杭州，召爲吏部尚書。未至，以弟轍除右丞，改翰林承旨。《記》中天恩重召，本此。”

又按：今人蔣瑞藻《小説考證》卷四箸録《赤壁記》，引《松風閣筆乘》云：《赤壁記傳奇》與《曲江記》，同出一人之手。《曲江》衍杜子美事，此衍蘇軾事，點綴渲染，大抵與《赤壁游》雜劇及《金蓮記》相似，而以赤壁之游爲主，故名云云。以下所謂“筆乘”者，直抄襲《傳奇彙考》卷八中語。知《考證》所見之本，即《彙考》所收之本也。

右集部詞曲類傳奇之部。

以上赤壁景物專有箸述目録。

跋

黄州赤壁集跋

汪君筱舫，既於丙寅年編刻《東坡赤壁集》，兹又增訂《黄州赤壁集》。王季薌學部、方耀廷主席諸公敘其篇首，復徵跋於余。余以兩度黄岡，赤壁爲舊游地。最初民國五年，與邑人李開侁、朱澤霖諸君謀重修葺，未竟而去。越五年，再涖黄，則輪奂一新，其主持計畫，筱舫之力獨多。今去黄又忽忽數年，時事日遷。蜷伏武昌，意興蕭索，然一憶江上清風，山間明月，輒怦怦然，恨不能奮飛也。今讀斯集，而前後兩游如在目前，東坡可作，其將掀髯共倒一觴乎！汪君之眖我多矣，因綴數語，以誌勝緣。民國二十年，歲在辛未，春二月，湘潭張翊六貢甫。

黄州赤壁集自跋

《東坡赤壁集》一書，爲丙寅余宰武昌時所編刻，迄今七載矣。是歲，民軍起自粤南，不旋踵而湘而鄂，武昌圍城四十一日，節届雙十，城圍始解。其時人民逃避不遑，是集未及發行，而印書館突被民軍没收，卷帙全失，予心惄焉。事定後，因有重訂之志，復陸續搜得名人藏稿甚夥，重行編輯。去歲辛未，早擬付梓，余因權篆鄉邦，值洪水爲災，兼縣屬西北一帶，匪風吃緊，剿匪勘災，迄無寧日，因是中止。今年伏居漢上，緣了初願，將是集重付手民。雖囊槖空虚，將伯無助，而不得不勉竭綿薄，刊印千部，以供同人宿好。非敢言傳世也，而鄭重古蹟，保存文獻之苦衷，當可共諒矣。壬申重九，黄岡汪桑筱舫跋於漢皋行館。

黄州赤壁集附録

公牘

稟請蕭巡閲使派員驗收赤壁工程，并出示保護與添置傢俱由民國十四年八月二十日

汪燊筱舫，黄岡。

敬稟者：竊東坡赤壁爲黄州名勝之地，年久失修，幾成廢址。自民國八年，經李省長隱塵提倡，招集八屬士紳，募欵修葺，公推燊監修後，粗具規模。兹復蒙督座捐資重建，仍委燊董其事。經營四閲月，添建挹爽樓並喜雨亭，先後完工，即原有祠宇亭臺樓閣，一並重新。所有監修赤壁工程事宜完全告竣，理合稟懇遴派妥員，前往驗收，以昭核實。所有收支清册，繕呈鑒核。其不敷款項，擬懇飭撥具領，以清手續。并擬具佈告文稿一紙，伏懇飭核繕印三張，發交縣知事，妥爲懸掛赤壁，俾資保護，而維久遠。再，勒碑、石工及添置棹椅與陳設各件，約需洋四百元，請派員購備，表彰文物，加惠遊人，功便德便。謹稟。

附呈四柱清册一扣、佈告文稿一紙。

附録：第三七八九號指令民國十四年八月二十五日。

稟暨附件均悉。黄岡赤壁樓亭既經該員監修工竣，頗著勤勞，殊堪嘉許。由該員驗收可也，無須另行派員。坿呈佈告文稿，應准如擬，飭繕印發，以資保護。至赤壁修葺不敷之銀九百六十三兩，

准令由本署内帳房向經理曉春，按照銀數折合洋元，飭知具領。其赤壁應需棹椅傢俱，并准令由本署蔣副官秉忠前往會同，斟酌購辦。除分別訓令外，合行令，仰知照。此令。附件存。

稟請蕭巡閲使將黄州牧馬廠撥歸赤壁，永作歲修之費由十月十日

汪燊等。

敬稟者，竊黄州赤壁，自蘇文忠公寄寓以後，留有詩賦，點綴情景，天下馳名，騷客文人來遊恨晚。清季，劉尚書幹臣捐資重建，奈歲修無欵，不廿年即呈崩塌之象。民國八年，李督辦隱塵睹此情形，約集八屬士紳，募捐修葺，凡舊有祠宇亭閣，一併恢復。惜其間樓房甚少，遊人苦無休憩之所，尚形欠缺。今春復蒙鈞座捐廉，建築挹爽樓一所暨喜雨亭一座，并將原有祠宇亭臺樓閣，逐一見新，頓改舊觀。在八屬士紳，固無弗同聲戴德，即蘇文忠公當亦贊賞於地下矣。兹者工程告竣，燊等懲前毖後，冀以維持久遠，爰約集八屬士紳開會，籌備歲修之費，僉謂赤壁附近之牧馬廠，自武科停止，此廠即歸營産處經管。王公子春督鄂時，經八屬省議會議員屈佩蘭等呈請撥給赤壁，每年出款作爲補修之用，曾蒙批准，因政變事遂中止。今鈞座督治鄉邦，急公好義之心，當不讓王公，是以援案，呈懇令飭營産處撥歸赤壁管業，以全善舉而資永久。不勝感恩待命之至。謹稟。

附録：批示十月十五日。

稟悉。查以荒蕪之馬廠，撥作保持名勝之用，似無不可。惟其中有無糾葛碍難之處，仰候令飭營産局查明具覆，再行核奪。仰即知照。此批。

湖北清理營産局令委倪鴻鈞會同汪燊丈量馬廠地界，撥交赤壁管業由民國十四年十月二十八日

曾尚武子墩，江陵。

案奉督辦湖北軍務善後事宜公署，指令本局呈一件爲調查黄州牧馬廠營産情形由。奉令開呈悉。據稱牧馬廠營荒，既無他項糾葛，應准撥作保持名勝之用。除分行外，仰將該項營荒，遵照撥交，俾維久遠可也。此令。等因奉此。合行令，仰該員即便遵照前往該縣，會同汪紳燊，將該項營産丈量訂界，撥交赤壁經管接收。具覆備案，毋違此令。

致黄岡縣知事董錫賡，拿辦惡佃李某等，並報告用賬，以備考查由十五年四月十日

汪燊筱舫，黄岡。

逕啟者，案奉蕭前督憲函開，赤壁工竣，重勞執事驗收，曷勝紉感。容俟有暇，約同泛舟一遊，備覽江山之勝，共抒懷抱。至此次篏碑用欵爲數無多，本擬由本署帳房照撥，惟經執事面述，赤壁新撥馬廠，收入較增，希在該處租稞項下支用可也。等因奉此。竊查東坡赤壁爲黄州名勝之地，曾蒙蕭前督座捐助巨欵，添建亭樓，並將原有祠宇，一概見新。又慮歲修無費，准將馬廠撥歸赤壁管業。維持名勝之盛意，至深感佩。燊以鄉誼所關，且兩次監修不遺餘力，特將新撥馬廠，擬具租稞數目，並收租辦法，當經呈請督署轉縣備案在卷。詎有原佃人李祥庚等，意圖減租，所有應納租稞，不惟逾限不繳，並且捏詞妄控。經經管人朱、陳兩君報告，比商陳李督辦隱塵，另行招佃。由陳君錫周介紹邱幹卿承租，當將租稞錢壹仟九佰貳拾串文交陳君錫周收領，由赤壁庶務倪鴻鈞陸續取用。現尚不敷甚巨。所有收支細數，另單抄陳鑒核備案。查馬廠撥歸赤壁所有費盡手續，成爲鐵案，且係極大公益事件，均應盡力維持。詎有劣紳糾合縣委納賄營私，破壞公益，扶同該佃等把抗不

交，意欲推翻全案，仍認爲營産，捏詞妄控，實屬目無法紀。務請刻日將佃人李祥庚等，一并傳案，分别訊究，以維公益，而儆刁玩。實紉公誼，並請將辦理情形函復爲盼。武昌縣知事汪燊啟。

豫鄂皖三省剿匪總司令部佈告秘字第三號

爲佈告事，照得黄州赤壁爲名勝古跡之地，自宋迄今，代有修建。所有亭臺樓閣、碑刻彝文等，關係風景文獻，自應妥爲保護，藉垂永久。爲此佈告，仰軍民人等，一體知悉。嗣後，無論何項軍警，一律不准借住。一切文獻器物暨所有花木，不准毁壞。合亟佈告知照，此佈。

中華民國二十一年七月二十七日總司令　蔣中正

黄州赤壁産業表民國二十一年

坐落	畝名	畝數	承稞若干	現在佃人	捐置人名
磯窩湖	牧馬廠	二百四十畝	春季承小麥稞九十六石	駱遠威 吕啟立	原係營産，民國十四年，汪燊等呈准撥作赤壁歲修之費。春稞，隔年八月預繳。秋稞，臨時酌議
柳家堡	和尚屋基水田一段	二石二斗五升	毛穀四十五石	熊文光 熊耀光	清于清端公捐
三台河下陶家嘴	邱家墳頭	一石二斗現淤壓成荒	正稞十八石	徐本瀛	夏方和、夏方茂弟兄等捐
磯窩門外	墩子地六段	三十畝	稞錢十二串	萬正保等	僧朗然自置
赤壁前	戲臺地	半畝	稞錢四百文	龍正國	毛其哲捐
黄家地	内外八廂	二石五斗	稞錢十六串	龍渭青等	張、王、吴三姓共捐

續表

坐 落	畝 名	畝 數	承稞若干	現在佃人	捐置人名
赤壁前頭道墩	八股地	五石	稞錢十串	龍麟珍等	張、王、吴三姓共捐
漢川門濠外	道場地	五石	六百文 四百文 一百文	駱遠盛 萬華廷 龍世懷	僧滿進自置
漢川門濠外	毛家淌	一石	六串	李德恩	毛姓捐
赤壁前白蓮池	地八廂		一串六百	萬家桃等	赤壁白蓮池舊址
方家營街	和尚地	一石	二元	劉書亭	僧滿進自置
赤壁坡下	園地	一斗		自種	僧滿進自置
萬福堤外	荒地一段	三石二斗五		荒	僧滿進自置
備考	一、磯窩湖地租稞，暫歸赤壁經管經收，隨時修理。所有逐年收支各費，除報縣備案外，并榜示赤壁，以昭大公。 一、柳家堡以下各處田地租稞，歸赤壁和尚經收。惟查租稞，係前清所議，未免太輕，現時物價增高，應行酌加。 一、赤壁内各處墨刻每月租金約十數元，歸和尚經收。 一、赤壁内所有物件概係公置，應由和尚負責保存，不准借用。				

黄州赤壁集

HUANGZHOU CHIBI JI

圖書在版編目 (CIP) 數據

黄州赤壁集 / 汪燊 纂輯；朱金波 點校.
-- 武漢：長江出版社，2022.1
ISBN 978-7-5492-8184-8
Ⅰ. ①黄…
Ⅱ. ①汪… ②朱…
Ⅲ. ①古典詩歌—詩集—中國
Ⅳ. ① I222

中國版本圖書館 CIP 數據核字 (2022) 第 024057 號

責任編輯：高　偉　李棟棟　侯盈盈
整體設計：范漢成　曾顯惠　思　蒙
美術編輯：蔡　丹
責任印製：王秀忠
出版發行：長江出版社（中國・武漢）
地址：武漢市解放大道 1863 號　　郵政編碼：430010
電話：027-82926557
録排：武漢市洪山區恒清圖文工作室
印刷：湖北新華印務有限公司
開本：720mm × 1000mm　　1/16
印張：31
字數：430 千字
版次：2022 年 1 月第 1 版　　2024 年 12 月第 1 次印刷
定價：128 元

ISBN 978-7-5492-8184-8

荊楚文庫編纂出版委員會
長江出版社